A Faint Cold Fear Thrills Through My Veins
William Shakespeare

Zu diesem Buch

«Ich habe sie umgebracht», sagte er.
«Was? Du hast was getan?»
«Ich habe sie getötet», sagte Mark. «Ich habe Cherry getötet.»

John Creevey ist betrunken und glaubt seinen Ohren nicht zu trauen. Mark Simms ist ebenfalls betrunken – und legt nach über achtzehn Jahren das Geständnis ab, seine damalige Verlobte Cherry Creevey, Johns Schwester, ermordet zu haben. Der Mord an Cherry war nie aufgeklärt worden. Johns Eltern hatten sich nie von diesem Schicksalsschlag erholt. Inzwischen waren sie tot und mußten nicht Johns Kummer über seine fortgelaufene Ehefrau miterleben. Denn eigentlich glaubt John in Mark einen Zuhörer für seine Sorgen gefunden zu haben, statt dessen redet Mark immer nur von Cherry und das schon seit Wochen, bis er schließlich mit dieser grauenvollen Nachricht herausrückt.

John weiß nicht, was er machen soll. Zur Polizei gehen? Abwarten? – John Creevey macht einen langen Spaziergang, eine geheimnisvolle Entdeckung und entwickelt einen Plan. Einen tödlichen Plan.

«Ruth Rendell – die beste Kriminalschriftstellerin Großbritanniens!»
(«Observer Magazine»)

In der Reihe rororo thriller liegen vor: Dämon hinter Spitzenstores (Nr. 2677), Durch das Tor zum himmlischen Frieden (Nr. 2684), Der Pakt (Nr. 2709), Flucht ist kein Entkommen (Nr. 2712), Die Masken der Mütter (Nr. 2723), Alles Liebe vom Tod (Nr. 2731), Die Grausamkeit der Raben (Nr. 2741), Der Tod fällt aus dem Rahmen (Nr. 2754), Die Verblendeten (Nr. 2763), Die neue Freundin (Nr. 2778), Mord ist ein schweres Erbe (Nr. 2789), In blinder Panik (Nr. 2798), Das geheime Haus des Todes (Nr. 2814), Der Liebe böser Engel (Nr. 2830), Mord am Polterabend (Nr. 2848), Die Tote im falschen Grab (Nr. 2874), Phantom in Rot (Nr. 2875), Schuld verjährt nicht (Nr. 2878), Mord ist des Rätsels Lösung (Nr. 2899) und Der Kuß der Schlange (Nr. 2934).

Ruth Rendell

Sprich nicht mit Fremden

Deutsch von
Edith Walter

rororo

Rowohlt

rororo thriller
Herausgegeben von Bernd Jost

Deutsche Erstausgabe
Veröffentlicht im Rowohlt Taschenbuch Verlag GmbH,
Reinbek bei Hamburg, Dezember 1989
Die Originalausgabe erschien 1987 bei Hutchinson Ltd., London,
unter dem Titel «Talking to Strange Men»
Redaktion Jutta Schwarz
Umschlagfoto Thomas Henning
Umschlagtypographie Peter Wippermann

Satz Bembo (Linotronic 500)
Gesamtherstellung Clausen & Bosse, Leck
Printed in Germany
980-ISBN 3 499 42869 5

Die Hauptpersonen

John Creevey	versteht die Welt nicht mehr, nur noch seine Blumen.
Cherry Creevey	hat zwei Gesichter, aber nur ein Leben.
Mark Simms	lädt fremde Schuld auf sich.
Jennifer Creevey	heiratet den einen und liebt einen anderen.
Peter Moran	hat eine alte Schwäche, die ihm von neuem zum Verhängnis wird.
Mungo Cameron	hat auf Korfu eine Erleuchtung.
Graham O'Neill	hilft einen Code zu knacken.
Charles Mabledene	muß seine Loyalität beweisen.
Lucy und Fergus Cameron	haben den gleichen Beruf, aber nicht die gleichen Nerven.
Detective Constable Aubrey	hat wenig Erfahrung und viel Geduld.
Inspector Fordwych	hat viel Erfahrung, aber wenig Geduld.

Für Don

1. Teil

I

Er überquerte die Brücke, die über den Fluß führte, von West nach Ost. Die Brücke hieß Rostock; warum, das wußte niemand mehr, doch es hatte irgend etwas mit dem Zweiten Weltkrieg zu tun. Es war eine Hängebrücke mit matt dunkelrotem Anstrich und Fußgängerwegen auf beiden Seiten. Flußaufwärts schimmerten die teils feststehenden, teils beweglichen Lichter von drei weiteren Brücken – Alexandra, St. Stephen und Randolph, und das Wasser unter ihnen war schwarz und flimmerte von der Lichterflut, die sich auf der rastlos schwellenden Oberfläche spiegelte. Aber wenn Mungo nach Süden blickte, war es mit dem Lichterglanz bald zu Ende, dort gab es keine Brücken mehr, nur noch Lagerhäuser und Kräne, die drohend in die einbrechende Dunkelheit ragten, und dahinter begann eine dunkelgraue ländliche Gegend. Es war halb sieben Uhr abends, März, aber es wurde schon dunkel. Den Horizont bildete eine Kette hoher Hügel, die vor dem ein wenig helleren Himmel gerade noch auszumachen war. Er war auf dem südlichen Fußgängerweg der Brücke, allein, die erleuchtete Mauerbrüstung zwischen ihm und dem tiefen Wasser schulterhoch, um Selbstmorde zu verhindern.

An diesem Abend stieg vom Fluß ein starker Geruch auf. Es roch nach Öl und Fisch, nach etwas Saurem und etwas Fauligem. Die dunkelgrauen marmorierten Steine, möglicherweise Granit, aus denen der Uferdamm an der Ostseite bestand, sahen schmierig aus. Das Wasser leckte an den Steinen und schwappte bis zu dem Algenrand hinauf, der bei Tag grün war. Mungo verließ die Brücke über die Fußgängertreppe und ging über den Damm in Richtung der Beckgate Steps.

Kein Mensch weit und breit. Hier unten im Südosten wohnte kaum noch jemand. Hin und wieder saß ein Angler auf den Granitsteinen des Kais – jedoch nicht um diese Zeit. Das Licht, das in Vierecken auf die breiten, flachen Stufen fiel, kam aus dem *Beckgate Pub*, aus dem Saloon, wo man zwei Leute an der Bar stehen sah.

Einen krasseren Gegensatz als zwischen diesem einzigen hell erleuchteten, gemütlichen Raum mit den beiden geselligen Trinkern und der düsteren, trostlosen Gegend, in der es weder Mensch noch Tier noch Grün zu geben schien, konnte man sich nicht vorstellen.

Vor vielen Jahren, noch bevor er geboren wurde, war hier ein Mädchen ermordet worden. Man hatte ihre Leiche auf der Treppe gefunden. Sie hatte auf dem breiten Absatz zwischen den beiden Treppenläufen gelegen. Als Mungo acht war, hatte ihm ein älteres Kind davon erzählt, hatte ihm auch die Stelle gezeigt, und dann hatten sie nach Blutflecken gesucht. Verstört und entsetzt hatte er mitgemacht und erst später erfahren, daß es kein Blut gegeben haben konnte, da das Mädchen erwürgt worden war. Und noch später hatte er eine unklare Scham empfunden, weil er dort gespielt und diese furchtbare Sache dadurch zum Gespött gemacht hatte; immer hatten alle den Mörder spielen, niemand die Rolle des Mädchens übernehmen wollen, alle nur danach gegiert, den irren, geifernden Verfolger zu verkörpern.

Der echte Mörder des echten Mädchens war nie gefaßt worden. Manchmal hieß es, daß an einer Stelle, an der etwas Schreckliches passiert war, die Ereignisse so etwas wie unaufhörliche Schwingungen erzeugten, die Gespenster anzogen. Als kleiner Junge hatte Mungo sich davor gefürchtet, den Tapferen gespielt, wenn er mit Ian oder Angus hiergewesen war, und allein die Gegend ängstlich gemieden. Bestimmt hätte er an den Fingern abzählen können, wie oft er diese Stufen hinauf- und heruntergelaufen war, so selten war es gewesen. Da wo sie hinführten, hatte er normalerweise nichts zu suchen, und sie endeten unten am Fluß. Gewöhnlich ging er durch die Albatross Street zur Straßenüberführung, und jetzt machte er, anstatt die Bread Lane zu nehmen, wohlweislich einen kleinen Umweg, obwohl, dessen war er fast sicher, niemand da war, der ihn sehen konnte.

Es war ein häßlicher, kaum frequentierter Bezirk mit vielen Gebäuden, die er für sich vage als Lagerhäuser oder Hafenanlagen bezeichnete, und mit Straßen voller eintöniger, offensichtlich unbewohnter Häuserblocks mit erleuchteten Fensterreihen, hinter denen man hoch aufgestapelte Versandkartons sah; mit seltsamen alten Ziegelbauten, zwischen die sich schmale weißgetünchte Fabrikhallen quetschten, und Ketten uralter ebenerdiger Häuschen, die tagsüber als Werkstätten genutzt wurden. Hier hingen an Betonpfählen grünlich-weiße Lampen wie riesige, welkende Pflanzen mit abgeknickten Köpfen, die ein merkwürdig grelles und zugleich mattes Licht verbreiteten. Wie eine Schicht phosphoreszierender Flüssigkeit lag es auf Straße und Mauern.

Ungefähr fünfhundert Meter vom Ende der Rostock Bridge entfernt, querte eine Stahlhochbrücke die Hauptstraße, über die sich ein zweiter Verkehrsstrom bewegte, und zwar von Alexandra in südlicher Richtung, und die Zufahrt der wichtigsten Nord-Süd-Verbindung anpeilte. Diese Straßenüberführung war vor etwa zwanzig Jahren gebaut worden, um den Verkehr auf der alten Umgehungsstraße zu entlasten. Damals hatten sie sich eingebildet, der Verkehr nehme überhand. Sie hatten nicht gewußt, was Verkehr war. Daher hatten sie die Überführung nur einspurig gebaut, und am Morgen wälzte sich die Blechlawine von Süd nach Nord, am Abend von Nord nach Süd. Für eine Gegenfahrbahn war kein Platz. Natürlich plante man seit langem eine neue Stahlhochbrücke mit drei oder vier Fahrspuren, aber bisher war noch nichts daraus geworden.

Die Wagen auf der Überführung machten über seinem Kopf ein Getöse wie Donnergrollen. Oder wie Geschützfeuer, dachte er. Zwischen einem dunklen, fast fensterlosen Block und einer Fabrik mit dem Namen Ahman-Suleiman in Chromlettern über dem schäbigen Eingang bog er nach links in die Albatross Street ab. Ein Mann im Turban setzte eine neue Scheibe aus Mattglas in ein Fenster ein, und eine große rote Katze, die eine Mülltonne umgeworfen und geleert hatte, riß mit Zähnen und Krallen an einem Plastiksack mit Abfall. Die beiden – von den zwei Leuten im Pub abgesehen die ersten Lebewesen, denen er begegnete, seit er die Brücke verlassen hatte – nahmen nicht die geringste Notiz voneinander. Er liebte Katzen, liebte sogar die Kolonie wild streunender Katzen, die hier unten hauste, und er begrüßte, die Hand ausstreckend, auch diese. Sie drehte sich zu ihm um, sah ihn mit eiskalter Verachtung an, und der Mann im Turban sagte überraschend:

«Sie beißt.»

«Danke, daß Sie mich darauf aufmerksam gemacht haben», sagte er.

Der Mann im Turban fuhr mit dem Daumen über den Kittrand. «Sie hat mich schon zweimal und meine Frau einmal gebissen», sagte er, sammelte sein Werkzeug ein und schloß die rechte Hälfte der zweiflügeligen Tür auf. «Teufel!» sagte er zu der Katze und schlug krachend die Tür hinter sich zu.

Die Katze tat weiterhin so, als habe niemand zu ihr gesprochen, ja, als sei überhaupt niemand da. Sie zuckte nicht einmal zusammen, als die Tür knallte. Sie war dabei, einen Hühnermagen zu zerreißen. Mungo war froh, daß der Mann im Turban hineingegangen war. Jetzt war niemand da, der ihn sehen konnte, niemand, der sah, welche Richtung er einschlug – nur die Katze, und sie zählte nicht.

Vor ihm tauchte wieder die Überführung auf, die jetzt in einer Kurve zur Straße hinunterführte. Sie ruhte auf stählernen Pfeilern, die nicht zylindrisch, sondern im Querschnitt eher kreuzförmig waren, mit vier Hohlkehlen vom obersten Ende bis zum Fundament. Diese Pfeiler schienen aus dem Pflaster zu wachsen, aus zu Sackgassen amputierten Straßen und den Hinterhöfen der Lagerhäuser, doch hier, an diesem Punkt, ragten sie aus einem dreieckigen Rasenstück auf, das im Sommer zu büscheligem Heu vertrocknete, jetzt aber kurzgeschoren und stumpfgrün war und auf dem ein paar verkümmerte Büsche ums Überleben kämpften. Man hatte das Gefühl, daß die Pfeiler bebten unter der Last des Verkehrs. Das Dröhnen von oben hörte sich an wie Kampfgetümmel aus dem Himmel.

Hier unten kamen nur wenige Autos vorbei, besonders nach Feierabend der Belegschaften aus den Fabriken. Trotzdem blickte er nach rechts und nach links, bevor er die Straße überquerte, vor allem, um nach einem eventuellen Beobachter Ausschau zu halten. Das matte bläuliche Licht warf indigoblaue Schatten, dunkel und breit und mit nicht einsehbaren Tiefen. Er blickte auf und fühlte Regen auf dem Gesicht, ein feines Nieseln nur. Es war so früh dunkel geworden, weil die Wolken tief wie ein Baldachin über der Stadt hingen. Aber hier unten funkelten einige wenige Lichter; die Abstände zwischen ihnen waren groß, so daß die flachen Gehäuse in dem dünnen Nebelschleier, den der Regen wob, nur verschwommen zu sehen waren.

Nirgends eine Menschenseele. Und weil es keine Pause gab und er sich nicht veränderte, wirkte das Dröhnen des Verkehrs auch wie eine Art von Stille. Er ging hinüber und trat auf das Gras, das sofort seine Schuhe mit Wassertropfen sprenkelte. Im Schutz der stählernen Pfeiler nahm er ein Stück Papier aus der Tasche. Es steckte in einem Umschlag, den er aus einem kleinen Plastikbeutel gemacht hatte, wie man sie im Supermarkt kaufen kann. Außerdem hatte er eine Rolle durchsichtiges Klebeband in der Tasche.

Es gelang ihm, einen etwa fünfzehn Zentimeter langen Streifen abzureißen, nachdem er ihn in seiner Ungeduld zuerst schräg eingerissen und der Klebstreifen sich wieder auf der Rolle festgeklebt hatte. Sorgfältig und ein gutes Stück unterhalb seiner Kopfhöhe, denn er war ungewöhnlich groß, schob er das Papier im Plastikumschlag in eine Hohlkehle des rechten von zwei Mittelpfeilern; wie immer wählte er die Kerbe, die von allen achtundvierzig von außen am wenigsten einzusehen war. Er befestigte den Umschlag mit zwei Klebstreifen, die er mit dem Handrücken fest an das glatte, kalte Metall drückte.

Als er sich noch einmal umdrehte, um zu kontrollieren, ob er möglicherweise doch beobachtet worden war, glaubte er auf der anderen Seite der Straße, die er überquert hatte, um zu dem Rasendreieck zu gelangen, eine Bewegung zu sehen – dicht bei der Mündung eines schmalen Durchgangs zwischen der seitlichen roten Ziegelmauer einer aufgelassenen, mit Brettern verschlagenen Kirche und der verputzten Mauer eines gedrungenen, nicht zu identifizierenden Gebäudes mit Flachdach und Fenstern mit Metallrahmen. Diese Gebäude lagen im Halbdunkel zwischen zwei weit auseinanderstehenden Laternenpfählen. Er überquerte die menschenleere Straße, das unaufhörliche Dröhnen über seinem Kopf hinter sich zurücklassend, und fühlte, daß sich seine Nackenhaare sträubten. Sie benutzten dieses Versteck seit Angus' Zeiten. Tatsächlich hatte Angus es entdeckt und mit derselben seltsamen Tollkühnheit großspurig zu einer festen Einrichtung bestimmt, mit der er sich darauf versteift hatte, die Zentrale Moskau zu infiltrieren.

Und mit allem übrigen hatte er auch das weitergegeben: «Unterhalb der Rostock Bridge, Mungo, wo die Überführung abwärts geht, stehen zwölf stählerne Pfeiler auf einem Rasenstück. Der Pfeiler, der uns heilig ist, ist von den beiden mittleren der rechte. Er ist unser toter Briefkasten.»

Angus hatte ihn häufig benutzt, und Guy Parker hatte nie etwas davon erfahren. Mungo hatte das Versteck eifersüchtig gehütet und zu seinem Schutzgebiet erklärt, das nur er und seine besten Agenten kannten. Nicht einmal sein zweiter Mann wußte darüber

Bescheid. Und was Ivan Stern anging, so ahnte oder vermutete er nicht einmal etwas. Es sei denn...

Mungo schlich, sich immer im Schatten haltend, an der Kirchenfassade entlang, vorbei an dem großen Bogen aus Sandstein mit dem verschalten zweiflügeligen Portal, vorbei an einem viktorianischen Strebepfeiler, den ein Lastwagen gerammt hatte, preßte sich an den im Schatten liegenden Stein und tauchte plötzlich aus dem Dunkel im Durchgang auf. Jetzt sah er auch, was es für eine Bewegung gewesen war, die er gesehen hatte – wahrscheinlich gewesen war: ein Stück Plastik, ursprünglich wohl ein Müllsack, mit dem jemand ein zerbrochenes Fenster in der verputzten Mauer verhängt hatte. Eine Ecke hatte sich losgerissen und flatterte im Wind. Er merkte erst jetzt, daß Wind aufgekommen war, ihm mit jeder Bö Regen ins Gesicht wehte und mit entsetzlichem Lärm, einem hohl klingenden Geklapper, eine fast würfelförmige leere Ölbüchse auf dem Pflaster vor sich hertrieb. Oder hatte ihr jemand einen Tritt versetzt, damit sie so klapperte und hüpfte?

Die Ölbüchse lag jetzt still, das Plastikstück hing schlaff herunter, nichts außer dem dröhnenden Verkehr war in Bewegung. Und auch er wurde geringer, als mit dem fortschreitenden Abend der Exodus der Autos abnahm. Es hatte daher den Anschein, als sei niemand dagewesen, als habe er es sich nur eingebildet – sich eingebildet, daß er nicht die Ecke eines Stücks willkürlich sich blähenden schwarzen Plastiks gesehen hatte, sondern einen Mann in einer Jacke aus schwarzer Ölhaut, der für eine Sekunde – einen Sekundenbruchteil – aus dem Dunkel des Durchgangs hervorgetreten war, um ihn und den Wald aus metallenen Bäumen zu beobachten.

Er mußte sich geirrt haben, überlegte jedoch einen Moment, ob er nicht doch zum Heiligen Baum zurückkehren und die Nachricht entfernen sollte, die in der langen Vertiefung seines Stammes versteckt war. Wenn er das tat, wäre das so, als hätte er ausgesprochen, daß der «Baum» nie wieder benutzt werden durfte, als toter Briefkasten ausgedient hatte. Und was sollte aus Basilisk werden, der die Nachricht abholen kam, was nicht ungefährlich für ihn war, Basilisk, den zu warnen er keine Möglichkeit hatte? Mungo wußte, daß er eine zu lebhafte Phantasie besaß, er sah Dinge, die nicht vorhanden waren – oder von denen die Leute sagten, sie seien nicht vorhanden.

«Du bist ein Hellseher», hatte Ian behauptet. «Oder schizophren.»

Andererseits konnte er sich nicht erinnern, in einer solchen Situation schon einmal Visionen gehabt zu haben. Aber er wollte es dabei belassen. Er wollte dem gesunden Menschenverstand und der Erfahrung vertrauen und sich keinen Phantasievorstellungen hingeben. Einen letzten Blick in den Durchgang und dann zurück, vorbei an Ahman-Suleiman. Die Katze war nicht mehr da, hatte aber die Reste eines Vogelkropfs und Knochen auf dem Gehsteig zurückgelassen. Es wurde kälter, und der Wind sprang ihn hinter Ecken hervor an. Mungo wußte, daß niemand ihm folgte, war überzeugt, daß niemand da war, der ihm folgen konnte, ging aber trotzdem auf weiten Umwegen nach Hause, durch ein Netz kleiner Straßen, die allmählich zu Wohngebieten wurden, vorbei an unzähligen Häuserreihen, die aus der Zeit vor dem Ersten Weltkrieg stammten, an kleinen Eckläden, gekappten Bäumen und vorbei an den am Gehsteigrand Stoßstange an Stoßstange geparkten Autos.

Falls jemand ihm gefolgt war, hatte er ihn abgeschüttelt. Mungo war ein Meister im Abschütteln von Verfolgern. Bald nachdem er Generaldirektor geworden war, hatte ihn die Moskauer Zentrale wochen-, wenn nicht sogar ein paar Monate lang beschatten lassen. Aber er hatte es immer gewußt, von Anfang an gewußt. Auch andere hatten das Glück gehabt, von Angus ausgebildet zu werden, doch natürlich hatte keiner diesem besonderen Lehrer so nahegestanden wie er. Mungo hatte sich ein Vergnügen daraus gemacht, seine Beschatter an der Nase herumzuführen, und eines triumphalen Tages war es ihm gelungen, Michael Stern – denn Guy Parkers Nachfolger hatte seinen eigenen Bruder auf ihn angesetzt – in ein leerstehendes Lagerhaus zu locken und dort einzuschließen.

Er bog in eine Straße ein, die ihn zum Shot Tower bringen würde. Schon bevor er am Ende der Straße angelangt war, sah er die wuchtigen Betonaufbauten der Alexandra Bridge, die tief im Wasser lag – für alle größeren Schiffe war bei der Rostock Bridge Endstation. Der rote und grüne Anstrich der in die Flanken der Brücke eingekerbten geraden und bogenförmigen Linien sah im Licht bleich und verwaschen aus. Wenn jemand ihm folgte – und das mußte schon ein sehr gerissener, fast unsichtbarer Jemand sein –, würde er es kaum wagen, die Brücke zu überqueren. Er würde auch wissen, wohin Mungo wollte.

In der Mitte der Brücke war er sehr verletzlich, allein und ohne Deckung. Autos waren genug da, aber nur ein zweiter Fußgänger, den er nicht kannte. Ein junger Mann. Er kam ihm auf dem Gehsteig entgegen. Doch er trug keine Jacke aus schwarzer Ölhaut und kam ohnehin aus der falschen Richtung. Nicht einmal einer von Sterns Stars – einer von den Clowns der Moskauer Zentrale aus der deutschen Abteilung in Utting – brachte es fertig, an zwei Orten zugleich zu sein. Mit gespielter Gleichgültigkeit gingen sie aneinander vorbei; das heißt, zumindest Mungos Gleichgültigkeit war nicht echt. Nachdem er scheinbar in Gedanken versunken die sich kräuselnde Wasserfläche betrachtet hatte, hob er den Blick und sah zum Westufer und dem Turm auf dem Gebäude der CitWest-Versicherung hinüber. Grüne Leuchtzeichen auf dem höchsten Punkt sagten Mungo, daß es sechs Uhr neunundfünfzig war und die Temperatur sechs Grad Celsius maß. Dann begann die Uhr der Kathedrale, die man von hier aus nicht sehen konnte, da sie sich auf der Nordseite der Apsis befand, die volle Stunde zu schlagen. Sie ging immer um Sekundenbruchteile vor. Im Nebel, in den sich der Regen verwandelt hatte, sah die erhabene und majestätische Kathedrale aus, als gehöre sie einer anderen Welt an; sie schien zu schweben wie ein Palast in einem Traum, als seien ihre Doppeltürme und die mit Heiligenfiguren überladene Ostfassade nicht mehr im Erdreich verankert, sondern würden sich zum Himmel aufschwingen.

Bei der Kathedrale endete die Brücke, und die Straße führte an der Mauer des Gotteshauses vorbei. Mungo fühlte die Vibration der Glockenschläge im ganzen Körper. Über ihm grinsten die Gesichter der Wasserspeier aus verwitterndem Stein, verzerrte Fratzen, die Münder in Todesqualen aufgerissen. Sie schienen aus dem Nebel aufzutauchen, diese Gesichter, als besäßen sie Körper, als gehörten sie Vorzeitmenschen, die über eine hohe Steinmauer hinweg die Vorübergehenden beobachteten. Mungo schüttelte sich. Hör auf, dir etwas vorzumachen, sagte er sich. Da ist nichts, da war nie etwas, und wenn du auf den Platz mit den Bäumen kommst, kannst du ja das letzte Stück laufen, das wird dir nur guttun.

2

Da es plötzlich kalt geworden war, zog John Creevey den Reißverschluß seiner Jacke zu. Sie war nicht aus schwarzem, sondern aus tief dunkelblauem Leder, diese Jacke, und sie glänzte im Regen. Sie hatte Johns Frau gehört und wäre ihm früher zu klein gewesen, doch in letzter Zeit hatte er stark abgenommen, und schmale Schultern hatte er schon immer gehabt. Er trug die Jacke, weil sie sie getragen hatte, weil sie eines der wenigen wirklich persönlichen Dinge war, die ihm von ihr geblieben waren.

Ohne zu überlegen, hatte er den Durchgang verlassen, war auf diesen offenen Platz und ins Licht getreten. Daß sich jemand auf dem Rasenstück unter den Brückenpfeilern aufhalten könnte, war ihm gar nicht in den Sinn gekommen. Er hatte nur an das Rasenstück und die Nachrichten gedacht, sich zum Beispiel darüber gewundert, warum seit einem Monat keine mehr dagewesen war, doch daß er tatsächlich einmal jemanden ertappen könnte, der eine hinterlegte, hatte er kaum in Betracht gezogen. Natürlich war er sofort wieder in das schützende Dunkel zurückgewichen. Er glaubte nicht, daß er von dem sehr großen, sehr dünnen Mann auf dem Rasen entdeckt worden war, den er selbst auch nur ganz kurz gesehen hatte.

Er ging durch den Durchgang zurück; zwar lief er nicht, bewegte sich jedoch schnell und versteckte sich hinter der nächsten Ecke in einer Toreinfahrt. Hier wollte er zehn Minuten bleiben, bis er sicher sein konnte, daß der Überbringer der Nachricht nicht mehr da war. Schließlich hatte er unendlich viel Zeit, lag ein langer, leerer Abend vor ihm. Hierhergekommen war er nur, weil er den Pfeiler im Auge behalten, seine Neugier befriedigen und versuchen wollte, einen Hinweis darauf zu finden, was es damit auf sich hatte. Seiner Schätzung nach ging das seit drei Monaten so. Nun ja, wahrscheinlich schon länger, doch im Dezember hatte er zum erstenmal eine ihrer Nachrichten gesehen. Vorher hatte er keinen Anlaß gehabt, sich in diese düstere Gegend zu verirren, die tagsüber recht nützlich, abends aber tot war.

Die Zeiger seiner Uhr schienen weiterzukriechen. Punkt sieben verließ er die schützende Toreinfahrt und passierte den Durchgang jetzt zum drittenmal. Einen Moment lang hatte er das scheußliche Gefühl, daß er für seine Neugier bestraft werden würde, falls der große, dünne Mann hinter der Ecke auf ihn lauerte. Mit einem Totschläger vielleicht – oder mit einer Schußwaffe. Doch er zwang sich weiterzugehen, vorsichtig, immer auf der Hut. Aber es war niemand da.

Der Blechstrom ergoß sich weiterhin über die Stahlhochbrücke.

Die Pfeiler, auf denen sie ruhte, schienen leicht zu vibrieren. Da, wo die Fahrbahn nach unten führte und die Pfeiler nicht einmal Manneshöhe erreichten, kauerte eine Katze in dem kümmerlichen Gras. John sah ihre leuchtenden, durchdringend grünen Augen. Er war allergisch gegen Katzen, ihr Fell verursachte bei ihm Asthmaanfälle, doch im Freien schadeten sie ihm gewöhnlich nicht so sehr. Er überquerte die Straße und ging weiter durch das Gras zu dem Pfeiler, in dem die Nachricht versteckt sein mußte. Es war seltsam, wie groß die prickelnde Erregung war, die er empfand, wenn er eines der kleinen Päckchen entdeckte. Er griff hinauf und holte den Plastikumschlag herunter, zerriß ihn jedoch nicht, sondern löste das Klebeband sehr vorsichtig. Interessant war, daß der Umschlag diesmal über seinem Kopf klebte, was bedeuten mochte, daß der große Mann nach langer Zeit zum erstenmal eine Nachricht hinterlegte.

Wie vorausgesehen, war sie verschlüsselt. Aber hatten sie den Code geändert? Angenommen, es war ein anderer als beim letztenmal? Das half ihm im Grunde nichts, doch ebensowenig hätte es ihm geholfen, wenn er gewußt hätte, ob sie den Code geändert hatten, denn bisher hatte er noch keine einzige dieser Nachrichten entziffern können. Er hatte es sich jedoch zur Gewohnheit gemacht, die Wörter in ein kleines Notizbuch einzutragen, das er eigens zu diesem Zweck gekauft hatte; und um das tun zu können, ging er wieder auf die andere Straßenseite und stellte sich unter eine Laterne. Als er den seltsamen Text kopiert hatte, faltete er das Papier, steckte es in den Umschlag und klebte ihn wieder in die Hohlkehle des Pfeilers, wobei er über sich greifen mußte, damit er die richtige Stelle wiederfand.

Hätte er dem großen Mann folgen sollen? John gestand sich ehrlich ein, daß er dazu nicht die Nerven hatte. Noch nicht. Und auf keinen Fall unvorbereitet. Und es gab da auch noch eine zweite Überlegung, die vielleicht lächerlich war, obwohl sie mit Eitelkeit nichts zu tun hatte. Er wollte nicht, daß die Jacke nasser wurde als unbedingt nötig. Er würde sie jetzt schon mit großer Sorgfalt trocknen müssen. Wurde dieses Leder vom Regen fleckig?

Jennifer hatte die Jacke auf ihrer Hochzeitsreise in einem Ort am Gardasee gekauft. Für seinen Geschmack war sie ein bißchen zu männlich, doch Jennifer hatte sich in sie verliebt, in die ungewöhnliche Farbe, das weiche Kalbsleder. Nur italienisches Leder sei so, hatte sie gesagt. Als sie sich für Italien als Reiseziel entschieden hatten, hatte sie sofort erklärt, sie müsse sich dort unbedingt etwas aus Leder zum Anziehen kaufen. Die Jacke roch nach ihr, schenkte ihm hin und wieder die flüchtige Illusion, daß sie sich fest an ihn drückte. Heute trug John die Jacke zum erstenmal auf der Straße. Er hatte sie angezogen, weil er gedacht hatte, es werde nicht regnen. Der Wetterfrosch im Fernsehen hatte gesagt, Regen sei im Westen unwahrscheinlich.

Als er das erste Mal hiergewesen – oder vielmehr auf dem Rückweg von Nunhouse vorbeigekommen – war, hatte er vernünftigerweise Regenmantel und Schirm getragen. Den Schirm hatte er gebraucht, weil er ziemlich lange gegenüber dem Cottage in der Fen Street gestanden hatte, in dem Jennifer jetzt wohnte. Damals – kurz vor Weihnachten – war niemand zu Hause gewesen. Aber ein paar Tage später war er, obwohl er es gar nicht wollte, wiedergekommen und diesmal durch ihren Anblick – oder vielmehr durch den Anblick einer schattenhaften Gestalt – belohnt worden, die sich hinter dem beschlagenen Wohnzimmerfenster bewegt hatte. Er war mit dem Bus nach Hause gefahren, hatte, von seinem Unglück wie benommen, aus dem Fenster gestarrt und zufällig entdeckt, daß in einem der Pfeiler unter der Überführung etwas steckte. Aber er war zu verzweifelt gewesen, um viel darüber nachzudenken, geschweige denn, es sich näher anzusehen.

Nach Nunhouse zu gehen, war unklug; mehr als das, es war demütigend, irgendwie pervers, das Verhalten eines Voyeurs, eines Spanners. Aber er konnte nicht anders. Er ging wieder hin und wartete auf der anderen Straßenseite, um wenigstens einen Blick auf sie zu erhaschen, wenn sie im Obergeschoß hinter einem Fenster vorüberging. Er hatte dagestanden, sie sehnsüchtig beobachtet, bis sie mehr von sich sehen ließ, lächelnd den Vorhang hob und winkte. Er wollte seinen Augen nicht trauen und war, vor Erleichterung zitternd, drauf und dran gewesen, unter dem Weißdornstrauch vorzukommen und über die Straße zu laufen. Dann sah er, wer aus der anderen Richtung kam, wem sie zugelächelt und gewinkt, auf wen sie gewartet hatte; da hatte er kehrtgemacht und hastig die Flucht ergriffen.

Es war eine Art Dorf, in dem Peter Moran und sie lebten, und das Haus fast wie ein Cottage. Nunhouse war von der sich immer weiter ausdehnenden Stadt fast geschluckt und von einer Stadtrandsiedlung mit Sozialbauten verschlungen worden wie ein kleiner, hübscher Fisch von einem raubgierigen Hai. Das Cottage war eine winzige Bruchbude mit malerischem Strohdach und einem schuppenähnlichen seitlichen Anbau. Etwas Besseres hat sie bei ihm nicht zu erwarten, dachte John, es ist das Beste, das Peter Moran trotz seines akademischen Grades und seiner piekfeinen Aussprache einer Frau bieten kann. Der Bus fuhr nur alle zwei Stunden, und John war den ganzen weiten Weg zu Fuß zurückgegangen, obwohl er nicht gern zu Fuß ging.

Aber sie hatte ihn dazu gebracht, sich für das Motorrad, für seine Honda, zu schämen. Wenn sie ihn dort sah, sollte sie nicht auch die Honda sehen. Vielleicht stimmte ja, daß Motorräder – wie sie einmal behauptet hatte – am besten zu Leuten unter Dreißig paßten. Aber wie, wenn man über Dreißig war und sich keinen Wagen leisten konnte?

Auf diesem Fußmarsch über eine Straße, die vor noch nicht allzulanger Zeit ein ländlicher Feldweg gewesen war, dann eine Hauptstraße entlang – fast wie ausgestorben, seit es die Autobahn gab –, hatte er die Abzweigung zu der im Osten liegenden Vorstadt verpaßt, in der er lebte, und war unter die Überführungsstraße geraten. Als er merkte, wo er war, hatte er sofort kehrtgemacht. Wenn er noch zwei oder drei Minuten in dieser Richtung weitergegangen wäre, dem Ostufer immer näher kommend, hätte er den Ort erreicht, den er sechzehn Jahre lang gemieden hatte. Bestimmt sah es jetzt dort ganz anders aus, waren alte Häuser abgerissen und neue gebaut worden, doch er würde diesen Ort erkennen, sogar unter frischem Beton, neuem schimmerndem Metall, neuen Fliesen und neuem Anstrich.

Er überquerte die Straße in die Richtung, aus der er gekommen war, nahm die Abkürzung über das Rasenstück und ging zwischen den Pfeilern durch, auf denen die Hochstraße ruhte. Warum hatte er sich umgedreht und zurückgeschaut? War ihm eingefallen, daß er vom Bus aus hier etwas gesehen hatte? Hatte er etwas gehört? Einen einzelnen Wagen vielleicht oder Schritte? Oder ein Geräusch, das von einer der Katzen stammte? Seither war er regelmäßig hiergewesen und hatte sie oft gesehen, den roten Kater – King of the Road – und seine vielfarbigen Frauen, Nachkommen und Rivalen, die unter den Pfeilern im Gras und unter den verkümmerten Schlehdornbüschen hausten.

Was es auch gewesen sein mochte, er hatte zurückgeblickt und in der Hohlkehle des Mittelpfeilers die erste – oder erste für ihn – Botschaft im Plastikbeutel entdeckt. Unglück muß sehr tief gehen, muß einen Menschen in die Nähe des Selbstmords treiben, ehe es Neugier auslöschen kann. Dieser Gedanke war ihm tatsächlich gekommen, als er das kleine Päckchen gesehen hatte. Bis dahin hatte er geglaubt, sein Unglück sei total, allumfassend, überschwemme alles andere, lasse nur noch Platz für früheren Jammer, der mit seiner Flut wieder an die Oberfläche drängte. In diesem tiefen, weiten Meer war Platz genug für seine Schwester und ihren Tod, hatte er geglaubt, aber kein Platz für eine Insel aus Interesse und Spekulationen. Doch hier...

Das Päckchen war ungefähr in Mannshöhe an dem Pfeiler befestigt gewesen. Er hatte den Klebstreifen gelöst, den gefalteten Bogen aus dem Umschlag genommen und gelesen, was darauf stand – oder versucht zu lesen. Zufällig hatte er einen Kugelschreiber bei sich und notierte sich die sechs verschlüsselten Wörter oder sechs Buchstabengruppen auf ein Stück Papier, das er in der Manteltasche fand – den Kassenzettel eines Supermarktes. Dann faltete er die Nachricht wieder zusammen, steckte sie in den Umschlag und klebte sie in die Innenseite des Pfeilers.

Zu Hause hatte er sich die verschlüsselte Nachricht noch einmal angesehen. Er wußte sehr wenig über Codes, und was er wußte, stammte aus Büchern, die er vor fünfundzwanzig oder dreißig Jahren als noch sehr kleiner Schuljunge gelesen hatte. Doch er war von dieser unwahrscheinlichen Nachricht, die er an einem so unwahrscheinlichen Ort gefunden hatte, so fasziniert, daß er sie Colin Goodman gezeigt hatte, ohne ihm Näheres zu verraten. Er hatte keine Ahnung gehabt, daß Colin sich für Codes interessierte, obwohl ihm bekannt war, daß er gern Kreuzworträtsel löste, die kniffligsten sogar, in *The Times* und manchmal im *Guardian*. Doch wie es sich herausstellte, befaßte er sich aus Liebhaberei auch mit Codes. Er sah sich die Buchstaben auf der Supermarktrechnung an und hatte sehr schnell eine anscheinend plausible Vorstellung von dem Code, der benutzt worden war, obwohl das noch lange nicht hieß, daß er die Nachricht auch entschlüsseln konnte.

Seit Anfang Januar blieb das Versteck eine Zeitlang ungenutzt, bis John dann Mitte Februar zwei weitere Nachrichten und jetzt diese bisher letzte gefunden hatte. Es ist schon eigenartig, wie diese Nachrichten mir geholfen haben, dachte er auf dem Heimweg. Sie hatten ihn abgelenkt. Auf merkwürdige Weise, so unglaublich das auch scheinen mochte, hatten sie ihn getröstet. Er war noch immer sehr unglücklich, sein Leben leer, seit Jennifer alles im Stich gelassen hatte, wofür es sich zu leben lohnte, seine Zukunft war zerstört, doch er war nicht mehr besessen, nicht mehr ausschließlich verzweifelt. Seit Wochen hatte er nicht mehr, über sich selbst beschämt, vor ihrem Haus Wache gehalten. Und in dieser Zeit hatte er auch nicht nur an sie gedacht. Ganze Minuten, ja sogar Stunden waren verstrichen, ohne daß er sich mit ihr beschäftigt hatte. Und bei jedem Besuch auf dem Rasenstück mit den stählernen Pfeilern und den dort hausenden Katzen hatte er, wenn er nach neuen Nachrichten Ausschau hielt, das Gefühl, wieder ein Interesse am Leben zu haben. Es war natürlich absurd, es war lächerlich, daß ein Mann seines Alters sich von diesem Geheimnis so fesseln ließ, aber es faszinierte ihn, und er war dafür dankbar. Es hatte ihn aufgerichtet, sonst wäre er wohl zusammengebrochen, ganz in seiner Verzweiflung untergegangen.

Geneva Road fünfundzwanzig war eine kleine Doppelhaushälfte in einer Straße mit lauter kleinen Doppelhäusern. Was sein Haus jedoch aus der Masse heraushob, war der Garten. Sogar schon vom Ende der Straße, zweihundert Meter weit entfernt, erkannte man, was ihn von den anderen Unterschied. Im kleinen Vorgarten stand ein früher japanischer Pflaumenbaum in voller Blüte, ein heller Schimmer in der zunehmenden Dunkelheit. Das Laternenlicht nahm ihm zwar die rosige Farbe, konnte aber der zerbrechlichen Zartheit seiner Blüten nichts anhaben.

Als John näher kam, sah er am Fuß des Baumes die Büschel der sternförmigen blauen Scilla, die gelben Rispen des Eisenhuts und die anmutigen Iris, deren sich langsam entfaltende zartlila Blüten halb hinter ihren Blättern verborgen waren; die Gärten seiner Nachbarn, obwohl ordentlich und gepflegt, waren noch völlig kahl.

Doch wer sollte einen schönen Garten zustande bringen, wenn nicht er? Er war stolz auf diesen blühenden Streifen unter dem Erkerfenster und den größeren hinter dem Haus mit dem Steingarten und dem kleinen Teich, den beiden Rabatten, die auf diesem Stückchen Land mutig ums Überleben kämpften, den seltenen Sträuchern und dem Gingkobaum.

Er verstand noch immer nicht, wieso Jennifer an dem Garten keine Freude gehabt hatte. Das hatte er in den Tagen, in denen er jemandem sein Herz ausschütten mußte, auch zu Colin gesagt, der ihm damals so bereitwillig zugehört hatte.

«Ich glaube nicht», hatte Colin so rücksichtsvoll wie möglich geantwortet, «daß ein hübscher Garten eine Frau davon abhalten kann, ihren Mann zu verlassen.»

So ausgedrückt, klang es ziemlich absurd.

John betrat das Haus. Innen war es schäbig und schmuddelig. Wenn er nach längerer Abwesenheit nach Hause kam, fiel ihm der Geruch auf. So roch es in Räumen, die lange nicht mehr richtig geputzt worden waren, wo die Vorhänge gewaschen, die Teppiche schamponiert und die Fenster geöffnet werden sollten. Doch wenn er eine Zeitlang zu Hause war, merkte er den Geruch nicht mehr.

Es gab hier nichts, das ihn eindringlich an Jennifer erinnert hätte. Er machte Licht, zog die blaue Lederjacke aus und legte sie über die Armlehne eines Sessels. Jennifer hatte kaum etwas zur Einrichtung des Hauses beigetragen, und hier unten überhaupt nichts. Es war so geblieben wie zu Lebzeiten seiner Mutter, und Jennifer war erstaunlicherweise damit zufrieden gewesen. Aber es war ihm damals sehr merkwürdig vorgekommen, daß eine junge Frau mit gutem Geschmack und sehr bestimmten Ansichten bereit war, in Möbeln aus den fünfziger Jahren zu leben, obwohl er ihr immer wieder vorgeschlagen hatte, das Haus zu renovieren und neu einzurichten.

Er setzte sich, klappte das Notizbuch auf und studierte die letzte Nachricht. SIDKCKDM AF HCRKTABIE SHIMC KD LFDAILA. Es war die vierte. Er hatte Colin gesagt, er bekomme sie von einem Freund aus dem Norden, mit dem er seit Jahren korrespondiere. Als Schuljungen seien sie ganz verrückt auf Codes gewesen, und seit einiger Zeit schicke sein Freund ihm wieder chiffrierte Nachrichten. Er wußte nicht, ob Colin ihm glaubte. Es war keine sehr überzeugende Geschichte.

«Der Code basiert wahrscheinlich auf einer Buchzeile», hatte Colin gesagt.

«Was meinst du mit Buchzeile? Aus welchem Buch?»

«Das wissen wir eben nicht.»

«Erklär mir das doch bitte näher.»

«Na schön. Nehmen wir einen Satz, irgendeinen Satz. Zum Beispiel: ‹Unser Land ist jetzt aufgerufen, im Orchester der Nationen mitzuspielen, und wir werden diesem ehrenvollen Ruf selbstverständlich folgen.› Der erste Buchstabe U steht dann für das A, N für B, S für C, E für D, R für E und so weiter.»

Colin schrieb alles auf, und John sah aufmerksam zu.

«Schön», sagte er, «aber was passiert, wenn du zum zweiten N kommst? N ist doch schon B, also kann es nicht auch H sein. Läßt du es aus und fährst einfach fort? Dann ist aber das I in ‹ist› auch wieder I.»

«Das macht nichts. So geht man eben vor. Und wenn der Satz zu Ende ist, bevor du das Ende des Alphabets erreichst, nimmst du einen zweiten dazu. Zum Beispiel: ‹Der flinke braune Fuchs sprang über den faulen Hund.› Hast du's begriffen?»

«Ist das nicht sehr simpel?» wandte John ein.

«Das ist es. Aber wenn du den Satz nicht kennst, kannst du die Nachricht nie dechiffrieren. Das heißt – es gibt bestimmt ein paar Leute, die es können, ich kann es nicht.»

«Dann ist die Sache für mich also hoffnungslos? Solange ich das Buch beziehungsweise den Satz nicht kenne, werde ich nie erfahren, was diese Botschaften bedeuten.»

Colin lachte.

«Ganz so schlimm ist es nicht. Dieser Philip ist doch dein Freund, und wenn ihr euch so gut kennt, weißt du wahrscheinlich, welche Bücher er liebt. Ich meine, hattet ihr als Kinder vielleicht ein gemeinsames Lieblingsbuch?»

John erhielt diese Lüge nur sehr ungern aufrecht und wollte sie nicht noch weiter ausspinnen. Er zuckte unglücklich mit den Schultern.

«Mit größter Wahrscheinlichkeit ist es der erste oder der letzte Satz eines Buches. Und ein erster Satz wiederum ist wahrscheinlicher als ein letzter.»

«Wieso das?»

«Weil das Buch zu Ende sein könnte, bevor du das Ende des Alphabets erreicht hast», sagte Colin geduldig. «Und diese in der Nachricht immer wieder vorkommenden Worte müßten dir einen Hinweis geben – vermutlich sind es Namen. HCRKIABIE und SIDKCKDM und OQIUFE.»

Als er gegangen war, hatte John versucht, die chiffrierten Nachrichten mit Hilfe der ersten Sätze verschiedener Bücher zu entschlüsseln. Sein Vater hatte mit Begeisterung Detektivgeschichten gelesen, von denen noch viele im Haus waren, zusammen mit den Romanen aus dem 19. Jahrhundert, die er liebte, weil sie ihm besser als moderne Literatur halfen, dem Alltag in dieser Stadt der achtziger Jahre zu entfliehen. Aber wenn jemand einen Text mit Hilfe eines Buches verschlüsseln wollte, konnte er genausogut die Bibel oder Shakespeare nehmen. John war nicht überrascht, daß die erste Zeile der Genesis lautet: «Am Anfang schuf Gott Himmel und Erde.» Doch er hatte nicht erwartet, daß sein Shakespeare mit «Bootsmann!» – «Hier, Patron! Was gibt's?» anfing.

Auf jeden Fall waren weder Bibel noch Shakespeare Grundlage eines Codes. Auch nicht bei Dickens, Jane Austen, den Brontës oder Eliot fand er, was er suchte. Nachdem die ersten Sätze nichts erbracht hatten, versuchte er es, trotz allem was Colin gesagt hatte, mit den letzten. Er machte weiter, testete die ersten und die letzten Sätze von Kipling, Trollope, Hardy und Conrad. Als nächstes kamen John Creasey und Agatha Christie an die Reihe. Manchmal widmete er der Suche nach dem richtigen Buch ganze Abende und einmal praktisch einen ganzen Sonntag.

Im Wohnzimmer war es ziemlich kalt. Das Haus hatte keine Zentralheizung. Er hätte sie Jennifer zuliebe einbauen lassen, doch sie hatte auf seinen Vorschlag mit Gleichgültigkeit reagiert. Er streckte den Zeh aus und schaltete beide Heizspiralen des elektrischen Kamins ein. Die drei Bücher, die er sich heute in der Bibliothek ausgeliehen hatte, lagen auf dem niedrigen Hocker rechts neben dem Kamin: *Sie* und *Tochter der Weisheit* von H. Rider Haggard und *Eine kleine Stadt in Deutschland* von John Le Carré. John las selten etwas anderes als Romane. Derjenige, der sich den Code ausgedacht hat, kann genausogut wie jedes andere eines dieser Bücher benutzt haben, dachte er. Andererseits hatte er nicht den geringsten Anhaltspunkt dafür, daß dieser Mann überhaupt ein Buch benutzt hatte. Er konnte einen Satz oder Absatz aus einer Zeitung, einer Zeitschrift genommen haben. Und er konnte – ein lähmender Gedanke – seine Texte nach einer Seite aus dem Telefonbuch verschlüsselt haben. Aber John verbot sich, diesen Gedanken weiterzuverfolgen. Kugelschreiber und Notizbuch in der Hand, begann er die Buchstaben des Alphabets unter die des ersten Satzes aus *Sie* zu notieren: *Indem ich der Welt Kunde gebe von dem, was, als reines Abenteuer betrachtet, eines der – wie ich vermute – wunderbarsten und geheimnisvollsten Erlebnisse ist, die je einem Sterblichen zuteil wurden . . .*

Chef, denn der damalige Geschäftsführer war auf einem langen Krankenurlaub, von dem er nicht mehr in die Firma zurückkehrte.

John hatte Jennifer Fuchsien vorgeschlagen, dazu zwei oder drei Geranien, Hängelobelien und weißes Knabenkraut, das Übliche eben, und dazu Kanarienkresse, die etwas aus dem Rahmen fiel.

«Warum heißt sie so?»

«Kanarienkresse?» hatte er gesagt. «Warten Sie's ab. Die Blüten sehen wie gelbe Vögel aus.»

Das waren die ersten Worte gewesen, die sie miteinander gewechselt hatten, abgesehen von dem stereotypen «Guten Morgen, Sie wünschen?» Er erinnerte sich jetzt so deutlich daran, weil er im Gewächshaus war und die Fuchsiensetzlinge in den Plastiktöpfen kontrollierte. Jennifer hatte Alice Hoffman- und Thalia-Fuchsien gekauft. Und später, als sie ihn in ihre Wohnung eingeladen hatte, hatte er gesehen, wie prächtig sie gediehen. Ihre Blumenkästen waren wunderschön gewesen, er hätte es nicht besser machen können. Er konnte nur nicht verstehen, warum sie das Haus ihrer Mutter nicht behalten hatte, zu dem ein Garten gehörte. Er hatte keine Minute daran gedacht, das Haus zu verkaufen, als seine Eltern starben. Das war die erste Gemeinsamkeit zwischen Jennifer und ihm, die ihm sofort aufgefallen war – sie hatten beide innerhalb weniger Wochen die Mutter verloren.

«Meine Mutter ist vor einem Jahr gestorben. Sie hat mir ihr Haus hinterlassen, aber ich habe es verkauft und mir diese Wohnung dafür gekauft. Die leeren Blumenkästen haben mich irgendwie gestört, als ich vor zwei Wochen einzog.»

«Meine Mutter ist auch vor einem Jahr gestorben – nun ja, vor einem Jahr und zwei Monaten.»

Sie hatte ihm ein wenig traurig zugelächelt. Sie sah sehr ruhig aus. Vernünftig war das Wort, das zu ihr paßte. Er wußte noch genau, was sie damals angehabt hatte: einen karierten Faltenrock in zwei Brauntönen, eine kamelfarbene Weste über einer weißen Bluse, auf Hochglanz polierte braune Schuhe mit niedrigen, aber keineswegs flachen Absätzen. Kein Make-up – sie schminkte sich nie. Ihr Haar war von einem hellen, glänzenden Goldbraun und hing ihr bis auf die Schultern. Nein, «hing» war der falsche Ausdruck, es wehte und lockte sich in seiner Fülle wie eine Chrysantheme. Nie vorher hatte er ein so weiches und so ausdruckstarkes Gesicht gesehen. Auch ihre Haut und ihre Lippen waren weich, und sie hatte ziemlich volle Wangen, starke Brauen und Augen, die immer ein wenig feucht schimmerten. Sie sah Cherry ähnlich, doch das war ihm damals nicht klar gewesen, denn er hatte noch nicht begriffen, daß zwei Frauen sich ähnlich sehen können, obwohl eine häßlich und die andere schön ist.

Er hatte alle Pflanzen in einen Karton gepackt und ihn zu dem Wagen hinausgetragen, in dem eine Freundin sie ins Garten-Center gebracht hatte. Es wäre ihm selbstverständlich nicht im Traum eingefallen, sie um ein Wiedersehen zu bitten. Er ging nicht mit Mädchen aus. Aber sie kam wieder, um die Thalia-Fuchsie und das Knabenkraut zu ersetzen, die eingegangen oder von Schädlingen gefressen worden waren, und da er keine Thalia-Fuchsie mehr vorrätig hatte, versprach er ihr, sie ihr vorbeizubringen, sobald sie hereinkamen. Es «kamen» natürlich keine «herein», Trowbridge's zogen alle Fuchsien selbst, aber John hatte eine seiner eigenen Pflanzen aus seinem Gewächshaus für sie ausgesucht.

Wann war das eigentlich gewesen? Im Mai? Oder Juni? Im Mai vor fast drei Jahren, dachte er. Dieses erste Mal hatte sie ihm noch nichts von Peter Moran erzählt, doch als sie sich das zweite Mal trafen, hatte sie über ihn und er über Cherry gesprochen...

Die meisten Fuchsiensetzlinge waren angewachsen und sahen gut aus. John warf einen Blick auf das Thermometer. Fünfzehn Grad – langsam gewöhnte er sich daran, in Celsius- anstatt in Fahrenheitgraden zu denken –, nicht schlecht für Ende März mit niedrig eingestellter Heizung. Ostern stand vor der Tür. Morgen war Karfreitag. John hatte zur Zeit für Feiertage nichts übrig. Die Ehe hatte ihm bewußt gemacht, was Alleinsein hieß. Vielleicht kam Colin herüber. Und am anderen Ende der Stadt wohnte auch noch seine Tante, in deren Haus er immer willkommen war. «Geh bloß nicht zu Jennifer», murmelte er vor sich hin, als er in den Laden zurückging, «treib dich ja nicht bei Jennifers Haus herum.» Sharon, die an der Kasse saß, musterte ihn forschend.

«Erinnern Sie mich daran, daß ich mir die Fische ansehe, bevor wir schließen, Sharon.»

Er war nicht damit einverstanden, daß neuerdings im Garten-Center auch Goldfische und Vögel und sonst noch alles mögliche verkauft wurde, aber man mußte mit der Zeit gehen. Die Goldfische schwammen träge zwischen dem Wasserweißdorn und den Elodeas umher. Sie sahen sehr gesund aus. Es war ein Rätsel, warum sie alle starben, sobald die Kunden sie nach Hause mitnahmen. Aber er war eben kein Fisch-Experte. Trowbridge's sollten einen Ichthyologen einstellen, wenn ihnen das Fischsterben Sorgen machte, einen arbeitslosen ehemaligen Studenten. Heutzutage schien jeder Hinz und Kunz einen akademischen Grad zu besitzen, und es hätte John nicht überrascht, wenn Sharon ein Diplom in Computerwissenschaften gemacht hätte.

Es war ganz natürlich, daß dieser Gedankengang ihn zu Peter Moran führte. Peter Moran hatte an einer berühmten Universität promoviert und an einer nicht so berühmten gelehrt. Das hatte Jennifer gesagt. Er konnte sie jederzeit gewollt oder ungewollt heraufbeschwören, diese spöttische Stimme mit der perfekten Diktion, den kritischen oder unverständlichen Äußerungen. Aber ich will nicht an ihn denken, sagte sich John, ich darf nicht. Es ist schädlich, an Menschen zu denken, die man haßt, es macht seelisch krank. Ich hasse Jennifer nicht, habe es nie getan. Ich liebe sie noch. Manchmal glaube ich, ich liebe sie noch mehr als früher.

Er zog den braunen Arbeitsmantel aus und hängte ihn im Büro an den Haken. Wenn das Wetter hält, dachte er, kann ich das Wochenende im Garten etwas tun. Die Schneeglöckchen haben sich unglaublich vermehrt, ich muß sie herausnehmen. Und ich werde ein Beet für die pinkfarbenen Lilien vorbereiten. Außerdem werde ich unter der Brücke im Katzenwinkel – die kleine Grünanlage hatte bestimmt einen Namen, doch er nannte sie immer Katzenwinkel – nachsehen, ob jemand die letzte Nachricht abgeholt hat. John hatte seine Bibliotheksbücher in einem Einkaufsnetz dabei: *Sie*, *Tochter der Weisheit*, *Eine kleine Stadt in Deutschland*. Er sagte Sharon und Les gute Nacht und gab Gavin den Auftrag, hinter ihm abzuschließen. Gavin war sein neuer Assistent, erst dreiundzwanzig, Absolvent des hiesigen Colleges für Gartenbau. Lateinische Namen flossen ihm nur so von der Zunge. Er war der einzige Mensch, den John kannte, der eine *Dizygotheca elegantissima* nicht wie «Diskotheka» aussprach. Den Mynahvogel, der eigentlich in Südostasien zu Hause war und den er zu lieben schien, hatte er «Grackle» getauft – nach seiner wissenschaftlichen Bezeichnung *Gracula religiosa*, wie er erklärte. Erst heute nachmittag hatte John gehört, daß Gavin einem Kunden versprochen hatte, ihm einen «Fremontodendron» zu besorgen – was immer das sein mochte.

«*Ciao,* Chef», sagte Gavin.

Die Zentralbibliothek war viel besser sortiert als die Filiale in seinem Vorort, so daß er sie mindestens ebenso häufig benutzte. *Sie* war ein wunderbares Buch, aber *Tochter der Weisheit* hatte ihm nicht sonderlich gefallen. Das war bei Folgebänden häufig der Fall. *Die Schätze des Königs Salomo* war ausgeliehen, und John empfand übertriebene Enttäuschung. So war es ihm schon immer ergangen: Er war auf ein bestimmtes Buch erpicht gewesen, war irgendwie sicher, es zu bekommen, hatte an den vor ihm liegenden Abend gedacht, an dem er es lesen wollte, und wenn es ausgeliehen war, war er geradezu lächerlich enttäuscht und verärgert. Noch vor ein paar Jahren wäre er jetzt von Filiale zu Filiale gelaufen, um das Buch doch noch zu ergattern. Das war jetzt anders. Zuviel war passiert, er konnte sich wegen eines Buches einfach nicht mehr so aufregen. John Le Carré ließ ihn nicht im Stich. *Agent in eigener Sache* und *Eine Art Held* waren vorrätig. Natürlich waren sie bei weitem nicht so leicht zu lesen wie Rider Haggard. John liebte Spionageromane, hatte aber noch nicht viele gelesen. Er fragte die Bibliothekarin, was sie ihm empfehlen könne.

«Sollen die Bücher reine Phantasie sein oder auf Tatsachen beruhen?»

So hatte John es noch nie bedacht.

«Ich meine ein Buch wie *Das Rätsel der Sandbank* beruht auf Tatsachen, während Ian Fleming reine Phantasie ist.»

«Ein bißchen Realität sollte schon dabei sein», antwortete John und fragte sich gleich darauf, warum er das gesagt hatte, denn er wollte sich doch entspannen und ablenken.

«Das ist ein Tatsachenbericht. *My Silent War* von Kim Philby. Sie erinnern sich doch, daß er sich nach Rußland abgesetzt hat.»

Für sie war das Vorgeschichte, etwas, worüber die Erwachsenen gesprochen hatten, als sie noch ein Kind war. John nahm ihr das Buch ab.

«Ich versuch's mal.»

Sie lächelte ihn freundlich an. Ich könnte sie fragen, ob sie mit mir ausgehen möchte, dachte er. Ich weiß, wie man das macht. Früher hab ich es nicht gewußt, ich hatte keine Ahnung, aber heute weiß ich es. Man schwatzt eine Weile und findet heraus, was sie gern macht, zum Beispiel spazierengehen, sich einen Film ansehen, Jahrmärkte besuchen oder botanische Gärten – was ein seltener Glücksfall wäre –, und dann sagt man einfach: Wir könnten doch irgendwann zusammen einen langen Spaziergang machen oder uns den Film im Astoria ansehen, und wenn sie von dem Vorschlag angetan scheint, sagt man noch: Wie wär's mit morgen abend? Ich hole Sie ab, ist es Ihnen recht?

Sie schien ein bißchen verblüfft, weil er sie anstarrte. Rasch wandte er sich ab und widmete sich wieder den Regalen. Er wollte nicht mit ihr ausgehen, es wäre langweilig und peinlich. Und am Ende würde er ihr doch nur von Jennifer erzählen. Der frühere Verlobte meiner Frau tauchte aus heiterem Himmel wieder auf, und sie ist mit ihm weggegangen. Armer Kerl, wie schrecklich für Sie, würde sie sagen. Aber es wäre ihr auch peinlich, und sie wüßte nicht so recht, was sie sagen sollte. Manchmal dachte er, er werde zeitlebens nie wieder mit einer Frau allein sein. Die Bücher waren schwer, aber er machte trotzdem den Umweg über den Katzenwinkel. Ein mageres, junges Kätzchen, weiß und getigert, saß vor dem Mittelpfeiler im Gras. Als John näher kam, wich es miauend ein Stückchen zurück. Er wagte nicht, es zu berühren, weil er fürchtete, dann husten und niesen zu müssen. Die Nachricht war verschwunden, nur das Ende des Klebstreifens haftete noch am Metall.

Als er das letzte Mal hiergewesen war, war der Tag für ihn erfreulicher verlaufen. Samstag nacht mußten die Uhren vorgestellt werden, und dann würde man endlich das Gefühl haben, daß der Frühling wirklich da war. Schon war ein Hauch von Wärme in der Luft. Sein Vater hätte gesagt, die Luft macht einen ganz närrisch, was für John immer sehr seltsam geklungen hatte, als sei das Wetter übergeschnappt. Zwischen den leichten Wolken sah man blauen Himmel, und am anderen Ende der Straße, in der Nähe der aufgelassenen Kirche, glitzerte Wasser. John war fast unbewußt hierhergekommen. Eine junge Frau schob einen Kinderwagen in Richtung der Albatross Street, aber sonst war niemand da. Er hätte den gleichen Weg gehabt wie sie, und es wäre nur natürlich gewesen, wenn er hinter ihr hergegangen wäre. Doch dann fiel ihm ein, daß sie sich vielleicht ängstigen würde, wenn ein Mann ihr folgte. Es ist ziemlich unwirtlich hier unten, dachte er, und keine andere Menschenseele unterwegs. Er wandte sich in die entgegengesetzte Richtung, zum Damm und zum Uferweg und fand sich plötzlich, fast ehe er sich dessen bewußt war, am oberen Ende der Beckgate Steps wieder, dort, wo man Cherrys Leiche gefunden hatte.

Sofort fiel ihm ein, daß er immer überzeugt gewesen war, daß er die Stelle instinktiv oder intuitiv sofort erkennen würde, gleichgültig, wie sehr sich alles verändert hatte. Und es hatte sich verändert, war nicht wiederzuerkennen, nur die breite, sehr alte Treppe war noch so wie sie immer gewesen war. Die Kapelle aus rotem Klinker gab es nicht mehr und die verfallene Mälzerei war wieder aufgebaut worden; in den viktorianischen Cottages war ein Kleidergroßhandel untergebracht, das früher baufällige Pub hatte man renoviert und ihm einen neuen Namen gegeben – und er hatte es nicht gewußt. Aber die Treppe war dieselbe, und die Gegend war auch noch genauso entlegen und ruhig wie früher, denn der Großhandel hatte schon Feierabend und das Pub noch nicht geöffnet.

Am Fuß der Treppe hinter dem mit Steinplatten belegten Damm funkelte der sich zu unzähligen kleinen Wellen kräuselnde Fluß. Weiter weg sah man noch einmal ein Stück Fluß mit einem Uferabschnitt, denn auf dieser Seite verstellten Bäume und Häuserblocks mit teuren Wohnungen und weit vorspringenden Balkons in jedem Stockwerk die Sicht. Die Sonne schien, doch auf die flachen Stufen der Treppe verirrte sich kein Sonnenstrahl. Sie bestand aus irgendeinem schwarz und grau gesprenkelten Stein, diese Treppe, und hatte zu beiden Seiten ein Eisengeländer, das von den Händen der treppab Gehenden zu blankem Silber poliert worden war. Er fühlte in der Herzgegend einen nervösen Druck und wußte, daß sein Gesicht sich wie im Krampf verzerrt und daß er die Augen zugekniffen hatte. Er war froh, daß niemand ihn so sah. Es war sechzehn Jahre her, seit er zuletzt hiergewesen war. Zwar hatte er immer ganz in der Nähe gelebt, doch er war nie wieder hergekommen. Er fühlte, daß es jetzt das richtige war, er konnte schließlich nicht bis in alle Ewigkeit vor diesem Ort zurückschrecken.

Langsam stieg er, sich an dem glänzenden Geländer festhaltend, bis zur letzten Stufe des oberen Treppenlaufs hinunter. Auf dem ungefähr drei Meter breiten Treppenabsatz, nicht auf den Stufen selbst, hatte man Cherry gefunden. Zwei Wochen später, als die Treppe wieder freigegeben und die Absperrungen der Polizei entfernt worden waren, war er allein hergegangen, hatte sich die Stelle angesehen und sich vorgestellt, wie es gewesen war. Die Leiche mit dem Gesicht nach unten, die Arme ausgebreitet, die Beine nach oben abgewinkelt, auf die rote Klinkermauer zeigend. Seine liebe, warmherzige, häßliche Schwester, neunzehn Jahre alt...

Plötzlich merkte John, daß er in die Hocke gegangen war und die schwärzlichen Steine anstarrte, als erwarte er, noch Hinweise auf den Mord zu entdecken. Aber es hatte nicht einmal damals Hinweise und Spuren gegeben. Und während der nächsten beiden Winter, bevor das Wehr gebaut worden war, war der Fluß über die Ufer getreten und hatte die halbe Treppe überschwemmt. Er sprang auf und rannte, die Tasche mit den Büchern schwingend, zum Uferweg hinunter.

Nach ein paar Minuten fühlte er Erleichterung. Es war richtig gewesen, das zu tun, dem Platz nicht mehr im weiten Bogen auszuweichen. Dorthin zu gehen und sich alles anzusehen, war eine Art innerer Reinigung gewesen. Gab es in seinem Leben, seiner Vergangenheit noch andere Bezirke, auf die es sich ebenso günstig auswirken würde, wenn er sich ihnen stellte, sich mit ihnen auseinandersetzte? Jennifer natürlich. Er mußte alles, was geschehen war, gründlich durchdenken und dann entscheiden, was er zu tun hatte. Er würde nicht aufgeben, die Niederlage nicht hinnehmen, er würde sich im Gegenteil überlegen, wie er sie zurückgewinnen konnte.

Die Kühnheit dieses Entschlusses ließ ihn frösteln, obwohl es warm war und kaum ein Hauch die Luft bewegte. Als sie ging, war es ein furchtbarer Schlag für ihn gewesen – ähnlich dem Schlaganfall, den sein Vater erlitten hatte –, nur hatte er nicht Johns Körper, sondern seine Seele getroffen und das gerade in einer Zeit, in der er glaubte, es gehe mit ihnen so gut, gerade als er lernte, mit der körperlichen Liebe umzugehen, als ihre Körper sich allmählich aufeinander einstimmten. Es war John peinlich, an solche Dinge zu denken, und er hätte sie am liebsten verdrängt, zwang sich jedoch, sie weiterzuverfolgen. Es war irgendwie demütigend, daß er unter dem Schlag zusammengebrochen war, das Gefühl gehabt habe, sein Leben sei zerstört und ihm bleibe keine Hoffnung mehr. Und er hatte sich nie dagegen aufgelehnt, nur vor ihrem Haus gestanden und gewartet und sich gefragt, ob er einen Blick auf sie erhaschen konnte. Bis heute hatte er sich nie überlegt, daß es vielleicht möglich wäre, seine Ehe wieder in Ordnung zu bringen. Statt dessen hatte er Trost in äußeren Dingen gesucht – nicht dort, wo die meisten Männer ihn suchen würden, sondern in dem Geheimnis des Katzenwinkels und den Botschaften einer Mini-Mafia.

In diesem Licht betrachtet, war es sehr seltsam, daß ihn, als er nach Hause kam, auf der Türmatte ein Brief erwartete. Name und Adresse waren mit Maschine geschrieben, der Brief mit der Post gekommen. Zuerst dachte John, es sei der Kostenvoranschlag der Baufirma, die er beauftragt hatte, am Haus die hintere Dachrinne zu erneuern, und er öffnete den Umschlag erst, nachdem er sich eine Tasse Tee aufgebrüht und eine Büchse Ravioli aufgemacht hatte, die es zum Abendessen geben sollte.

Auch der Brief war mit Maschine geschrieben; er begann mit *Lieber John*. Er wußte, woher ein Brief kam, der mit *Lieber John* anfing, doch als sie gegangen war, hatte keiner auf ihn gewartet. Ehrlich und mutig hatte sie es ihm gesagt. Sie hatte mit ihm gesprochen und ihm alles erzählt. Er begann zu lesen: *Lieber John* ... und dachte, dies sei der erste Brief, den sie ihm je geschrieben hatte. Sie war zwei Jahre mit ihm verheiratet gewesen, hatte jedoch nie Gelegenheit gehabt, ihm zu schreiben. Die stellte sich ironischerweise erst jetzt, nach ihrer Trennung ein, als ihre Ehe allem Anschein nach gescheitert war.

Es kränkte ihn, daß sie den Brief getippt hatte, doch wie er sich erinnerte, war ihre Handschrift mehr oder weniger unleserlich. Wenn er bisher auch keine Briefe von ihr bekommen hatte, so kannte er doch ihre Einkaufszettel.

Lieber John,
ich weiß nicht, ob es Dich überraschen wird, einen Brief von mir zu bekommen. Ich habe Dich im Januar vor dem Haus gesehen – und Peter ebenfalls. Es wäre richtig gewesen, Dich hereinzubitten, das weiß ich, und wir haben auch darüber gesprochen, doch als ich an die Tür kam, warst Du schon weg.

John, ich denke, wir sollten uns treffen und miteinander reden. Wahrscheinlich haßt Du mich und fühlst Dich von mir schlecht behandelt. Doch wenn Du wüßtest, was für ein entsetzlich schlechtes Gewissen ich in den vergangenen Monaten hatte, wärst Du vielleicht etwas nachsichtiger gegen mich gestimmt. Was nützt es denn, Dich daran zu erinnern, daß ich Dich gewarnt und Dir gesagt hatte, wenn Peter je zurückkäme, würde ich mit ihm gehen. Offensichtlich ist es falsch, so etwas zu sagen, wenn man verheiratet ist. Und ich gebe jetzt zu, daß es dumm und herzlos von mir war. Ich erinnere mich auch, gesagt zu haben, daß man ja keinen Schwur ablegen und kein Versprechen geben muß, wenn man, wie wir, auf dem Standesamt heiratet. Wenn ich Dich damit unglücklich gemacht habe, möchte ich Dich jetzt dafür um Verzeihung bitten.

Können wir uns also treffen? Da inzwischen einige Zeit verstrichen ist, wird eine Aussprache wohl weniger gefühlsbetont ausfallen als beim letztenmal. Die Woge, die mich trägt, ist nicht mehr ganz so hoch, und ich erwarte – merkwürdigerweise fürchte ich es sogar –, daß Du nicht mehr so für mich empfindest wie früher. Es gibt viele Arten von Liebe, und es wäre schön für mich, wenn ich denken könnte, daß wir einander noch gern haben, die Bitterkeit vergessen und beide einen neuen Anfang machen könnten.

Ruf mich bitte nicht an. Ich mache Dir folgenden Vorschlag: Weder sollst Du zu mir noch ich zu Dir kommen, wir könnten uns in den Hartlands Gardens treffen, Tee trinken und hinterher vielleicht spazierengehen. Wir waren einmal im April dort, und ich erinnere mich, daß Du gesagt hast, wenn die Narzissen blühen, sei das eine besonders gute Zeit.

Wie wäre es also mit nächstem Samstag, dem 2. April – wenn Du überhaupt einverstanden bist, natürlich. Peter ist an diesem Nachmittag nicht zu Hause. Ich bin um drei in der Cafeteria und warte auf Dich. Paßt Dir das?

Jetzt weiß ich gar nicht, wie ich unterschreiben soll.

Herzlichst

Jennifer

John las den Brief ein paarmal. Zuerst spielte sein Herz verrückt, schlug, wie es ihm schien, schwer und unregelmäßig. Dann atmete er ein paarmal tief durch und gewöhnte sich allmählich an den Gedanken, daß ein Brief von Jennifer vor ihm lag, ein Brief seiner Frau. Sie hatte ihn ins Haus bitten, hatte ihn sehen wollen. Hätte er sich nicht wie ein Idiot benommen und wäre davongestürzt, hätte er mit ihr sprechen, bei ihr sitzen können... Natürlich wäre Peter Moran auch dagewesen... Noch einmal folgte er mit den Augen jeder getippten Zeile bis ans Ende der Seite.

Sie wollte ihn allein sehen. Sie betonte sogar, daß sie ihn sehen wollte, wenn Peter Moran nicht zu Hause war. Hieß das, daß Peter Moran von diesem Treffen nichts erfahren sollte? Es mußte wohl so sein.

John hatte nie viel Alkohol im Haus. Er war kein großer Trinker, und Jennifer war es auch nicht gewesen, obwohl sie beide einem

Bier im Pub oder einem Sherry vor dem Abendessen in einem Restaurant nicht abgeneigt waren. Doch eine Flasche Cognac hatte er unter dem üblichen Vorwand, den «medizinischen Gründen», immer vorrätig. Er bewahrte den Cognac im Wohnzimmerschrank genauso auf wie die Aspirin in der Hausapotheke. Die Flasche war noch dreiviertel voll. John goß ein einfaches Quantum in ein gewöhnliches Wasserglas und trank es auf einen Zug. Er mußte zwar ein bißchen husten, doch es beruhigte ihn auch.

Der Tee war inzwischen kalt geworden, und er schüttete ihn in den Ausguß. Wenn sie schrieb, sie sollten alles Bittere vergessen und neu anfangen, war das doch nicht mißzuverstehen, oder? Damit meinte sie bestimmt, daß sie, nach allem was geschehen war, nicht mehr so füreinander empfinden konnten wie früher, die himmelstürmende Romantik wohl für immer dahin war; aber wie sie auch geschrieben hatte, gab es viele Arten von Liebe, die ruhige Liebe reifer Menschen zum Beispiel, die vielleicht genausogut war wie Leidenschaft – auf die Dauer vielleicht sogar besser.

Ich wage nicht, so daran zu denken, sagte er sich, ich wage nicht, mich darauf zu verlassen. Sie schreibt, sie ist sicher, daß ich sie nicht mehr liebe, und sie erinnert mich daran, daß sie mir immer gedroht hatte, zu Peter Moran zurückzukehren, sollte er wieder auf der Bildfläche erscheinen. Und dieser Unsinn, daß man bei einer standesamtlichen Trauung keinen Schwur leistet und kein Versprechen gibt. Ich brauchte nichts zu beschwören. Ich werde nicht daran denken. Ich werde in die Hartlands Gardens gehen, natürlich werde ich das, aber ich werde in der Zwischenzeit keinen Gedanken daran verschwenden. Der ungewohnte Cognac begann zu wirken, und seine Hände wurden unsicher. Er verschüttete die Tomatensoße aus der Raviolibüchse auf die Anrichte und ließ den Toast verbrennen. Aber er hatte ohnehin keinen Hunger.

Sein Pech war, daß er seine Gedanken einfach nicht von ihrem Brief losreißen konnte. Warum hatte sie geschrieben, er solle sie nicht anrufen? Wollte sie nicht, daß Peter ans Telefon ging oder hörte, was gesprochen wurde? Das konnte nur bedeuten, daß sie zwar zu ihm zurückkehren, aber nichts überstürzen wollte. Bevor sie sich endgültig von Peter trennte, wollte sie ganz sicher sein, daß sie zu ihm zurückkommen konnte...

John versuchte an das bevorstehende Wochenende zu denken. Er versuchte an Cherry zu denken, sich an sie zu erinnern und an

Mark, mit dem sie verlobt gewesen war. Es war höchste Zeit, daß er den alten Mark einmal besuchte, jemand hatte John erzählt, er sei wieder in die Gegend gezogen. Warum sich nicht nach Marks Adresse erkundigen und ihm dann vorschlagen, sich irgendwo auf ein Glas zu treffen? Morgen konnte er bei Colin hereinschauen, vielleicht einen Besuch bei seiner Tante dranhängen und Sonntag vielleicht bei ihr mittagessen. Er stand am Fenster und schaute auf die Straße, auf die er schon als kleines Kind hinausgesehen hatte. Er konnte sich nur schwer eine andere Aussicht vorstellen als die Häuserpaare gegenüber, die Schuppentanne vor dem vierten Haus links – er hatte, gerade achtjährig, zugesehen, wie sie gepflanzt wurde –, die jetzt ein mächtiger, häßlicher, lächerlicher, aber irgendwie liebenswerter Baum war. Der rosa Pflaumenbaum in seinem Vorgarten verblühte allmählich. Die Blütenblätter sahen aus wie rosiger Schnee und bedeckten zur Hälfte die Blausterne. Jennifer erinnerte sich noch an die Narzissen in den Hartlands Gardens und wußte, daß sie zum erstenmal im April dort gewesen waren. Sie mußte dieses bevorstehende Treffen als Versöhnung geplant haben...

«Denk nicht mehr dran!» sagte er laut und heftig. Das Einkaufsnetz mit den Büchern hatte er mit dem Brief in der Hand auf den Sessel im Erker fallen lassen. Die beiden Le Carrés, das Buch von Philby, einen Roman von Disraeli und *Allan's Wife* von Haggard, das er für die nicht vorrätigen *Schätze des Königs Salomo* mitgenommen hatte – bestimmt kam er nicht dazu, sie zu lesen.

In letzter Zeit hatte er immer die ersten und die letzten Zeilen eines Buches vorab gelesen, um den Code auszuprobieren. Dadurch kannte er natürlich den Schluß, doch das machte ihm nichts aus, denn er hatte nie zu den Lesern gehört, die sich vom Schluß eines Buches überraschen lassen wollten. Er versuchte die sechs chiffrierten Worte der ersten Nachricht mit Hilfe der ersten Zeilen von *Eine Art Held* zu entschlüsseln. Aber was dabei herauskam, war der reinste Unsinn.

Es gibt buchstäblich ein paar Millionen Bücher, die sie benutzt haben können, dachte er. Du wirst nie das richtige finden.

5

Mungo saß in seinem Zimmer unterm Dach und betrachtete das Dokument mit der Überschrift NFDAVLB – *Nur für die Augen von Leviathan bestimmt.* Zwischen dem Ende des Frühlings-Trimesters im letzten Jahr und dem Anfang des diesjährigen hatten sie viel geleistet: sich Vorausinformationen über drei geplante Bauvorhaben beschafft, vier ganz erstaunliche undichte Stellen bei der Polizei entdeckt, fünfzehn «ausgeliehene» Bücher wiedergefunden, jede Menge Pläne von Architekten geklaut, Vorbestellungen in Restaurants abgeändert, sich Einladungen für eine Reihe öffentlicher Veranstaltungen besorgt und die Pläne für das alljährliche Kunstfestival der Stadt mehr oder weniger umorganisiert, damit sie ihren eigenen Zwecken dienlicher waren. Von ihren weit weniger ernsthaften Unternehmungen ganz zu schweigen. Doch seither, während des letzten Trimesters, hatten die Dinge sich weniger zufriedenstellend entwickelt. Ihre unbestrittenen Erfolge gehörten der Vergangenheit an.

Er aß fettlos geröstete Erdnüsse, weil er meinte, sie seien für ihn besser als Schokolade. Er bekam zwar keine Pickel, und nichts konnte seiner extremen Magerkeit etwas anhaben, aber manchmal fragte er sich, ob er wohl so in die Höhe schoß, weil er immer zwischen den Mahlzeiten aß. Er hatte auch noch ein paar Haselnüsse mit Joghurtüberzug, doch die hob er sich auf, bis er wieder zurück war.

Aus seinem Fenster sah er das Dach des Hauses, in dem der Vater seine Praxis hatte. Die Mutter war Anästhesistin im Hartland Mount Hospital, keine Ärztin für Allgemeinmedizin, half jedoch manchmal in der Praxis aus, wenn einer der Partner krank oder auf Urlaub war. Es war eine Gemeinschaftspraxis, der außer Fergus Cameron noch drei weitere Ärzte angehörten. Sie arbeiteten in einem Gebäude, das unter Denkmalschutz stand, einem der ältesten der Stadt, das Mungos Vater vor zwanzig Jahren gekauft hatte und jetzt erweitern wollte. Er wollte nach hinten hinaus ein neues Warte- und mehrere Sprechzimmer anbauen. Ein paar Leute vom Stadtbauamt hatten das Anwesen schon besichtigt. Wenn sie mit dem Anbau einverstanden waren, würde auch das Amt für Denkmalschutz seinen Segen dazu geben. Ihre Entscheidung hing beinahe ausschließlich von der Empfehlung ab, die der Leiter des Amtes für Städteplanung aussprach, ein Mann namens Blake, der irgendwie mit Ivan Stern verwandt war.

«Sie wissen nicht, was Eile heißt», hatte Fergus Cameron gesagt. Die ganze Familie saß beim Lunch, Fergus und Lucy, Angus, Mango und Ian, der Medizin studierte und über Ostern nach Hause gekommen war. «Die Vertreter des Stadtbauamtes haben sich das Haus zwei Tage nach der Monatsversammlung angesehen. Das bedeutet, daß wir vierundzwanzig Tage auf die Entscheidung warten müssen. Und in der Zwischenzeit könnte mir das andere Objekt durch die Lappen gehen.»

Das andere Objekt war ein viel moderneres Gebäude am westlichen Ende der Ruxeter Road. Fergus konnte es verhältnismäßig günstig kaufen, wenn er sofort zugriff, würde es aber vermutlich verlieren, wenn er drei Wochen wartete. Und angenommen, das Planungskomitee entschied gegen ihn?

«Wir können überhaupt nichts tun, Liebling», sagte Lucy Salat essend und im *Lancet* lesend. Sie war eine große, füllige, ruhige Frau mit einem absolut ausgeglichenen Temperament, die das Aufnahme-Examen für das Royal College of Physicians im neunten Monat ihrer ersten Schwangerschaft abgelegt und bestanden hatte. Die Wehen hatten eingesetzt, als sie die letzte Frage beantwortet und die Feder aus der Hand gelegt hatte. Fünf Stunden später wurde Ian geboren. Sie blätterte um. «Alles ruht im Schoß der Götter», sagte sie.

Davon war Mungo nicht so ganz überzeugt. Vielleicht ruhte es auch in seinem. Das war der eigentliche Grund gewesen, warum er schnurstracks heraufgegangen war, nicht nur um Trost aus dem «allergeheimsten Dokument» zu schöpfen. Heute war der 25. März. Nur noch sechs Tage konnte er sich des derzeitigen Codes bedienen, dann mußte er mit einem neuen beginnen. Vielleicht nahm er sogar den Childers, den Stern schon einmal verwendet hatte, was sicher sehr komisch wäre. Doch jetzt zum Baugesuch seines Vaters. Eine Vorausinformation zu bekommen, war kein Problem. Die Schwierigkeit lag darin, seinen Vater zu überzeugen, daß diese Information stimmte. Darüber kannst du dir den Kopf zerbrechen, wenn es soweit ist, dachte Mungo. Er mußte eine Nachricht in dem toten Briefkasten unter der Überführung hinterlegen. Instruktionen allein würden nicht ausreichen, sie würden eine Versammlung einberufen müssen. Am besten im sicheren

Haus und so schnell wie möglich. Das durften sie nicht auf die lange Bank schieben. Spätestens Montag. Er sah sich um, aber er konnte das Buch nirgends entdecken.

Dieser Ian! dachte er. Kaum kommt er nach Hause, klaut er wie ein Rabe. Nichts ist ihm heilig. Als er die Tür öffnete, hörte er zuallererst ein Mädchen lachen. Das war bestimmt Ians Freundin Gail. Mungo ging hinunter und sah sie alle in Angus' Zimmer, wo Angus mit seinem Computer angab. Gail drückte auf eine Taste, auf dem Schirm erschien das Bild einer Explosion mit dem Wort «Wummm!!!» im Zentrum.

«Du hast meinen Allbeury», sagte Mungo.

«Sei nicht herzlos. Ich hab nichts zu lesen.»

«Den Allbeury kannst du nicht kriegen. Jedenfalls nicht vor dem nächsten Donnerstag. Wenn du willst, leih ich dir den neuesten Yugall.»

«Das ist sehr nett von dir, Bohne.»

Mungo fragte sich, warum Angus ihn so seltsam ansah, halb lächelnd und doch, als bedaure er ihn irgendwie. Das gefiel ihm nicht besonders, und es tat ihm in gewisser Weise leid, daß er zu alt war, um seinem Bruder einen Tritt zu versetzen und ihm die Zunge herauszustrecken.

6

Im Gegensatz zu seiner ruhigen Frau, war Fergus Cameron übernervös – ein richtiges Nervenbündel. Er sorgte sich um Lucy, seine Söhne, sein Heim und um Geld, obwohl er sehr gut wußte, daß er nicht den geringsten Anlaß dazu hatte. Eigentlich war er nicht aus dem Holz, aus dem der ideale praktische Arzt normalerweise geschnitzt ist, aber bei seinen Patienten war er dennoch ungeheuer beliebt. Er hatte nichts von einem Halbgott in Weiß an sich. Wenn sie ihm sagten, sie hätten Angst oder seien deprimiert, antwortete er, das verstehe er sehr gut, und bedauerte sie. Sie merkten, daß er es ehrlich meinte. Wenn sie zu ihm kamen und klagten, daß sie fürchteten, Krebs oder Muskelschwund oder ein Herzleiden zu haben, antwortete er, daß er unter den gleichen Ängsten leide, obwohl er genausowenig Grund dazu habe wie sie. Weil er nicht wußte, warum er sich ihnen überlegen fühlen sollte, schwatzte er mit ihnen, als wohnten sie Tür an Tür, und vertraute ihnen oft auch seine eigenen Sorgen an. Als Arzt war er nicht besser oder schlechter als die anderen Ärzte in der Praxis und nicht so qualifiziert wie seine Frau, aber bei weitem der beliebteste.

Dieser Beliebtheit und seinem Ruf, daß er ein verträglicher Mensch war, hatte er es zu verdanken, daß das City Board of General Practitioners ihn in einer besonders heiklen Angelegenheit zu seinem Sprecher gewählt hatte. Er sollte eine zweiundachtzigjährige Kollegin aufsuchen, die noch immer praktizierte und Patienten behandelte, und ihr so rücksichtsvoll und taktvoll wie möglich nahelegen, in den Ruhestand zu treten. Die alte Ärztin hatte schon häufig falsche Rezepte ausgeschrieben, die bisher zwar noch keinen Schaden angerichtet hatten, eines Tages aber eine Katastrophe auslösen konnten.

Sie wohnte drei oder vier Meilen weit entfernt in einer nordöstlich gelegenen Vorstadt. Fergus sorgte sich tagelang wegen dieses Besuchs und dachte nicht nur am Samstag, sondern schon am Donnerstag und Freitag ständig darüber nach, was er zu ihr sagen sollte. Als es dann soweit war, verlief alles zufriedenstellender und viel schmerzloser als erwartet. Gleich zu Beginn ihrer Unterredung sagte die alte Dr. Palmer, sie sei sehr froh, ihn allein sprechen zu können, denn sie denke daran, ihre Praxis aufzugeben, und wüßte gern, was er dazu meine. Eine Sorge los, stürzte Fergus sich, anstatt zu entspannen, auf der Heimfahrt sofort in eine zweite, die er wegen der Sache mit Dr. Palmer vorübergehend verdrängt hatte.

Was sollte er wegen des geplanten Erweiterungsbaus unternehmen?

Wenn der Planungsausschuß im Stadtrat zustimmte, dann gab es kein Problem, doch ob er die Baugenehmigung bekam, würde er erst in drei Wochen erfahren. Inzwischen war das Gebäude einer Privatklinik auf den Markt gekommen. Es lag hier oben an der Ruxeter Road, und er würde in ein paar Minuten daran vorbeifahren. Es sollte siebzigtausend Pfund kosten, war also billiger als die geplanten Anbauten. Er mußte auf jeden Fall eine Hypothek aufnehmen, etwas anderes kam nicht in Frage. Ians Medizinstudium und die erstklassige Public School von Angus und Mungo kosteten ihn und Lucy zur Zeit ein Vermögen. Außerdem wollte er auch das schöne alte Haus behalten, in dem die Praxis derzeit untergebracht war. Das oberste Stockwerk, zum Beispiel, wäre eines Tages eine ideale Wohnung, falls einer seiner Söhne sie haben wollte.

Während er auf den Bescheid des Planungsausschusses wartete, würde das Klinikgebäude vermutlich anderweitig verkauft werden. Das hatte der Immobilienmakler ihm unmißverständlich gesagt. Eben fuhr er daran vorbei, mußte an einer roten Ampel halten und schaute zurück, um es zu betrachten. Die nüchterne Bauweise der sechziger Jahre, die Kistenform und die Spiegelglasfenster waren nicht nach seinem Geschmack, doch fiel sein Geschmack in diesem Fall kaum ins Gewicht. Es konnte sehr leicht passieren, daß er die Baugenehmigung nicht bekam und gleichzeitig auch dieses Gebäude verlor.

Die Ampel sprang auf Grün. In dem Moment, in dem Fergus anfuhr, entdeckte er seinen Sohn Mungo, der auf der anderen Straßenseite auf eine Reihe baufälliger Häuser zuging, die abgerissen werden sollten und schon mit Brettern verschlagen waren. Außer diesen Häusern, in denen niemand mehr wohnte, gab es dort nur noch ein Gasthaus namens *Gander.* Da Mungo kaum etwas in den Häuserruinen zu tun hatte, konnte sein Ziel nur das Pub sein. Weil er so groß war, hielt man ihn leicht für vier Jahre älter, als er war. Für Fergus war es kein angenehmer Gedanke, daß sein jüngster Sohn mit vierzehn Jahren in Pubs verkehrte, aber er wußte nicht, was er dagegen tun konnte. Mit einer neuen Sorge in Vorrat fuhr er weiter.

Auf einer Seite der breiten Straße gab es reihenweise kleine Läden; ihnen gegenüber lagen ein Bingo-Saal und das alte *Fontaine*-Kino. Diese vielen Häuser, die auf den Abbruch warteten, machten die Gegend nicht gerade reizvoller. Doch wenn sie abgebrochen und neue Blocks errichtet wurden, was dann? Er konnte, während er auf den Bescheid des Planungsausschusses wartete, für das Klinikgebäude ein Angebot machen und anfangen, mit dem Makler den Vertrag auszuhandeln. Wurde der Anbau genehmigt, konnte er noch immer von dem Kauf zurücktreten. Das war jedoch nicht besonders ehrenhaft und ziemlich hinterhältig, und Fergus wußte, daß er dazu nicht imstande war.

Doch angenommen, er verlor beide Gebäude? Dann würde er sich nach etwas Neuem umsehen müssen, und wie es auch sein mochte, es würde ihn hundert- und nicht siebzigtausend Pfund kosten. Er fuhr den Wagen in die Garage – ein umgebautes Kutschenhaus am Ende des Gartens. Der Garten der Camerons war eine wohltuende Wildnis aus alten Birnbäumen, Fliedersträuchern und zottigem Gras. Es war Lucy, die behauptete, die Wildnis sei wohltuend, und als die Jungen noch kleiner waren, hatten sie oft hier gespielt. Fergus hätte lieber einen gepflegten Garten mit Blumenbeeten und Rosensträuchern gehabt, wie seine Großmutter in Oban, aber – wie Lucy sagte – vor der Gartenarbeit hätte er sich gedrückt.

Sie kuschelte sich, die Beine hochgelegt, in einen Lehnsessel. Im Fernsehen lief *Manche mögen's heiß*, und Ian und Gail saßen auf dem Sofa, hielten sich bei der Hand und wollten sich ausschütten vor Lachen.

«Wie ist es denn gegangen, Liebling?» fragte Lucy mit dem ihr eigenen schläfrigen Lächeln.

«Sehr gut. Viel besser als ich dachte.»

«Die Dinge entwickeln sich immer viel besser als du denkst.»

Fergus lächelte bedrückt. «Wenn ich im Leben eins gelernt habe, dann das – die meisten Dinge, um die du dich gesorgt hast, sind nie eingetroffen. Anders ist es mit den Dingen, um die du dich nicht gesorgt hast. Von ihnen wirst du ständig überrumpelt.»

Wäre Gail nicht dagewesen, hätte er etwas über Mungo gesagt. Er ging hinunter und holte sich etwas zu trinken. Gewöhnlich machte Fergus sich abends eine Tasse Kakao und ab und zu auch morgens. Er machte ihn ganz aus sahniger Vollmilch, mit richtigem Kakao – nicht mit Trinkschokoladepulver – und weißem Grießzucker. Zuerst mischte er Kakao, Zucker und ein wenig Milch in der Tasse zu einem Teig und füllte dann die Tasse mit kochender Milch auf. Seine Frau und seine Kinder lachten darüber und lehnten immer ab, wenn er ihnen von seinem Kakao anbot, was Fergus nie verstehen konnte. Was war nur so unendlich komisch an seinem Kakao, der doch das köstlichste Getränk war, das er je gekostet hatte?

Er fand seinen Sohn Angus in der Küche – ein Stück kalte Pizza in einer Hand und in der anderen eine blaue Pappschachtel, die etwas mit dem Computer zu tun hatte. Seit Lucy und er Angus den Computer zum Geburtstag geschenkt hatten, war der Junge wie besessen.

«Ich suche einen Platz, wo ich meine Floppy-Disks aufbewahren kann.»

«Warum kannst du das nicht in deinem Zimmer?» fragte Fergus und öffnete eine neue Büchse Kakao.

«Sobald ich mir eine Datei angelegt habe, möchte ich die Hardcopys und die Floppy-Disks nicht im selben Raum haben. Stell dir vor, in meinem Zimmer bricht ein Brand aus.»

Fergus hatte keine Ahnung, wovon er redete. Der Form halber bot er ihm einen Kakao an. Angus schüttelte zerstreut den Kopf, stieg auf einen Hocker und legte die Schachtel in das oberste Fach eines Schranks zwischen den Utensilien zur Weinherstellung, die seit zehn Jahren niemand mehr benutzt hatte.

«Angus, glaubst du, daß Mungo in Pubs geht?»

«Mungo? Wozu denn wohl? Er wollte ja nicht einmal auf meiner Party ein einziges Glas Wein trinken.»

«Ich dachte, ich hätte ihn in ein Pub gehen sehen.»

«Na ja, vielleicht trinkt er heimlich.» Fergus' Kinder waren nie ein großer Trost für ihn. Seine Befürchtungen zerstreuten sie nur selten. «Wo war denn dieses Pub?»

«In der Ruxeter Road, bei den Abbruchhäusern. Ich sollte wirklich nicht mit dir über ihn reden. Es ist gegen euch beide nicht fair. Wahrscheinlich war er nur nach Hause unterwegs, allerdings hat er da einen sehr komischen Umweg gemacht.»

«Ich würde mir an deiner Stelle keine Sorgen um ihn machen, Dad», sagte Angus. Das war eine Redensart, die Fergus ständig von allen Leuten zu hören bekam. Daß *sie* sich keine Sorgen machen würden, wußte er, das war nicht das Problem.

Er nahm seinen Becher Kakao mit hinauf. Angus blieb in der Küche stehen und aß seine Pizza. Er wußte, wohin Mungo unterwegs gewesen war, ins sichere Haus, eines der mittleren in der baufälligen, unbewohnbaren Häuserzeile zwischen dem *Gander* und der Collingbourne Road. Wahrscheinlich hatte er sich mit jemandem dort getroffen, oder es war jemand dort, der sich vor Stern versteckte.

Auch Angus machte sich Sorgen um Mungo. Doch anders als sein Vater zog er keine voreiligen Schlüsse, befürchtete nicht, daß sein jüngster Bruder verbotenerweise Bier oder Gin Tonics konsumieren könnte. Er sorgte sich, weil Mungo so – nun so fanatisch auf «Spookside» fixiert war. Dachte er überhaupt noch an etwas anderes? Litt seine Arbeit in der Schule nicht darunter? Er war vermutlich noch ein bißchen zu jung, um an Mädchen zu denken, das konnte Angus verstehen, aber hatte Mungo eigentlich ganz gewöhnliche Freunde? Andere Interessen? Die Aufgabe, die Mungo auf sich genommen hatte, war ursprünglich seine gewesen. Und «auf sich genommen hatte» war der falsche Ausdruck, denn er, Angus, hatte sie abgelegt und seinem Bruder aufgehalst. Er hatte Mungo alles beigebracht, was er wußte, hatte in ihm eine Leidenschaft für Spionage geweckt, die er nicht mehr teilte. Mit fünfzehn war er über «Spookside» hinausgewachsen. Bestimmt würde mit Mungo das gleiche passieren, bestimmt würde er bald Ermüdungserscheinungen zeigen...

Angus erinnerte sich noch sehr genau an alles. Seit er den Computer hatte, dachte er manchmal daran, eine eigene Datei dafür anzulegen, wenn er auch nicht wußte, wozu. Für seine Kinder, wenn er je Kinder haben sollte? Zur Verwertung in einer künftigen Sozialstudie?

Der Anfang. Die Gründung. «Und aus der Kraft quoll Süße» – das hatte Angus auf der Dose von Lyle's Golden Syrup gelesen, doch anscheinend stammte der Spruch aus der Bibel. Er fand, er drücke genau aus, was mit ihm, Guy Parker und «Spookside» – wie jemand es getauft hatte – geschehen war. Wie Guy es getauft hatte. Und jetzt war all das weltweit von ihm entfernt, mit seiner Kindheit abgeworfen, in der andere Dinge für ihn wichtig gewesen waren, er sich für andere Dinge interessiert hatte.

Er war damals dreizehn und Guy Parker auch, einen oder zwei Monate älter als er. Sie kannten sich schon ihr Leben lang, waren Freunde seit sich – wie ihre Mütter behaupteten – diese Mütter in der Entbindungsklinik kennengelernt hatten. Und während seine Mutter im Krankenhaus Dienst tat, sorgte Mrs. Parker für Ian und ihn. Guy und er besuchten gemeinsam Hintall's, die Vorbereitungsschule für die Public School, in der auch Ian gewesen war und wo Mungo derzeit die zweite Klasse absolvierte.

Die Aufnahmeprüfungen für die Public Schools finden gewöhnlich im Juni statt. Die Prüfung ist an allen Schulen gleich, die Aufgaben werden bei der Headmasters' Conference festgelegt; benotet werden die Arbeiten aber jeweils an der Schule, die der Kandidat oder – was wahrscheinlicher ist – die Eltern für den Sohn ausgewählt haben; und die Schule ist es auch, die über Aufnahme oder Ablehnung entscheidet. Angus würde selbstverständlich nach Rossingham gehen. Sein Vater war dort gewesen, und Ian war dort. Und Guy Parker ging auch nach Rossingham; es verstand sich von selbst, daß sie dieselbe Public School besuchen würden, und soweit Angus informiert war, hatte das nie jemand in Zweifel gezogen. Später hätte er jedoch, wenn er fair sein wollte, nicht behaupten können, daß Guy es ihm tatsächlich gesagt hatte.

Die Ergebnisse kamen, und Angus hatte bestanden, was für niemanden eine besondere Überraschung war. Es waren Ferien. Die Camerons verbrachten, wie jedes Jahr, vierzehn Tage auf Korfu, und daher hatte Angus vorerst keine Möglichkeit, Guy Parker zu sehen. Auch nach ihrer Rückkehr hatte er es nicht so eilig, den Freund zu treffen. Er wußte ja, daß sie beide in einem Monat nach Rossingham gingen, und vorher liefen sie sich bestimmt noch ein paarmal über den Weg.

Am Ende ging er zu den Parkers, weil Mrs. Parker angerufen und ihn und Mungo für einen Tag, an dem ihre Eltern zur gleichen Zeit arbeiten mußten, zum Lunch eingeladen hatte. Mungo war damals noch ein kleines Kind von zehn Jahren, und es war in den Ferien immer ein Problem, jemanden zu finden, der sich um ihn kümmerte. Als sie zu Parkers kamen, fiel Angus ein, daß er nie dazugekommen war, Guy direkt zu fragen, ob er das Examen bestanden hatte, obwohl das für ihn selbstverständlich war. Es war eine bekannte Tatsache, daß man schon sehr beschränkt sein mußte, um durchzufallen, und Guy war sehr intelligent. Sie waren allein in dem Raum, den die Parkers das Spielzimmer nannten; die arme alte Bohne hatten sie zu Guys kleiner Schwester in die Küche verbannt.

«Hast du dein Zeug schon beisammen?» fragte Angus. «Also ich finde, diese Hüte sind das absolut Letzte. Wir mußten eigens nach London fahren, um meinen zu besorgen. Tucker's führen sie nicht mehr.»

Hatte Guy verlegen oder beschämt ausgesehen? Angus hatte nichts bemerkt, selbst wenn es der Fall gewesen wäre, aber vielleicht war es gar nicht der Fall. Er sagte ein paar Sekunden lang gar nichts und dann:

«Ich brauche keinen Hut.»

«O doch, du brauchst einen. Er steht auf der Liste.»

«In Utting tragen sie keine Hüte.»

Angus brauchte ihn nicht um eine Erklärung zu bitten. Er hatte sofort verstanden. Guy hatte wenigstens so viel Anstand, verlegen auszusehen. Sie schwiegen. Es war ein langes, peinliches, unangenehmes Schweigen. Und in diesen Minuten, während Guy den Spionageroman aus dem Regal holte, den er Angus leihen wollte, und während sie die Treppe hinuntergingen, weil Mrs. Parker «Lunch!» gerufen hatte, fühlte Angus den ersten richtigen Schmerz seines Lebens. Das glaubte er wenigstens, aber vielleicht war es gar nicht so. Doch bisher hatte ihm noch niemand so etwas angetan, hatte ihn noch nie jemand hintergangen. Eine Schule wie Hintall's zu besuchen, bedeutete, daß man damit beginnen mußte, immer und jederzeit Haltung zu bewahren, sich nichts anmerken zu lassen. «Sich eine steife Oberlippe zulegen» hatte sein schottischer Großvater es genannt. Er hatte kein besonders großes Zutrauen dazu gehabt, doch vielleicht stimmte es. Er hatte es jedenfalls geschafft, Mrs. Parkers Lunch zu essen – es war ein sehr guter Lunch gewesen, und er erinnerte sich sogar noch, was es gegeben hatte: Steak und Nierenpastete, Kartoffeln, in der Schale überbacken, frische Gartenerbsen, Teekuchen mit schwarzen Johannisbeeren und Sahne – und ganz kühl zu bleiben. Nach dem Lunch hatte Guy es ihm erklärt. Er wollte nicht nach Rossingham. Es war konventionell, reaktionär und altmodisch.

«Ich meine, schau dir doch nur dieses Hutdingsbums an!»

«Was für ein Hutdingsbums?»

«Na ja, diese gräßliche Kreissäge. Wer braucht denn so was?»

Utting war progressiv. Dort wurden auch Mädchen aufgenommen. Es gab einen Russischkurs und eine phantastische neue technische Abteilung. Man konnte Polo spielen, wenn man wollte, oder den Pilotenschein für Hubschrauber machen.

«Machst du Witze?» sagte Angus.

«Sie haben tatsächlich einen Hubschrauber und eine Kunsteisbahn. Und man nennt sich nur beim Vornamen, und jeder hat ein eigenes Zimmer.»

Angus nahm seinen Schmerz mit nach Hause. Er dachte, er leide nur darunter, daß er hintergangen worden war, stellte jedoch fest, daß er auch litt, weil er Guy verloren hatte. Er würde Guy erst während der Kurzferien in der Mitte des Trimesters wiedersehen, aber wahrscheinlich auch dann nicht, weil die Ferientermine von Rossingham und Utting nicht unbedingt übereinstimmen mußten. Drei Monate, so lange dauert ein Trimester, sind für einen Dreizehnjährigen eine lange Zeit. Guy hätte ihm spätestens vor den

Aufnahmeprüfungen – wenn nicht schon früher – sagen müssen, daß er vorhatte an eine andere Schule zu gehen. Aber die Kränkung über diese Täuschung war nichts im Vergleich zu ihrer Trennung.

Die Leute sagten, Ian und Mungo seien wie ihr Vater, hochgewachsen, mager und zapplig, während er der Mutter nicht nur äußerlich, sondern auch im Wesen ähnelte. Man hielt ihn für ruhig und gesetzt. Angus glaubte nicht daran, daß ein Mensch war wie ein anderer. Er war nicht ruhig und gesetzt, aber er verstand es, seine Gefühle zu verbergen. Zu Hause vermutete niemand, daß er unglücklich war, daß er Guys Verrat mit sich herumschleppte wie der Junge in der Fabel den Fuchs, der an seinem Inneren nagte.

Seine Bestürzung verwandelte sich in Zorn. Er hatte sich von Guy ein Taschenbuch ausgeliehen – *Mole Run* von Yugall, aber als er damit fertig war, brachte er es ihm nicht zurück, sondern überredete Mungo, es in den Briefkasten der Parkers zu stecken, wenn er zum Fechtunterricht ging. Zwei Tage nachdem in Rossingham das Herbst-Trimester begonnen hatte.

Angus vermißte Guy sehr. Die neue Schule war ihm so fremd, obwohl das alte System abgeschafft worden war, die jüngeren Schüler die älteren nicht mehr bedienen mußten und es viel zivilisierter zuging als zu seines Vaters Zeiten; obwohl niemand mehr drangsaliert und schikaniert werden durfte, hatte man noch mit vielen unbegreiflichen und verwirrenden Vorschriften zu kämpfen. Angus sagte sich, er hasse Guy und sei froh, ihn nicht sehen zu müssen. Bald fand er ein paar Freunde, darunter Bruce Reynolds, der jetzt sein bester Freund war. Während der Kurzferien sah und hörte er nichts von den Parkers, aber in den Weihnachtsferien rief Guy ein paar Tage nach Schulschluß an.

Angus' Mutter nahm den Anruf entgegen. Er hörte, daß sie Guys Namen nannte, lief ins oberste Stockwerk und versteckte sich auf dem Klo. Als sie ihn rief, antwortete er nicht. Er wußte, daß sie Guy sagen würde, er werde zurückrufen, was sie auch tatsächlich getan hatte. Angus fand, daß er und seine Brüder sich glücklich schätzen konnten, eine Mutter zu haben, die nie Theater machte, nicht einmal im Traum daran dachte, bohrende Fragen zu stellen, wie zum Beispiel, wo er denn gesteckt habe, was eigentlich los sei und warum er nicht geantwortet habe, als sie ihn rief. Andererseits wußte er genau, daß es keinen Sinn hatte, sie zu bitten, am Telefon oder sonstwo für ihn zu lügen. Das hätte sie nie getan.

Er rief Guy nicht zurück. Die Parkers verreisten immer über Weihnachten, entweder zu Mrs. Parkers Schwester nach Devon oder zu Mr. Parkers Schwester nach Frankreich, und wenn sie zurückkamen, würde für ihn schon das neue Trimester begonnen haben. Am Heiligen Abend tat es ihm leid, daß er Guy nicht angerufen hatte. Er vermißte ihn wieder. Unter seinen Weihnachtsgeschenken war auch der neue Roman von Yugall. Guy und er waren verrückt nach Spionagegeschichten, und sie liebten die großen Meister dieses Genres, doch ihr augenblicklicher Lieblingsautor war Yves Yugall, den sie eine Zeitlang sogar noch lieber lasen als Len Deighton, obwohl es fast ein Kopf-an-Kopf-Rennen war.

Yves Yugall hatte bis dahin ungefähr zwanzig Bücher geschrieben, und Angus und Guy hatten alle gelesen, *Mole Run* war das letzte gewesen – das letzte Taschenbuch vielmehr, weil sie es sich nicht leisten konnten, gebundene Bücher zu kaufen. Natürlich erschienen die Romane immer ungefähr ein Jahr vor der Taschenbuchausgabe als Hardcover, doch sie mußten eben warten, wenn sie sich sie nicht in der Bibliothek ausleihen konnten. Das neueste Buch *Cat Walk* – in Yugalls Titeln kam immer ein Tier vor – hatten ihm seine Eltern geschenkt, zusätzlich zu dem Trainingsanzug, den er sich gewünscht hatte, und dem sündteuren Kugelschreiber, den er ihrer Ansicht nach brauchte. Es war ein brandneues gebundenes Buch für sieben Pfund fünfundneunzig und einer künstlerischen Darstellung des Brandenburger Tors auf dem Schutzumschlag.

Angus las es in einem Zug aus. Er las es in der Weihnachtsnacht im Bett und klappte es erst um drei Uhr früh zu. Als er fertig war, dachte er: Ich hab's gelesen und er nicht. Zu schade. Wenn wir noch Freunde wären, hätte ich es ihm sofort geliehen. Wahrscheinlich hätte er Guy eine chiffrierte Botschaft geschickt – durch Mungo oder einen seiner kleinen Freunde –, in der er ihm mitteilte, daß er sich das Buch holen könne. Guy hätte den Code entschlüsseln müssen, um die Nachricht lesen zu können. Aber das konnten sie sehr gut. Sie hatten eigentlich damit angefangen, weil ihre Eltern jammerten, daß sie so oft und so lange miteinander telefonierten, was die Telefongebühren der beiden Familien drastisch verteuerte.

Angus nahm *Cat Walk* in die Schule mit. Bruce interessierte sich nicht dafür und wollte es nicht lesen. Angus dachte oft an Guy, und eines Nachts träumte er von ihm. Er besuchte ihn in Utting, einer absolut unglaublichen Schule mit Zimmern mit Bad wie in einem

Hotel, einer Kunsteisbahn und Saunas und einem Hubschrauber für je zehn Jungen; jede Woche gab es Flugunterricht. Guy hatte seine eigenen Einbauschränke, eine Kommode und zwei Nachtschränkchen anstatt einem Bettkasten und einem schmalen Hängeschrank, die jedem Internatsschüler in Rossingham zur Verfügung standen. Als Angus aufwachte, sagte er sich, daß er, wenn der Traum weitergegangen wäre, *Cat Walk* heimlich in Guys oberste Kommodenschublade gelegt hätte, damit er das Buch fand, wenn er sich das nächste Mal ein Paar frische Socken herausholte.

Seltsam, wie besessen er von dieser Idee war. Wenn er sich mit Guy versöhnen wollte, gab es keinen Grund, warum er ihm das Buch nicht mit der Post schicken oder, wenn das zu teuer war, in den Kurzferien selbst vorbeibringen sollte. In diesem Trimester hatten sie gleichzeitig Ferien, in der zweiten Februarwoche.

Angus wollte jedoch nicht so lange warten. Er wollte, daß Guy das Buch bald und auf irgendeine geheimnisvolle Weise bekam. Ein Cousin von Bruce war in Utting an der Vorbereitungsschule. Als die Verwandten Bruce eines Sonntags besuchten und mit ihm zum Tee gingen, hatte Angus das Buch fix und fertig verpackt, zusammen mit einer kurzen Mitteilung an den Elfjährigen und einem Fünfzigpencestück. Er bat die Eltern, ihrem Sohn das Päckchen zu geben, wenn er nächstes Wochenende nach Hause kam. Die Junioren fuhren fast jedes Wochenende heim, was die älteren Schüler jedoch nicht taten, außer ein Großvater feierte seinen neunzigsten Geburtstag oder eine Schwester heiratete oder so ähnlich.

Auf dem für Bruce' Cousin bestimmten Zettel stand, er solle das Buch bitte heimlich in den Kasten unter Guy Parkers Bett schmuggeln. Das Zimmer mußte Guy sich übrigens mit neun anderen teilen, so sah in Utting die Realität aus. Das wußte Angus inzwischen von Bruce' Cousin. Wochen vergingen, und Angus hörte nichts. Vielleicht hatte der Cousin die fünfzig Pence eingesteckt und *Cat Walk* im Studierzimmer in den Papierkorb geworfen – falls die Kleinen überhaupt schon Studierzimmer hatten. Andererseits ging es in Utting viel freier und ungezwungener zu als in Rossingham, und es war den Junioren nicht verboten, die Häuser der Senioren zu betreten. Vielleicht hätte der Cousin ganz offen vom Andrade House, in dem er untergebracht war, zum Fleming House spazieren können, in dem Guy wohnte. Während der Studierzeit wäre es ihm ohne weiteres möglich gewesen, denn Angus hatte herausgefunden, daß in Utting die vierte Klasse Unterstufe ihre Aufgaben nicht im Studierzimmer, sondern in der Schulbibliothek machten.

Die Camerons bezogen neben *The Times* auch die täglich erscheinende Lokalzeitung, deren Verbreitungsgebiet nicht nur die Stadt, sondern den ganzen Bezirk umfaßte. In diesem Jahr fiel der 14. Februar auf einen Montag, den ersten Tag von Ians und Angus' Kurzferien. Ihre Mutter hatte sie am Abend vorher aus Rossingham abgeholt. Ian stand am Montag früh auf und lief hinunter, um sich die *Free Press* zu holen. Als Angus herunterkam, saß er am Küchentisch, vor sich die aufgeschlagene Seite sieben, die an diesem Tag ausschließlich Grüßen zum Valentinstag vorbehalten war.

Angus schaute ihm über die Schulter und las: «Cameron, I. M. Nach Dir steht mir der Sinn, du bist mein Valentin. Lorna.» Angus fand den Spruch nicht gerade berauschend. Ian blickte zu ihm auf.

«Da ist auch einer für dich.»

«Das kann nicht sein.»

«Aber es stimmt. Du bist doch Cameron, Angus H., oder?»

«Davon gibt es wahrscheinlich eine ganze Menge.»

«Das bezweifle ich.» Er zeigte auf einen Text, der von ihm stammte: «Markham, Lorna: Ich bin, Du bist, Liebe ist. I. M. C.» Er schien sehr stolz darauf zu sein. Angus sah wieder in die linke Spalte, wo sein Name stand. «Da ist jemand in dich verliebt», sagte Ian. «Weißt du, wer es ist?»

«Keine blasse Ahnung», sagte Angus. «Cameron, Angus H.», las er. «APTHQ KQUCC UDNQ BT DTTW QEAK UW ODKSDBSTNQPT.»

Ohne Unterschrift. Doch vielleicht war der Name in der chiffrierten Nachricht enthalten. Angus wußte natürlich, von wem sie stammte. Vergangenes Jahr hatte er Guy erzählt, daß Ians Freundin Lorna ihm durch die Zeitung einen Gruß zum Valentinstag geschickt hatte, und gemeinsam hatten sie Ian damit aufgezogen, der zuerst so getan hatte, als sei die Botschaft gar nicht für ihn. Guy mußte sich daran erinnert haben, als er überlegt hatte, wie er sich bei Angus auf angemessen rätselhafte Weise bedanken könnte. Und rätselhaft war dieser verschlüsselte Text. Bestimmt hatte Guy als Grundlage seines Codes eine Zeile aus einem Buch genommen. Das hatten sie immer getan. Angus bemühte sich fast den ganzen Tag, den Code mit Hilfe der ersten Zeilen aus den Werken seiner sämtlichen Lieblingsautoren zu knacken. Es würde ein Spionageroman sein, davon war er überzeugt, und sehr wahrscheinlich ein Roman von Yves Yugall. Er versuchte es mit den ersten Zeilen von *Scorpion Road, Tiger Toll, Monkey Wrench, Tarantula Town, Wasp Sting*. Guy würde wohl kaum eine Zeile aus der Mitte eines Buches genommen haben. Schließlich wollte er, daß sein Code entziffert werden konnte. Es war bestimmt seine Absicht, Angus großes Kopfzerbrechen zu bereiten, aber er wollte auch, daß seine Botschaft am Ende verstanden wurde.

Weiterhin überlegte Angus, daß Guy in Utting sicherlich nicht sehr viele Bücher – beziehungsweise Romane – zur Verfügung standen, und er mußte den Text in Utting geschrieben und verschlüsselt haben, auch wenn er jetzt wahrscheinlich zu Hause war. Angus wußte nicht, was in Utting geboten wurde, doch in Rossingham kam man kaum zum Lesen, das Programm war zu vielfältig. Sport und Clubs, Studierzeiten und Combined Cadet Force beschnitten die Freizeit ganz gehörig. Außerdem sahen es die für die Wohngebäude zuständigen Lehrer nicht gern, wenn man seine Schublade mit Büchern vollstopfte. Was für Bücher hatte Guy wohl bei sich? Vielleicht eine Schullektüre? Wenn Mungo das auch stark bezweifelte, versuchte er es doch mit den ersten Zeilen von *Julius Cäsar*, *Wer die Nachtigall stört* und, obwohl ihm das selbst ein bißchen allzu abwegig vorkam, mit Daudets *Briefe aus meiner Mühle*. Nichts paßte. Er grübelte und grübelte, versuchte es den ganzen Dienstag und fast den ganzen Mittwoch mit allen möglichen Büchern. Am Mittwoch waren sie alle bei Freunden ihrer Eltern zum Abendessen eingeladen. Die Freunde hatten zwei Siamkatzen, von denen eine erbärmlich hinkte.

«Sie ist vom Steg in den Gartenteich gefallen und hat sich das Bein verletzt», sagte die Hausfrau.

Angus fiel es wie Schuppen von den Augen. Eine Katze und ein Steg ... Der Titel von Yugalls neuem Buch. *Cat Walk* – Katzensteg. Warum ist mir das nicht schon früher eingefallen? dachte er. Das Buch hat Guy nun ganz bestimmt in Utting bei sich. Und das hat er auch benutzt. Vertrackt war nur, daß er selbst kein Exemplar des Romans mehr hatte und es sich auch nicht kaufen konnte, weil es als Taschenbuch erst in etwa einem Jahr herauskommen würde, und für das gebundene Buch gab es in der Bibliothek eine lange Warteliste, das wußte er von früher. Am nächsten Morgen ging er in die Edge Street, wo erst kürzlich eine Filiale von Hatchard's eröffnet worden war. *Cat Walk* stand noch immer auf der Bestseller-Liste, und im Laden lagen griffbereit mehrere Exemplare aus. Angus schlug eins auf. Schon nachdem er die ersten Buchstaben der verschlüsselten Nachricht mit der ersten Zeile des Romans verglichen hatte, wußte er, daß er das richtige Buch gefunden hatte.

Die Angestellten beäugten Angus mißtrauisch. Er fürchtete, daß besonders eine, ein mageres, miesepetrig dreinschauendes weibliches Wesen, im nächsten Moment auf ihn zustürzen und ihm erklären werde, er müsse das Buch kaufen, wenn er es lesen wolle. Aber nichts passierte. Er dechiffrierte die Nachricht, ohne sie aufschreiben zu müssen. Er merkte sie sich auswendig.

Guy hatte geschrieben: *GREAT STUFF. WHY DON'T WE KEEP THIS UP? MOSCOW CENTRE.* (Großartiges Material. Warum machen wir nicht so weiter? Moskauer Zentrale.)

Das war die Unterschrift: Moskauer Zentrale. Und irgendwie hatte Angus dort, bei Hatchard's in der Edge Street, sofort begriffen, was Guy meinte. Er wollte ein Spionagenetz aufbauen. Sie hatten schon früher darüber gesprochen und sich gefragt, ob sie etwas in der Art von MI5 oder SIS (oder CIA) schaffen und irgendwie einsetzen könnten. Sie hatten jedoch nie so richtig gewußt, wo und wogegen sie es einsetzen könnten. Sie waren zusammen, besuchten dieselbe Schule. Aber jetzt fanden sie sich auf entgegengesetzten Seiten wieder. Und zwar buchstäblich, denn wie der Westen und die Sowjets waren sie durch eine Schranke getrennt, die tatsächlich Ost und West trennte, in ihrem Fall war es der Fluß, der die Stadt teilte. Utting lag am östlichen Stadtrand im ehemaligen Dorf Utting. «Rossingham» – wie es im Schulprospekt hieß – «im schönsten und fruchtbarsten Ackerbaugebiet Englands, etwas mehr als zwanzig Meilen westlich der Stadt gelegen...» Sie waren auf ähnliche Weise getrennt wie der westliche und der östliche Block auf internationaler Ebene.

Angus hätte Guy sehr gern geantwortet, wußte jedoch, daß er das nicht durfte. Der Kontakt war hergestellt, das war für den Augenblick genug. Wenn er auf Guys Vorschlag einging und «Spookside» ins Leben rief (der Name wurde zwei Tage später erfunden), würde er Guy verlieren. O ja, sie hätten das Spiel, das Spionagenetz, die Intrigen, die Codes, das ganze Drum und Dran, das zu dem Spiel gehörte, aber sie würden sich nie so wiedersehen wie früher. Würden sich nur als Leiter des SIS und des KGB begegnen, auf einer Diplomatenparty in Wien, zum Beispiel. Die Freundschaft, die sie bisher verbunden hatte, würde es nicht mehr geben.

Der Reiz von «Spookside» war jedoch so groß, daß Angus das in Kauf nahm. Und wenn er es heute bedauerte, war es zu spät, denn das Spiel war für ihn zu Ende, und seine und Guys Wege hatten sich getrennt, und wenn sie sich trafen, war es Zufall. Sahen sie sich auf der Straße, winkten sie sich mit erhobenem Arm zu, riefen «hallo!» und gingen aneinander vorbei. Damals maß Angus diesem Blick in eine für ihn eigentlich noch unvorstellbare Zukunft keine Bedeutung bei. «Spookside» war alles.

Er reagierte auf Guys Botschaft, indem er in Rossingham zwei Agenten anwarb, von denen einer einen Cousin in Utting hatte. Der Cousin gestand, daß Guy schon versucht hatte, ihn für sich zu gewinnen, doch er arbeite lieber für einen westlichen Geheimdienst. Seine Feuerprobe bestand darin, daß er das Buch *Cat Walk* von Guy zurückholen und Angus übergeben mußte. Das war das eigentliche Signal dafür, daß das Spiel begonnen hatte. Guy änderte noch am selben Tag seinen Code. Und er richtete im Park von Utting einen toten Briefkasten ein.

Eine Zeitlang testeten sie sich gegenseitig, indem sie sich ziemlich kindische Streiche spielten – der Gegenseite alles mögliche klauten, zum Beispiel.

Guys zweiter Mann, der im Oppenheimer House wohnte, hatte eine elektrische Zahnbürste. Er war der Leitoffizier der Außenstelle Chamney, dem Nachbardorf von Utting, so daß es ein ziemlicher Triumph war, als es einem Agenten gelang, sich die Zahnbürste anzueignen und, ohne entdeckt zu werden, herüberzubringen. Bald darauf stellte es sich heraus, daß der Mann ein Doppelagent war. Doch inzwischen hatten sie sich höheren, verzwickteren und ernsteren Dingen zugewandt.

Da gab es Überläufer, um die man sich kümmern mußte, und aufregende Einsatzbesprechungen. Doch die erste wirklich wichtige Aufgabe, die sie lösten, war die Beschaffung der Baupläne für den Wohnblock, der direkt neben Bruce Reynolds' Elternhaus errichtet werden sollte. Zufällig war der Architekt mit der besten Freundin von Ivan Sterns Mutter verheiratet. Sie setzten für diese Aufgabe ihren besten Agenten ein, dem es irgendwie gelang, in das Arbeitszimmer des Architekten einzudringen, als Stern und Sterns Eltern ihn zu einer Grillparty bei ebendiesem Architekten mitgenommen hatten. Während die anderen sich am Gartengrill versammelten und schlemmten, lief er mit dem obersten Blatt des Bauplans, aus dem der allgemeine Grundriß mit den Maßen – der Höhe vor allem – zu ersehen war, in das noch spät abends geöffnete Kopiergeschäft um die Ecke und fotokopierte es. Es war ein gewagter Coup. Aber der Agent war fast ein Genie, wie Angus (Chimära) manchmal dachte, und es war ein schwerer Schlag für ihn, als er herausfand, daß er auch für Guy arbeitete. Guy wußte schon alles über den Coup mit dem Bauplan, bevor Bruce Reynolds seinem Vater die Fotokopie in einem neutralen Umschlag auf den Frühstückstisch gelegt hatte. Mr. Reynolds hatte darauf vertraut, daß es sich um einen gültigen Plan handelte und entsprechend gehandelt. Er glaubte, ein Stadtrat, von dem man wußte, daß er krumme Geschäfte machte, habe ihm den Plan zugespielt. Anstatt, wie beabsichtigt, das Haus zu verkaufen, wenn der Wohnblock so groß und so hoch ausgefallen wäre, wie er befürchtet hatte, zog er es vom Markt zurück und ließ eine Halle mit Swimming-pool und ein großes Zimmer für Bruce anbauen.

Solche Dinge taten sie. Bessere und schlimmere. Sinnlose Dinge, absurde Dinge und manchmal auch gefährliche Dinge. Doch in den Sommerferien, kurz vor seinem sechzehnten Geburtstag – er war in der fünften Klasse und hatte noch ein Jahr bis zur Mittleren Reife – wachte Angus eines Morgens auf und dachte, als ihm einfiel, daß er zuallererst ins sichere Haus mußte, um einen Überläufer zu verhören: O Gott, wie schrecklich lästig, muß ich denn wirklich dorthin...

7

«Sie kommen mir vor wie Schuljungen», sagte Fergus und schaltete den Fernseher aus. «Wie Schulkinder, die sich mit Sandkastenspielen vergnügen.»

Der letzte Bericht in den frühen Abendnachrichten hatte dem neuesten Spionageprozeß gegolten, der zur Zeit in den Vereinigten Staaten stattfand.

Mungo lachte in sich hinein. Nicht zum erstenmal hatte er von seinem Vater diesen Kommentar gehört, und er amüsierte sich heimlich immer wieder darüber. Das heißt, so heimlich war es gar nicht, denn ein- oder zweimal hatte er dabei einen Blick von Angus aufgefangen.

«Es muß das Element des Spiels sein, das die Sache in Gang hält», sagte sein Vater jetzt. «Kein vernünftiger Mensch sieht auch nur den geringsten Sinn darin. Spionage bringt der Welt keinerlei Nutzen. Eher das Gegenteil. Manchmal denke ich, sie ist eine Gefahr für sich. Ich meine, ohne sie wäre das Spannungsfeld zwischen Ost und West längst nicht so hoch.»

«Wahrscheinlich nicht, Liebling», sagte Lucy.

Mungo entschuldigte sich. Sie hatten, alle zusammen in gemütlichen Lehnsesseln im Arbeitszimmer sitzend, eines von Lucys Schnellessen gegessen – was sie ihren «Kratz an Resten zusammen, was du zusammenkratzen kannst-Tee» nannte: weiche Semmeln, Senfgurken und deutsche Würstchen aus der Folie. Das Sofa hatte Lucy ganz allein für sich beschlagnahmt. Eine Frau ihrer Größe und ihres Umfangs habe Exklusivrechte auf ein Sofa, sagte sie. Zum Trinken hatte es Ananassaft und eine Flasche Weißwein gegeben. Mungo verstand nicht, warum sein Vater ihm ein Glas Wein anbot und ihn so durchdringend ansah, als er ablehnte. Schließlich lehnte er Wein immer ab.

Innerhalb der nächsten Stunde mußte er zum toten Briefkasten gehen und nachsehen, ob für ihn eine Nachricht gekommen war. Er erwartete, von seinem Agenten Nicholas Ralston (oder Einhorn) zu hören, daß er das Problem gelöst und eine Möglichkeit gefunden hatte, von Blake zu erfahren, wie der Bauausschuß über das Baugesuch seines Vaters entschieden hatte. Und wenn Einhorn versagte, hielt er sich Charles Mabledene (oder Drache) in Reserve. Drache war Mungos mit Abstand bester Agent, und der allerbeste, den er je gehabt hatte, viel besser als irgendeiner von Sterns Stars.

Charles Mabledene war sein erster Überläufer gewesen, war zu ihm gekommen, bevor er die Leitung der Londoner Zentrale übernommen hatte und noch Angus' rechte Hand war. Es war während des Sommer-Trimesters, als Angus daran dachte aufzuhören, und Mungo zu seinem Nachfolger ausbildete, was aber noch niemand wußte und ein tiefes Geheimnis zwischen ihnen war. Mungo hatte oben in seinem Studierzimmer gesessen und hatte gelernt, und Angus war, laut Eintragung im Hausbuch, noch in der Stadt. Es war in Rossingham üblich, Brüder im selben Haus unterzubringen, es sei denn, die Eltern wünschten es nicht. Die O'Neills, zum Beispiel, hatten gebeten, Keith und Graham zu trennen, da Graham viel intelligenter war. Doch als Mungo nach Rossingham kam, wurde er wie Angus in Pitt House untergebracht. Ian war nicht mehr da, doch auch er war im Pitt gewesen; Fergus vor so vielen Jahren aus irgendeinem Grund allerdings im Gladstone.

Im Gemeinschaftsraum des Hauses gab es ein Telefon. Auch einen Fernseher, den man einschalten durfte, wenn man seine Aufgaben gemacht hatte. Die Benutzung des Telefons unterlag jedoch strengen Beschränkungen. War man einmal in der sechsten Klasse, konnte man praktisch tun, was man wollte, und alles war viel lokkerer, aber auch dann durfte man unter dieser Nummer nicht angerufen werden. Der Apparat war nur für sehr wichtige Anrufe da, falls zum Beispiel eine Mutter oder ein Vater krank waren oder man den Eltern sagen mußte, sie müßten ihren Wochenendbesuch in Rossingham verschieben oder etwas ähnliches. Außerdem war es ein Münzapparat, was einen Mißbrauch von vornherein ausschloß, weil langes oder häufiges Telefonieren ganz einfach zu teuer war.

Der Außenwelt war die Nummer dieses Telefons nicht bekannt. Sie stand in keinem Telefonbuch. Nicht einmal die Eltern kannten sie. Wenn sie anrufen und etwas fragen wollten, mußten sie den Schulleiter oder den Lehrer, der dem Haus vorstand, unter seiner Privatnummer zu Hause anrufen. Angus erzählte Mungo hinterher, daß er während seiner drei Jahre in Rossingham das Telefon in Pitt House nie klingeln gehört hatte; und niemand habe je erwähnt, daß es geklingelt hätte. Und da saß Mungo im Juni vergangenen Jahres an jenem Abend im Studierzimmer und büffelte Biologie und neben ihm lernte sein bester Freund und zweiter Mann Graham O'Neill (oder Medusa) Geschichte, als sie es im Erdgeschoß klingeln hörten. Sie wußten nicht, was geklingelt hatte, und dachten, es müsse das Telefon in Mr. Lindsays Wohnung sein und Mr. und Mrs. Lindsay hatten vielleicht die Tür offengelassen.

Jemand, den er nicht besonders gut kannte und der nicht zu seinen Agenten gehörte, kam herauf und sagte, der Anruf sei für ihn. Wenn meine Leute mich in der Schule anrufen, dachte Mungo, muß jemand schwer krank sein oder im Sterben liegen. Er stand hastig auf und wollte in Mr. Lindsays Wohnung starten.

Ein schrilles Flüstern: «Das Telefon im Gemeinschaftszimmer!»

«Das glaub ich nicht.»

Der Flüsterer zuckte mit den Schultern.

«Wer ist es, um Himmels willen?»

«Das wollte er nicht sagen. Aber es hörte sich an, als hätte er eine Scheißangst.»

Ein halbes Dutzend Schüler saßen vor dem Fernseher, aber was auf dem Bildschirm passierte, interessierte sie nicht. Alle starrten den Telefonhörer an, der auf dem Geldspeicher lag. Als der Apparat geklingelt hat, müssen sie mehr erschrocken sein als bei Feueralarm, dachte Mungo. Er würde nie vergessen, wie er, völlig verwirrt, den Hörer aufgenommen und eine quiekende Kinderstimme, vom Stimmbruch noch weit entfernt, gesagt hatte:

«Ich bin Charles Mabledene. Ich möchte herüberkommen.»

«Du willst was?» Mungo war damals noch nicht so auf Draht wie später.

«Ich möchte überlaufen. Und ich kann dir etwas wirklich Gutes mitbringen. Nämlich Guy Parkers Codebuch.»

Als er sich jetzt, neun Monate später, daran erinnerte, mußte Mungo lächeln. Er ging eben bei Mabledenes vorbei, der großen Autowerkstatt mit der Volvo-Konzession auf der Westseite der Rostock Bridge; die Familie selbst wohnte allerdings ungefähr zehn Meilen außerhalb der Stadt auf dem Dorf. Charles hatte einen neuen toten Briefkasten für sie ausfindig gemacht, in einem Baum auf dem leeren Grundstück neben der Waschanlage seines Vaters. Es war vielleicht klug, den toten Briefkasten unter der Überführung nicht allzulange zu behalten, besonders wenn er an den Beobachter dachte, den er, als er das letzte Mal hier unten gewesen war, gesehen hatte oder zu sehen geglaubt hatte.

Heute war erst der zweite helle Abend. Samstag waren um Mitternacht die Uhren vorgestellt worden. Es war nicht kalt, aber feucht und die Sicht schlecht, so daß dieser verlassene Ort noch unheimlicher wirkte. Feuchtigkeit lag auf den steinernen Stufen, die zum Damm hinunterführten, und das gelbe Licht aus den Fenstern brachte es zum Glänzen. Mungo kam vom Fluß her und stieg die Treppe hinauf, kam an der Stelle vorbei, an der das Mädchen erwürgt worden war, und ging diesmal durch die Bread Lane weiter, die steile Steigung, die sich zwischen hohen mit Glasscherben bestückten Ziegelmauern durchzwängte. Ostermontag, und die Stahlhochbrücke schien unter der Last des nach Norden fließenden Verkehrs zu beben, da alle Welt aus dem Osterurlaub zurückkehrte.

Aber unter der Brücke war alles still, schattig ungestört. Mungo sah die Augen des roten Katers, grüne Feuerfunken, bevor sein Pelz sichtbar wurde. Er überquerte die Straße und streckte die Hand aus, aber das Tier entwischte und schlüpfte unter einen der verkümmerten Büsche.

Ein gefaltetes Papier in einem Plastikumschlag klebte in der Hohlkehle des Mittelpfeilers, ungefähr in der Höhe von Mungos Kinn, was wiederum der ungefähren Kopfhöhe von Basilisk entsprach. Das Klebeband löste sich leicht. Fast zu leicht, als sei es schon einmal enfernt worden, nachdem Basilisk hier war.

Ich wüßte wirklich gern, ob ich mir das nur einbilde, sagte sich Mungo und steckte den Umschlag in die Tasche.

8

John Creevey war sechzehn, als ihm zum erstenmal auffiel, daß seine Schwester häßlich war. Sie mußte damals elf gewesen sein. Er hatte Hausaufgaben gemacht – einen Aufsatz über den Spanischen Erbfolgekrieg geschrieben –, als sie ins Wohnzimmer kam und ihm etwas über eine Torte gesagt hatte. Um eine Geburtstagstorte ging es, also mußte es an ihrem elften Geburtstag gewesen sein. Sie war gekommen, um ihm zu sagen, der Tee sei fertig und ihre Torte stehe mit elf brennenden Kerzen auf dem Tisch im Eßzimmer. Er blickte auf und schien aus irgendeinem Grund zum erstenmal ihr Gesicht zu sehen. Vielleicht, weil sie ihn überrascht hatte, er hatte sie nicht hereinkommen hören. Er sah ihre gewölbte Stirn, unter der sich ihre Brauen zu verstecken schienen, ihre apfelrunden Wangen, die Stupsnase und den sichelförmigen Mund. Sie war häßlich, und er hatte es bisher nicht bemerkt.

Er liebte Cherry, und sie liebte ihn. In ihrer Familie liebten sich alle, sie waren glücklich und zufrieden, wenn sie zusammen sein konnten. Vielleicht bedeuteten ihnen Äußerlichkeiten nicht viel. Ihm machte es nichts aus, daß Cherry häßlich war, aber er fing an sich zu fragen, was aus ihr werden sollte? Würde je ein Mann sie haben wollen? Würde je ein Mann sie heiraten? Als sie älter wurde, stellte er fest, daß sie eine gute Figur bekommen hatte, volle Brüste, gut geformte Beine, und sie hatte schönes Haar, dicht, hell kastanienbraun und glänzend, aber all das lenkte seiner Meinung nach nicht von den groben Gesichtszügen ab, die aufs Geratewohl zusammengesetzt schienen. Eines Tages sah er die Reproduktion eines Bildes von Velásquez, und der Hofzwerg auf dem Bild hatte genauso ein Gesicht wie seine Schwester Cherry.

Er fragte sich, wie das möglich war. Er wußte, daß er und sein Vater nicht schlecht aussahen, durchschnittlich, aber passabel, und die Mutter war wirklich hübsch. Als er dann ein Fotoalbum mit alten Bildern betrachtete, entdeckte er ein Familienfoto mit dem Vater seines Vaters und der Tante seines Vaters und wußte Bescheid. Gene verhielten sich so. Er begann Cherry zu beobachten, als sei sie behindert, als schlummere eine Krankheit in ihr, deren furchtbare Symptome eines Tages ausbrechen würden. Sie war nicht einmal besonders intelligent. Sie konnte weder Lehrerin noch Sekretärin werden. Nach der Schule bekam sie einen Job bei einer Baufirma, die ihr Büro in einer Holzhütte auf der Westseite der Rostock Bridge hatte; Cherry tippte Rechnungen und schickte sie ab. Sechzehn war sie damals und hatte eine Unmenge Freundinnen, lauter hübsche Mädchen, wie ihm schien. Es machte ihn traurig, sie mit diesen Mädchen zu sehen, ohne daß sie sich des Unterschieds bewußt war. Maitland, der Bauunternehmer, hatte den Ruf, ein Casanova zu sein, obwohl er Frau, Kinder und Enkel hatte, aber das beunruhigte John nie. Ein Mann wie er würde Cherry nicht zweimal ansehen.

Und dann lernte sie eines Tages Mark Simms kennen. Mark sah blendend aus, war groß, hatte feine Züge, schöne Zähne, dunkle Augen und war breitschultrig und schlank. Und er hatte ein nettes Wesen und einen guten Job. John konnte es einfach nicht glauben, als sie ihm sagte, sie hätten sich verlobt. Er glaubte, sie müsse sich geirrt haben, sie war so unschuldig, daß sie eine beiläufige Bemerkung wahrscheinlich für einen Heiratsantrag gehalten hatte. Aber er lernte Mark kennen und wußte sofort, daß alles stimmte, daß zutraf, was Cherry ihm erzählt hatte. Und am erstaunlichsten war für John, daß die Liebe nicht einseitig war, daß Mark nicht etwa Mitleid mit Cherry hatte. Er ließ sich ihre Bewunderung nicht nur gleichgültig gefallen, nein, er war verrückt nach ihr. Um das zu begreifen, brauchte man ihn nur zu beobachten, wenn er sie ansah.

Genau in diesem Zimmer in der Geneva Road hatte Cherry ihn mit Mark bekannt gemacht. Das mußte siebzehn – nein, fast achtzehn Jahre her sein. Und jetzt war Mark wieder da, noch immer schlank und gut aussehend, mit schönen weißen Zähnen; sein Haar war zwar ein bißchen grau geworden, aber sonst war er ganz der alte. Eine gescheiterte Ehe hinter sich, die er offenbar halb, wenn nicht ganz vergessen hatte. Daß er Cherry vergessen hatte, glaubte John nicht. Er mochte nach einiger Zeit eine andere Frau gefunden und geheiratet haben, doch der Platz in seinem Herzen gehörte Cherry.

Er und Colin Goodman sahen sich bei John ein Billard-Turnier an, das im Fernsehen übertragen wurde. Sie waren alle in einem Pub gewesen und hatten hinterher in einem italienischen Restaurant gegessen, und jetzt saßen sie hier, tranken Carlsberg, Mark rauchte Pfeife, und die beiden Heizstäbe des elektrischen Kamins glühten. John hatte Mark jahrelang nicht gesehen, zehn Jahre wahrscheinlich, aber als sie sich heute im Pub getroffen hatten, war keine Fremdheit zwischen ihnen aufgekommen. Alles war noch wie damals, als Mark mit Cherry verlobt gewesen war und damit gerechnet hatte, Johns Schwager zu werden. Ich habe ihm übelgenommen, daß er die andere geheiratet hat, dachte John, das war's. Ich habe mir eingebildet, er werde meiner toten Schwester für immer und ewig die Treue halten. Was für ein Narr ich doch bin! Die Ehe hat nicht einmal funktioniert. Ich hätte mir das ganze Übelnehmen, den ganzen Groll und die Vorwürfe ersparen können, armer Mark.

John interessierte sich nicht für Billard. Sport langweilte ihn überhaupt. Er bediente die beiden anderen, brachte mehr Bier, holte Mark einen sauberen Aschenbecher, stellte eine Schale mit Käsekräckern und eine zweite mit Erdnüssen auf den Tisch. Sie hatten sich beim Essen unterhalten, aber nur über oberflächliche Dinge, zu einem echten Gespräch war es nicht gekommen. Und jetzt fragte sich John, ob er Colin vielleicht nur dazugebeten hatte, um zu verhindern, daß Mark und er sich gegenseitig das Herz ausschütteten, um Beichten unmöglich zu machen. Es kam ihm jedoch so vor, als hänge der Wunsch nach Geständnissen, nach Offenheit gewissermaßen in der Luft. Er wußte, er würde es nie tun, sehnte sich aber zugleich danach, Mark von Jennifer zu erzählen und zuzuhören, wenn Mark von Cherry sprach. Sie hatten einander viel zu sagen, würden aber nicht sprechen, solange Colin dabei war.

Das Billard-Turnier war zu Ende, und niemand wollte das darauffolgende Fernsehspiel sehen. John schaltete das Gerät aus. Kim

Philbys *My Silent War* lag auf dem niedrigen Tisch, der zwischen dem Fernseher und dem Sofa stand, auf dem Mark und Colin saßen. Der Tisch stammte, wie fast alles andere im Haus, von Johns Mutter. Er war aus Eichenholz mit einer Einlegearbeit aus grünem Leder, und seine Mutter hatte ihn immer auf Hochglanz poliert. John merkte jetzt erst, daß er völlig verstaubt und mit Fingerabdrücken übersät war. Auf dem Kreuz, in dem sich dicht über dem Boden die vier Tischbeine trafen, lag der Staub wie grauer Schwamm. Gewöhnlich fällt Männern so etwas nicht auf, dachte John, nur den Frauen. Es war auch nicht der Staub gewesen, den Mark betrachtet hatte, sondern das Buch, nach dem er jetzt griff. John erinnerte sich, daß Mark immer sehr viel gelesen, Cherry jedoch kaum einmal ein Buch in die Hand genommen hatte. Ihm selbst hatte *My Silent War* nicht besonders gefallen. Er hatte das Buch zwar angefangen, aber nicht zu Ende gelesen. Er war romantisch – nun ja, sogar sentimental, warum es nicht zugeben? –, und er liebte die Fiktion. Was wirklich passierte, interessierte ihn nicht besonders, das hatte er ausreichend im Alltag. Mark blätterte langsam die Seiten um und steckte sich mit der anderen Hand geistesabwesend Erdnüsse in den Mund.

«Du zerbrichst dir immer noch den Kopf wegen des Codes, nicht wahr?» sagte Colin.

John nickte.

«John hat einen Freund, der ihm chiffrierte Briefe schickt, nur kann er sie nicht lesen.»

Mark schien nicht sonderlich interessiert. John hätte es nicht ausgesprochen, aber es war nichts dabei, es zu denken. Mark interessierte sich nicht für andere Menschen und ihre Angelegenheiten. «Sein Lieblingswort ist ‹ich›», hatte Johns Vater einmal gesagt, «dicht gefolgt von ‹mich›.» John hatte das damals ein bißchen unfair gefunden, jetzt war er aber nicht mehr so sicher.

«Das Buch ist 1968 erschienen», sagte Mark, «in dem Jahr, in dem ich Cherry kennengelernt habe. Für mich ist das immer nur das Jahr, in dem ich Cherry begegnet bin.»

«Ist das tatsächlich schon so lange her?» Colin machte ein verlegenes Gesicht, und seine Stimme klang schroff.

«Wir waren fast zwei Jahre verlobt», sagte Mark.

Er sah John an, und seine Augen schienen voller Kummer – nein, voller Schmerz. John war jetzt sicher, daß er noch mehr sagen werde, obwohl Colin da war, daß er sagen werde, seine Liebe zu Cherry habe all die Jahre überdauert. Und John schalt sich selbst gemein, weil er ihn für einen Egoisten gehalten hatte. Mark legte jedoch nur das Buch auf den Tisch zurück und sagte in einem ganz anderen Ton als bisher:

«Ich habe einen sehr guten Roman über ihn gelesen, über Philby, meine ich. Einen Thriller. Von Ted Allbeury. Den Titel weiß ich nicht mehr. Aber in deiner Bibliothek kennt man ihn bestimmt.»

John sagte, er werde nachfragen. Wenn ich daran denke, fügte er bei sich hinzu. Colin sah auf seine Uhr. Sie waren mit Marks Wagen gekommen, mußten sich also nicht danach richten, wann der letzte Bus ging, aber es war spät, schon nach elf. Der Regen, der vorhergesagt worden war, hatte eingesetzt, und John wollte ihnen einen Schirm leihen, damit sie trocken zum Wagen kamen, doch das wollten sie nicht. Mark schüttelte ihm ziemlich förmlich die Hand. Er hatte Jennifer den ganzen Abend mit keinem Wort erwähnt, und deshalb dachte John, Colin müsse etwas zu ihm gesagt haben. John stellte sich vor, wie die beiden nebeneinander im Wagen saßen und Mark sich bei Colin erkundigte, was genau mit Johns Frau passiert sei, und Colin antwortete, sie habe John verlassen, sei mit einem anderen abgehauen, mit dem sie vor ihrer Ehe verlobt gewesen war.

Colin würde hinzufügen, daß die Ehe nicht mehr zu retten sei. Aber John weigerte sich, das zu akzeptieren. Er sagte sich lieber, sie hätten sich vorübergehend getrennt. Er krümmte sich innerlich, wenn er sich vorstellte, daß die beiden – obwohl er sie gern hatte, obwohl sie seine Freunde waren – über seine gescheiterte Ehe sprachen und sie mit Marks eigenen Erfahrungen verglichen.

Er hatte Jennifer geantwortet und den Brief auf dem Weg zum Restaurant eingeworfen. Nun, nicht eigentlich auf dem Weg, denn er hatte einen Umweg über den Katzenwinkel gemacht. Dort hatte er den Umschlag von der Innenseite des Pfeilers gelöst und sich die chiffrierte Nachricht notiert. Vielleicht weil die Luft so feucht war, war es ein bißchen schwierig gewesen, den Klebstreifen wieder am Metall zu befestigen. Als er sich entfernte, überquerte eine ältere Frau mit einer Milchflasche in der einen und einer Tragetüte in der anderen Hand die Straße. Sie wollte die Katzen füttern. John glaubte nicht, daß sie gesehen hatte, was er unter der Brücke gemacht hatte, und jetzt ging er ohnehin zielstrebig auf den Briefkasten vor der Kirche zu.

Er warf den Brief ein. Der Kasten wurde erst am nächsten Morgen geleert, aber am Mittwoch müßte Jennifer den Brief eigentlich in Händen haben. Sie hatte ihn gebeten, nicht anzurufen, aber davon, daß er ihr nicht schreiben solle, hatte sie nichts erwähnt. Vielleicht verließ Peter Moran morgens, bevor die Post kam, das Haus. Obwohl – war das von einem arbeitslosen Mann zu erwarten? John hatte seinen Brief mit «Liebste Jennifer» begonnen. Selbstverständlich wolle er sich mit ihr treffen, er sehne sich danach, sie zu sehen, hatte er geschrieben. *Hartlands Gardens, um drei Uhr nachmittag am nächsten Samstag. Ich hoffe, daß uns die Sonne scheinen wird,* hatte er fortgesetzt und den Satz dann wieder durchgestrichen, was bedeutete, daß er den Brief noch einmal anfangen mußte...

Er leerte Marks Aschenbecher, stellte die Gläser in das Spülbekken, setzte sich dann wieder im Wohnzimmer an den elektrischen Kamin und griff nach dem Buch von Philby. Philby war Spion gewesen, das waren die Memoiren eines Spions. Warum sollte der Absender der Nachricht nicht die ersten Zeilen dieses Buchs für seinen Code verwendet haben? Die Wahrscheinlichkeit war so groß wie jede andere. John holte sein Notizbuch heraus und versuchte die chiffrierten Nachrichten an Hand der ersten Zeilen von *My Silent War* zu entschlüsseln. Wieder falsch. Wieder nichts. Warum tu ich das eigentlich? fragte er sich. Und ihm wurde bewußt, daß der Katzenwinkel und die Botschaften ihm nicht mehr so wichtig waren, seit er den Brief von Jennifer bekommen hatte. Sie lenkten ihn nicht mehr so gründlich ab, wie er erwartet hatte. Er betrachtete die chiffrierten Worte und dachte nach, überlegte und fühlte dann, wie die Gedanken nach und nach von Jennifers Bild und von Erinnerungen an ihre gemeinsame Zeit überlagert wurden. Vor allem aber kehrte regelmäßig die so überaus lebhafte Erinnerung an ihren zweiten gemeinsamen Abend wieder, an dem er ihr von Cherry und sie ihm von Peter Moran erzählt hatte.

«Ich glaube», hatte er zu ihr gesagt, «wir waren alle sehr langweilige und durchschnittliche Menschen. Nicht interessant und keiner von uns etwas Besonderes. Mein Vater war bei der Post. Meine Mutter hat, denke ich, nie gearbeitet, sie wäre gar nicht auf die Idee gekommen. Doch wir waren eine sehr glückliche Familie, zwischen uns gab es nie ein böses Wort, wahrscheinlich waren wir immer einer Meinung. Wir – meine Schwester und ich – wollten nie rebellieren, und unsere Eltern haben nie versucht uns an irgend etwas zu hindern. Sie gönnten uns jedes Vergnügen. Wir haben immer alles mögliche füreinander getan. Ich meine, wenn einer von uns etwas wollte, sprang ein anderer auf und sagte, ‹ich hol's dir›, oder ‹ich mach das schon›. Wir mochten einander, verstehen Sie? Und wir waren glücklich, wenn es die anderen waren. Wir haben immer gelacht. Klingt das verrückt? Ich meine, wir hatten unsere kleinen Familienwitze und bestimmte Stichworte, bei denen wir herausplatzten, und wir erzählten einander, was bei der Arbeit Komisches passiert war. So war es jeden Abend, und Mum sagte immer: ‹Tut ihr denn gar nichts, ihr Bande? Das klingt ja so, als hättet ihr den ganzen Tag nur Unsinn im Kopf.›»

Jennifer hatte ihn zweifelnd angesehen. Freundlich, aber auch verblüfft. «Das klingt gar nicht nach Ihnen – nun ja, soweit ich Sie eben kenne.»

«Ich war früher anders. Ich habe mich verändert. Wir alle haben uns verändert. Wenn jemand auf so schreckliche Weise stirbt, stürzt die Welt ein.»

«Ihre Schwester wollte heiraten?»

«In zwei Monaten. Ihr Verlobter war fast ständig bei uns. Ich meine, er und Cherry sind natürlich miteinander ausgegangen, das ist ja klar, aber wir haben nicht zu den Leuten gehört, die einen Freund für sich behalten. Cherry und ich haben unsere Freunde nach Hause gebracht. Es war für sie ganz natürlich, daß sie Mark nach Hause brachte, daß er bei uns aß und manchmal auch über Nacht blieb.»

Sie sah ihn fragend an, und er fühlte, daß ihm das Blut in die Wangen stieg.

«Wir hatten nur drei Schlafzimmer, aber Mutter machte für Mark die Couch im Wohnzimmer zurecht.»

«Was ist passiert?»

«Nun ja, eines Abends ist sie ganz einfach nicht von der Arbeit nach Hause gekommen. Es war Winter und die Abende dunkel. Mark fragte in ihrer Firma nach. Unten in Beckgate. Er hatte sie abholen wollen, weil sie etwas vorhatten, aber das Büro war schon geschlossen und niemand mehr da. Man hat ihre Leiche auf der Treppe gefunden, die unter der Rostock Bridge zum Uferdamm führt. Sie war erwürgt worden. Der Täter wurde nie entdeckt. Es gab keine Zeugen, nichts.»

«Und das hat Sie alle verändert?» fragte Jennifer. «Daran sind Sie und Ihre Eltern zerbrochen?»

«So muß es sein, wenn man vom Blitz getroffen wird», sagte er. «Von uns war praktisch nichts mehr übrig. Ein Jahr darauf erlitt mein Vater einen Schlaganfall. Oh, es hieß, das habe nichts mit Cherrys Tod zu tun, es wäre sowieso passiert. Vielleicht stimmt das sogar. Er war jahrelang mehr oder weniger ans Bett gefesselt. Meine Mutter hat ihn gepflegt. Es klingt melodramatisch, es klingt übertrieben, aber ich glaube, sie hat nie wieder gelacht. Ich habe sie nie lachen gehört. Wir haben uns aneinandergeklammert, wir drei, haben einer im anderen eine Stütze gesucht, aber wir konnten uns nicht stützen. Verstehen Sie das? Es gab keinen Trost.»

«Sie sind bei ihnen geblieben? Haben zu Hause gelebt?»

Er hatte nie eine andere Möglichkeit in Betracht gezogen. Jennifer schien erstaunt, als habe er sich geopfert. Er erzählte ihr vom Tod seines Vaters und vom Tod seiner Mutter, sagte aber nichts von seiner Einsamkeit. Sie sah ihn an. Sie hatte eine ganz eigene Art, einem eindringlich in die Augen zu sehen. Ihr Gesicht war breit an den Schläfen, sie hatte volle Wangen, eine helle, sommersprossige Haut und tiefe, bezaubernde Grübchen neben den Winkeln ihres hübschen Mundes. Und alles an ihr war sanft und weich, darin lag ihre Einzigartigkeit, in ihrer Stimme, ihrem Blick, ihren Berührungen. Oh, vor allem in ihren Berührungen. Selbstverständlich hatte er an jenem Abend noch nichts davon gewußt. Dazu war es zu früh gewesen. Doch schon damals hatte er erkannt, daß sie anders war als alle anderen Frauen, und auch begriffen, woran das lag. Er betrachtete gern Kunstbücher mit Reproduktionen berühmter Gemälde. Und er verglich die Menschen, die er kannte, mit den Sujets der Porträts. Wenn Cherry der Zwerg von Velásquez gewesen war, Mark Simmons ausgesehen hatte wie El Grecos Fray Hortensio Félix de Paravicino, der Dichter und Hofprediger Philipps II., dann war Jennifer – nun, dann war Jennifer Rembrandts Juno.

«Was Sie mir von Ihrer Familie erzählt haben, gefällt mir», sagte sie. «Ich hätte sie gern kennengelernt. Hätten Sie mich zum Essen nach Hause mitgenommen, wenn wir uns damals gekannt hätten?»

Das kam so unerwartet, daß er wieder rot wurde. «Sie sind zu jung.» Er stotterte fast. «Sie waren damals noch ein Kind.»

«Doch wenn ich schon so alt gewesen wäre wie jetzt – hätten Sie mich mitgenommen?»

«Aber natürlich.»

Sie wandte den Blick ab. «Meine Familie war nicht so. Mein Vater war auch jahrelang krank, mußte immer wieder ins Krankenhaus, und er ließ uns dafür büßen. Das klingt lieblos, aber es ist die Wahrheit. Meine Mutter lernte, ihre Gefühle zu unterdrücken. Sie gab nichts mehr von sich preis, redete nur noch vom Wetter und den Geschäften und davon, was die Nachbarn sagten – dadurch fühlte sie sich sicher. Verstehen Sie, was ich meine?»

Er nickte. «Ich glaube schon.»

Zu Boden blickend, die Brauen über der Nasenwurzel zusammengezogen, sagte sie mit dieser Stimme, die weder damals noch später laut geworden war: «Ich werde Ihnen erzählen, was mit mir und dem Mann geschehen ist, den ich heiraten wollte. Es war schrecklich. Es war etwas ganz Fürchterliches. Darf ich es Ihnen erzählen?»

Tu mir nicht weh, wollte er ihr sagen. Du kannst mir weh tun, kannst es schon jetzt. Aber er nickte wieder, ihr Blick tauchte in den seinen und ließ ihn nicht mehr los. Dann begann sie...

Bald darauf hatte er sie in sein Haus mitgenommen, in dem damals noch die alten Geister lebten – Cherry, Hand in Hand mit Mark, das verlorene Lachen seiner Mutter –, wenn es ihm nicht gerade wie der verlassenste Ort der Welt vorkam. Die Geister waren jetzt verschwunden, die Leere und Verlassenheit waren geblieben. John schaltete mit der Fußspitze die Heizspiralen aus, griff dann unter den Tisch und wischte die dicke Staubschicht mit dem Handteller weg.

9

Am ersten Tag nach einem Feiertag gab es immer viel zu tun. Die Leute hatten ein ganzes langes Wochenende Zeit gehabt, sich ihren Garten anzusehen und waren zu dem Schluß gekommen, daß ein neuer Strauch hier oder eine Reihe winterharter Pflanzen dort genügen würden, diesen Garten in ein zweites Sissinghurst oder Kew zu verwandeln. Es setzte ein wahrer Ansturm auf Dahlienknollen und Gladiolenzwiebeln ein, pompöse Blumen, die John nicht besonders mochte. Er hörte, wie Gavin eine Frau überredete, für einen nordseitig gelegenen, kaum windgeschützten Garten einen *Eucalyptus salicifolia* zu kaufen, wo selbstverständlich nur ein *gunnii* überleben konnte. Gavin mochte es nicht, wenn man ihn korrigierte, und John tat es sehr diskret und so, daß niemand anders es hörte. In den Hartlands Gardens hatte es einen weidenblättrigen Eukalyptus gegeben, aber der strenge Frost zweier Winter hatte ihn getötet. John und Jennifer waren im März vergangenen Jahres dort spazierengegangen und hatten den armen Gummibaum gesehen – der Stamm abgehäutet wie ein Knochen, die Blätter, vertrocknet und zusammengerollt, hatten laut im Wind geraschelt.

John ging durch die Gewächshäuser, inspizierte die afrikanischen Gänseblümchen, die Gazanien und Gerbera, die er aus Samen zog. Was für ein Erlebnis es wäre, sie in ihrer Heimat zu sehen, in Namaqualand, wo die ausgetrockneten Ebenen, wie er gelesen hatte, monate-, manchmal sogar jahrelang unfruchtbar waren und sich, wenn endlich der Regen kam, nach vierundzwanzig Stunden in ein Blütenmeer verwandelten, in unendliche Morgen herrlich leuchtender Farben, soweit das Auge reichte. Dort mußte der Ursprung des Versprechens liegen, das in der Bibel gegeben wurde – daß die Wüste erblühen werde wie die Rose...

Bei dem Gedanken an Afrika fielen ihm die *Schätze des Königs Salomo* wieder ein. Auf dem Heimweg wollte er in der Zentralbibliothek nachfragen, ob das Buch vielleicht schon hereingekommen war. Er konnte auch nachsehen, ob er den Roman über Philby fand, obwohl er den Titel nicht wußte und den Namen des Autors vergessen hatte. Gavin fütterte den Hirtenstar mit Paranußstückchen, die ihm zu schmecken schienen. Zum erstenmal fiel John auf, daß Sharons Nagellack die Farbe Kaiserjade hatte. Dagegen konnte er nichts tun, und warum sollte er eigentlich?

Ehe er ging, machte er einen Scherz. «Wie viele Kunden haben Sie heute gefragt, ob Sie grüne Finger haben, Sharon?»

«Fünfzehn», antwortete sie, ohne zu lächeln. «Ich habe sie gezählt.»

Die Bibliothekarin sagte, es gebe mehrere Romane, die auf dem Leben von Kim Philby basierten. Er hatte *My Silent War* nicht mitgebracht und sagte ihr, daß er das Buch noch habe.

«O ja? In Ordnung. Es gibt ein Buch mit dem Titel *The Other Side of Silence.* Das bezieht sich wahrscheinlich auf Philbys eigenes Buch. Meinen Sie vielleicht das? Es ist von Ted Allbeury.»

Er erinnerte sich sofort an den Namen. Die Bibliothekarin gab Namen und Titel in den Computer ein. «Ich will sehen, ob es hier ist.»

Beide Bücher waren da. *Die Schätze des Königs Salomo* und *The Other Side of Silence*. John freute sich unbändig. Zwei gute Bücher, zwei spannende Bücher, würden ihm helfen, die Tage bis zum Samstag zu überstehen.

Sein Vorgarten war unter einer Decke aus rosafarbenen Blütenblättern begraben. Der lebhafte Wind hatte auch die letzten vom Baum geweht. Es blieb noch mindestens zwei Stunden hell, und er hatte genügend Zeit, sie aufzukehren, die abgeblühten Blütenköpfe der Narzissen abzuzwicken und vielleicht auch noch den sibirischen Goldlack einzupflanzen. In diesem Jahr wollte er in der Veranda eine große Ampel mit Begonien und Geranien aufhängen. Das würde Jennifer gefallen. Sie liebte Blumen – wenn sie auch für Gärten nichts übrig hatte... Rechne nicht mit Dingen, die du noch längst nicht hast, ermahnte er sich. Du hast einen weiten Weg vor dir, sie wird am Samstag nicht einfach mit dir nach Hause gehen. Das Herz tat ihm weh bei diesem Gedanken. Denn angenommen, es kam doch so? Angenommen, sie wollte genau das tun? Peter Moran hatte sie einmal gemein behandelt und es sehr wahrscheinlich wieder getan. Ein Mann wie er änderte sich nicht.

«Wir haben zusammen gelebt», hatte sie gesagt. «Ich war das einzige Mädchen, mit dem er es je ernst gemeint hat. Er wollte heiraten, und zuerst war ich diejenige, die zögerte. Wir hatten nur ein winziges Apartment, und dann wurde meine Mutter krank, und ich mußte wieder zu ihr ziehen. Aber Peter und ich waren inzwischen verlobt und wollten im August heiraten. Mutter hatte Krebs, aber es gibt Remissionen, sogar bei Leuten in diesem Stadium. Ich will nichts Böses über sie sagen, wahrhaftig nicht, doch sie liebte die Show, meine Mutter. Sie wünschte sich eine große weiße Hochzeit für mich. Ich gab nach, und Peter schien es egal zu sein. Ich dachte mir, gut, es ist bestimmt das letzte Fest, das sie erlebt, das letzte wirklich große Ereignis. Wir schickten also Einladungen an fast zweihundert Leute.

Ein weißes Kleid mußte es sein – geradezu lächerlich, nicht wahr? Besonders mit der Krinoline, auf der Mutter bestand, und dem großen, wallenden Schleier. Aber mein Brautstrauß hätte Ihnen gefallen, John. Ich wollte keine weißen, sondern bunte Blumen. Pfirsichfarbene Dahlien, dunkel pinkfarbene Hortensien und Zinnien in einem helleren Pink...»

John hatte nicht das Herz, ihr zu sagen, daß er Dahlien und Zinnien von allen Blumen am meisten verabscheute, ihre Steifheit, ihre vulgäre Protzigkeit. Die Blumen, die er züchtete, waren anmutig, zart und meist unauffällig. Er sperrte die Haustür auf, legte die Bücher auf dem Eichentisch mit der Ledereinlegearbeit ab und schaltete die obere Heizspirale ein. Morgen früh würde sie seinen Brief bekommen. Würde sie anrufen? Es war möglich. Wenn sie «liebste» las, entschloß sie sich vielleicht, mit ihm zu telefonieren... Er brühte sich eine Kanne Tee auf, mit losem Tee, nicht mit Teebeuteln, und schenkte sich eine Tasse ein. Vielleicht sollte er seine Gewohnheiten ändern, einen Schluck Alkohol trinken, wenn er nach Hause kam, ein kleines tulpenförmiges Glas trockenen Sherrys.

An Essen wollte er erst später denken. Rühreier oder Pizza oder Spaghetti aus der Dose. So etwas Ähnliches war es immer. Vorher wollte er versuchen, den Code mit Hilfe der *Schätze des Königs Salomo* zu entziffern. Wieder falsch. Wieder nichts. Er musterte die Schutzumschläge der beiden Bücher, wußte nicht, welches er zuerst lesen sollte. Doch selbstverständlich würde er erst anfangen, wenn es dunkel war. Vorher mußte er die Blütenblätter aufkehren und den Goldlack auspflanzen.

Bisher waren die Pflanzen in einer Pflanzschale in dem an die Küche angebauten Gewächshaus, wo er, weil ihm eine Garage fehlte, auch die Honda unterbringen mußte. Er stellte sich den kräftigen und doch feinen Duft des Goldlacks und die orangefarbenen Blüten vor, die er im Mai und Juni tragen würde. Er nahm die Gießkanne aus dem Haus mit, die abgestandenes Wasser enthielt, denn er benutzte nie Wasser, das frisch aus der Leitung kam. Die ganze Zeit, während er draußen arbeitete, kam niemand vorbei – niemand zu Fuß, genauer gesagt. An vorüberfahrenden Autos mangelte es nicht. Als er jung gewesen war und Cherry noch gelebt hatte, waren bis zum Einbruch der Nacht und auch noch später in der Geneva Road ständig Fußgänger unterwegs gewesen. Der Himmel war bewölkt, und es war warm für Ende März – trotz des Westwinds, der die Äste der Schuppentanne zauste. Seine Mutter hatte die Geneva Road immer geliebt, weil man durch die Lücken zwischen den Häusern die grüne Hügellandschaft hinter der Stadt sehen konnte. John pflanzte seinen Goldlack aus, goß ihn an und ging ins Haus zurück. Er wusch sich die Hände unter der Wasserleitung in der Küche. Rühreier waren am schnellsten fertig, Rühreier auf Toast und eine halbe Dose Obst mit H-Sahne zum Nachtisch.

Er trug das Abendessen auf einem Tablett ins Wohnzimmer. Es war heiß und stickig, und er sah, daß er, als er in den Garten ging, vergessen hatte, die Heizspirale auszuschalten. Reine Verschwendung, aber es jetzt noch zu tun, hatte keinen Sinn. Aus Höflichkeit gegen Jennifer hatte er nie bei Tisch gelesen, obwohl sie zu Hause beim Essen die Nase immer in ein Buch oder eine Zeitschrift gesteckt hatten, wenn ihnen danach war, und sie hatten trotzdem nie das Gefühl gehabt, ungesellig oder unhöflich zu sein. Zu Hause – John fiel erst hinterher auf, welche Wendung er da gebraucht hatte. Empfand er es denn jetzt nicht mehr als ein Zuhause? Schließlich war es dasselbe Haus. Zu Hause, dachte er, ist dort, wo die Menschen sind, die du liebst – die dich lieben.

Er schlug *The Other Side of Silence* auf und las die ersten Zeilen. *The snow lay thick on the steps and the snowflakes driven by the wind looked black in the headlights of the cars.* (Dick lag der Schnee auf den Stufen, und die Schneeflocken, die der Wind vor sich hertrieb, wirkten im Licht der Autoscheinwerfer schwarz.) Fast mechanisch, weil er das bei jedem Buch machte, das er las, begann er das Alphabet unter die Buchstaben zu schreiben. Natürlich nicht im Buch selbst, sondern mit Bleistift in seinem Notizbuch. Er aß einen Bissen Ei auf Toast. A wäre in diesem Fall T, B wäre H, C wäre E, DS, EN, FO, GW, HL... Es funktionierte – diesmal funktionierte es. Oder doch nicht?

Das erste Wort der chiffrierten Nachricht, die er sich im Katzenwinkel notiert hatte, nachdem der sehr große junge Mann dort gewesen war, lautete: HCRKTABIE. Wenn man die erste Zeile von *The Other Side of Silence* zu Grunde legte, kam LEVIATHAN heraus. Nun, Leviathan war ein Wort, auf jeden Fall ein Name. TO BASILISK hieß es weiter. Und es folgte: TAKE STERNS CHILDERS. John hatte die vage Vermutung, daß *childers* ein altenglisches oder Dialektwort für *children* war. *Take Sterns Childers* schien überhaupt keinen Sinn zu haben. Die Nachricht: Leviathan an Basilisk. Nimm Sterns Kinder.

Egal. Er hatte mehrere chiffrierte Nachrichten in seinem Notizbuch, unter anderem die von gestern abend. Aufgeregt begann er die Buchstaben dieser Nachricht mit den ersten Zeilen abzustimmen. Das Ergebnis war verständlicher. Dieser zweite Text hieß: *Leviathan an Basilisk und Einhorn. Ruxeter Road 53 bleibt sicheres Haus.* Er versuchte es mit den Texten, die er sich im Januar und Februar notiert hatte, doch da versagte der Code. Trotzdem empfand John nicht anders als jeder andere in einer solchen Situation. Er wollte seinen Triumph mit jemandem teilen. Der Mensch, dem er es am liebsten erzählt hätte, war Jennifer. Er ging zum Telefon, wählte jedoch die ersten drei Zahlen von Colins Nummer und legte den Hörer wieder auf. Wollte er wirklich mit jemandem darüber reden? Wäre es nicht viel befriedigender, in der Ruxeter Road 53 nachzusehen, was diese Leute unter einem «sicheren Haus» verstanden?

Draußen war es inzwischen dunkel geworden, doch was machte das schon? Vielleicht war es sogar besser. Er konnte die Honda nehmen. Über die Alexandra Bridge, dachte er, und die Nevin Street hinauf, die dann zur Ruxeter Road wird. Er zog den ledernen Motorradanzug an, der schwarz und viel schwerer war als Jennifers weiche blaue Jacke.

Als er in die Berne Road einbog, klatschte ihm ein Regentropfen ins Gesicht. Wenn es so schüttet wie gestern abend, werde ich das Abenteuer wahrscheinlich bereuen, dachte er. Er fragte sich, worauf er sich da einließ. Wahrscheinlich auf nichts, aus dem er nicht wieder aussteigen könnte. Hoffentlich. In letzter Zeit berichteten Zeitungen und Fernsehen täglich über Drogen, und manchmal kam es ihm so vor, als hätte außer ihm schon jeder irgendwann einmal Drogen konsumiert. Wenn man das hörte und las, gewann man den Eindruck, daß die ganze Nation sich in einem ständigen Drogenrausch befand und von Dope und Crack schon völlig verblödet war. Wie, wenn diese Leute, auf deren Spur er war, tatsächlich mit Drogen zu tun hatten? Wie, wenn so etwas dahintersteckte und sie deshalb den Code brauchten und sich ihre Nachrichten auf diese Weise zukommen ließen? Es waren vielleicht Drogenhändler und Drogenschmuggler – was man eben einen Drogenring nannte.

Der Wind war abgeflaut, und der Fluß lag glatt und ruhig mit ölig dunkler Oberfläche unter der Brücke. Am anderen Ende der Brücke wurde die Straße schmaler, führte an der Mauer der Kathedrale vorbei, weitete sich dann zwischen hohen Bürogebäuden zum Nevin Square, wo hinter grünen Rasenflächen und einem Springbrunnen, der nach sechs Uhr abends nicht mehr plätscherte, das Rathaus stand. Die Uhr vom Turm der Kathedrale St. Stephen schlug ziemlich oft, aber John zählte nicht mit. Es waren nur wenige Leute unterwegs, wenige Wagen. Auf dem Sockel des Denkmals von Lysander Douglas, Philantrop, Entdecker und ehemaliger Bürgermeister der Stadt, saßen zwei Punker mit leuchtend bunten Haaren und Ledersachen, die noch viel bizarrer aussahen als die seinen. Die beiden aßen Fisch und Pommes aus Papiertüten.

John drehte seine Runde auf dem Platz und fädelte sich bei der dritten Ausfahrt, der Einmündung in die Nevin Street, aus dem Kreisverkehr aus. Die Neon-Leuchtzeichen hoch oben auf dem Gebäude der CitWest-Versicherung sagten ihm, daß es neun Uhr zwei war und die Temperatur neun Grad betrug. Die ganze linke Seite der Straße wurde von den Gebäuden des Polytechnikums beherrscht. Die große Flügeltür des Haupteingangs ging auf, und heraus kam Peter Moran und stieg die Treppe herunter. John hatte ihn bisher nur zweimal gesehen, hätte ihn aber überall erkannt. Man vergißt die Gesichter seiner Feinde ebensowenig wie die der Menschen, die man liebt.

Das war der Mann, mit dem seine Frau lebte. John rief sich das Wort für Wort wieder ins Gedächtnis, während er im Schrittempo weiterfuhr und Peter Moran ansah. Blond, unauffälliger Durchschnitt, hohlwangig und mit einer Brille, die so dick war, daß er schon sehr kurzsichtig sein mußte. Natürlich sah John im Moment nicht, wie dick die Gläser waren, sie waren ihm aufgefallen, als er Moran gegenübergestanden hatte; ein einziges Mal war das gewesen, und er erinnerte sich sehr schmerzlich daran, konnte es jedoch ebensowenig vergessen wie Morans Gesicht. Moran konnte ihn natürlich nicht erkennen. Ein Mann auf einem Motorrad ist der anonymste, der unsichtbarste Mensch, den es gibt. Er ist kaum noch ein Mann, eher Motorradzubehör.

John gab Gas und schwenkte in die Ruxeter Road ein.

Zwei Tage vor der Hochzeit, hatte sie ihm an jenem Abend erzählt, hatte dieser Mensch ihr gesagt, er könne sie doch nicht heiraten, er bringe es einfach nicht fertig.

«Er nannte keinen besonderen Grund, sagte nur, er bringe es nicht fertig. Ich habe gedacht, ich höre nicht recht. Wir waren bei mir zu Hause – nun ja, bei meiner Mutter natürlich. Meine Tante war auch da, zu meiner Hochzeit aus Irland angereist.»

«Sie wußten natürlich, daß es kein Scherz war», hatte John gesagt.

«Es dauerte eine Weile, bis ich's begriff. Ich fragte ihn, ob ihm dieser ganze Zirkus so unerträglich sei, ich meine, die weiße Hochzeit und die vielen Leute, die wir erwarteten. Ich sagte ihm, es sei mir egal, wir könnten auf dem Standesamt heiraten, müßten nicht tun, was meine Mutter wollte. Er sagte, das sei es ja gar nicht. – Es war ganz einfach die Vorstellung, verheiratet zu sein, die Ehe selbst, der er sich nicht gewachsen fühlte. Er tauge nicht zum Heiraten, könnte es nie ertragen, verheiratet zu sein. Und dann auf einmal gab es nichts mehr zu sagen. Können Sie das verstehen, John? Wir hatten uns nichts mehr zu sagen. Wir starrten uns nur an, dann murmelte er etwas wie: ‹Na ja, also leb wohl›, und das war's. Meine Mutter kam herein und sagte, Peter sei doch nicht etwa gegangen, ohne sich Tante Katie vorzustellen, wie es sich gehörte. Ich sagte, ja, er sei gegangen und es gebe keine Hochzeit, und sie fing an zu lachen, zu weinen und zu schreien. Leute, die ihr Leben lang unterdrückt wurden, sind die schlimmsten, wenn sie einmal durchdrehen. Ich weinte nicht, noch nicht. Ich war wie betäubt, ich war nicht einmal wütend.»

«Ich kann mir nicht vorstellen, daß Sie wütend werden können», hatte John gesagt.

Er ließ die Maschine in einer Seitenstraße, der Collingbourne Road. Ein Pub namens *Gander* hatte Plakate ausgehängt, die den Gästen für den nächsten Samstag einen «Super-Schwof» versprachen, was man sich jedoch nur schwer vorstellen konnte, so düster sah das Etablissement mit der trübseligen Beleuchtung aus. Zwischen dem Pub und der Straße, in der John parkte, standen Reihenhäuser aus viktorianischer Zeit, hoch, kahl, der grobe graue Gipsanwurf gesprungen, weggebrochen, die unteren rechteckigen Einheitsfenster mit Brettern zugenagelt. Wellblech verschloß die Türöffnungen. Nummer 53 war in dieser aus fünf Häusern bestehenden Zeile das mittlere. Es hatte als einziges einen Giebel, und in die Mitte dieses Giebels war eine runde Platte aus einem glatteren Stein eingelassen; darauf standen der Name der Häuser und das Baujahr: *Pentecost-Villen 1885.*

Einen Augenblick bezweifelte John, daß dies das richtige Haus war. Doch hier war die Ruxeter Road, und die Häuser in dieser langen Straße waren fortlaufend numeriert. Mit Helm und geschlossenem Visier ging er die Collingbourne Road zurück, um zu sehen, ob es vielleicht einen Seiteneingang gab, doch die Gärten dieser Häuser lagen hinter einer durchgehenden gelben Backsteinmauer. Als die Mauer aufhörte, bog er nach links in die Fontaine Avenue ein. Die Gärten endeten hier an einem Zaun mit fünf widerstandsfähig aussehenden Gartenpforten. Im Licht der Straßenlaternen auf dem Gehsteig gegenüber konnte John alles ziemlich deutlich sehen. Hinter dem Gehsteig begann eine Grünfläche, der Fontaine Park. Es mußte gut fünfundzwanzig Jahre her sein, daß John zum letztenmal hier gewesen war. Er war allein auf der Straße. Wie gewöhnlich war weit und breit kein Mensch. Das einzige Anzeichen dafür, daß die Gegend nicht im wahrsten Sinn des Wortes ausgestorben war, waren die unvermeidlichen, am Straßenrand parkenden Autos.

Er versuchte es bei der ersten Pforte, aber sie war verriegelt, wie er befürchtet hatte, und wahrscheinlich auch abgesperrt. Die nächsten ebenfalls. So würde es mit allen sein, und dann war's das eben. Aber weil er so weit gekommen und natürlich mit der Absicht aufgebrochen war, herauszufinden, was es mit diesem «sicheren Haus» auf sich hatte, versuchte er es auch noch bei der dritten. Der Schnappriegel gab nach, und die Tür ging auf.

John schaute sich nach allen Seiten um, aber es war niemand da. Er betrat den Garten, schloß die Pforte hinter sich und geriet in eine Wildnis aus derbem Gras, Sträuchern mit wilden Trieben, von Efeu überwachsenen Baumstümpfen. Die Rückfront des Hauses schien dort, wo es nicht von einer spinnwebähnlichen Kletterpflanze undurchdringlich überwuchert war, mit Brettern verschalt zu sein. Als John näher zum Haus kam, ragte drohend der Schatten der Mauer hinter ihm auf, wuchs am Haus empor, schluckte alles Licht, und als er das Haus erreichte, umgab ihn nur tiefe Dunkelheit. Er hätte nicht am Abend kommen oder eine Taschenlampe mitbringen sollen. So etwas hatte er allerdings kaum erwartet. Was er sich vorgestellt hatte? Er wußte es nicht.

Am Ende einer Treppe mit flachen Stufen, die nicht hinauf-, sondern hinunterführte, konnte er eben noch eine Tür ausmachen, gewiß die einzige im ganzen Block, die nicht mit Brettern verschlagen war. John hatte das Gefühl, daß sie grün angestrichen war, obwohl er wirklich nicht sehen konnte, welche Farbe sie hatte.

Als er die Treppe hinunterging, dachte er: Angenommen die Tür ist unverschlossen, ich gehe hinein, und drin ist alles strahlend hell erleuchtet, und um einen runden Tisch sitzen zwölf Männer, und einer steht auf und hat eine Pistole in der Hand...

Während er das dachte, hatte er auf die Klinke gedrückt, die Tür war aufgegangen, und er war drin. Aber es war stockdunkel, und als er, an der Wand herumtastend, einen Lichtschalter gefunden hatte und draufdrückte, passierte gar nichts. Es war so dunkel wie in einer Gruft. Er wußte nicht einmal, ob er in einer Art Wohnzimmer oder in einer Küche war. Es roch stark nach Moder. Die Feuchtigkeit legte sich ihm wie kaltes Gummi auf das Gesicht. Vorsichtig bewegte er sich über den Fußboden, der sich glitschig anfühlte, und noch ehe er auf der anderen Seite des Raums anlangte, wurde ihm klar, daß es hoffnungslos war. Ohne Licht konnte er keinen Schritt weitergehen.

Auf jeden Fall war niemand da. Ein bißchen besser an die Dunkelheit gewöhnt, schaute er sich um und suchte, was seiner Ansicht nach solche Leute zurückließen – leere Flaschen, Zigarettenstummel, halbgerauchte Joints vielleicht, obwohl er die kaum erkennen würde. Über abblätternde Tapete und schmierigen, verrottenden Mörtel an die Wand geheftet sah er ein Blatt Papier, das mit Schriftzeichen bedeckt schien. Unmöglich, es hier zu lesen. Er riß es ab, steckte es in die Tasche und ging auf demselben Weg, den er gekommen war, wieder hinaus. Etwas an diesem Garten, die Trostlosigkeit, das derbe Gras, die totale Vernachlässigung erinnerten ihn an den Katzenwinkel. Nur gab es hier keine Katzen; überhaupt nichts Lebendiges.

Als er wieder auf der Fontaine Road stand, vor sich den von gelbem Laternenlicht erhellten ordentlichen kleinen Park mit den sauber beschnittenen Hecken und Bäumen, fühlte er sich merkwürdig erleichtert. Was bin ich nur für ein Narr, dachte er, fahre den ganzen Weg hier heraus. Wie ein Schuljunge. Und wozu? Was hoffte ich zu finden? Er ging zu seiner Honda, setzte den Helm auf, schloß das Visier und fuhr nach Hause.

10

Vor seiner Hochzeit hatte John nur ein einziges neues Möbelstück gekauft, und das war ein Bett. Sein Leben lang hatte er im kleinsten der drei Schlafzimmer in einem neunzig Zentimeter schmalen Einzelbett gelegen. Seine Eltern hatten im großen Schlafzimmer nach vorn hinaus geschlafen, und Cherry gehörte das große Schlafzimmer nach hinten hinaus. Nach ihrem Tod hätte er irgendwann in ihr Zimmer umziehen können, ohne pietätlos zu sein, doch er hatte es nie getan. Es hatte nie wieder jemand in diesem Zimmer geschlafen, und mit der Zeit war es zu einer Art Familienheiligtum geworden. John vermutete, daß seine Mutter manchmal hinaufging und darin saß. Colin hatte einmal vorgeschlagen, John solle es vermieten, es gebe ständig Leute, die Zimmer suchten, aber John war allein der Gedanke wie ein Sakrileg vorgekommen.

Jennifer und er würden natürlich das Schlafzimmer seiner Eltern beziehen, doch im Bett seiner Eltern zu schlafen, schien ihm grotesk. Er und Cherry waren in diesem Bett geboren und zweifellos auch dort empfangen worden. Ohne mit Jennifer darüber zu sprechen, kaufte er ein großes Doppelbett, ein Bett, das der Verkäufer «queen-sized» nannte. Wenn er jetzt allein darin lag, war es ganz einfach riesig.

John hatte sich gesagt, er respektiere Jennifer zu sehr, um schon vor der Ehe mit ihr zu schlafen. Doch welche Fehler er auch sonst haben mochte, er versuchte immer ehrlich zu sein und wußte daher ganz genau, daß es nicht Respekt war – was immer das zu bedeuten hatte –, was ihm im Weg stand, sondern ganz schlicht und einfach Angst. Er war siebenunddreißig Jahre alt und hatte nie eine Frau geliebt, war noch Jungfrau.

Doch wahrscheinlich war das gar nicht so ungewöhnlich, und er wäre nicht überrascht gewesen zu erfahren, daß es Colin genauso ergangen war. Und noch erging. Irgendwie verpaßte man den Anschluß, wenn man sich nicht mit sechzehn oder siebzehn ein Mädchen an Land zog, und wenn man sich nicht verlobte und heiratete, dann war's das wohl. Man hatte keine Gelegenheit, besonders in einem Ort wie diesem und wenn man bei den Eltern wohnte. Angenommen, dachte er, nur einmal angenommen, ich hätte ein Mädchen kennengelernt, und wir hätten miteinander schlafen wollen, und sie hätte auch zu Hause gewohnt – was dann? Er hatte kein Auto, er hätte sich kein Hotelzimmer leisten können und wäre davor zurückgeschreckt, es unter freiem Himmel zu tun. Außerdem lernte er ohnehin keine Mädchen kennen. Nach Cherrys Tod gab es für ihre Familie kein Glück und keine Freude mehr, existierten normale Dinge nicht mehr für sie. Sie waren niedergeschmettert und innerlich erstarrt, eingeschüchtert und verkrochen sich zu Hause, doch nicht, um den Schmerz miteinander zu teilen, sondern um sich allein in Kummer und Leid zu vergraben.

Er gestand sich selbst ganz offen ein, daß er sich fürchtete, mit einer Frau zu schlafen; sich sogar davor fürchtete, es zu versuchen. Wie stellte man es an? Wie fing man an? Woher wußte man, daß man das Richtige tat? Was mußte man zuerst tun? Einen Kuß ja, den konnte er sich vorstellen. Inzwischen hatte er Jennifer sehr oft geküßt. Aber wie sah der nächste Schritt aus? Er mußte ihre Brüste streicheln, stand in dem Buch. Er krümmte sich innerlich vor Verlegenheit bei diesem Gedanken. Es kam ihm wie ein Überfall vor. Wie durfte man sich an den Brüsten eines Mädchens vergreifen und sie betasten? Wer gab einem das Recht dazu? Sie war keine Jungfrau, das wußte er. Sie hatte mit Peter Moran zusammengelebt. Sie wußte daher, was sie erwarten durfte, sie wußte, wie Männer sich verhielten, die richtige Liebhaber waren...

Als das neue Bett geliefert wurde, stellte er das seiner Eltern in Cherrys Zimmer neben ihre Schlafcouch. Cherry war unschuldig gewesen, ein sittsames, keusches Mädchen. Er hatte gedacht, das liege daran, daß sie so reizlos war, bis er gemerkt hatte, wie Mark Simms sie ansah – leidenschaftlich und voller Hingabe. Da hatte er begriffen, daß sie entweder von Natur aus rein war oder sich ganz bewußt rein erhalten hatte. Eines Tages sagte sie, daß Mark und sie auf eine Hochzeitsreise verzichteten, weil sie sparen wollten. Für einen Auslandsurlaub sei später immer noch Zeit, er könne warten, bis sie sich ihr Heim eingerichtet hatten. Die Mutter hatte ihr zu bedenken gegeben, daß sie später vielleicht andere Verpflichtungen haben würde. Er hatte gewußt, daß sie meinte, Cherry werde dann vielleicht schon Kinder haben. Cherry hingegen hatte die Mutter nicht verstanden, die es ihr erklären mußte. Daraufhin schien Cherry betroffen, ja sogar beleidigt zu sein – was bei ihr fast noch nie vorgekommen war. Sehr praktisch – wie John fand – hatte die Mutter hinzugefügt, Kinder kämen schließlich automatisch, wenn eine Frau sich nicht schütze. Danach hatte er sich entschuldigt und das Zimmer verlassen. Nicht, weil es ihm peinlich war, sondern weil er mit Cherry fühlte, die sich in ihrer Würde und Sittsamkeit verletzt sah. Es war jedoch seltsam, daß er die ganze Zeit außer unterschwelligem Zorn in Cherrys Verhalten auch etwas wie Ungeduld, ja, sogar Spott gespürt hatte.

Vielleicht litt ihre Familie an irgendeinem Mangel, der bewirkte, daß einzelne Mitglieder vor dem Sex zurückschraken. Jennifer war so lieb zu ihm gewesen, so gut. Sobald sie verstanden hatte, wo sein Problem lag, war sie geduldig und rücksichtsvoll, und zusammen hatten sie... Er schob die Erinnerung daran weit, weit von sich. Nichts mehr davon. Er drehte sich in dem Riesenbett herum und bemühte sich einzuschlafen, aber nicht unglücklich, sondern hoffnungsvoll.

Es war möglich, es war sogar wahrscheinlich, daß sie Samstag abend wieder neben ihm lag, wohin sie gehörte. Die Ängste hatte er jetzt überwunden. Dank ihr und mit ihr würde er wissend und überlegen sein. Als er daran dachte, zuckte sein Penis in der Schlafanzughose und wurde steif. Nicht zum erstenmal dachte er, warum sich alles so abspielen mußte, auf diese ungeschickte, peinliche Weise. Hatte Gott es so gefügt – oder wer? Warum konnte es sich nicht auf Lippen und Hände, ja, nur auf Gedanken beschränken?

Oder so sein wie bei Blumen – oder Fischen. Erst vor ein paar Monaten hatte er entdeckt, wie Fische sich fortpflanzten. Die Männchen gaben einfach ihre Spermatozoen ins Wasser ab, in dem die fruchtbaren Weibchen schwammen. Als er im Garten-Center versucht hatte, eine neue Melonenart zu züchten, hatte er die weiblichen Blüten mit einem Teigpinsel befruchtet – sauber, hygienisch, geschmackvoll.

John wußte sehr gut, wie verklemmt er war. Er sehnte sich danach, in einer vollkommenen Welt vollkommen zu sein, ohne Scham, ohne Scheu, ohne sich selbst zu quälen. Er legte die Hand auf seinen steifen Penis, doch das Gegenteil von dem geschah, was geschehen sollte – er wurde unter der Berührung schlaff. Die Arme jetzt gekreuzt, eine Hand auf jeder Schulter, vergrub er das Gesicht im Kissen und fühlte sich wie ein Kind, das auf die Mutter wartete, die ihm gute Nacht wünschen sollte.

11

Fergus fuhr immer einen Volvo, behielt ihn fünf Jahre und tauschte ihn dann gegen einen neuen aus. Den letzten hatte er bei Mabledenes gekauft, die die Volvo-Vertretung vor zwei Jahren übernommen hatten.

«Ein ungewöhnlicher Name», sagte Fergus.

«Wirklich?» sagte Mungo. «Ein Charles Mabledene wohnt in der Schule in meinem Haus.»

«Es muß dieselbe Familie sein. Armer Kerl. Ich wette, ihr zieht ihn ständig auf.»

«Warum sollten wir?»

Fergus warf ihm einen besorgten Blick zu, als fürchte er, sein Jüngster sei ein bißchen einfältig. «Na ja, Mabel. Ich nehme an, ihr nennt ihn Mabel, nicht wahr? Das wäre zu meiner Zeit so gewesen.»

Mungo hatte keine Ahnung, was sein Vater meinte. Er hatte noch nie gehört, daß Mabel ein Mädchenname war.

«Deine Zeit ist lange her», sagte Lucy. «Seither hat sich viel verändert.»

Sie meinte die Mädchen in der sechsten Klasse. Und daß sich die Leute beim Vornamen nannten. In Utting gab es Mädchen in allen Stufen, und Sterns neue rechte Hand war ein Mädchen. Wie komisch, daß Vater und ich nicht dieselbe Sprache zu sprechen scheinen, dachte Mungo. Es war fast so, als redeten sie zwar beide Englisch, hätten es jedoch jeder für sich in Teilen der Welt gelernt, die Tausende von Meilen voneinander entfernt waren, in Ländern, deren Sitten und Traditionen weit auseinanderklafften. Er saß noch beim Frühstück, als sein Vater schon in die Vormittagssprechstunde gefahren war, und rätselte daran herum, was er damit gemeint haben konnte, daß jemand Mitleid verdiente, weil man ihn vielleicht mit einem Mädchennamen ansprach, von dem noch nie ein Mensch etwas gehört hatte. Nach einer Weile gab er auf, er kam ja doch nicht dahinter. Daß Charles Mabledene jemandem leid tat, konnte man sich ohnehin nicht vorstellen, so ein Mensch war er nicht. Charles Mabledene war zu Mungo übergelaufen, und Stern war wütend gewesen. Kein Wunder. So brillante Agenten wir Charles wuchsen nicht auf den Bäumen. Er hatte die Grundschule in Utting besucht und mit Sterns Bruder Michael im Andrade House gewohnt, und als er Mungo anrief, hatten beide gerade erst die Aufnahmeprüfungen abgelegt. Die Situation, sagte Angus, als er es erfuhr, war eine Parallele zu dem, was er selbst mit Guy Parker erlebt hatte. Denn die Quintessenz von Charles' Telefonat mit Mungo war, daß er sich entschlossen hatte, nicht mehr nach Utting zurückzukehren, wenn im September das neue Schuljahr begann, sondern nach Rossingham zu kommen – und zwar, ohne ein Wort zu Ivan oder Michael Stern gesagt zu haben. Außer seinen Eltern und den Verantwortlichen in Rossingham wußte buchstäblich kein Mensch davon.

Es ging ihm natürlich um mehr als nur um den Schulwechsel. Er wollte zum Westen überlaufen und sich von Mungo anwerben lassen.

«Rekrutieren», korrigierte Mungo ihn freundlich. «Angeworben werden nur die Sicherheitsoffiziere des Feindes.»

Dann sagte ihm Charles, was er als Beweis für seinen guten Willen mitbringen konnte. Schon seit langem hatte Mungo davon geträumt, Guy Parkers Codebuch in die Hände zu bekommen. Guy war damals noch das nominelle Oberhaupt der «Moskauer Zentrale» gewesen, obwohl er während der Sommerferien alles an Stern übergeben wollte. Die Codes, die er benutzte, basierten nicht auf den ersten Zeilen von Büchern – sie basierten überhaupt nicht auf Büchern, sondern auf geheimen Sätzen, die in diesem Codebuch standen und, was Angus schon lange vermutet hatte, ausschließlich in Fremdsprachen abgefaßt waren – in obskuren Fremdsprachen wie Serbokroatisch und Friesisch. Unzählige Male hatte er Leute ausgeschickt, die versuchen sollten, dieses Buch zu stehlen oder zu kopieren, was noch besser gewesen wäre. Auch Doppelagent Hydra, der mit Stern in Utting die vierte Klasse der Unterstufe besuchte, hatte versucht, es sich anzueignen. Aber Guy Parker, durch einen besonders tölpelhaften Versuch aufmerksam geworden, gewöhnte es sich an, daß Buch ständig bei sich zu tragen, aufgeschlagen und zwischen Unterhemd und Hemd flach an die Brust gepreßt.

Mungo glaubte nicht, daß Charles Mabledene sich das Buch beschaffen konnte, und erst nach Monaten sollte er erfahren, wie er es angestellt hatte, es doch zu bekommen. Juli und August verstrichen, und er hörte kein einziges Wort von ihm. Das Trimester begann am 8. September. Mungo kam in die vierte Klasse der Oberstufe und in ein Zimmer in Pitt House, das er nur mit drei anderen teilen mußte, anstatt mit neun. Angus, jetzt in der Sechsten und Präfekt, besuchte, nachdem die Lichter gelöscht waren, die Neuen in ihren Schlafsälen, um ihnen ein paar aufmunternde Worte zu sagen. Er meldete Mungo, daß Charles Mabledene unter den Neuen war. Um diese Zeit lag schon eine Fotokopie des Codebuchs in der

Schublade unter Mungos Bett. Er fand sie, als er seinen Schlafanzug herausholte.

Das «sichere Haus», das sie damals benutzten, war in einem Raum des alten Physiklabors untergebracht. Neue Labors waren im vergangenen Jahr fertig geworden, doch die alten Gebäude aus der Zeit König Edwards standen noch, und ihr Schicksal war ungewiß. Der Vorschlag, sie in zwei Gärtnerwohnungen umzubauen, wurde später wegen der hohen Kosten abgelehnt, und man hatte begonnen, die alten Häuser abzureißen. Aber vergangenen September waren die Räume noch da und standen leer. Selbstverständlich waren sie verschlossen, und ebenso selbstverständlich hatte sich Charles Mabledene die Schlüssel beschafft und Zweitschlüssel feilen lassen. Charles konnte sich jeden Schlüssel beschaffen und überall ein und aus gehen, wenn er Lust hatte. Schon mit neun Jahren war er kein schlechter Zauberer gewesen, und jetzt bildete er sich zum Entfesselungskünstler aus.

Mungo vernahm ihn im alten Physiklabor. Charles verriet ihm alles, was Parker und Stern schon unternommen hatten, und alles, was sie noch planten. Von Charles erfuhr Mungo auch, wie Parker ihr Codesystem und die toten Briefkästen entdeckt hatte, die sie derzeit benutzten – den auf dem Schulgelände bei den Squashplätzen und den anderen in der alten Stadtmauer beim Fevergate. Seit Wochen hatte Mungo sich vergeblich gefragt, wieso es ihm einfach nicht gelingen wollte, sich vier Einladungen für die Gartenparty beim Bürgermeister zu beschaffen. Charles eröffnete ihm, daß Hydra ein Doppelagent war und der Bürgermeister zwei Söhne in Utting hatte. Und er berichtete Mungo auch, wie er an das Codebuch gekommen war. Beim Schulsportfest, als Guy Parker die hundert Meter schwamm. Parker dachte, das Buch sei sicher, weil die Schränke in den Umkleideräumen abschließbar waren. Aber einen Schrank zu öffnen, war für Charles Mabledene ein Kinderspiel. Er benutzte Kreditkarten und nicht einmal alte, sondern die, die die Firma seines Vaters an Stammkunden ausgab. Mit einem scharfen Messer schnitt er Haken und Sägen daraus aus, mit denen er alle Schlösser öffnen konnte – außer Yale- oder Banham-Schlösser. An denen arbeitete er noch. Charles nahm das Buch in die etwa hundert Meter entfernte Technische Abteilung mit, fotokopierte es und legte es, gerade als Parker aus dem Wasser stieg, wieder in den Schrank zurück.

Dann begann für Mungo und seine Leute eine Periode, in der sie Triumph um Triumph erlebten. Die andere Seite benutzte das Codebuch noch während des ganzen Trimesters, und Mungo war in alle ihre Geheimnisse eingeweiht. Monatelange Arbeit sei durch den Verlust des Codebuchs hinfällig geworden, hatte Sterns zweiter Leitoffizier Rosie Whittaker angeblich betroffen ausgerufen. Sie entdeckten den Verlust jedoch erst zu Weihnachten, und dann glaubten sie, ein Agent aus den eigenen Reihen sei der Verräter. Mungo hätte diesen Agenten willkommen geheißen, hätte ihn gern in seiner Truppe gehabt, doch er war nicht intelligent genug, und Rossingham nahm ihn nicht auf. Charles Mabledene hingegen gehörte zu den Schülern, die – was sehr selten vorkam – auf Grund ihrer Leistungen bei den Aufnahmeprüfungen ein Stipendium erhalten hatten. Er hatte nicht einmal darum ansuchen müssen. Es mußte für seine Eltern eine angenehme Überraschung gewesen sein, als der Brief kam, in dem stand, daß er nicht nur bestanden hatte, sondern daß sie im Jahr auch fünfhundert Pfund weniger Schuldgeld bezahlen mußten.

Das war damals, als Mungo in der Weihnachtszeit Michael Stern zum Narren gehalten hatte, indem er ihn kreuz und quer durch die ganze Stadt hinter sich herlockte und schließlich in einem Lagerhaus einsperrte; als er alle toten Briefkästen von Stern kannte und Sterns Botschaften durch eigene ersetzte; als er wirklich und wahrhaftig in Sterns «sicheres Haus» eingedrungen war – ausgerechnet das Mausoleum der Familie Douglas in der Domfreiheit*. Er hatte hinter Lysander Douglas' riesigem Steinsarkophag auf dem Boden gelegen und bei einer Sitzung zugehört, die Ivan Stern und Rosie Whittaker mit zwei anderen Leuten abhielten, die er nicht kannte. Und später, während der Kurzferien, war er ebenfalls dabeigewesen, als Stern Zyklop verhörte, von dem er nicht einmal geahnt hatte, daß er zum Osten überlaufen wollte.

Dort auf dem kalten, staubigen Boden, außer Reichweite von Sterns Kerzenflamme, nur eine dünne Steinplatte zwischen seinem Gesicht und den Gebeinen des alten Lysander, hatte er gehört, wie Zyklop ausgepackt hatte. Er hatte Stern alles gesagt, sogar daß Minotaurus übergelaufen war, von dem Stern immer noch geglaubt hatte, er befinde sich als «Schläfer» auf feindlichem Gebiet und

* Eingefriedeter Bezirk um eine Kirche.

warte darauf, «geweckt» zu werden. Zyklop verließ Rossingham und ging mit seinen Eltern nach Toronto, wo er das Upper Canada College besuchen wollte. Sie können ihn gern haben, dachte Mungo erbittert. Er überlegte, was er tun sollte, wenn Stern das Mausoleum verließ und hinter sich abschloß. Charles Mabledene wußte natürlich, daß er hier war, aber er würde ihn kaum vor morgen früh vermissen und sich nach ihm auf die Suche machen...

Stern schloß die Tür nicht ab. Als Mungo ins Freie trat, kam er in eine weiße Welt, in einen Schneesturm, den er jedoch kaum wahrnahm, so furchtbar war für ihn dieser Rückschlag... Von da an hatte es, wie ihm schien, für sie während des abgelaufenen Frühlings-Trimesters trotz guter Leistungen nur wenige echte Triumphe gegeben. Erstens hatte die Moskauer Zentrale einen neuen Code erarbeitet, einen phantastischen Code, der mit einer Zahl begann und mit einer längeren Zahl aufhörte und bisher allen Bemühungen, ihn zu knacken, widerstanden hatte. Und außerdem bestand die Möglichkeit, daß Stern in die Führungsspitze ihrer Abteilung einen «Maulwurf» eingeschleust hatte. Konnte er jedoch diese Sache mit Blake durchziehen, dann war viel gewonnen, sehr viel ausgeglichen. Um es zu schaffen, schien es aber erforderlich, in die Gedankenwelt eines Mannes einzudringen, seinen Verstand zu infiltrieren, gewissermaßen. Wie machte man so etwas? Wie würde Charles Mabledene es schaffen?

Mungo stieg die Treppe zu seinem Zimmer hinauf, kam an Angus' offener Tür vorbei und sah seinen Bruder am Computer sitzen. Neben sich auf dem Schreibtisch die Reste seines Frühstücks, das er auf einem Tablett heraufgenommen hatte: zwei leere Eierschalen, ein halbes Baguette, eine Dose Golden Syrup. Auf dem Plattenteller lag Gluck. «Was soll mir dieses Leben ohne dich?» sang Eurydike. Mungo stieg noch ein Stockwerk höher und schloß die Tür hinter sich. Es war der 31. März, und er hatte zweierlei zu tun: erstens mußte er sich etwas einfallen lassen, damit sie die andere Seite so richtig in den April schicken konnten, und zweitens einen neuen Code festlegen.

Eigentlich hatte er sich schon mehr oder weniger entschieden, für den Code Erskine Childers' *Das Rätsel der Sandbank* zu nehmen. Das war das Buch, das Basilisk in den Kurzferien in Mungos Auftrag von Stern «organisiert» hatte, denn er war überzeugt, daß Stern dieses Buch gelegentlich als Grundlage für seinen Code nahm.

Doch wahrscheinlich würde Stern sehr schnell erraten, daß jetzt er den Childers benutzen wollte – möglicherweise vermutete er es schon jetzt und wartete darauf. Mungo sah sich in seinen Bücherregalen um, holte einen dicken Wälzer herunter, schlug ihn auf und las: *In der dritten Novemberwoche des Jahres 1895 versank London in einem dichten gelben Nebel. Ich muß bezweifeln, daß es von Montag bis Donnerstag möglich war, aus unseren Fenstern in der Baker Street die Schemen der gegenüberliegenden Häuser zu sehen.* Das war genau das richtige. Was war übrigens das Schemen eines Hauses? Mungo glaubte nicht, daß es wichtig war.

Bevor er den Code ausarbeitete, mußte er sich etwas ausdenken, auf das Rosie Whittaker am 1. April hereinfallen würde. Warum, zum Beispiel, sollten sie sie nicht zu dem toten Briefkasten bei Mabledenes Werkstatt schicken, wo sie eine falsche Botschaft finden würde, die sich mit dem Childers entschlüsseln ließ? Das würde zwar bedeuten, daß sie diesen toten Briefkasten nie wieder ernsthaft benutzen konnten, aber Mungo hatte ihn ohnehin schon abgeschrieben; zu nah an elterlichem Territorium, um wirklich sicher zu sein.

12

In seinen Lederdress schlüpfend, um nach Hause zu fahren – es war Donnerstag, früher Ladenschluß und sein halber freier Tag –, griff John in die Jackentasche und zog das Blatt Papier heraus, das er in der Ruxeter Road 53 von der Wand genommen hatte. Da stand in Druckbuchstaben und auf zwei Spalten verteilt: *Chimära, Leviathan, Drache, Basilisk, Medusa, Skylla, Einhorn, Charybdis, Empusa, Hydra, Minotaurus.* John war enttäuscht, obwohl er drei dieser Namen schon aus den verschlüsselten Botschaften kannte.

Er wollte keine Bücher mitnehmen, ging jedoch in die Bibliothek in der Luzerne Road, um die Worte im Lexikon nachzuschlagen. Zu Hause hatte er nur eine Taschenbuchausgabe. Es stellte sich heraus, daß es ausschließlich Namen von Fabeltieren oder mythologischen Ungeheuern waren. Was sie in diesem Haus sollten, blieb ein Rätsel. Er bezweifelte aber nicht, daß sie irgend etwas mit der Bande, Vereinigung oder Gruppe zu tun hatten, von der die chiffrierten Botschaften stammten. Er machte einen Umweg und fuhr über den Katzenwinkel nach Hause, wo er im Pfeiler eine neue Nachricht fand. Er schrieb sie ab und achtete diesmal genau darauf, das Plastikpäckchen auf den Millimeter genau dort anzubringen, wo er es hergenommen hatte.

Es waren keine Katzen da. Eine saubergeleckte Untertasse und Backform bewiesen, daß sie sich die Bäuche vollgeschlagen und dann in ihre Verstecke zurückgezogen hatten, vielleicht um zu schlafen. Ein paar Autos fuhren vorbei. Im Hinterhof eines Fabrikgebäudes sägte ein Mann Holz. John war noch nie bei Tageslicht hiergewesen. Langsam fuhr er um den Katzenwinkel herum und bog in eines der engen Gäßchen ein, die zum Fluß führten. Die Treppe sah heute ganz anders aus. Vor der Mälzerei blühte ein Mandelbaum. Es war sonnig und warm, mild für Ende März, und ein paar Stammgäste des Pubs saßen an Tischen im Freien, einige sogar auf der Treppe oder auf der Brüstung und ließen die Beine über das Geländer baumeln. Das Wasser schimmerte blau und funkelte.

Für John war der Anblick eine Qual. Es war vernunftwidrig, dieses Gefühl, er wußte es, denn was wollte er damit ausdrücken? Daß jeder Ort, an dem jemand einen gewaltsamen Tod erlitten hatte, geheiligt werden sollte? Daß nie wieder jemand auf die Stelle treten sollte, an der sie gestorben war, und schwatzen, lachen und trinken schon gar nicht? Das unbekümmerte Gelächter eines Mannes ließ ihn zusammenzucken. Er fuhr nach Hause, versuchte den Gedanken daran zu verdrängen, wünschte, er hätte nicht diesen Weg genommen, und lenkte sich mit der neuen chiffrierten Nachricht ab, die er mitgebracht hatte.

Er hatte für heute nachmittag nichts Besonderes geplant. Vor ein paar Wochen noch wäre er vielleicht zu Jennifers Haus gefahren und hätte draußen gewartet, um einen kurzen Blick auf sie werfen zu können, doch dieses Verhalten hatte er abgelegt. In seiner Denkweise deutete es auf eine Neurose hin, eine geistige Verirrung. Normale Menschen benahmen sich nicht so. John hatte Angst, daß etwas mit seinem Verstand passieren könnte, Angst vor einem «Nervenzusammenbruch». Sogar daß er ihre blaue Lederjacke so gern anzog, kam ihm nicht ganz normal vor, und er beschloß, es nie wieder zu tun. Es war jetzt schon fast warm genug, um im Garten zu sitzen und zu lesen. Vielleicht würde er das Rosenbeet und die linke Rabatte jäten und es sich hinterher mit einem Buch bequem machen. Aber zuerst kam die Chiffre-Nachricht an die Reihe. Er schrieb die Buchstaben unter den Schlüssel, den er sich gemacht hatte.

Leviathan an Drache und Basilisk, las er. *Alle Befehle von Tosos sind zu ignorieren. Bruce-Partington fängt am Freitag an.*

Das verriet ihm auf jeden Fall, was die Liste der Fabeltiere bedeutete. Leviathan war eine Art Boss und Drache ein Diener oder Agent. Aber was war Tosos? Auch ein Phantasietier? Er sah in seinem Taschenlexikon nach, fand das Wort aber nicht. Vielleicht ging er später noch einmal in die Bibliothek und sah nach, ob er es vielleicht in *Chambers' Twentieth Century Dictionary* entdeckte. Bruce-Partington war vermutlich ein neuer Mann, den sie aufgenommen hatten, ein Rekrut für die Gaunereien, die sei ausheckten, egal um was es dabei ging.

Er war seit etwa einer halben Stunde im Garten, eine Schubkarre voller Unkraut neben sich, als er das Telefon klingeln hörte. Er überlegte, ob er es nicht einfach klingeln lassen sollte – doch angenommen, es war Jennifer? Angenommen, es war Jennifer, die eine andere Zeit vorschlagen oder sich vielleicht für einen anderen Tag verabreden wollte? Oder die vielleicht sogar sagte, sie wolle lieber zu ihm nach Hause kommen. Seine Hände waren erdig, seine Fingernägel hatten schwarze Ränder. Man konnte im Garten mit Handschuhen nicht richtig arbeiten. Er lief ins Haus und ohne sich die Hände abzuspülen ans Telefon. Die Aussicht, ihre Stimme zu hören, legte sich ihm wie ein Alp auf die Brust, und er konnte kaum atmen. Sie hatte eine weiche, ruhige Stimme, die keine Hast kannte, nie ungeduldig, aber in der Erregung unendlich süß und klangvoll war... Mit der erdigen Hand griff er nach dem Hörer.

Es war nicht Jennifer. Es war Mark Simms, und John fiel es sehr schwer, seine Enttäuschung nicht durch einen Aufschrei zu verraten.

13

Während Mungo auf Graham O'Neill wartete, machte er eine Runde durch das «sichere Haus». Es war nicht sehr hell, aber hell genug, daß er sich umsehen konnte. Das Haus war ein Labyrinth aus kleinen, schlecht proportionierten Räumen mit hohen Decken. Die letzten Bewohner hatten sogar einige Möbelstücke zurückgelassen. Wenn Mungo auf einen seiner Agenten wartete, ging er manchmal in den Räumen umher. Ihm gefielen die Einsamkeit und der Verfall, dieser allmählich verrottende Beweis eines verlorenen Lebens – eine uralte, mit rosafarbener Seide überzogene Chaiselongue, der ein Bein fehlte und jemand Ziegelsteine untergeschoben hatte, damit sie nicht kippte, eine Kommode, der bis auf eine alle Schubladen fehlten, die zerfetzten, von Motten zerfressenen Vorhänge, die nur noch der Staub zusammenhielt, Fenster, über die sich Spinnweben wie Jalousien spannten. Schob man die Spinnweben zur Seite, hatte man nichts in der Hand als ein Häufchen von trockenem Grau. Durch das beschlagene Glas sah man den Fluß, der einem leicht gewellten metallenen Band glich, Baumkronen, noch kahl, aber schon mit rötlichen Knospen besetzt, die Türme der Kathedrale und den Turm mit der Digitaluhr, grün, blinkend, ewig: sechs Uhr zweiundvierzig und elf Grad.

Eine schmale, sehr steile Treppe führte in den dritten Stock, wo unter der Dachschräge zwei oder drei Schlafzimmer untergebracht waren. Es sah hier oben ein bißchen wie in seinem Zimmer zu Hause aus, aber leer und verlassen. Über eine Art Strickleiter und durch eine Falltür gelangte man aufs Dach. Er war schon ein paarmal oben gewesen; es war an einigen Stellen flach, das Geländer aus Metall zerbrochen, doch eines Tages hatte ihn jemand gesehen und heraufgezeigt, und er hatte befürchtet, die Besitzer könnten herausfinden, daß jemand das Haus benutzte, und es so abdichten lassen, daß niemand mehr hereinkonnte.

Es dauerte mindestens noch zwei Stunden, ehe es dunkel wurde. Mungo, der jetzt in der Küche auf einem Tisch saß, auf dem schmierigen Wachstuch, das ihn bedeckte, überlegte, warum Medusa oder der Drache die Liste mit den Decknamen der Agenten von der Wand genommen hatten. Er hatte SCHLANGE und GRYPS hinzufügen wollen, die Namen zweier neuer Rekruten aus der vierten Klasse Unterstufe. Vielleicht war es jedoch klüger, diese Dinge nur im Kopf zu behalten.

Er würde Graham nicht kommen hören. Sich geräuschvoll zu bewegen, Schritte zu machen, die man hören konnte, wäre für jeden Namen auf der Liste ein Grund gewesen, sich zu schämen. Die Tür würde einfach langsam aufgehen. Wie alle anderen Türen in dieser Häuserzeile, war auch die von Nummer 53 abgeschlossen und zusätzlich mit zwei kreuzweise übereinandergelegten Brettern zugenagelt und gesichert gewesen, nur hatte sich hier eine Latte gelöst, und deshalb hatten sie sich für dieses Haus entschieden. Sie hatten beide Holzstücke entfernt, und Charles Mabledene hatte das Schloß geknackt, es mit einem seiner Kreditkarten-Instrumente geöffnet. Während er wartete und die Tür beobachtete, fragte sich Mungo, warum er Charles nicht besonders mochte. Allgemein gesprochen, hätte er sich nicht zu einer Abneigung gegen Jüngere bekannt, sondern das, was ihm an ihnen mißfiel, damit entschuldigt, daß sie eben noch Kinder waren. Andererseits wäre wohl niemand auf die Idee gekommen, von Charles zu sagen «er ist eben noch ein Kind». Er machte irgendwie den Eindruck, als sei er nie ein Kind gewesen, als sei er jetzt schon über dreißig und sei auch so geboren. Er wirkte irgendwie kalt und verschlossen, irgendwie – nein, nicht gönnerhaft, Mungo suchte nach dem richtigen Wort – berechnend vielleicht. Graham O'Neill ging es mit Charles genauso. Mungo und Graham hatten gewöhnlich die gleiche Meinung über Menschen und Dinge, brachten ihnen die gleichen Gefühle entgegen, deshalb kamen sie so gut miteinander aus und waren Freunde geworden. Sein Vater war noch mit Männern befreundet, mit denen er in die Schule gegangen war, und Mungo gefiel diese Vorstellung, denn sie versprach Sicherheit und Dauer.

Die O'Neills lebten nicht in der Stadt, sondern irgendwo in Norfolk. Graham und Keith blieben nur noch bis morgen und fuhren dann zu ihren Eltern, die kürzlich aus Saud zurückgekommen waren. Eine Tante oben in Hartlands hatte die Brüder inzwischen versorgt. Vielleicht hat Graham Schwierigkeiten wegzukommen, dachte Mungo; er hatte keine Ahnung, wie es bei dieser Tante zuging.

Die Stille hielt an. In der dämmrigen Küche sitzend, hörte Mungo in der Ferne das Jaulen einer Polizeisirene. Die Tür ging auf, und Graham kam herein, machte die Tür hinter sich zu. Graham war groß – nicht so groß wie Mungo, doch wer war das schon? –, mit stumpfen schwarzen Haaren, einem blassen Gesicht, ziemlich langer Hakennase und langem Kinn, die Augen stachelbeerfarben wie die einer Katze. Beide O'Neills sahen so aus, obwohl es nicht schwierig war, sie auseinanderzuhalten. Zu den Annehmlichkeiten der Ferien gehörte auch, daß man Jeans anziehen konnte, die in Rossingham verpönt waren. In Utting durfte man tragen, was man wollte – nun ja, mehr oder weniger. Graham hatte Jeans an, die neu und steif aussahen, weil er so selten Gelegenheit hatte, sie zu tragen. Auf der Brust seines T-Shirts prangte ein Oktopus mit sich krümmenden roten und schwarzen Tentakeln.

«Ich hätte gerne eine Qualle gehabt, aber die gab's nicht, das Ding hier kommt ihr am nächsten», sagte Graham. Sein Deckname war Medusa.

Mungo grinste. «Bist du vor Beginn des neuen Trimesters wieder hier?» fragte er.

«Ausgeschlossen.» Graham verdrehte die Augen zum Himmel. «Wir müssen für eine Woche nach Guernsey. Ganz ausgeschlossen, daß ich vor Schulbeginn wieder da bin.»

«Dann sehen wir uns am Zehnten im Pitt.»

«Hier habe ich was für dich.» Graham reichte Mungo ein kleines Stück Papier, das aus einem linierten Notizblock herausgerissen war. Der Text lautete:

Minotaurus an Medusa. Drache teilt mit, daß Baugenehmigung erteilt wurde. Definitiv, wiederhole definitiv. Die Familie von Minotaurus wohnte auf dem Land in der Nähe der Familie des Drachen, was den langen Umweg erklärte, den die Nachricht genommen hatte.

Mungo blickte auf und schüttelte den Kopf wie jemand, der die Leistung eines anderen nur verständnislos bewundern kann. «Wie hat er das bloß gemacht?»

«Frag mich was Leichteres.» Graham holte eine schmutzige und zerknautschte Zigarettenpackung aus der Tasche und bot sie Mungo an.

Mungo schüttelte den Kopf. «Mußt du im sicheren Haus unbedingt rauchen?»

«Das mit dem passiv Rauchen ist reiner Quatsch. Und wenn wir unser Leben lang hier sitzen blieben und ich immer rauchen würde, kriegtest du von meinen Zigaretten keinen Krebs. Außerdem solltest du sowieso rauchen. Vielleicht würdest du dann aufhören zu wachsen. Du sagst doch immer, du willst nicht mehr weiterwachsen.»

«Wie glaubst du, hat Charles Mabledene es gemacht?»

«Ich habe dir schon gesagt, ich weiß es nicht. Ich hab nicht mal eine Vermutung. Warum nennen wir den Typen eigentlich immer

Charles Mabledene, anstatt nur Charles? Hast du schon mal darüber nachgedacht? Warum tun wir das?»

«Keine Ahnung, aber ich weiß, was du meinst.»

Graham stieß Rauch durch die Nasenlöcher aus. «Hast du Geld?»

«Wenn du mit ‹Geld› Vermögen meinst, so von zwei Pfund aufwärts, dann hab ich keins.»

«Ich meine kein Vermögen. Ich meine, genug für Fisch und Chips. Ich liebe Fisch und Chips.»

«Okay. Du kannst von mir alles haben, wenn du nur aufhörst zu qualmen. Du weißt doch, was wir heute für einen Tag haben? Den einunddreißigsten. Ab morgen gilt der neue Code. *The Bruce-Partington Plans.*» Auf Grahams Gesicht pures Nichtverstehen. «Warum sind meine Offiziere durchwegs Analphabeten?» sagte Mungo. «Ich wette, Stern muß sich mit so etwas nicht herumschlagen.»

Sie waren jung genug, um sich noch spielerisch zu balgen, aber zu alt, um sich lange damit aufzuhalten. Noch vor einem Jahr hätten sie miteinander gerungen, sich auf dem Boden gewälzt. Jetzt boxte Graham den Freund nur leicht in die Seite. Mungo wich geschickt aus und öffnete die Tür.

«Hast du die Namensliste von der Wand genommen?»

«Nein. Wie käme ich dazu?»

«Dann muß es Charles Mabledene gewesen sein», meinte Mungo, und dann lachten beide, weil er es wieder gesagt hatte.

Der Fisch-und-Chips-Laden, in den sie gingen, lag in einer Seitenstraße, in einem Geschäftshaus zwischen der Randolph Bridge und dem Shot Tower. Angeblich war es der beste der Stadt. Was ihn außerdem heraushob, war, daß man dort auch essen konnte, wenn man Platz fand. Es gab nur vier kleine Marmortische mit je zwei Stühlen. Alle Tische waren besetzt. In Türnähe saß Guy Parker mit einem Mädchen. Sie aßen Scampi.

«Guten Abend», sagte Mungo heiter.

Guy Parker sagte hallo und lächelte auf die ihm eigene Art mit schmalen Lippen und so, daß man seine Zähne nicht sah. Das Mädchen war ziemlich plump, hatte olivfarbene Haut und schwarzes Haar mit vorn orangefarben eingefärbten Strähnen. Mungo gab am Tresen seine Bestellung auf: zweimal Pommes frites, zwei Portionen Rochen und zwei Gewürzgurken.

«Wer ist die Tussi, mit der er hier ist?» sagte er zu Graham.

«Weißt du das nicht?»

«Würd ich fragen, wenn ich es wüßte?»

«Das ist Rosie Whittaker. Ich habe gehört, er ist scharf auf sie wie Nachbars Lumpi.»

«Hm», sagte Mungo.

Er mochte nur schöne Frauen. Oder er würde nur schöne Frauen mögen, wenn er einmal anfing sich für Frauen zu interessieren. Eine große, schlanke Blonde mit einem langen Hals, hüftlangem Haar und großen grünen Augen, dachte er. Rosie Whittaker war nicht seine Kragenweite. Er und Graham nahmen ihre Päckchen mit Fisch und Chips. An einem Tisch am anderen Ende des Raums, von Guy Parker und Rosie Whittaker ziemlich weit entfernt, stand ein Paar auf. Der Tisch wurde frei.

Als sie sich setzten, sagte Graham leise: «Drache spricht nie mit ihnen.»

«Wie meinst du das?»

«Na ja, wenn er sie jetzt gesehen hätte wie wir, hätte er kein Wort gesagt, sondern wäre stumm vorbeimarschiert.»

«Unzivilisiert», sagte Mungo.

«Charles Mabledene hat überhaupt etwas Unzivilisiertes, findest du nicht?»

«Ich weiß nicht. Das würde ich nicht sagen. Eher, daß er einfach irgendwie ein merkwürdiger Typ ist.» Mungo wollte noch hinzufügen, ihn störe schon seit einiger Zeit an Charles Mabledene, daß er völlig ohne jedes menschliche Gefühl zu sein schien, doch wollte er mit Graham lieber nicht darüber sprechen. Auch nicht darüber, daß er – so unlogisch und unfair das auch war – sich von der Art abgestoßen fühlte, in der Charles Mabledene Stern verraten hatte. Ein Verräter übelster Sorte, einen schlimmeren gab es wohl kaum. Kim Philby konnte Charles Mabledene in dieser Beziehung nicht das Wasser reichen, denn Philby hatte es vermutlich getan, weil sein Ideal der Kommunismus war, während Charles Mabledene Stern nur verraten hatte, um Ruhm und Macht zu gewinnen. Selbstverständlich hatte er, Mungo, Charles Mabledenes Verrat ausgenutzt und der Westen durch ihn profitiert. Er hatte nicht das Recht, das Verhalten des Agenten zu verurteilen, der den Namen «Drache» trug.

«Der beste Rochen, den ich seit langem hier gegessen habe», sagte er, und Graham nickte.

«Wenn du mit ‹Geld› Vermögen meinst …

... so von zwei Pfund aufwärts, dann hab ich keins.» Vermögen ist etwas Relatives, wie man sieht. Eine kleine Summe ist für einen Schuljungen ein Vermögen, ein Erwachsener würde sich damit arm fühlen.

Aus der kleinen Summe kann aber ein kleines Vermögen werden, wenn man sie gewinnbringend anlegt.

14

Vor dem Panoramafenster, das eine ganze Wand einzunehmen schien, erstreckte sich der Park: Hartlands Gardens mit seinen Wegen, Rasenflächen, niedrigen Wäldchen, Alleen, Terrassen und dem großen Haus selbst, jetzt Galerie und Restaurant, das früher der Sitz der Familie Douglas gewesen war. Mark Simms hat sich nach seiner Rückkehr wahrhaftig keine schlechte Wohnung ausgesucht, dachte John. Fonthill Court stand auf einer kleinen Anhöhe, und man hatte von allen Balkons eine herrliche Aussicht.

Daß er hier war, war für ihn selbst eine Überraschung. Mark hatte am Telefon gemeint, sie sollten wieder einmal einen Schluck zusammen trinken und auch ein Pub vorgeschlagen, wo sie sich treffen sollten. John hätte die Einladung am liebsten abgelehnt, wenn ihm nur eine Ausrede eingefallen wäre. Er ging abends nicht gern aus, wenn er am nächsten Morgen arbeiten mußte. Das Garten-Center öffnete um neun, und er war gern schon um halb neun da. Er hatte Mark jedoch höchst widerstrebend zugesagt, mit dem Zusatz, daß es nicht spät werden dürfe. Das klingt ja so, als wär ich ein altes Weib, sagte er sich, als er auflegte, und erinnerte sich im selben Moment daran, wie sehr Jennifer diese Redewendung gehaßt und ihm vorgeworfen hatte, er sei ein Sexist.

«Warum nicht wie ein alter Mann? Warum glaubt man, daß alte Frauen dümmer sind als alte Männer?»

Zehn Minuten später klingelte das Telefon noch einmal. Es war wieder Mark. Diesmal sagte er, John solle doch gleich in seine Wohnung kommen. Sie könnten ja später noch ausgehen, wenn sie Lust hatten. Der Vorschlag gefiel John noch weniger, denn bis zu der Adresse, die Mark ihm nannte, waren es vier Meilen, und wenn er etwas trinken wollte, konnte er nicht die Honda nehmen.

Warum wollte Mark ihn überhaupt schon so bald wiedersehen? Sie hatten doch erst am Montag den Abend zusammen verbracht – und mit Colin natürlich. Möglich, daß er sich nur für die Gastfreundschaft revanchieren wollte. Als es soweit war, nahm John doch das Motorrad. Er hatte sich vorgenommen, nicht mehr als ein Bier oder ein Glas Wein zu trinken – was es eben gab. Das war für ihn ohnehin kein großes Opfer. Im letzten Moment zog er Jennifers Jacke an. Der Abend war recht mild für diese Jahreszeit, aber sein Lederzeug brauchte er doch noch. Die blaue Jacke war schick und bequem, und ihm fiel ein, daß er sich am Montag im Vergleich zu Mark, der sehr adrett war und einen guten Geschmack hatte, richtig schäbig vorgekommen war.

Die Straße schlängelte sich am Rand von Hartlands Gardens entlang zum höchsten Punkt von Fonthill Heights. Durch die Bäume sah er die großen Felder mit gelben und weißen Narzissen. Die Hecken im Park bestanden hauptsächlich aus Schwarzdorn und wilden Pflaumenbäumen, die in voller Blüte standen; es war nicht der dichte Blütenschnee wie bei Schwarzdorn oder Holunder, die Blüten hingen wie feine weiße Netze über den schwarzen Ästen. In weniger als achtundvierzig Stunden sollte er sich dort mit Jennifer treffen. Ich werde nicht als erster da sein, dachte er. Ich werde nicht schon um halb drei da sein und dann wartend auf und ab gehen. Ich will stark sein und den Park durch das Haupttor genau zwei Minuten vor drei betreten...

In Marks Wohnung in Fonthill Court war nicht mehr die Rede davon, daß sie noch ausgehen wollten. Sie saßen am Fenster, blickten auf den Park hinunter, sahen in der Stadt die Lichter angehen und eine riesengroße Fläche dunkler werdenden Himmels, den die sinkende Sonne am Horizont noch leicht rötlich färbte. John fühlte sich hier irgendwie unter Beobachtung, obwohl niemand da war, der ihn sehen konnte, außer möglicherweise die Besatzung eines Flugzeugs. Mark hatte Bierdosen gebracht, die so kalt waren, daß John befürchtet hatte, das Bier müsse zu einem Eisblock gefroren sein. Allmählich wurde ihm klar, warum Mark ihn wiedersehen und worüber er sprechen wollte.

«Hast du schon einmal bei einem Kommunikationstraining mitgemacht?» hatte er begonnen.

«Ich? Nein, wozu? Ich weiß gerade so ungefähr, was das ist. Warum hätte ich da mitmachen sollen?»

«Geschäftsleute tun es. Angeblich fördert es die soziale Interaktion.»

«Nichts für mich», sagte John.

«Ich habe gefragt, weil sie nach dem Grundsatz arbeiten, daß es gut ist, offen über seine Gefühle zu reden und zu erfahren, wie du auf andere Menschen wirkst, was sie für eine Meinung von dir haben – na ja, so was eben.»

John war verwirrt. Außerdem war das Bier so kalt, daß er Kopfweh davon bekam – einen nagenden Schmerz in den Schläfen.

«Ich habe mir ganz einfach gedacht, daß es für uns vielleicht gut wäre, über unsere Gefühle zu sprechen, daß es uns helfen könnte. Dir und mir, meine ich. Ich habe lange darüber nachgedacht. Eigentlich seit Jahren. Wir haben – nun ja, viel gemeinsam. Ich meine, ich habe gedacht, es würde uns beiden guttun zu sagen, was wir füreinander empfinden und ganz allgemein über unsere Gefühle zu reden. Das könnte eine Menge an die Oberfläche bringen.»

Die Lichter auf der Umgehungsstraße glichen einer zweireihigen gelben Kette, die auf der Autobahn waren weiß und die auf der Durchgangsstraße, die später zur Ruxeter Street wurde, hell bernsteinfarben. Die CitWest-Uhr blinkte, ein hellgrüner Stern, so weit weg, daß John weder Zeit noch Temperatur ablesen konnte. Er wandte sich Mark zu und sah ihn an. Was für Dinge sollten sie an die Oberfläche bringen wollen, welchen begrabenen Schmerz?

«Haben wir denn viel gemeinsam?» fragte er und fürchtete im nächsten Moment, zu grob gewesen zu sein.

«Wir haben Cherry», sagte Mark.

John merkte, daß er rot wurde. Sein Gesicht war ganz heiß. Es stimmte nicht, daß man nur aus Scham oder Verlegenheit errötete. Jedes starke Gefühl konnte es bewirken. Er war plötzlich tief bewegt. Und das wollte er nicht, er konnte jetzt keine zusätzliche Komplikation in seinem Leben brauchen, nicht in diesem kritischen Moment.

«Würdest du denn nicht gern mit mir über Cherry sprechen?» sagte Mark. «Gibt es nichts, was du dir von der Seele reden möchtest? Ich bin sicher, daß es etwas gibt. Du darfst keine Hemmungen haben, John. Du kannst mir alles sagen.»

Wieso begriff er plötzlich, daß Mark gar nicht ihn meinte? Mark meinte sich selbst, er meinte, daß er mit John sprechen wollte.

«Wir haben nie über sie geredet, John. Wir haben es verdrängt und in uns begraben und dann so getan, als sei es nicht geschehen.»

Du vielleicht, ich nicht, hätte John gern gesagt, doch er nickte nur. Er wußte intuitiv, daß er jetzt nur noch zuhören mußte, so sehr es ihm auch widerstrebte. In ungefähr einer Stunde konnte er sich dann guten Gewissens verabschieden und entrinnen. Zum Glück hatte Mark vergessen, das eisige Bier nachzuschenken. Er sah John nicht an, beugte sich vor, seine Hände ruhten auf dem Fenstersims, und er starrte hinaus, als versuche er, dort unten ein ganz bestimmtes Licht zu entdecken. Und so begann er von Cherry zu sprechen. Nichts, was er sagte, war John neu. Er wußte, was Mark empfunden, wie sehr er Cherry geliebt und sie – was unglaublich war – sogar schön gefunden hatte. Das Gesicht noch immer abgewandt, lehnte Mark sich im Sessel zurück und erzählte von seinem ersten gemeinsamen Abend mit Cherry, und was für lustige Dinge sie gesagt hatte. Sechs Monate später waren sie einen Verlobungsring kaufen gegangen, und Cherry hatte sich einen Opal gewünscht. Opale brachten Unglück, sogar der Verkäufer im Juwelierladen hatte ihr abgeraten. Aber Cherry wollte einen Opal und sagte, Aberglaube sei Unsinn. Wie könne ein Stein Unglück bringen? Als man ihre Leiche fand, steckte der Ring an ihrem Finger...

Er verstummte. Fragte nach einer Weile: «Warum sagst du nichts? Sag doch etwas.»

«Es ist so lange her, Mark. Du warst inzwischen verheiratet.»

«Ein schrecklicher Irrtum. Eine Beziehung, die nie eine Chance hatte.»

«Du bist noch jung. Du findest bestimmt jemand anders.»

«Was weißt du denn davon? Woher willst du das wissen? Ich hasse diese wohlmeinenden Ratschläge. Sie klingen so verdammt herablassend und heuchlerisch.»

Ich war auch verheiratet, wollte John sagen. Ich bin es noch. Doch Mark schien das vergessen zu haben, schien wirklich vergessen zu haben, daß John auch ein eigenes Leben hatte, mehr war als Empfänger oder Wiedergabegerät. Er sprach weiter und schien noch jedes Wort zu wissen, das Cherry zu ihm gesagt hatte. Das war natürlich unmöglich, doch er hatte ein erstaunliches Gedächtnis. Er erinnerte sich sogar an ihre Kleider und was sie an bestimmten Tagen angehabt hatte. John hatte ein unbehagliches Gefühl dabei, es kam ihm wie Besessenheit vor, denn schließlich waren seither siebzehn oder achtzehn Jahre vergangen. Er warf einen verstohlenen Blick auf seine Uhr; aber nicht verstohlen genug.

«Du willst gehen. Ich langweile dich. Du bist sehr konventionell, nicht wahr, John? Um nicht zu sagen, daß du in Routine erstickst. Du hast das richtige Leben dem Prinzip geopfert, zur rechten Zeit ins Bett zu gehen und zur rechten Zeit aufzustehen. Das Leben wird immer an dir vorbeiziehen, weil deine kleinlichen Rituale dir wichtiger sind als deine oder anderer Leute Schmerzen, wichtiger als dein oder anderer Leute Glück. Ich bin sehr offen zu dir. Wir waren uns doch einig, nicht wahr, daß wir einander offen sagen würden, was jeder vom anderen denkt?»

John war nicht der Meinung, daß sie sich darauf geeinigt hätten. Er bemühte sich, nicht beleidigt zu sein. Es war fast Mitternacht, und nach und nach gingen in der Stadt viele Lichter aus.

«Gute Nacht, Mark», sagte er. «Danke für das Bier.» Und weil es Mark offensichtlich schlecht ging, fügte er hinzu: «Wir sehen uns bald wieder.»

Das wäre das letzte, was ich mir wünschte, dachte er auf der Heimfahrt. Von St. Stephen schlug es Mitternacht. Der erste April, dachte John. Heute kann man die Leute bis Mittag in den April schicken. Ab Mittag hieß der erste April *Tailpike Day*, was bedeutete, daß man versuchen mußte, völlig arglosen Menschen mit einer Sicherheitsnadel einen Schwanz an ein Kleidungsstück zu stecken. Cherry hatte der Mutter einmal einen Schwanz an den Mantel gehängt, und die Mutter war so einkaufen gegangen und hatte sich gewundert, warum sie beim Krämer alle so anstarrten. Es war ein wunderschöner Schwanz gewesen, wie der Schweif eines Löwen aus gelber Wolle mit einer Quaste am Ende. Das sind die Dinge, an die ich mich erinnere, dachte John.

Er schlief schlecht. Wenn er spät nach Hause kam, schlief er nie gut. Das gehörte wahrscheinlich zu seiner konventionellen Persönlichkeit, die in Routine erstickte. Am nächsten Tag stand er sehr bald auf und war noch früher als sonst im Garten-Center. Sie hatten eine Lieferung Bäume und Sträucher für ein Haus, das ganz in der Nähe von Jennifers derzeitigem Wohnsitz lag. John hatte versprochen, den Fahrer zu begleiten und den Käufer an Ort und Stelle zu beraten. Es war ein großer Auftrag, und er hatte sich dazu verpflichtet gefühlt. Zwar hätte er Jennifer gern gesehen, hoffte aber dennoch, der Fahrer würde nicht an Peter Morans Cottage vorbeifahren. Wenn er mit jemandem zusammen war, wollte er sie nicht sehen, ganz besonders dann nicht, wenn es jemand war, der nichts wußte; warum das so war, hätte er jedoch nicht erklären können.

Aber der Fahrer fuhr auf dem Hin- und auf dem Rückweg eine andere Strecke, hauptsächlich über die Umgehungsstraße; auf der Rückfahrt verließ er die große Straße in der Nähe des Katzenwinkels. Als sie auf der Überführungsstraße über die Pfeiler rumpelten, dachte John, daß dort unten, unter den Rädern des Lieferwagens vielleicht eine Nachricht wartete, und er sagte dem Fahrer, er wolle aussteigen. Es war Lunchzeit, und er konnte sich hier irgendwo genauso eine Kleinigkeit zum Essen kaufen wie im Café in der Nähe des Garten-Centers. Der Bus, den er an den Tagen nahm, an denen er die Honda zu Hause ließ, fuhr um ein Uhr vierzig von der nächsten etwa eine halbe Meile entfernten Haltestelle ab.

Vielleicht ist es noch die alte Nachricht, dachte er, als er die Straße zum Katzenwinkel überquerte. Er hatte sie schließlich erst gestern entdeckt und dechiffriert; es war die, in der ein gewisser Bruce-Partington erwähnt wurde. Er griff hinauf und löste den Klebstreiben ab. Eine neue Nachricht. Das sah er sofort. Er schrieb sie in sein Notizbuch, befestigte sie wieder am Pfeiler und machte sich auf die Suche nach einem Lokal, wo er lunchen konnte.

Das nächste war das Pub bei der Treppe. Sich vorzustellen, daß er dort etwas aß! Sich vorzustellen, vielleicht genau an der Stelle zu stehen, an der ... John ging die Albatross Street hinauf, an Ahman-Suleiman vorbei, bis dahin, wo die Straße breiter wurde, und fand an einer Ecke, an der sich vier Straßen trafen, ein sauberes, kleines Café, in dem hauptsächlich Arbeiter saßen. Die Tische waren mit rotkarierten Tischdecken gedeckt, und an den Wänden hingen Poster von Ferienorten. An der kleinen Selbstbedienungstheke gab es Cheeseburger, Schinkensandwiches und Samoosas – kleine, scharf gewürzte afrikanische Fleischpasteten –, möglicherweise eigens für die Belegschaft von Ahman-Suleiman. John nahm Sandwiches. Da muß man wenigstens nicht mit unliebsamen Überraschungen rechnen, dachte er. Er hatte noch immer daran zu kauen, wie Mark Simms seinen Charakter beurteilt hatte. Aber so unrecht hatte Mark nicht gehabt. Wenn eine Preisfrage lautete: Wonach würde ein konventioneller Mensch greifen – nach einem Sandwich, einem Cheeseburger oder einem Samoosa, wäre ersteres die richtige Lösung.

Er holte sich noch eine Tasse Kaffee und ein Stück Apfelkuchen. Dann nahm er die neueste Nachricht aus der Tasche. Er konnte sie auch dechiffrieren, ohne *The Other Side of Silence* zur Hand zu haben, denn er hatte sich die ersten Zeilen in sein Notizbuch notiert. Schließlich mußte er das Buch bald wieder in die Bibliothek zurückbringen. Das erste Wort der neuen Nachricht bestand aus acht, das dritte aus sechs Buchstaben. John schrieb sie unter das Code-Alphabet. *VCHIFUAH FZ LWASZH.* War es möglich, daß er die ersten Buchzeilen falsch abgeschrieben hatte? Es war das erste Mal, daß er nicht den Roman selbst benutzte.

Doch er war sicher, richtig abgeschrieben zu haben. Er kannte den Code inzwischen schon sehr gut. Wenn die Nachricht, was wahrscheinlich war, mit *LEVIATHAN TO DRAGON* begann, sollte das *TH* in Leviathan im Code *AB* und nicht *TW* und das *T* in *to* wäre *A*, nicht *F*. John verstand es nicht. Was war passiert? Er breitete das Papier zwischen sich und der Kaffeetasse aus, als wäre dadurch, daß er es mit den Händen glattstrich, plötzlich wieder alles klar. Langsamer diesmal und noch konzentrierter, begann er von neuem. *VCHIFU...* Und dann begriff er, sah, was geschehen war. Ein neuer Monat hatte angefangen, und sie hatten den Code geändert.

Sie hatten ihn zum Aprilochsen gemacht.

15

Seltsame, ferne Musik, eine Sopranstimme sang:

«... Ah, Belinda, I am prest
With torment not to be confest...»

Angus lag flach auf dem Rücken im Bett, neben sich die Plattenhülle, auf der eine Frau abgebildet war, die ein Gewand wie eine der Göttinnen auf den Parthenon-Friesen im Rathaus trug. Angus las. Die Vorhänge waren geschlossen, aber der Sonnenschein säumte ihre Ränder mit breiten Lichtstreifen. Angus mochte Morgensonne nicht. Seine Nachttischlampe brannte. Mungo klopfte höflich, obwohl die Tür, wie gewöhnlich, weit offen stand. Alle Hausbewohner mußten sich mit Purcell oder Gluck oder ihresgleichen abfinden, bis Lucy die Geduld verlor und ihm sagte, er solle die Musik entweder abschalten oder seine Tür schließen. Als Angus sah, wer an der Tür stand, sagte er: «Du weißt nicht zufällig, von wem der Ausspruch stammt: ‹Hüte dich vor allen Unternehmungen, die neue Kleidung erfordern›, oder?»

«Ich? Nö, weiß ich nicht. Warum sollte ich? Ich bin nur hier, um dich zu fragen, ob ich den Computer benutzen dürfte. Nur ganz ausnahmsweise.»

«Du kannst ihn nicht benutzen. Hast doch keine Ahnung, wie man damit umgeht.»

«Na ja, ich hab mir gedacht, du könntest es mir zeigen.»

«Es wäre für mich einfacher, es selbst zu machen.» Angus sah ihn durchdringend an. «Ich soll nicht wissen, worum es geht, nicht wahr?»

«Ich habe nichts dagegen. Nur sollten wir es vor dem Lunch machen, damit es noch mit der Nachmittagspost weggeht. Ich möchte, daß er es morgen hat.»

«Wer soll morgen was haben?» Angus stand auf und setzte sich auf das Bett, stellte *Dido und Aeneas* aber nicht ab, sondern ließ sie weitersingen.

Mungo schloß die Tür. Der Vater war nicht zu Hause, doch wo die Mutter war, wußte man nie so recht. Gewöhnlich, aber durchaus nicht immer, war sie freitags im Krankenhaus. Er erklärte Angus die Sache mit der Baugenehmigung, Blake und Charles Mabledene. Angus fing an zu lachen.

«Du willst Dad doch nicht im Ernst schreiben, daß die Baugenehmigung erteilt worden ist?»

«Warum nicht?» fragte Mungo vorsichtig. «Ich dachte, es würde offizieller aussehen, wenn es mit dem Computer geschrieben ist. Ich habe auch ein bißchen was von dem richtigen Papier. Na ja, es ist nicht ganz das richtige, aber Dad kennt den Unterschied doch nicht. Es ist das offizielle Papier des Stadtrats, nicht des Planungsausschusses der Stadt. Hydra hat mir vor einiger Zeit für eine bestimmte Sache zehn Bogen besorgt. Ich möchte schreiben, daß es *in camera* eine außerordentliche Sitzung gegeben hat, bei der beschlossen wurde, ihm die Baugenehmigung zu erteilen...»

«Warum *in camera*?»

«Mir gefällt die Wendung. Es heißt geheim.»

«Wörtlich übersetzt heißt es ‹in einem Zimmer›. Einer *camera obscura*, einem Zimmer, in dem es so finster ist wie in deinem Kopf», fügte Angus hinzu und bot Mungo eine Schokoladentrüffel an.

«Also, tust du's für mich?» fragte Mungo kauend.

«Na ja, ich denke schon. Aber du darfst nicht mit Blakes Namen unterschreiben. Am besten, du erfindest einen. Und ich lasse dieses ‹*in camera*› aus, das klingt idiotisch. Ich nehme an, du bist dir deiner Sache hundertprozentig sicher?»

«Daß sie stimmt, meinst du? Charles Mabledene ist absolut zuverlässig. Ich würde ihm mein Leben anvertrauen.» Kaum hatte er es gesagt, hätte er es am liebsten wieder zurückgenommen, weil es nicht zutraf. Er traute dem Drachen nicht über den Weg, wußte jedoch, daß seine Fakten stimmten.

«Du hast sie nicht alle, Bohne, weißt du das?» Trotzdem schaltete Angus den Computer ein, setzte sich davor und gab einen neuen Titel ein. «Angenommen, Dad ruft bei den Leuten vom Planungsausschuß an?»

«Warum sollte er?»

«Keine Ahnung. *Sehr geehrter Dr. Cameron ...* tippte Angus. «Wie sieht dein nächstes Projekt aus, Bohne?»

«Eine Fahndung. Jemand hat den Wagen von Einhorns Bruder angefahren und den Kotflügel eingedellt. Ich setze alle Agenten darauf an, diesen Typen zu finden. Und dann möchte ich für Graham und mich zwei Einladungen zur Cocktailparty des Bundes der Konservativen besorgen. Ich war noch nie bei einer Cocktailparty. Ich denke, das könnten wir alles schaffen, bevor das neue Trimester anfängt.»

16

Sie wolle, daß alles offen und ehrlich zugehe, wolle keine Heimlichtuereien und niemand solle sich hintergangen fühlen, hatte Jennifer erklärt und John dazu überredet, an dem Tag, an dem sie ihn verließ, Peter Moran kennenzulernen. Moran holte sie mit seiner Citroën Diane in der Geneva Road ab. John hatte ein paar Tage Zeit gehabt, sich an den Gedanken zu gewöhnen oder wenigstens über den schlimmsten Schock hinwegzukommen, war aber immer noch wie betäubt.

«Es ist besser für euch, wenn ihr euch kennt», sagte sie. «Besser, wenn ihr einander seht. Ich möchte, daß du mich verstehst, John.»

Sie schien der Meinung zu sein, sobald er Peter Moran sah, werde er verstehen, daß sie ihn wegen eines solchen Mannes verließ. Vielleicht war Moran eine glänzende Erscheinung, eine Persönlichkeit, hatte Witz und Charme, war hochintelligent. Jennifer betonte immer, wie intelligent er war, wie sehr sie seinen scharfen Intellekt bewundere. John glaubte damals immer noch, ein Mensch müsse besonders gut aussehen und hyperintelligent sein, um vom anderen Geschlecht geliebt zu werden – und das, obwohl er in seiner Umgebung so viele verheiratete Paare sah. Und trotz des längst vergangenen Beweises von Marks Liebe zu Cherry.

Dann kam Peter Moran, wortkarg, salopp und so benommen aussehend, als sei er eben erst aus einem tiefen, vielleicht sogar durch Drogen herbeigeführten Schlaf aufgewacht. Er sah auch nicht gut aus, war hohlwangig und blaß. Das machte es irgendwie noch schlimmer – oder zumindest nicht besser. Es beleidigte John, daß Jennifer diesen Mann ihm vorzog. Er sprach das schleppende, übergenaue Public School-Englisch, war sparsam mit Worten, und es schien ihm völlig gleichgültig zu sein, wie ein anderer möglicherweise über ihn dachte. Und da war noch mehr. Später dachte John, er müsse es sich eingebildet haben, er habe diesem Mann einfach unbedingt etwas Schlechtes anhängen wollen, doch tatsächlich hatte er sofort gedacht: Er hat etwas Gemeines an sich, etwas Widerwärtiges. Von sexuellen Abartigkeiten hatte John wenig Ahnung, doch er fühlte es, wenn ihre Monster irgendwo auf der Lauer lagen. Ein solches Monster sieht mich aus Morans Augen an, hatte er gedacht; es hockte hinter diesen Augen, die so stumpf waren wie Steine und sich hinter den Gläsern seiner Brille versteckten.

Als er hereinkam, hatte er «hallo» gesagt, aber John war nicht fähig gewesen, ihn zu kopieren. Er hatte sehr steif mit «guten Tag» geantwortet.

Daraufhin hatte Moran die Augen verdreht und etwas wie «verdammte Scheiße!» vor sich hingemurmelt. Zu Jennifer hatte er gesagt: «Mehr nimmst du nicht mit, Jen? Ist das alles? Ich hab gedacht, du kommst für immer, nicht nur übers Wochenende.»

Da er sich nicht dazu bequemt hatte, die Koffer aufzunehmen, hatte sie John zum Auto getragen. Er hatte die idiotische Hoffnung gehabt, die Nachbarn würden denken, Jennifer fahre irgendwohin auf Urlaub und Peter Moran bringe sie nur zum Bahnhof. Moran, der ihn beobachtete, sagte:

«Spür ich da einen Hauch von Sacher-Masoch?»

Sie waren abgefahren, John hatte die Haustür abgeschlossen und war hinaufgegangen. Dort hatte er sich auf das viel zu breite Bett geworfen, in dem er inzwischen schon mehrere Nächte allein schlafen mußte, aber er konnte nicht stilliegen, der Schmerz war zu groß, der Schmerz darüber, daß sie nun nicht mehr da war. Er stellte sich die beiden im Auto vor und stellte sich aus irgendeinem Grund vor, daß sie lachten. Das tat er übrigens immer – wenn er an sie dachte, stellte er sich vor, daß sie lachten, was ziemlich merkwürdig war, denn Moran wirkte eher wie ein Mann, der kaum lachte.

Als er das nächste Mal in der Bibliothek war, suchte er in einer Enzyklopädie den Namen Sacher-Masoch und fand heraus, daß es sich um einen Mann handelte, für den Schmerzen sexuellen Lustgewinn bedeuteten. Er hatte seine Frau und ihren Liebhaber als ihr Diener auf einer Reise begleitet und sie während ihrer intimsten Augenblicke beobachtet. Das also sah Peter Moran in ihm.

Am Samstag morgen träumte John gegen Morgen, jetzt, fünf Monate danach, von dem Tag, an dem er und Jennifer sich getrennt hatten. In dem Traum spielten sich die Dinge nicht so ab wie in Wirklichkeit, waren aber zum Teil so verzerrt, daß sie ihm, als er erwachte, absurd vorkamen. Er hatte zwar ihre Koffer ein paar Meter getragen, aber er hatte nie vor ihr gekniet und ihr die Schuhe geputzt. Warum träumte man so etwas? Anstatt ganz normal auszusehen, wie es tatsächlich der Fall war, war auch Moran in diesem Traum furchtbar entstellt gewesen, mit einem scheußlichen Gewächs auf einer Wange.

Jeden zweiten Samstag, an dem er nicht arbeiten mußte, lag John manchmal bis neun oder halb zehn im Bett, und eigentlich hatte er das auch heute vorgehabt. Aber er wachte, von dem Traum gepeinigt, um sieben Uhr auf, und anstatt wieder einzuschlafen, dachte er sofort an das Treffen mit Jennifer, am Nachmittag um drei. Er war aufgeregt, und er hatte Angst. Das Schlafzimmer wirkte nicht gerade schmutzig, aber unaufgeräumt, und die Luft war verbraucht. Er stand auf, zog sich an, öffnete die Fenster und bezog das Bett frisch. Die Laken knisterten vor Sauberkeit, waren wunderbar glatt und weiß. John gestand sich schuldbewußt, daß er die Bettwäsche seit mindestens einem Monat nicht gewechselt hatte, doch wahrscheinlich war das bei allen allein lebenden Männern so. Bei Mark Simms, zum Beispiel. Wie, wenn er morgen aufwachte und Jennifers Kopf auf diesem Kissen lag, auf diesem weißen Kissenbezug neben dem seinen?

Er hatte sich vor der körperlichen Liebe gefürchtet. Seine Jungfräulichkeit, die ihn nicht gestört hatte, bevor er Jennifer kannte, die ihm bei einem Alleinstehenden ganz normal vorgekommen war, wurde ihm plötzlich zur Last, die er nicht mehr freiwillig trug, zu einem Gewicht, das ihn zu Boden zog, und zu einer lächerlichen Peinlichkeit. Er hätte es weniger schlimm empfunden, wenn auch sie noch Jungfrau gewesen wäre, aber sie war es nun einmal nicht. Es hatte, soviel er wußte, vor Peter Moran noch ein paar andere gegeben. Mehr als einmal hatte sie angedeutet, sie hätten schon vor der Ehe zusammenleben sollen – das war sein Ausdruck und reiner Euphemismus –, und er hatte zwar nicht direkt gesagt, daß er sie zu sehr respektiere, um das zu tun, aber immerhin, daß er bis zur Hochzeitsnacht warten wolle.

Alles war gutgegangen. War in Ordnung gewesen. Einer Tätigkeit vergleichbar, die er noch nie ausgeübt hatte, ungefähr so, als benutze man zum erstenmal eine Maschine, die man zwar nicht kannte, die aber recht gut funktionierte, wenn man sich nach der Gebrauchsanweisung richtete. Die Erde bebte nicht, er erlebte keinen berauschenden Höhenflug und Jennifer erst recht nicht, dessen war er sicher. Für den Anfang genügte es ihm, daß er sich recht wacker gehalten hatte. Allem Anschein nach wußte er, wie man es machte, und er hatte es geschafft. Er hatte die Last abgeworfen und mitten auf der Straße liegenlassen.

Zwei Tage vor der Hochzeit erklärte sie ihm, sie glaube, sie müsse ihm sagen, daß sie zu Peter Moran zurückkehren würde, wenn er sie je wieder haben wollte. Sie könne nicht anders. Jennifer war müde und ein bißchen weinerlich gewesen, und er hatte es auf die ganz natürliche Nervosität vor der Hochzeit geschoben. Er hatte ihr nicht geglaubt. Peter Moran war in Amerika, wie sie sagte, und unterrichtete an einem College im Mittelwesten. Da sie behauptete, daß er ihr nie schrieb, fragte sich John, woher sie das wußte. Er hatte lachend gesagt, wenn seine Frau je die Lust ankäme, mit einer alten Flamme durchzubrennen, würde er auch noch ein Wörtchen mitzureden haben und sie ganz einfach einsperren. Er hatte noch ein paar nicht besonders originelle Scherze dieser Art gemacht. Und dann hatte sie bei ihrer Trauung auf dem Standesamt plötzlich gesagt: «Hier muß man nichts schwören. Ist das nicht interessant? Man braucht überhaupt nichts zu versprechen.»

Er glaubte, sie zu lieben, doch richtig verliebt hatte er sich erst in sie, als sie verheiratet waren. Am liebsten hätte er ihr alles zu Füßen gelegt, die Sonne, den Mond und das mit Sternen bestickte Himmelstuch. Er besaß nur das Haus, ein paar kleine Ersparnisse und ein ebenso kleines Erbe von seinen Eltern, hätte das Geld jedoch gern dazu verwendet, das Haus zu verschönern, doch sie wollte es nicht, alles sollte bleiben, wie es war.

«Laß es», sagte sie, «ich bin keine fanatische Hausfrau, und für dich ist nur der Garten wirklich wichtig.»

Also hatte er nur dieses Bett gekauft und die schöne, teure, altmodische Leinenbettwäsche, die gestärkt und gebügelt werden mußte. Im Bett war sie freundlich und entgegenkommend, doch nach einiger Zeit wagte er nicht mehr, sie öfter als einmal in der Woche zu bitten, mit ihm zu schlafen, und dann höchstens einmal in vierzehn Tagen... Er kannte sich, er wußte, daß er nie mit ihr darüber sprechen konnte. Frei von der Leber weg zu reden, Offenheit – das war etwas, das er nicht fertigbrachte; das Prinzip, für das Mark Simms einzutreten schien, war nichts für ihn. Wenn ihre Ehe zur Josefsehe wurde, eine Ehe ohne Sex, dann sollte es so sein, und er würde sich damit abfinden.

Zu seinem größten Erstaunen war es Jennifer, die das Thema anschnitt, die bewundernswert einfach sagte, es sei schrecklich, wenn sie miteinander schliefen, langweilig im besten Fall, schmerzhaft im schlimmsten. Sie halte es nicht länger aus, es mache sie krank. Sie sagte es sehr lieb und rücksichtsvoll, aber energisch. Könne sie nicht, ließe er sie nicht – hier zögerte sie ein bißchen, kam jedoch zu ihm und legte die Arme um ihn. Angenommen, sie versuche ihm beizubringen... Angenommen, sie versuchten es gemeinsam?

Und hier fing sein Glück an: eine Frau, die ihn liebte – oder von der er sich geliebt glaubte –, führte ihn in die körperliche Liebe ein. Was etwas Neues gewesen war, eine Quelle der Befriedigung in mancherlei Hinsicht, wurde zu etwas Herrlichem und zu einem Triumph der Sinne. «Ins Bett gehen» bekam für ihn eine ganz andere Bedeutung. Sie öffnete die Vorhänge, Licht strömte ins Zimmer, dann schlüpfte sie in seine Arme zurück, kuschelte sich an ihn, liebkoste ihn und flüsterte Zärtlichkeiten. Manchmal umarmte sie ihn mitten am Tag in der Küche, im Wohnzimmer oder im Flur und führte ihn schnell hinauf ins Bett. Sie versprach ihm, nie Lust vorzutäuschen, die sie nicht empfand, und daher wußte er, daß der erste Orgasmus, den sie hatte, und alle folgenden echt waren und er sie dazu gebracht hatte. Sie redete wie im Fieber, während er sich bewegte und sich mühte, «ja, ja, ja», nannte immer wieder seinen Namen, nannte ihn «mein Liebling», dann folgte ein Aufschrei voller Seligkeit und Verzückung – und das von Jennifer, die sonst nie laut wurde. Und mitten in dieses Glück drängte sich Peter Moran, gerade als sie, wie es John schien, den Gipfel erreicht, einander gefunden hatten und ihre Sinnlichkeit wirklich ausleben konnten – gerade da verließ sie ihn und ging zu dem anderen.

Es wäre nicht so schlimm gewesen, bei weitem nicht so schlimm, wenn es im ersten Jahr passiert wäre. Seine Potenz hätte er vielleicht für immer verloren, doch was nützte ihm Potenz ohne Jennifer? Sie war gegangen, als zwischen ihnen alles perfekt gewesen war, als sie sich ständig berührten, wenn sie zusammen waren, sich bei der Hand hielten und sich mit heimlichem Lächeln und zärtlich erinnernden Blicken zueinander bekannten. Eines Nachts liebten sie sich am Abend und bei Tagesanbruch noch einmal, und am Tag danach sah sie, als sie den Nevin Square überquerte, Peter Moran auf dem Sockel des Denkmals von Lysander Douglas sitzen...

John bemühte sich, die Erinnerung an diese Zeit zu verdrängen. Angeblich blockt das Bewußtsein schmerzliche oder störende Erinnerungen ab, aber John hatte festgestellt, daß das nicht zutraf. Die verschiedensten Dinge, an die er sich gern erinnert hätte, die ihm vielleicht sogar nützlich gewesen wären, vergaß er, doch diese bittere Erfahrung war ihm stets gegenwärtig. Als er das Bett bezogen hatte, ging er hinunter, hatte aber keine Lust zu frühstücken. Würde sie merken, wie dünn er geworden war?

Der Tag versprach schön zu werden. So ist das englische Wetter nun einmal, es wird nur langsam warm, ein halbes Dutzend angenehmer Tage mündet in eine sengende Hitzewelle, die eine Woche andauert und dann jäh mit Blitz und Donner endet. Jetzt, Anfang April, konnte man kaum von einer Hitzewelle sprechen, doch der Himmel war klar und blau, die Sonne etwas dunstig, aber intensiv, und John konnte ohne Mantel ins Freie gehen und es sich in einem Liegestuhl gemütlich machen. Hatte außer ihm eigentlich noch jemand Liegestühle? Sie hatte es lachend gefragt, als er die beiden gestreiften Segeltuchstühle – der für sie bestimmte hatte ein abnehmbares Fußteil – auf dem kleinen Rasen aufgestellt hatte. Altmodisch und konventionell war er, der in den «Wilden Sechzigern» zwar jung, aber nie wild gewesen war. Vielleicht hatten die Schwierigkeiten zum Teil daran gelegen. Er hatte sie so gern umsorgen wollen, weil er sie liebte und weil das seiner Ansicht nach die Pflicht eines Ehemannes war. Als sie mit ihm zusammen gewesen war, hatte sie nie arbeiten gehen müssen.

Um nicht mehr an den vor ihm liegenden Nachmittag denken zu müssen, wollte er wenigstens versuchen abzuschalten, holte sein Notizbuch mit dem Code heraus und studierte es. Da er wußte, daß das erste Wort «Leviathan» und das dritte «Dragon» heißen mußte, war er ein Stückchen weitergekommen, dann aber steckengeblieben. Doch jetzt – als habe sein Unterbewußtsein nachts an dem Problem gearbeitet – ging ihm plötzlich auf, was «Tosos» hieß. «Ignore all Tosos commands» war auf einmal klar. Es bedeutete, daß alle Botschaften, die vielleicht noch nach dem Code von *The Other Side of Silence* verschlüsselt waren, nicht beachtet werden sollten. Aber lautete der Text, der diesem Satz vorausging, daß jetzt der April gekommen war, ein neuer Monat, und der Bruce-Partington-Code angewendet werden mußte? Doch wer war Bruce-Partington?

Kein Mitglied dieser Mini-Mafia, dachte John. Sie nannten sich alle nach diesen mythologischen Fabeltieren. Bruce-Partington konnte sehr gut ein Autor von Spionagethrillern sein. John hatte zwar noch nie von ihm gehört, doch das hieß noch lange nicht, daß es ihn nicht gab. Er kannte nur wenige Autoren dieses Genres, nur die wirklich großen – Le Carré, Deighton, Yugall und jetzt Allbeury und einen oder zwei andere. Bis zu seinem Rendezvous mit Jennifer hatte er noch viele, viele Stunden Zeit. Warum ging er nicht in die Bibliothek in der Lucerne Road und frage, ob sie Romane von Bruce-Partington hatten? Wenn er Glück hatte, hatte der Mann nicht mehr als ein halbes Dutzend geschrieben. Dann wäre es – falls die Bibliothek die Bücher vorrätig hatte – nicht schwierig, die ersten Zeilen auf den April-Code hin zu testen.

Vorher räumte er jedoch noch ein bißchen auf. Säuberte das Spülbecken und wischte die Möbel ab. Es war sinnlos, jetzt noch das ganze Haus putzen zu wollen, und hatte sie ihm nicht oft genug erklärt, sie sei keine fanatische Hausfrau, ihr seien diese Dinge gleichgültig? In der Sonne wurden Spinnweben sichtbar, Fingerabdrücke auf dem Holz, und man sah auch, daß die Vorhänge dringend gewaschen werden mußten. Es wäre schön, den ganzen Kram hinauszuwerfen und neue Sachen zu kaufen. Und warum nicht? Für sie jederzeit, wenn sie es haben wollte. Vielleicht hat sie sich geändert, dachte er. Würde sie verbittert und der Verzweiflung nahe sein, falls Peter Moran wieder drauf und dran war, sie zu verlassen, sie die Enttäuschung zum zweitenmal erlebte?

Zum erstenmal gestand John sich ein, daß sie vielleicht nur zu ihm zurückkehren wollte, weil Moran sie noch einmal im Stich ließ, daß ihr, mit anderen Worten, bei Sturm jeder Hafen recht war. Er stellte fest, daß es ihm nicht viel ausmachte. Auf jeden Fall wäre sie diesmal von Moran kuriert, und die Geschichte wäre damit zu Ende. John erinnerte sich an das Gefühl, das Peter Moran ihm eingeflößt hatte, an diese unheimliche Intuition, Moran könnte abartige sexuelle Neigungen haben. Aber welche, zum Beispiel? John wußte nicht viel über diese Dinge. Vielleicht zog er Männer vor. Vielleicht wollte er geschlagen werden, oder – John schrak schon vor dem Gedanken zurück – er schlug selbst gern. Seine Bemerkungen über Sacher-Masoch war ihm schnell und geläufig über die Lippen gekommen. Konnte es das sein, was Jennifer nicht ertrug? Was ihn selbst betraf – sie hatte ihn einmal geliebt und würde es wieder tun. Die Sonne weckte Zuversicht in ihm, und er ertappte sich dabei, daß er vor sich hinpfiff, während er in der Küche werkte.

Die Bibliothekarin in der Lucerne Road war sicher, daß sie keine Bücher von Bruce-Partington hatten. Sie rief auf dem Bildschirm das Autorenregister ab und zeigte John, daß zwischen Robert B. Parker und Harry Patterson kein Name angeführt war.

«Aber irgendwie kommt er mir bekannt vor.»

«Sie meinen», sagte John hoffnungsvoll, «daß es einen Schriftsteller dieses Namens geben könnte, Sie aber kein Buch von ihm haben?»

«Ich glaube nicht, daß es sich tatsächlich um einen Schriftsteller handelt. Kommt mir eher vor wie der Name einer Sache. Einer Firma oder irgendeines Produkts oder so.»

Es machte ihm nicht viel aus. Vielleicht hatte er nächste Woche ohnehin weder die Zeit noch den Wunsch, Codes zu dechiffrieren.

Als John das Haupttor von Hartlands Gardens passierte, war es fünfundzwanzig nach zwei. Er hatte eine Kleinigkeit gegessen, gebadet, frische Sachen angezogen, das Geschirr gespült, abgetrocknet und eingeräumt, und es war immer noch erst halb zwei gewesen. Dann hielt er es in seinen vier Wänden einfach nicht mehr aus. Er mußte an die Luft und sich bewegen.

Der Bus kam sofort, und aus irgendeinem Grund gab es auch nur wenig Verkehr, so daß sie nicht aufgehalten wurden. Dieser Tag Anfang April war zu einem außergewöhnlich heißen Sommertag geworden, und die kahlen Bäume nahmen sich vor dem wolkenlos blauen Himmel sehr seltsam aus. Der breite Hauptweg, der vom Haupttor zum Haus Douglas hinaufführte, wurde von Massen goldäugiger weißer Narzissen gesäumt, von Abertausenden von Blüten, deren Duft in der Hitze so stark war, daß er einem zu Kopf stieg. John verließ den Hauptweg und bog nach rechts ab, steuerte den Teil des Parks an, der seit jeher Lady Arabellas Garten hieß.

Lady Arabella war die Frau von Lysander Douglas gewesen, eine berühmte Gastgeberin und großartige Gärtnerin. Johns Mutter hatte als kleines Mädchen noch erlebt, wie die Lady von ihrem Chauffeur in einem großen Lagonda durch die Stadt gefahren wurde. John und Cherry waren mit ihrer Mutter oft hiergewesen, natürlich am liebsten auf dem Kinderspielplatz mit den Schaukeln und der Rutschbahn. Einige Zeit vorher war der Park der Stadt übereignet worden, eine Folge der Erbschaftssteuern, die so hoch gewesen waren, daß die Douglas verarmten. Der Lieblingsplatz von Johns Mutter war der Teil, den John eben aufsuchte und den Lady Arabella selbst angelegt hatte. John wünschte, er hätte Jennifer vorgeschlagen, sich hier mit ihm zu treffen, anstatt im Café. Sie waren schon ein paarmal zusammen hiergewesen.

Es war ein weißer Garten, in dem es – außer im Winter – zu jeder Jahreszeit blühende Blumen gab. Eibenhecken umfriedeten ihn, und die Blumen sah man erst, nachdem man ein Stück zwischen den Hecken entlang- und unter einem Torbogen durchgegangen war. John war erstaunt, daß schon so viele blühten, eine unglaubliche Vielfalt weißer Narzissen, aufblühender Tulpen, schneeiger Arabis caucasica, elfenbeinfarbener Krokusse mit einem Hauch von mauve, Mondviolen und eine Irisart, die er nicht kannte. An den Zweigen eines Kirschbaums saßen noch dicke Knospen, aber die Klematis an der Mauer des kleinen Pavillons prunkte mit sternförmigen papierzarten Blüten.

In diesem Teil des Gartens war John ganz allein. Die Schönheit, die Düfte und die warme Sonne wirkten so stark auf ihn, daß er sich zittrig und schwach fühlte. Er hätte laut nach Luft schnappen mögen. Er setzte sich auf eine Steinbank und dachte, wie, wenn sie jetzt hier auftauchte, von der anderen Seite hinter dem Pavillon, und auf mich zukäme? Es war möglich, sogar wahrscheinlich, denn sie mußte in der Nähe sein. Er sah auf die Uhr. Viertel vor drei. Vielleicht würde er nach dem Tee mit ihr hierhergehen. Überall zwischen den Steinen blühten weiße Veilchen, blühten an den Rändern der symmetrischen Blumenbeete, zwischen anderen Blumen, als habe der Gärtner ein Samenpäckchen nach dem anderen aufgemacht und den Inhalt willkürlich ausgestreut. Ich werde sie mit der Kraft meines Willens zwingen, jetzt herzukommen, dachte John und schloß die Augen, konzentrierte sich – betete sogar. Doch als er die Augen aufmachte, war er noch immer allein. Nur ein Schmetterling, der den Winter überlebt hatte, war gekommen, flatterte über den Arabis umher, stilvoll weiß wie die Blüten.

John verließ den Garten wieder und ging über eine der hohen Terrassen zum Haus zurück. Von hier oben konnte man in den runden, gepflasterten Hof hinuntersehen, wo im Sommer Tische und Stühle standen und die Tür zum Restaurant weit geöffnet war. Normalerweise wäre es zu dieser Jahreszeit dafür zu kalt gewesen, aber als John sich über das Geländer beugte, sah er, daß die Tische draußen und sogar ein paar Sonnenschirme aufgespannt waren. An einem Tisch in der Sonne saß Jennifer sehr aufrecht auf ihrem Stuhl und las in einer Zeitung oder Illustrierten, die sie auf dem Tisch ausgebreitet hatte.

Sie war früh gekommen. Und es sah aus, als sei sie schon ein paar Minuten hier. Nachdem sein Herz einen verrückten Sprung gemacht hatte und sein Hals strohtrocken geworden war, genoß er es, die geliebte Frau zu beobachten, ohne selbst gesehen zu werden. Sie war so angezogen, wie er es am liebsten hatte, ganz einfach in Rock, Bluse und Pullover, aber der Rock mußte sehr lang und sehr weit sein, denn er fiel in reichen Falten fast bis auf den Boden und ließ nur ihre zarten, schlanken Fesseln und ihre Füße in spitzen, flachen Pumps sehen. Die Sonne, die auf ihr Haar schien, hatte es in das lohfarbene Gold verwandelt, das Rembrandt für die Haarkrone seiner *Juno* verwendet hatte. Bewundernd betrachtete er sie und fragte sich, ob er die Freude ertragen könnte, wenn sie sich jetzt umdrehte, ihn sähe und winkte... Oder wäre diese Freude zuviel für ihn, für sein Herz, und er würde vielleicht sogar daran sterben?

Die Prüfung blieb seinem Herzen jedoch erspart. Jennifer las weiter. Sie blätterte um. Er ging weiter zur nächsten Treppe und erlebte jetzt das Gefühl, das uns überkommt, wenn die ungeheure Spannung der Erwartung von uns abfällt, wenn das Ziel erreicht ist und die Erfüllung nah – man kann nicht mehr denken, und man fühlt auch nichts mehr, ist ganz leer. Wie ein Automat ging er auf ihren Tisch zu. Sie hörte seine Schritte, drehte sich um, stand auf, und ganz allmählich gelang es ihr auch zu lächeln.

Er begriff sehr schnell, daß er sie natürlich nicht küssen und ihr nicht die Hand schütteln – ihre Hand nicht einmal berühren konnte.

Sie sagte: «Hallo.»

Er sagte: «Hallo, Jennifer.»

Der lange Rock bauschte sich wie eine Glocke. Sie drückte die ineinander verschlungenen Hände an die Brust, und er sah, daß sie keine Ringe trug – auch nicht den Ehering.

«Es ist schön, dich zu sehen.»

Sie nickte. Das konnte alles mögliche bedeuten.

«Willst du eine Tasse Tee? Und soll ich Kuchen bestellen?»

«Ich will nichts», sagte sie. «Aber iß du ruhig einen Kuchen. Du hast stark abgenommen, nicht wahr?»

«Das hat mir nur gutgetan.» Er sah zu, wie sie ihre Illustrierte aufnahm, faltete und in die große Tasche aus Strohgeflecht steckte, die sie bei sich hatte. «Wenn wir nichts essen wollen, könnten wir spazierengehen», sagte er. «Im weißen Garten. Ich komme eben von dort. Er ist wunderschön, er würde dir gefallen.»

«Ich möchte lieber hier sitzenbleiben. Wir können genausogut hier reden.»

In diesem Augenblick begriff er. Er erkannte an ihrem Tonfall, am Ausdruck ihres Gesichts, ihrer gelangweilten, unglücklichen Miene, daß sie eine unangenehme Aufgabe vor sich hatte, daß sie nicht zu ihm zurückkommen wollte. Sie setzte sich, und er nahm ihr gegenüber Platz. Die Sonne war nicht verschwunden, doch er hatte das Gefühl, sie sei nicht mehr da. Sie legte die Hand auf den Tisch und bewegte nervös die Finger wie jemand, der ein Klavier ausprobiert. Plötzlich hatte er das Gefühl, daß Schüchternheit und Passivität nicht mehr angebracht waren. Was hatte er denn zu verlieren, wenn er sprach? Was brachte ihm seine ergebene und demütige Geduld ein? Für ihn war schon alles verloren.

«Warum hast du mich gebeten zu kommen, Jennifer?» fragte er, von der Schärfe seines Tones überrascht. «Was willst du?»

«Die Scheidung», sagte sie und sah ihm sehr gerade in die Augen. «Ich möchte die Scheidung.»

Die saubere Bettwäsche, dachte er. Er hatte sich selbst zum Narren gemacht, hoffentlich auch nur vor sich selbst.

«Wirst du ihn heiraten?»

Sie nickte.

«Und welche Garantie hast du diesmal, daß er nicht wieder zwei Tage vor der Hochzeit wegläuft und dich sitzenläßt?»

«Das ist mein Problem.» Das Blut schoß ihr ins Gesicht, und er jubelte innerlich, weil er sie noch so aus der Ruhe bringen konnte. «Aber das wird er nicht. Diesmal ist es anders.» Überstürzt fügte sie hinzu: «Ich möchte nicht zwei Jahre warten. Ich möchte, daß du dich wegen Ehebruchs mit Peter von mir scheiden läßt.»

«Warum sollte ich?»

«Weil ich dich darum bitte, John.» Er zuckte zusammen, als sie seinen Namen aussprach. «Es war falsch, daß wir geheiratet haben. Wir haben einen Fehler gemacht.»

«Ich nicht.» Sein Jammer befähigte ihn, sich wunderbar zu artikulieren. Er konnte sich so klar und deutlich ausdrücken wie nie vorher. «Ich habe mich verliebt, und ich habe die Frau geheiratet, die ich liebte, und soweit es mich betraf, so wollte ich verheiratet bleiben, bis einer von uns beiden starb. Ich liebe diese Frau noch immer und möchte immer noch mit ihr leben, bis der Tod uns scheidet.»

«Das ist unmöglich.»

«Du bist meine Frau. Bedeutet das gar nichts? Du hast mir geschrieben, es tue dir leid, daß du am Standesamt diese Bemerkung über Schwüre und Versprechen gemacht hast...» Er verlor den Faden. Denn er begriff allmählich, und es fror ihn bis ins Mark. Er würde allein nach Hause kommen. Er würde immer allein sein. Und sie würde zu Peter Moran zurückgehen, zweifellos erleichtert, froh, die unvermeidliche Unterredung hinter sich zu haben, würde sich in Morans Arme werfen, ihn küssen, ihre Enttäuschung herausschluchzen und getröstet werden. «Was findest du nur an ihm? Er sieht nicht gut aus, und ist, soweit ich das beurteilen kann, nicht sehr gesellig.»

«Er ist klug, und er ist *cool*, er ist ein Intellektueller. Er hat Humor. Er bringt mich zum Lachen. Wir sprechen dieselbe Sprache.»

Sich das anhören zu müssen, war bitter. «Er hat keine Stellung, kann nicht einmal richtig für dich sorgen.»

«Man liebt einen Menschen nicht, weil er gut verdient.»

«Er hat dich einmal im Stich gelassen – und das praktisch vor dem Altar. Hat er dir je gesagt, warum?»

«Das ist mir egal», sagte sie. Ihr Gesicht schien ihm so weich und verletzlich wie jene Blüten, die nur einen Tag blühen und bei der leichtesten Berührung welken.

«Ich werde mich nie scheiden lassen», sagte er. «Du mußt fünf Jahre warten. Aber bis dahin hat er dich längst verlassen.»

Er sprang auf und entfernte sich rasch – fest entschlossen, nicht zurückzublicken, und er tat es nicht, behielt den grünen Rasen im Auge, den blauen Himmel, das schimmernde weiße Narzissenmeer. Als er fast mit einer Frau zusammenstieß, die ihm entgegenkam, staunte er, daß es auf der Welt noch andere Menschen gab. Er schaute sich um, sah Kinder, einen Mann mit einem Hund an der Leine, und er fühlte sich benommen, wie betäubt. Eine halbe Stunde lang waren sie und er der einzige Mann und die einzige Frau auf Erden gewesen – und jetzt gab es nur noch ihn.

Zwei Tage später wurde im lokalen Fernsehen ein Bericht über Lady Arabellas Garten gesendet. Sogar der weiße Schmetterling – vielleicht derselbe weiße Schmetterling – kam darin vor und flatterte umher. In der Hauptsache ging es doch um einen Schuljungen, der vermißt wurde. Ein zwölfjähriger Junge, Schüler der Preparatory School in Hintall, war Samstag nachmittag verschwunden – während eines Lehrspaziergangs, der unter Aufsicht stattgefunden hatte. Das letzte Mal war er auf der anderen Seite von Nunhouse am Fluß gesehen worden, wo eine Schülergruppe sehr ruhig und diszipliniert das Verhalten der Reiher beobachtet hatte. Und in dieser Zeit war James Harvill verschwunden.

John horchte immer auf, wenn Nunhouse erwähnt wurde – egal in welchem Zusammenhang. Aber es sollte noch eine lange Zeit vergehen, ehe er das Verschwinden des Jungen mit etwas in Jennifers Brief in Verbindung brachte.

2. Teil

I

Er war einer jener kleinen, adretten Menschen, die nie linkisch wirken und immer wie aus dem Ei gepellt aussehen. Neben Mungo erschien er wirklich sehr klein. Er hatte Elfenohren, nach oben zu nicht spitz, aber auch nicht rund, sondern leicht oval. Sein helles Haar war immer frisch gewaschen und gut geschnitten. Die Quiekstimme, die Mungo vor fast einem Jahr am Telefon mitgeteilt hatte, daß ihr Besitzer überlaufen wollte, war noch kindlich hoch. Tipptopp in grauer Flanellhose und dunkelgrünem Pullover – der für Rossingham vorgeschriebenen Freizeitkleidung – und ohne Krawatte, weil es nach sechs war, nahm er Mungos Einladung an und setzte sich im Studierzimmer auf den Stuhl, den normalerweise Graham O'Neill benutzte.

Dann beäugte er mit dem Blick des unersättlich Wissensdurstigen die Bücher, die Mungo benutzt hatte, um sich auf die nächste Französischstunde vorzubereiten.

Mungo streckte die Hand aus und entzog seinen Übersetzungsversuch dem scharfen Blick, und während er das tat, streckte auch sein Besucher den Arm aus, zog ihm zuerst ein Ei aus dem Pulloverärmel und dann ein ungefähr zwei Dutzend Meter langes Stück von einer Papierschlange aus der Hosentasche.

«Laß das», sagte Mungo, «du machst mich nervös.»

Charles Mabledene lächelte mit geschlossenen Lippen. Das war eine Angewohnheit der Leute der «Moskauer Zentrale», die sie Guy Parker abgeschaut hatten, und sie erinnerte Mungo immer wieder an Charles «Drache» Mabledenes Vergangenheit, falls er sie überhaupt je vergaß. Seine Hose saß sehr knapp, und sein Pullover war sogar ihm zu klein; unmöglich, daß er darunter ein Ei und Luftschlangen verstecken konnte, und doch waren Ei und Papier auf unerklärliche Weise aufgetaucht und wieder verschwunden.

«Woher kommt eigentlich der Name Mungo?» fragte er.

«Von Mungo Park, dem Entdecker. Er war auch Schotte und Arzt, und in unserer Familie gibt es lauter Ärzte.»

«Ich habe gehört, daß dein Bruder dich Bohne nennt. Hat das was mit Bohnenstange zu tun?»

«Ich glaube, aber ich hab's vergessen», antwortete Mungo gereizt und fügte hinzu: «Nur meine Brüder nennen mich Bohne, sonst niemand, absolut niemand.»

Wieder dieses Guy-Parker-Lächeln.

«Ich habe dich kommen lassen, um dich zu fragen, wie du an diese Information von Mr. Blake gekommen bist.»

«Meine Mutter hat ihn gefragt.»

«Deine *Mutter?* Na schön, und wie weiter?»

«Meine Mutter möchte einen neuen Salon eröffnen...»

«Was bitte?»

«Einen Salon. Einen Frisiersalon. Ich habe sie überredet, die Blakes zum Abendessen einzuladen. Sie kannte sie nicht, aber Mrs. Blake läßt sich von ihr die Haare machen – ich meine, von einer ihrer Stylistinnen. Und Mrs. Blake wollte schon immer so gern die Sauna meiner Mutter sehen. Ich habe meiner Mutter nur gesagt, ich hätte gehört, das Ärztehaus solle verkauft werden, einer meiner Freunde habe es mir erzählt, mehr mußte ich gar nicht sagen. Mr. und Mrs. Blake kamen zum Dinner, und ich wußte, sie würde mit ihnen darüber reden, denn genau deshalb hatte sie sie ja eingeladen. Blake meinte, das überrasche ihn aber, denn seines Wissens wollten die Ärzte anbauen, um ihre Praxen zu erweitern.»

Einfach. Mungo betrachtete den winzigen Charles Mabledene, ein Kind dem Aussehen, aber nicht dem Verstand nach. Offensichtlich fand man ihn, den Listenreichen, erwachsen genug, um an den Abendeinladungen seiner Eltern teilzunehmen...

«Ich war nicht dabei», sagte er. «Ich hab's aufgenommen.»

«Du hast was?» Die Tür ging auf, und Graham kam herein, im Tennisdress, ein Racket in der Hand. Höflich stand Charles Mabledene auf, um den Stuhl zu räumen, aber Graham winkte ab.

«Ist schon in Ordnung. Ich gehe duschen.»

Er verschwand im Nebenraum, in dem er und Mungo schliefen, und holte sich ein Handtuch, das er sich, als er wieder auftauchte, um die Schultern schlang. Im selben Moment purzelten sechs Tennisbälle in verschiedenen Farben heraus. Charles Mabledene zog die Brauen in die Höhe und lächelte überheblich.

«Ich hatte eben gesagt, daß ich die Unterhaltung mitgeschnitten habe. Die Aufnahme ist natürlich ein bißchen undeutlich, und manchmal hört man überhaupt nichts, weil ich den Recorder hinter getrocknetem Gras verstecken mußte. Ich meine, Mutter liebt Trokkenblumenarrangements, und dahinter hatte ich das Ding aufgestellt.»

«Machst du das oft?» fragte Graham.

«Wenn ich glaube, es könnte etwas Nützliches herausschauen, ja.»

«Etwas Nützliches?»

«Etwas, das ich irgendwie brauchen kann», sagte Charles Mabledene und begann mit seinen bunten Tennisbällen zu jonglieren.

Nachdem er gegangen war, dachte Mungo noch eine Weile nach, ehe er sich wieder dem Absatz von Maupassant zuwandte, den er ins Englische übersetzte. Sein Vater hatte dem Brief geglaubt und entsprechend gehandelt oder vielmehr nicht gehandelt. Es war jetzt Ende April, und vermutlich war ihm inzwischen auch der echte schriftliche Bescheid zugegangen, doch darüber zerbrach Mungo sich nicht den Kopf. Fergus mochte es zwar merkwürdig finden, aber schließlich wußte jeder, daß bei den Behörden oft die Linke nicht wußte, was die Rechte tat, und man wunderte sich nicht mehr über Ungereimtheiten, sondern akzeptierte sie. Drache hatte sehr gut gearbeitet. Mungo fragte sich nur, warum er seine Methoden so widerwärtig fand. Oder fand er den Drachen selbst – nun, nicht gerade widerwärtig, aber irgendwie kalt und abstoßend? An sich war es ja kein großes Unrecht, eine Unterhaltung auf Band aufzunehmen, wenn es zu einem guten Zweck war, oder? Mungo glaubte einmal ein Sprichwort oder einen Leitsatz gehört zu haben, in dem es hieß, der Zweck heilige die Mittel. Oder war es umgekehrt? Hieß es, die Mittel heiligten den Zweck? Das mußte er unbedingt feststellen.

In drei Wochen gab es Kurzferien. Schulsportfest am Samstag und am Sonntag nach Hause bis Montag in einer Woche. Bisher hatten sie den Übeltäter noch nicht aufgespürt, der den Wagen von Einhorns Bruder beschädigt hatte, obwohl Mungo Basilisk, Empusa, Charybdis und Minotaurus auf diese Sache angesetzt hatte. Charybdis, der eigentlich Nigel Hobhouse hieß und eine Tagesschule in der Stadt besuchte, kam möglicherweise jetzt einen Schritt weiter. Er war – zumindest während der Schulzeit – gegen die anderen Agenten erheblich im Vorteil, denn seine Eltern besaßen ein Wochenendhaus in Rossingham St. Mary, was bedeutete, daß er den toten Briefkasten auf dem Schulgelände benutzen konnte.

Mungo schrieb die beiden letzten Sätze, klappte das Wörterbuch zu und stellte es ins Regal zurück. Er mußte zwar noch Mathematik machen, doch sie konnte warten. Auf dem Korridor traf er Graham, der aus der Dusche kam, und dann Mr. Lindsay. Der für Pitt House zuständige Lehrer war ein übereifriger Mann, der häufig durch das Haus patrouillierte, denn sein Ziel war es, jedermann, der seiner Aufsicht unterstand, von morgens bis abends sinnvoll beschäftigt zu wissen. «Du siehst aus, als hättest du nichts zu tun, Cameron (oder O'Neill oder Mabledene oder Ralston)», war einer seiner Lieblingssätze.

Diesmal redete er Mungo beim Vornamen an, weil es außerhalb der Schulstunden war.

«Ich habe meinen Biologieaufsatz in der Neuen Bibliothek vergessen, Sir», sagte Mungo.

Es war die Wahrheit, und zwar ebenso aus zweckdienlichen wie aus ethischen Gründen. Mungo hatte absichtlich seine halbfertige Erklärung über die Funktion des Verdauungskanals eines Kaninchens auf dem Schreibtisch liegenlassen, an dem er um sechs mit der Arbeit begonnen hatte.

«Das war leichtsinnig von dir.»

Mr. Lindsays Sprache war so karg und asketisch wie seine äußere Erscheinung. Er verwendete Adverbien sehr selten; Adjektive unter Vorbehalt und nie treffend. Er hatte ein altsprachliches Studium absolviert, angeblich seine Examina in Oxford in zwei Fächern mit Auszeichnung abgelegt, in Rossingham jedoch kaum Gelegenheit, sein Wissen an den Mann zu bringen, da Griechisch hier überhaupt nicht mehr und Latein nur noch als Wahlfach unterrichtet wurde. Er litt daher unter ständigem Frust und schmückte – vielleicht um sich ein wenig darüber hinwegzutrösten – seine Alltagssprache mit lateinischen Worten und Floskeln aus.

«Unsere *biblioteca* schließt um halb neun, du solltest dich also beeilen. Oh, und Mungo...»

«Ja, Sir?»

«Wenn du in der Abenddämmerung im Park umherstreifen willst, ziehst du am besten einen Trainingsanzug und Laufschuhe an, ja? Jogging ist eine der gesündesten Sportarten, wie man mir sagt. *Currite, noctis equi* oder in diesem Fall *case nocti pueri.*»

Das bedeutete, daß Mr. Lindsay ihn gesehen haben mußte, als er zum toten Briefkasten unterwegs gewesen war. Dem Lehrer entging zwar nicht viel, aber Mungo war klar, daß er selbst unvorsichtig gewesen sein mußte. Jetzt wandte Mr. Lindsay seine Aufmerksamkeit einem Schüler der vierten Klasse Unterstufe zu, der in den Gemeinschaftsraum wollte und von dem man wußte, daß er süchtig nach Fernsehwerbung war.

«Hast du deine Aufgaben gemacht, Stephen?»

Die Neue Bibliothek war in einem eigenen Gebäude untergebracht, einem Rundbau oder eigentlich Achteck. Als Mungo nach Rossingham kam, war sie erst ein Jahr alt gewesen. Die gleiche Architektur wies der Flügel auf, in dem die Physiklabors und die Technik untergebracht waren – «viktorianisch» der neunzehnhundertachtziger Jahre aus modisch dunklen Materialien, dunkelrotem Stein, schwarzem Holzwerk, polierten dunkelgrauen Schindeln. Die berühmten Bäume von Rossingham, hauptsächlich Limonellen und Kastanien, ragten wie ein hoher Schutzschirm hinter diesen Gebäuden auf; das junge Laub sah zur Zeit kränklich und fahl aus, denn kaltes Grau und starker Regen hatten das schöne Wetter des Vorfrühlings verdrängt.

Mungo betrat die Bibliothek. Die Schüler, die ihre Aufgaben am liebsten hier erledigten, saßen an Schreibtischen oder an dem langen Tisch aus Kiefernholz im Mittelgang der Handbibliothek, in der alle nur erdenklichen Nachschlagewerke zu finden waren. Durch einen glücklichen Zufall war Angus der aufsichtführende Präfekt.

«Ich habe deinen Aufsatz konfisziert, Bohne», flüsterte er, «samt den obszönen Illustrationen.»

«Aber das sind doch nur die Innereien eines Kaninchens», protestierte Mungo.

Angus gab ihm die beiden Blätter. «Was hast du vor?»

«Geheimdienstliches natürlich.»

Um acht Uhr fünfundzwanzig rief Angus in den Saal, sie hätten fünf Minuten, um aufzuräumen, dann sei Schluß, und die Türen würden abgesperrt. Mungo schlüpfte hinaus, bevor der Bruder ihm noch mehr unangenehme Fragen stellen konnte. Der tote Briefkasten war hinter dem Kricket-Pavillon, jenseits des Spielfeldes, das angeblich das schönste Rasenstück im westlichen England war. Mungo mußte sich dicht an die Hecken halten, um das Spielfeld herumgehen. Den Aufsatz hatte er zusammengefaltet unter den Pullover geschoben, denn es hatte wieder zu regnen angefangen. Hinter einem losen Ziegel links neben dem Grundstein war ein tiefer Hohlraum. Mungo entfernte den Ziegel und holte dahinter einen Plastikbeutel mit einem Zettel heraus. Es war gerade noch hell genug, daß er lesen konnte, was auf dem Zettel stand. *Charybdis an Leviathan* konnte er entziffern, doch für den Rest brauchte er den Bruce-Partington-Schlüssel...

2

Mark Simms und John saßen in Johns Wohnzimmer und tranken eine Flasche Wein. Der Fernseher lief, und sie sahen sich ein Programm an, das John gar nicht und Mark vermutlich kaum interessierte. Aber John hatte Mark und seine endlosen Gespräche satt; satt, daß er ständig an ihm herumkrittelte und sich selbst verteidigte, satt auch seine merkwürdige Besessenheit für Cherry und seine Erinnerungen an Cherry. Sich das Quiz anzusehen, war eine Möglichkeit, ihn am Reden zu hindern oder das Gespräch wenigstens hinauszuschieben.

John wußte, daß er selbst an allem schuld war. An jenem Samstag vor vier Wochen, als Jennifer ihm gesagt hatte, sie wolle die Scheidung und er sie in seinem Zorn und Jammer sitzengelassen und einfach gegangen war, hatte er plötzlich das Verlangen gehabt, sich zu betrinken. Das war bisher bei ihm kaum vorgekommen. Er trank sehr wenig. Der Gedanke, sich zu betrinken, um seine Probleme wenigstens für kurze Zeit zu vergessen, hatte ihn damals selbst überrascht. Aber er brauchte es oder dachte, er brauche es, weil er sich an diesem Abend vor dem Alleinsein genauso fürchtete wie davor, Trost im Alkohol zu suchen. Jeden Gedanken verdrängend, war er nach Hause gefahren und hatte zuerst Colin Goodman angerufen. Als Colin sagte, seiner Mutter gehe es nicht gut, hatte John die Nummer von Mark Simms gewählt. Mark, der so einsam zu sein schien wie er selbst, hatte die Gelegenheit sofort beim Schopf gepackt.

Sie waren in mehreren Pubs gewesen, hatten dann Wein gekauft und in Marks Wohnung weitergetrunken. John hatte nicht die Absicht gehabt, über Jennifer zu sprechen, doch der Alkohol hatte, wie üblich, seine Hemmungen beseitigt, und irgendwann in der Nacht war er damit herausgerückt, mit allem. Mark hatte nicht viel Mitgefühl bewiesen. Er war ein unglaublicher Egoist, zu ich-bezogen, um sich mit den Leiden anderer zu befassen, und seine einzigen Kommentare waren abgedroschene Phrasen wie «vergiß sie» oder «besser ein Ende mit Schrecken –» gewesen. In gewisser Weise war John froh darüber – wenn auch damals noch nicht, so doch später –, denn er war ziemlich sicher, daß Mark inzwischen alles vergessen hatte, selbst wenn er damals zugehört haben sollte. John hatte sich nur kurz zu unterbrechen brauchen, um Atem zu holen, schon hatte Mark von sich gesprochen, von Cherry oder vielmehr von seinen Gefühlen für Cherry, von ihrem Tod, seiner Einsamkeit, seiner katastrophalen Ehe.

Ohne sich irgendwie zu blamieren, war John endlich, von dem für ihn ungewohnten Quantum Wein übermannt, eingeschlafen und gezwungen gewesen, auf Marks Sofa zu übernachten. Seither – und ihm war völlig klar, daß es allein seine Schuld war – wurde er Mark nicht mehr los. Für Mark schien es sogar selbstverständlich zu sein, daß sie den größten Teil ihrer Freizeit zusammen verbrachten. Dennoch glaubte John nicht, daß Mark ihn besonders gern hatte oder seine Gesellschaft der anderer verzog. Er war für ihn nur ein Ohr, das zuhörte, eine Stimme, die antwortete, ein Mensch anstelle einer großen Leere.

John erwähnte Jennifer nie wieder, obwohl er glaubte, daß er nur dann nicht an sie dachte, wenn er mit Mark zusammen war und im Geschäft mit Kunden zu tun hatte, die ihn ebenfalls ablenkten, wenn auch in einem geringeren Maß. Es schien ihm ungeheuer wichtig, nicht in die Scheidung einzuwilligen. Sie hatte ihm in der Zwischenzeit zweimal geschrieben, Briefe, die ganz anders waren als der, mit dem sie ihn gebeten hatte, sich mit ihr in Hartlands Gardens zu treffen. Der erste war kalt gewesen, der zweite bittend. John hatte den zweiten beantwortet; er hatte ihren Vorschlag, sich mit ihr und Peter Moran zu treffen, abgelehnt und noch einmal betont, daß er entschlossen sei, mit ihr verheiratet zu bleiben. Merkwürdigerweise tat ihm, seit er diesen Brief geschrieben hatte, das Herz nicht mehr so weh. Zu handeln und Entschlossenheit zu beweisen, gaben ihm ein Gefühl der Stärke, überzeugten ihn, daß er sich vielleicht behaupten konnte. Heute morgen hatte er, obwohl sie ihn nicht darum gebeten hatte, die Lederjacke eingepackt und ihr mit einem Brief zugeschickt, in dem stand, er wisse, daß sie zu ihm zurückkehren werde, es sei nur eine Frage der Zeit. Er hatte das Wohnzimmer geputzt, Vorhänge und Sesselbezüge in die Reinigung getragen und dann den Umweg über den Katzenwinkel gemacht. Aber das Versteck im Pfeiler der Stahlhochbrücke war leer gewesen.

Es war immer leer, seit John die zweite Nachricht gefunden hatte, die nach dem Code des laufenden Monats verschlüsselt war. Das war am 9. April gewesen, an dem Tag, an dem er den Entschluß gefaßt hatte, nicht in die Scheidung einzuwilligen. Zwar nicht fröhlicher, aber ein bißchen zuversichtlicher war er zur Überführung gegangen und hatte die Nachricht gefunden. Natürlich hatte er sie nicht entziffern können. Er hatte sechs Buchhandlungen abgeklappert und dazu noch einige Antiquariate, doch einen Autor namens Bruce-Partington hatte er nicht entdeckt. Aber die Suche hatte seiner Moral gutgetan. Jetzt gab es allerdings keine Nachricht mehr. Hieß das, daß sie das Versteck im Katzenwinkel nicht mehr benutzten, oder hatte es eine unheilvollere Bedeutung?

Noch etwas hatte sich bei ihm verändert – die Alkoholmenge, die er konsumierte. Unter Marks Einfluß trank er sehr viel für seine Begriffe. Keine Schnäpse, aber Bier und Wein, viel Wein, jedesmal wenn sie sich trafen mindestens eine Flasche. Er schlief dann immer sehr schwer und tief und mußte nachts, in den Stunden, in denen der Mensch am verletzlichsten und empfindsamsten ist, wenigstens nicht an Jennifer denken, und aus irgendeinem Grund träumte er nicht einmal von ihr. Er füllte Marks Glas nach und lachte, weil das von ihm erwartet zu werden schien, nachdem ein Quizkandidat eine unglaublich komische Antwort gegeben hatte. Da keine Vorhänge an den Fenstern waren, warfen die Scheinwerfer der vorüberfahrenden Autos Lichtbänder ins Zimmer, die über Decke und Wände huschten. Beide Spiralen des elektrischen Kamins waren eingeschaltet. Das Quizprogramm war zu Ende, und Fußball fing an. John, der es nicht mehr für nötig hielt, die Schalen mit Crisps und Nüssen zu füllen, griff nach der *Free Press*. Er hatte es sich in letzter Zeit angewöhnt, jeden Artikel zu lesen, um zu sehen, ob er vielleicht irgendwo einen Hinweis auf die Gruppe entdeckte, die er die Mini-Mafia nannte. Eine Drogenbande, dachte er vage, aber vielleicht haben sie auch etwas mit Pferderennen zu tun. James Harvill, der verschwundene Junge, war nie gefunden worden, und niemand glaubte mehr daran, daß er noch lebte.

Nachdem sich Mark zehn Minuten lang Fußball angesehen hatte, schaltete er, ohne John zu fragen, eigenmächtig den Fernseher aus.

«Diese über die Decke flackernden Lichter sind sehr störend», sagte er. «Man kann sich einfach nicht entspannen. Warum hast du keine Vorhänge oder Rollos oder so?»

«Ich habe dir doch gesagt, die Vorhänge sind in der Reinigung.»

«Du hättest sie expreß reinigen lassen müssen», sagte Mark. Er fing an, John wegen seiner – wie er es nannte – Knauserei zu kritisieren und zu beschimpfen. John nahm wegen seiner Pfennigfuchserei geradezu lächerliche Unannehmlichkeiten auf sich. Die Sache mit den Vorhängen war ein ganz typisches Beispiel. Und warum mußten sie Bier und Wein flaschen- oder dosenweise mitbringen, da doch heute jeder Bier im Kühlschrank und ein gutgefülltes Weinregal im Haus hatte? Nicht zum erstenmal stellte John fest, daß Mark zwar gut aussah, sein Gesicht jedoch einen mürrischen Ausdruck und um die Nase herum einen verkniffenen Zug hatte. Sein Mund war grämlich nach unten verzogen. Seine von vielen Falten durchfurchtete Stirn war ständig gerunzelt.

Er begann über seine Ehe zu sprechen, denn von Johns Geiz zur Verschwendungssucht seiner früheren Frau war es nur ein kleiner Schritt. John hatte noch eine Flasche Wein im Haus und ging in die Küche, um sie zu holen. Sogar bei diesem trostlosen Wetter war sein Garten hinter dem Haus ein schimmerndes Meer aus Obstbaumblüten, rosa und weiß glänzten sie im Licht unsichtbarer Lampen, und der Gartenteich glich einem dunkel leuchtenden Spiegel in einem runden, steinernen Rahmen. Unter den Bäumen blühten alle Tulpen, farblos bei Nacht, aber scharlachrot und purpurn, gelb und golden bei Tag. John nahm die Weinflasche aus dem Kühlschrank und trug sie ins Wohnzimmer; ihm war egal, ob Mark ging oder blieb, seine ständige Kritik verletzte ihn auch nicht mehr. Tatsächlich hatte der Wein seine Hemmungen so weit abgebaut, daß er sogar noch einmal nach der Zeitung griff und weiter nach einem Hinweis auf eine Bande oder ein verrufenes Syndikat suchte.

Alkohol besänftigte Mark nie.

«Du könntest mir wenigstens zuhören, wenn ich dir diese Dinge erzähle. Keiner anderen Menschenseele habe ich mich bisher so offenbart. Es ist, gelinde gesagt, ziemlich bitter, daß du offensichtlich lieber das lokale Käseblatt studierst.»

John sagte, es tue ihm leid. Zugleich fragte er sich jedoch, ob die beiden Männer, die am Tag vorher vom Crown Court wegen Heroinbesitzes unter Anklage gestellt worden waren, etwas mit den chiffrierten Botschaften zu tun haben konnten? Einer von ihnen hieß Bruce – mit Familiennamen jedoch Chambers. Plötzlich fragte ihn Mark, woran er denke. Es sei doch offenkundig, daß John ein Problem habe. John antwortete ganz spontan und nicht etwa, weil er dachte, daß Mark sich über das, was er sagte, freuen werde. Der Gedanke war auf einmal da, wie vom Himmel gefallen.

«Ich habe mich eben an etwas erinnert, das mit Cherry zusammenhängt.»

«Was? Woran hast du dich erinnert?»

«Daß sie sehr viel Zeit bei einer alten Nachbarin verbrachte, die mehr oder weniger bettlägrig war, einer Mrs. Chambers. Cherry ging für sie einkaufen und saß oft bei ihr, schaute ganz einfach herein und setzte sich zu ihr. Sie war ein sehr freundliches und gutherziges Mädchen, nicht wahr? Aber das weißt du natürlich.»

«Du hast wirklich keine Ahnung von Frauen, John», sagte Mark. «In deinem Leben haben drei Frauen eine Rolle gespielt, deine Mutter, Cherry und deine Frau, und du weißt von keiner auch nur das geringste. Du verstehst überhaupt nichts von Frauen.»

«Du sprichst über Frauen, als ob sie einer anderen Spezies angehörten», protestierte John.

«Genauso ist es.»

«Da kann ich dir nicht recht geben. Frauen haben die gleichen Gefühle und Gedanken wie wir.»

«Das ist Quatsch, absoluter Quatsch. Komm, trinken wir noch ein Glas. Du liebe Güte, du hast ja noch nicht einmal den Korken draußen. Gib mir die Flasche.» Mark begann den Korkenzieher in den langen Hals der Weißweinflasche zu treiben. «Wie du über Cherry sprichst, beweist mir, daß du sie nicht gekannt hast. Du hast gesehen, was du sehen wolltest, nicht was wirklich da war.»

«Willst du vielleicht behaupten, sie ist aus Berechnung oder egoistischen Gründen zur alten Mrs. Chambers gegangen? Willst du das damit sagen? Was hätte es denn dort zu holen gegeben? O nein, so etwas hätte sie nie getan. So war sie nicht, Mark, so war sie wirklich nicht.»

«Vergiß doch die alte Mrs. Chambers. Davon rede ich ja gar nicht.» Es zischte, als er den Korken aus der Flasche zog, und John sah, daß Marks Gesicht feuerrot geworden war. Der Wein wurde eingeschenkt, schwappte über, und John griff nach seinem nassen Glas. «Ich», sagte Mark, «habe Cherry gekannt, verdammt zu gut gekannt.»

John begann sich sehr unbehaglich zu fühlen. Er hatte nicht gemerkt, wie betrunken Mark war. Er mußte schon etwas getrunken haben, bevor sie sich am Abend getroffen hatten, um in einem solchen Zustand zu sein. Zwei breite Lichtstreifen, heller als gewöhnlich, ergossen sich über die Decke, und, da er am Ende des Sofas saß, auch über Marks Gesicht und Hände. John sah, daß diese Hände zitterten. Und daß Marks Gesicht, so plötzlich aus der Dunkelheit gerissen, ganz schrecklich aussah, als krümme er sich innerlich vor Schmerz. Mit bebenden Fingern hob er das Weinglas und schüttete den Wein hinunter wie Wasser, als sei sein Mund strohtrocken.

Zum erstenmal begann sich John zu fragen, wie Cherrys Ehe mit Mark Simms wohl ausgesehen hätte, wenn sie am Leben geblieben wäre. Aber während ihrer Verlobungszeit, als sie den Opalring an ihrer breiten, plumpen linken Hand trug, war er bestimmt ein ganz anderer Mensch gewesen. John mußte sich gestehen, daß er sich nicht sehr gut an diese Zeit erinnern konnte. Sein Vater hatte Mark nicht besonders gemocht, für Johns Mutter Grund genug, ihn um so eifriger zu verteidigen und immer wieder zu betonen, daß Cherry ihn «erwählt» hatte.

«Er ist ein netter Junge», hatte sie gesagt, «und wir dürfen nicht vergessen, daß Cherry ihn erwählt hat.»

Darüber hatten sie alle gelacht, und der Vater hatte gesagt, das höre sich an, als ob Cherry in der Klemme säße. John hatte insgeheim jedoch gedacht, daß Cherry gar keine Wahl und bei ihrem Aussehen großes Glück hatte, wenn sie überhaupt jemanden bekam; seiner Ansicht nach hatte sie mit Mark ein unglaubliches Glück gehabt. Dann war er scharf mit sich ins Gericht gegangen, weil er so etwas über seine Schwester dachte, die er liebte.

«Arme Cherry!» rief er unwillkürlich.

Mark begann zu lachen. Er fiel in die Sofakissen zurück, die ohne Überzug nackt und zerknauscht aussahen, und wieherte in seiner Trunkenheit vor Lachen. Er griff nach der Flasche und trank schlürfend. John nahm die Gläser und die Schalen, in denen Nüsse gewesen waren, und trug alles in die Küche. Cherry muß zu Mark nicht besonders nett gewesen sein, dachte er, als er die Gläser unter der Wasserleitung spülte. Hatte sie mit dieser Unfreundlichkeit vielleicht seine sexuellen Wünsche abgewehrt? Das konnte sich John gut vorstellen. Cherry war so ein Mädchen, tugendhaft und keusch und hätte eheliche Freuden nie vorweggenommen...

Der Mann, der sie getötet hatte, hatte sie nicht vergewaltigt. John erinnerte sich, daß er darüber sehr froh gewesen war. Und seine Mutter, in dieser Küche auf einem harten, steifen Stuhl sitzend, die im Schoß liegenden Hände knetend und ringend und ständig in Bewegung – seine Mutter hatte gesagt:

«Wenigstens hat er sie nicht unsittlich berührt. Daran klammere ich mich, ich sage mir, sei dankbar dafür, daß er sie nicht unsittlich berührt hat.»

Diese Küche war nach Cherrys Tod für seine Mutter zu einem Zufluchtsort geworden. Wenn sie im Wohnzimmer saß, hatte sie Angst, die Leute, die auf der Straße vorbeigingen, könnten hereinschauen und sie sehen. Sie saß auf einem der beiden Windsorstühle, die Ellenbogen auf dem Tisch, stand nach zehn Minuten auf, werkte ein bißchen herum, wusch etwas ab, wusch ein Kleidungsstück, kehrte zu ihrem Stuhl zurück, setzte sich und sah das Fenster an. Sah es an, schaute nicht hinaus. Damals begann er zu gärtnern. Die Leute sagten, sie hätten gedacht, er arbeite tagsüber genug im Garten und brauche nicht abends noch einen eigenen zu versorgen. Aber die Arbeit mit Erde, das Pflanzen und Pflegen war eine Art Therapie, der Heilungsprozeß begann. Wenn er im Garten war, konnte er sich mit Cherrys Tod abfinden, er konnte sich ihm beugen und ihn akzeptieren.

Fast widersinnig schien es, daß sein Vater, dem man die Tochter ermordet hatte, mit Vorliebe Kriminalromane las. Doch es waren die klassischen, nach denen er süchtig war und die vielleicht wenig Bezug zur Wirklichkeit hatten. Sie waren seine Zuflucht. *Die Memoiren von Sherlock Holmes, Pater Brown und das Blaue Kreuz, Der Unsichtbare, Stumme Zeugen lügen nicht...* Sein Vater hatte sie alle verschlungen, ohne sie zu genießen, ohne Pause, hatte sie, wie John vermutete, nur überflogen, kaum hatte er einen angefangen, wollte er schon wieder am Ende sein, um zum nächsten greifen zu können. Und wenn er ein halbes Dutzend gelesen hatte, fing er wieder von vorn an.

Jeder hatte seine Wunden auf seine Weise heilen wollen, doch ganz genesen waren sie alle nicht. Habe ich in meiner Frau meine tote Schwester gesucht? fragte sich John. In einer hübschen, zierlicheren, charmanteren Version? Der Hofzwerg in die Königin der Götter verwandelt? Plötzlich war er wieder völlig nüchtern. Er hatte leichte Kopfschmerzen, und die Euphorie war dahin, aller Leichtsinn, alle Sorglosigkeit dahin. Er ging ins Wohnzimmer zurück. Mark schlief fest. Die Weinflasche war umgefallen, und der verschüttete Wein war über das Bücherregal seines Vaters geflossen, in dem noch seine Bücher standen. John hievte Marks Beine auf das Sofa, ging hinauf und holte eine Decke für ihn. Dann suchte er in der Küche nach einem Tuch und begann die Bücher abzuwischen. Sie würden nach Wein riechen. Das Zimmer kam ihm sehr heiß und stickig vor, und er schaltete mit der Schuhspitze den elektrischen Kamin aus. Er mußte das Tuch im Spülbecken auswringen und nahm, als er ins Wohnzimmer zurückging, einen Eimer mit. Die Bücher von Conan Doyle hatte es am schlimmsten erwischt, und bei einem würden sich die Seiten nicht mehr glätten lassen, so wellig waren sie. John begann mit der Sherlock Holmes-Sammlung – *Die Memoiren, His Last Bow.* Er schlug den Band auf, fing an, die Seiten abzuwischen, und dann stach ihm der Titel einer Erzählung in die Augen, *The Bruce-Partington Plans.*

Ich hab's gefunden, dachte er. Kein Mann, kein Autor, sondern der Titel einer Erzählung. Und es sollte mich nicht wundern, wenn sie von Spionen handelt. Und dann fiel ihm ein, daß es ohnehin zu spät war. Eine halbe Stunde nach Mitternacht. Der erste Mai. Ein neuer Monat hatte begonnen.

3

Für die vierte Klasse Unterstufe hieß es um neun Uhr fünfzehn Licht aus. Als Fiona Ralston hörte, daß die Studierzeit bis neun Uhr dauerte und ihr Nicholas trotzdem um Viertel nach schon im Bett liegen mußte, sagte sie, das erinnere sie an *Tom Brown's Schooldays.* Mr. Lindsay hatte zwar versucht ihr zu erklären, daß ein Junge ja nicht unbedingt bis neun Uhr lernen mußte, sondern schon um sieben fertig sein konnte, wenn er wollte – deshalb heiße es ja «gleitende Studierzeit» –, doch es war ihm nicht gelungen, Mrs. Ralston zu überzeugen. Sie war auch mit den Namen der Häuser nicht einverstanden. Wenn es ein Churchill House gab, warum kein Lloyd

George House? Und wenn eins Gladstone hieß, warum hieß keins Disraeli? Sie mußte sich damit abfinden, daß ihr Nicholas in Pitt House untergebracht war, das den Namen eines Staatsmannes trug, der vor sehr langer Zeit gelebt und, zumindest nach heutigen Begriffen, keiner bestimmten politischen Richtung angehört hatte.

Ihr älterer Sohn, seinem Bruder um fast zehn Jahre voraus, hatte eine Gesamtschule besucht. Damals hatten die Ralstons noch kein Geld gehabt. Ralston der Ältere hatte Nicholas am letzten Schultag des Frühlings-Trimesters abgeholt und war mit ihm in der Stadt Tee trinken gegangen, und während sie im *Fevergate Café* Crèmetortenstücke verschlangen, hatte jemand – Frau oder Mann – Ralstons geparkten Wagen angefahren, den Scheinwerfer zertrümmert, den Seitenspiegel abgebrochen und den Kotflügel eingedellt. Die Reparaturkosten wurden mit sechshundert Pfund veranschlagt. Es hatte bestimmt Zeugen gegeben, aber es meldete sich keiner. Die Polizei war nicht interessiert, da niemand verletzt worden war. Ralston mußte den Schaden entweder selbst bezahlen oder verlor, wenn er die Versicherung bezahlen ließ, seinen Schadenfreiheitsrabatt. «Autoprox» nannte Mungo die Untersuchung. Ein bedeutsamer Umstand war, daß in einer Wohnung des Hauses mit Blick auf den Parkplatz eine Schwester von Mrs. Whittaker, Rosie Whittakers Mutter, wohnte.

Von all diesen Dingen wußte Angus Cameron nur sehr wenig. «Spookside» interessierte ihn jetzt nur noch im Zusammenhang mit seinem Bruder Mungo. Er wollte auf jeden Fall verhindern, daß Mungo, bis er über diese Besessenheit hinausgewachsen war, in Schwierigkeiten geriet. Als er auf dem Weg nach oben durch den zweiten Stock kam, warf Angus einen Blick auf die Scheibe von Mungos Tür. Graham O'Neill war da und zeichnete eine Art Diagramm auf ein Blatt Papier, aber Mungo sah er nicht. Es gab jedoch keinen Grund, warum er um neun Uhr abends unbedingt in seinem Studierzimmer sein sollte. Seine Aufgaben hatte er wahrscheinlich längst gemacht. Er konnte bei der Theatergruppe sein, bei der er Mitglied war, oder im Schachclub, oder er konnte ganz einfach auch im Gemeinschaftsraum vor dem Fernseher sitzen. Für die vierte Klasse Oberstufe hieß es erst um Viertel vor zehn Licht aus. Ich habe diese Schuldgefühle nur, weil ich das Ganze angefangen habe, dachte Angus. Guy Parker und ich sind dafür verantwortlich.

Er stieg die letzte Treppe hinauf. Bis auf zehn Schüler der vierten

Klasse Unterstufe waren schon alle, die ihr erstes Sommer-Trimester absolvierten, in den Genuß der aufmunternden Ansprache eines Präfekten gekommen, nur die im letzten Studierzimmer am anderen Ende des Korridors waren noch übrig. Angus machte, als er näher kam, absichtlich viel Lärm, ging mit besonders schweren Schritten und räusperte sich laut. Hinter der Tür hörte man ein Schlurfen und Scharren, aber als er eintrat, saßen alle schwer atmend und zerzaust im Bett. Oder alle außer Charles Mabledene, bei dem das Bett viel sauberer aussah als bei den anderen, das oberste Laken immer wie frisch gebügelt wirkte, das Kissen kein Fältchen hatte. Über Charles' Bett hing kein Poster an der Wand, aus dem oberen Bett baumelte kein Mobile herunter, auf dem Wandbrett stand weder ein Briefbeschwerer mit dem berühmten Schneesturm darin, noch ein Porzellanschweinchen oder Plastikmonster. Es ist merkwürdig, dachte Angus, aber immer, wenn man an Charles Mabledene denkt, stellt man sich einen Chinesen vor. Tatsächlich sah er mit dem hellen Haar und den hellen Augen absolut nicht chinesisch aus. Er hatte auch keine hohen Wangenknochen und kein breites Gesicht. Vielleicht gewann man diesen Eindruck deshalb, weil seine Züge so glatt waren, sein Gesichtsausdruck so undurchdringlich.

Im oberen Bett lag Nicholas Ralston. Auf seinem Wandbrett stand ein Foto von ihm und seinem Golden Retrieverwelpen. Nicholas war groß für sein Alter und hatte unglücklicherweise das Gesicht voller Pickel. Die Harper-Zwillinge, die jüngeren Brüder von Harper, dem Doppelagenten mit Decknamen Hydra, lagen im nächsten Stockbett, dann Robert Cook und Patrick Crashaw... Angus war ein gewissenhafter Präfekt und kannte den Namen eines jeden Schülers in Pitt House. Er runzelte leicht die Stirn über die Unordnung, einen umgeworfenen Papierkorb, Bleistiftschnitzel, die beim Spitzen hinuntergefallen waren, schmutzige T-Shirts, Unterhosen und Socken, achtlos auf den Boden geworfen, wo die Jungen sie ausgezogen hatten.

«Die Wäschefrau wird euch morgen früh was erzählen», sagte er.

«Crashaw», sagte Charles Mabledene, der niemanden beim Vornamen nannte, «wird morgen früh alles aufräumen.»

«Ihr alle werdet morgen früh aufräumen», sagte Angus in einem für seine Verhältnisse strengen Ton. «Ihr wißt sehr gut, daß sich niemand mehr bedienen lassen darf, die ‹Schlafsaaldiener› sind längst abgeschafft. Das ist doch wohl klar, oder?» Er setzte sich rittlings auf einen Stuhl und stützte die Arme auf die Lehne. Sie warteten darauf, daß er anfing, sie wußten ja, was kam, wollten nur den Moment ein bißchen hinauszögern, in dem es hieß: «Licht aus».

«Nun, ihr habt das erste Jahr in Rossingham jetzt fast hinter euch», sagte Angus, «und ich denke, ihr habt euch alle gut gehalten und inzwischen festen Boden unter den Füßen, findet ihr nicht? Ich glaube doch, daß es euch hier gefallen hat, und das ist es, was ich...»

In seinem Studierzimmer im zweiten Stock stand Mungo und blickte auf Graham hinunter, der noch immer mit dem Filzstift in der Hand dasaß.

«Willst du damit sagen, daß es in der Abteilung eine undichte Stelle gibt?» fragte Graham.

«Hast du eine andere Erklärung? Ich habe schon damals so ein ungutes Gefühl gehabt, als Rosie Whittaker den getürkten Brief aus dem toten Briefkasten bei Mabledenes nicht abgeholt hat. Ich hab sie hingeschickt, aber sie war nie dort. Und kein Außenstehender wußte von der Sache, nicht einmal Angus.»

«Wir haben also einen Maulwurf in der Londoner Zentrale, das willst du doch damit sagen?»

«Davor fürchtet sich jeder Abteilungschef, Graham, damit muß man leben», sagte Mungo. «Aber du weißt ja, wovor ich wirklich Angst habe, nicht wahr?»

«Daß du in den Kurzferien nach Hause kommst und erfährst, daß das Baugesuch deines Vaters nicht bewilligt, sondern abgelehnt wurde.»

«Du hast es erfaßt», sagte Mungo.

4

Der große Kater hatte ein Stück Aas halb unter einem Strauch versteckt. Es war Fleisch oder Fisch und stank. Als John näher kam, stimmte der Kater einen Kriegsgesang an. Überall im hohen Gras saßen oder spielten halbwüchsige Katzen, mager, langbeinig, mit spitzen Gesichtern und hungrigen Augen. Das war zuviel für John, und er begann zu niesen. Der Kater packte das Stück Aas und flüchtete damit über die Straße. John ging zum Mittelpfeiler und schaute hinein, aber es war nichts da. Seit fünf Wochen keine Nachricht mehr, weder nach Bruce-Partington oder dem jeweiligen Nachfolge-Code chiffriert.

Er würde sich wohl damit abfinden müssen, daß alles vorbei war. Es war sehr gut möglich, daß der Urheber des Ganzen dieser gewisse Chambers gewesen war, dem man wegen Heroinbesitzes den Prozeß machte. Und ganz gewiß hatte die letzte Nachricht, die John mit Hilfe der Kurzgeschichte *His Last Bow* dechiffriert hatte, einen Hinweis darauf enthalten, daß es sich um eine Drogensache handelte. *Drache* an *Leviathan: Nichts Neues von Bang. Warte weitere Entwicklung ab.* John hatte die unklare Idee, daß Bang ein Slangausdruck für Heroin sein könnte. In der Bibliothek in der Lucerne Road sah er im Wörterbuch nach und fand dort das Wort *Bang* als *allgem. f. Drogen, Injektion mit Drogen* oder *Marihuanazigarette* definiert.

Er war unterwegs ins Garten-Center, wo ihnen die arbeitsreichste Zeit des Jahres bevorstand. In der Tier-Abteilung versuchte Gavin dem Beo das Sprechen beizubringen.

«Ich bin ein Korinthenkacker», sagte er. «Ich bin ein Korinthenkacker.»

John hatte nicht die leiseste Ahnung, was das sollte. «Ha, ha, ha, verdammt!» gab der Beo von sich. Es war sein ganzer Wortschatz. Er war ein schöner Vogel, ungefähr fünfundzwanzig Zentimeter lang, mit glänzenden schwarzen Federn und weißen Flecken auf den Schwingen. Schnabel und Füße waren gelb und die Kehllappen orangefarben wie Ringelblumen.

«Ich bin ein Korinthenkacker», sagte Gavin, das Gesicht dicht an den Gitterstäben des Käfigs. «Ich bin eine tote Hose.»

John sagte Les, dem Azubi, er solle den Haupteingang aufschließen und die Türflügel festhaken. Eine Frau kam herein, ging schnurstracks auf Sharons Ladentisch zu und verlangte Düngestäbchen. Im Gewächshaus für Balkonpflanzen stieg vom feuchten Laub der Begonien und efeublättrigen Geranien ein zarter Duft auf. John ging langsam durch den Mittelgang und zupfte hin und wieder ein winziges Unkraut aus einem der Kunststofftöpfe. Es war Donnerstag, und er hatte am Nachmittag frei. Mark Simms und er wollten in Marks Wagen aufs Land fahren, in ein Dorf, in dem es eine berühmte Töpferei gab. Mark wollte zwei große Keramiktöpfe kaufen, die er in das große Schaufenster stellen und mit einem Oleander und einer Birkenfeige bepflanzen wollte.

«Ich hoffe, du nimmst es mir nicht übel, wenn ich dir das sage», hatte Colin Goodman gesagt, als John ihn am Tag zuvor zufällig in der Mittagspause getroffen hatte, «aber es ist schon ein bißchen seltsam, daß ihr dauernd zusammensteckt, du und Mark, nicht wahr? Ich möchte euch natürlich nichts unterstellen, doch merkwürdig ist und bleibt es – schließlich seid ihr beide Männer, wenn du verstehst, was ich meine.»

John verstand, was er meinte. Er fand es jedoch absurd, daß ausgerechnet Colin eine solche Bemerkung machte, als gehe er ständig mit Frauen aus. Tatsächlich führte er ein geradezu mönchisches Dasein und wohnte im Bungalow seiner Mutter.

«Du solltest mich besser kennen», war Johns ganzer Kommentar.

Ihm lag ja gar nichts daran, seine ganze Zeit mit Mark zu verbringen. Aber er hatte mit der Zeit Angst bekommen, nein zu sagen – oder vielmehr Angst um Marks geistig-seelischen Zustand, wenn er nein sagte. Er glaubte, Mark stehe dicht vor einem Nervenzusammenbruch. Und obwohl er am vergangenen Samstag abend sehr verärgert gewesen war, hatte Marks späteres Benehmen ihn wieder besänftigt. Er hielt es Mark auch zugute, daß er ihm zweimal, wenn auch unwissentlich, Hinweise auf die Codes der Mini-Mafia gegeben hatte. Am nächsten Morgen hatte er sich auch völlig zerknirscht entschuldigt. Er wisse gar nicht, was in ihn gefahren und was in letzter Zeit überhaupt mit ihm los sei. Was nicht stimmte, denn er wußte es natürlich, aber John wäre der letzte Mensch gewesen, dem er sich hätte anvertrauen können.

«Obwohl, ganz offen gesagt, du warst in den letzten Wochen meine Rettung, John. Ich weiß nicht, wie ich es ohne deine Hilfe geschafft hätte.» Und ziemlich kläglich hatte er hinzugefügt: «Wenn ich nicht trinke, bin ich doch ganz in Ordnung, nicht wahr?»

Wenn du nicht trinkst, nörgelst und kritisierst du noch mehr, dachte John, aber er sagte nichts. Und am Montag abend hatte Mark tätige Reue gezeigt, indem er mit einer prachtvollen ledergebundenen Ausgabe aller Sherlock Holmes-Erzählungen und einer Taschenbuchausgabe aller Pater Brown-Romane in der Geneva Road anrückte. Danach konnte John die Einladung, nach Rossingham St. Clare in die Töpferei zu fahren, nicht gut ablehnen, obwohl das bedeutete, daß sie hinterher auswärts essen und die unvermeidlichen Flaschen Wein nach Hause mitnehmen würden. Marks Hände hatten wieder zu zittern begonnen, nachdem er John die Bücher überreicht hatte, und manchmal sah John einen furchtbaren Ausdruck in seinem Gesicht. Er starrte die Wand oder das Fenster an, die Augen weit aufgerissen und die Falte über der Nasenwurzel sehr tief, als sehe er etwas Entsetzliches, obwohl es dort natürlich überhaupt nichts zu sehen gab.

Ein untersetzter weißhaariger Mann und seine ältliche Frau mit einem Kind – vermutlich einem Enkelkind – an der Hand, erkundigten sich bei Gavin nach dem Beo. Wie alt war er? Biß er? Was kostete er? Gavin machte ein erschrockenes Gesicht.

«Es sollten lieber keine Kinder im Haus sein», sagte er. «Beos können eine Krankheit übertragen. Die sogenannte Haushuhnkrankheit. Wie wär's mit einem Wellensittich?»

Später erklärte er John mit listiger Miene, daß das eine Krankheit war, die nur Vögel bekamen, die aber nicht auf Menschen übertragbar war. Er führte die drei zu den Wellensittichen. John schob die Hand in die Jackentasche, die er unter dem Arbeitsmantel trug und fühlte den Brief, den er heute morgen bekommen, gelesen und eingesteckt hatte. Jennifer versuchte wieder ein Treffen zwischen ihm, ihr und Peter Moran zu arrangieren. Sie sollten zu dritt wie vernünftige Menschen über die Scheidung sprechen. John fand die Formulierung ziemlich komisch, als seien sie keine vernünftigen Menschen, sollten aber versuchen sich so zu benehmen. Vielleicht gab es so etwas wie einen vernünftigen Menschen gar nicht.

Ertrug er es, sie in Gesellschaft von Peter Moran zu sehen? Angenommen, sie berührten einander in seiner Gegenwart. Wenn er sähe, wie Peter Moran ihre Hand berührte oder sie auch nur auf eine gewisse Weise anschaute, konnte er für nichts garantieren. Warum spielte er dann in Gedanken mit der Möglichkeit, sich mit ihnen zu treffen? Eine Scheidung kam für ihn nach wie vor nicht in Frage, denn er wußte, wenn er abwartete, würde Moran früher oder später tun, was er schon einmal getan hatte – er würde Jennifer verlassen. Oder zu dem zurückkehren, was ihm wichtiger war als seine Liebe zu ihr. John fragte sich, ob er erwog, sich mit ihnen zu treffen, weil er dann, und nur dann, eine Chance hatte, Jennifer wiederzusehen. Wenn das zutraf, war es bemitleidenswert und demütigend.

Ein Kunde stand neben ihm und hielt schüchtern eine Handvoll

Samentütchen in die Höhe. John entschuldigte sich und war bemüht, rasch die Flut von Fragen zu beantworten, die im Zusammenhang mit den Samen über ihn hereinbrach, aus denen, wie es auf dem Päckchen hieß, Passionsblumen werden sollten.

«Ha, ha, ha, verdammt!» kreischte der Beo.

In der Töpferei kaufte Mark zwei große Steingutvasen, die mit Blumen, Girlanden und Satyrgesichtern verziert waren, und John erstand, obwohl er gar nicht die Absicht gehabt hatte, eine schwere Lampe mit bauchigem Sockel, der grau und kaffeebraun glasiert war. Im Hinterkopf hatte John so halb und halb die Idee, sich mit Jennifer und Peter Moran in seinem Haus zu treffen, es vorher jedoch noch ansprechender herzurichten. Die Sesselbezüge waren aus der Reinigung gekommen, die Vorhänge hingen wieder. Warum sollte er nicht ein bißchen extravagant sein und die beiden zur Lampe passenden Krüge und außerdem ein paar Blumentöpfe kaufen und Geranien hineinstellen...

«Sieh mal an», sagte Mark, «zuerst wolltest du nicht mitkommen, und jetzt hast du mehr gekauft als ich.»

Er schien an diesem Tag ganz besonders nervös zu sein. John hatte sich im Wagen keine Sekunde entspannen können. Hinter Ruxeter hatte Mark einen Laster überholt, und ein paar gräßliche Sekunden lang hatte John geglaubt, sie würden es nicht schaffen. Schwitzend, die Lippen breit verzerrt, war Mark im letzten Moment wieder in die richtige Fahrspur eingeschwenkt, sonst wären sie frontal gegen einen entgegenkommenden Möbelwagen geprallt. Auf der Rückfahrt schien Mark jedoch ruhiger, unterhielt sich mit John sehr vernünftig darüber, welche Pflanzen er in die neuen Töpfe einsetzen sollte, und fragte ihn sogar um Rat. Erst als John ihm erklärte, daß Trowbridge's jetzt geschlossen hatte, daß dies der einzige Tag der Woche war, an dem sie schon mittags schlossen, begann er wieder zu murren und fragte, wohin dieses Land steuere und wie man in Britannien wirtschaftliche Stabilität erwarten könne, wenn die Läden noch immer an dem lächerlichen altmodischen Zopf festhielten, einmal wöchentlich schon mittags zu schließen?

Er schlug vor, in einem neu eröffneten indischen Restaurant namens *Hill Station* in der Alexandra Road zu essen. Zuerst wollte er jedoch in ein Pub gehen und stellte den Wagen bei einer Parkuhr in der Collingbourne Road ab. Fontaine Park war ein grünes Meer, die Rasenflächen hinter den dicht belaubten Buchen und Sykamoren kaum zu sehen. Seit John in das abbruchreife Haus eingedrungen war, hatten alle Bäume ausgeschlagen, und die Rückseite des Hauses war von der Straße aus kaum noch sichtbar. Er warf, als sie vorbeigingen, einen neugierigen Blick auf die Fassade, aber die mit Brettern verschlagenen Fenster im Erdgeschoß und mit Metall verschalte Haustür verrieten nichts. Angenommen, er hätte hinaufgeschaut und an einem Fenster im ersten oder zweiten Stock ein Gesicht gesehen? Vielleicht das Gesicht des großen jungen Mannes, der an jenem Abend zu dem toten Briefkasten im Katzenwinkel gekommen war? John war nicht sicher, daß er ihn erkennen würde. Vielleicht war es dieser gewisse Chambers.

Mark stieß die Tür zur Salon-Bar des *Gander* auf. Es war die Art von Bar, die John überhaupt nicht mochte, ein Großstadt-Pub der edwardianischen Epoche mit einer Menge Buntglas, reich verzierten, aber schmutzigen Decken, Marmortischen, apathischen Kellnerinnen und lärmenden Gästen. Eine Hitzewelle schlug ihn entgegen und mit ihr der Geruch von schalem Bier.

«O Gott, wir haben vergessen, für später Wein zu kaufen», sagte Mark.

John wäre glücklich gewesen, es auch weiterhin zu vergessen, denn er wußte, daß er wieder trinken würde, wenn der Wein da war. Es war noch nicht ganz halb sechs, und die Weinhandlung in der Ruxeter Road schloß erst in einer halben Stunde. John bekam ein Glas Lager und setzte sich an einen Ecktisch, während Mark sich auf den Weg machte, um billigen Riesling zu besorgen. Er hatte Cherry heute noch kein einziges Mal erwähnt, und John war froh darüber, denn er hatte das Gefühl, daß Mark von Cherry ein ganz anderes Bild hatte als er, und es war ihm nicht wohl, wenn er sich in diesen Konflikt hineingezogen sah. Mark schien sie als eine Art schöner Göttin, als *femme fatale* in Erinnerung zu haben, während sie für ihn die kleine Schwester war – von ihrem elften Jahr an seine häßliche kleine Schwester.

Aber worüber, um alles in der Welt, sollten Mark und er miteinander reden – ohne Cherry oder Marks Ehe, dem zweiten Lieblingsthema, das er heute noch nicht erwähnt hatte? Der Abend schien John anzugähnen. Er würde vielleicht in schweigender, bedrückender Betrunkenheit enden. Plötzlich kam ihm eine Idee.

Warum rief er nicht Colin an und überredete ihn, ihnen Gesellschaft zu leisten? Wenn sie nur ein paar Frauen gekannt hätten! Aber für John zählte nur Jennifer. An anderen Frauen war er nicht interessiert. Er war der Meinung, daß ein verheirateter Mann andere Frauen überhaupt nur flüchtig kennen sollte.

Mark reagierte auf den Vorschlag, Colin einzuladen, mit seiner alten Aggressivität.

«Ich langweile dich wohl.»

Er trank nur Bier zum Essen. Wein, hatte John oft gedacht, verträgt sich nicht mit Gewürzen und Curry. Irgendwie schien es beschlossene Sache, daß sie den Abend in Marks Wohnung beenden würden, obwohl das bedeutete, daß John ein Taxi nehmen mußte, wenn Mark später nicht mehr nüchtern genug war, um ihn nach Hause zu fahren. Während des Essens schwiegen sie, und John konnte sich ein wenig entspannen. Es war noch immer taghell, und der Abend war viel wärmer geworden; es passierte häufiger, daß im Spätfrühling um diese Tageszeit die Temperatur plötzlich anstieg.

«Weißt du, was morgen für ein Tag ist?» fragte Mark, als er den Wagen startete.

«Der zweiundzwanzigste Mai.»

«Es ist Cherrys Geburtstag», sagte Mark. «Sie wäre achtunddreißig geworden.»

John wurde das Herz schwer. Nicht, weil er Cherrys Geburtstag vergessen hatte, er hätte sich morgen bestimmt daran erinnert, außerdem war ohnehin nicht wichtig, an ihren Geburtstag zu denken. Doch er ahnte, daß Mark sie durch diese List wieder ins Gespräch bringen oder es dort wieder aufnehmen wollte, wo sie es am Montag abgebrochen hatten.

«Sie hätte jetzt schon halbwüchsige Kinder haben können», sagte Mark.

Er fuhr die steile Straße hinauf, die sich an Hartlands Gardens entlangzog. Die sanft abfallenden Terrassen mit ihrer Fülle blühender und frisch belaubter Bäume gaben den Blick frei auf das Haus inmitten der Parklandschaft, auf die Stadt mit ihren Türmen und grauen Schindeldächern, auf den Fluß mit seinen vielen Windungen, das überall zwischen Stein und Ziegeln sprießende Grün. Der Himmel war jetzt, nach Sonnenuntergang, melonenfarben, von einem sehr hellen Rotgold.

Plötzlich begann Mark hastig und mit sehr heller Stimme zu

sprechen: «Als ich das erste Mal zu euch kam, in das Haus deiner Eltern, fand ich es wunderbar, denn ich hatte nie etwas Ähnliches gekannt. Ihr wart alle so nett zueinander, höflich und freundlich, und jeder schien immer nur Gutes über den anderen zu sagen. Ich hatte eine scheußliche Kindheit. Meine Eltern sprachen nur miteinander, wenn sie unbedingt mußten. Ich habe nie – wirklich nie gehört, daß sie etwas Freundliches zueinander sagten. Mein Vater erzählte mir hinter Mutters Rücken dauernd schreckliche Dinge über sie, wie hoffnungslos dumm sie sei und daß er zu jung geheiratet habe, um es besser zu wissen. Und meine Mutter sagte mir, er habe ihr Leben zerstört und machte immer wieder Andeutungen über scheußliche sexuelle Praktiken, die sie über sich ergehen lassen müsse. Ich kam ins College und bin nachher nie wieder nach Hause gegangen, wohnte lieber in möblierten Zimmern. Ich hatte nie ein richtiges Zuhause gekannt, bis ich Cherry begegnete und sie mich in die Geneva Road mitnahm. Weißt du, was für mich ein ungeheures Erlebnis war – eines der ersten, die ich bei euch hatte? Dein Vater kam von der Arbeit nach Hause, nahm deine Mutter in den Arm und fragte: «Wie geht es meinem Schatz?» Das werde ich nie vergessen. Ich dachte, eines Tages werden Cherry und ich heiraten, und dann wird es mit uns genauso sein. Und bleiben, bis wir alt sind.»

«Wir waren eine ungewöhnlich glückliche und harmonische Familie», sagte John. «Was sich dann natürlich änderte.»

Mark beachtete ihn nicht. «Einmal fragte dein Vater Cherry nach ihrer Meinung über irgend etwas. Wollte ernsthaft wissen, wie sie darüber dachte. Es war irgend etwas Internationales, etwas aus der Zeitung, nichts, womit sich Frauen gewöhnlich befassen. Ich konnte es einfach nicht glauben. Und sie gab ihm eine sehr intelligente Antwort, aber unvergeßlich bleibt mir die Art, wie sie antwortete. Er setzte sich, und sie legte ihm die Hand auf die Schulter und ihre Wange auf sein Haar. Sie nannte ihn Daddy. Sie war achtzehn, sagte aber immer noch Daddy. Ich fand sie bildhübsch. Mir blieb fast der Atem weg, und ich hatte Angst, weil ich fand, sie sei zu gut für mich und ich könnte sie sehr leicht wieder verlieren.»

Mark brach in ein schreckliches, wie abgehackt klingendes Lachen aus – ein kaltes Lachen –, ohne Fröhlichkeit und voller Selbstspott. Er trat den Gashebel durch, der Wagen schoß auf den Parkplatz von Fonthill Court und rollte holpernd aus. In der Wohnung öffnete Mark die erste Flasche noch im Stehen und ging damit in die Küche. John saß am Fenster und betrachtete den klaren Himmel, der jetzt grüngolden getönt war und an dem schon ab und zu ein Stern aufblitzte. Hier zu sitzen, weckte in ihm ein merkwürdiges Gefühl, er kam sich schutzlos und preisgegeben vor, als könne er plötzlich über den Rand in die Tiefe stürzen. Das immer dichter werdende Laub im Garten unten sah dunkel und geheimnisvoll aus. Der Turm mit seinen Leuchtsignalen reckte sich zu den Sternen, der durchsichtigen Mondscheibe hinauf.

John wußte nicht, warum, und er war sicher, daß es dafür keinen Grund gab, aber plötzlich überkam ihn ein Gefühl der Panik, als werde gleich etwas Schreckliches geschehen. In diesem Augenblick – denn es gab einen ganz bestimmten Augenblick, in dem er sich dieses Gefühls bewußt wurde – war ihm klar, daß er sofort aufstehen und gehen sollte. Er sollte Mark sagen, ihm sei übel geworden und er habe eine Verabredung vergessen, auf die Straße laufen, ein Taxi suchen oder zur Bushaltestelle gehen. Mark würde beleidigt sein und vielleicht nie wieder mit ihm sprechen, aber das war ihm so ziemlich egal. Falls Mark tatsächlich am Rand eines Nervenzusammenbruchs stand, konnte John ihn auch nicht davor bewahren, wenn er jetzt blieb, das war ihm klar. Und er hatte das geradezu verzweifelte Verlangen zu gehen. Wäre er, wenn sich das Fenster auf einen Rasen geöffnet hätte, hinausgeschlichen und ohne ein Wort zu Mark verschwunden?

Gesellschaftliche Konvention und Anstand hielten ihn zurück. Mark hatte gesagt, er ließe sich von Konventionen beherrschen, und damit hatte er recht gehabt. Er konnte einfach niemanden sitzenlassen, der eben eine oder zwei Flaschen Wein öffnete, um sie mit ihm zu trinken. Lieber ertrug er, was auf ihn zukam, als eine Szene mit Mark zu provozieren oder sich ihm zu widersetzen. Aber es kam ja gar nichts auf ihn zu, das war reiner Unsinn, alles nur Einbildung...

Mark kam mit einem Tablett herein, auf dem eine Flasche und zwei bereits gefüllte Gläser standen. Die Schalen mit Nüssen und Kartoffelchips, die John immer bereitstellte, gab es hier nie. Mit dem Gefühl, daß es jetzt zu spät war, streckte John die Hand nach dem Glas aus. Was auch geschehen sollte, es würde geschehen.

«Soll ich Licht machen?» fragte Mark.

Der Himmel glühte noch, und die Stadt war eine so strahlend

helle Galaxie aus Licht, daß John kaum gemerkt hatte, wie dunkel es um ihn herum geworden war. Er sah sich um und blickte dann zu Mark auf. Sein Gesicht war verzerrt, und seine Augen hatten wieder diesen Ausdruck starren Entsetzens, der John jetzt schon ein paarmal an ihm aufgefallen war.

«Wäre nicht schlecht», sagte John. «Es wird bald dunkel.»

Mark schüttete seinen Wein mit, wie es schien, einem einzigen Schluck hinunter. Er schenkte sich sofort nach, seine Hand zitterte, und der Wein schwappte über.

«Ich mag kein Licht», sagte er heftig und aggressiv. «Ich will Dunkelheit. Du wirst schon im Dunkeln sitzen müssen, ob du willst oder nicht.»

John zuckte mit den Schultern. «Okay.» Der Wein hatte einen beißenden Geschmack. Er fühlte, wie er ihm kalt durch die Kehle in den Magen rann, und leichte Übelkeit würgte ihn. «Schau dir doch diesen Himmel an», sagte er. Er mußte etwas sagen. «Schau, was für eine wunderbar klare Farbe er hat. Morgen wird es ein schöner Tag.»

«Morgen wird es ein schöner Tag», äffte Mark ihn höhnisch nach. Er stand noch. Er stand so dicht vor John, daß man meinen konnte, er stehe über ihm. «Das Kotzen könnte man kriegen bei deinem Gelaber. Klischees und Banalitäten. Du bist programmiert, weißt du das? Du bist eine Floppy-Diskette, auf die der Große Computerprogrammierer eine Datei mit Wörtern und Phrasen gespeichert hat. Zweihundert für den durchschnittlichen täglichen Gebrauch. Das ist übrigens der passende Name für dich – Floppy. Ich glaube, so werde ich dich nennen. Da weiß jeder sofort, das ist ein Typ ohne Mumm in den Knochen, mit vorgefertigten Antworten in den richtigen Proportionen. Jesus, kein Wunder, daß deine Frau abgehauen ist. Was hast du jeden Abend vor dem Zubettgehen zu ihr gesagt, Floppy? ‹Es wird morgen ein schöner Tag. Ab in die Heia›?»

John wußte, daß er nicht rot, sondern sehr blaß geworden war. Mark stand immer noch da, zitterte jetzt am ganzen Körper. Und plötzlich fiel er vor dem entsetzten John auf die Knie. Er fiel zu Johns Füßen auf die Knie, hob das Gesicht zu ihm auf, hob flehend die Hände, murmelte zuerst unzusammenhängend und dann viel zu laut, daß es ihm leid tue, daß er nicht wisse, was über ihn gekommen und daß er ein Schwein sei.

«Ich weiß nicht, warum ich so etwas sage. Ich lasse alles an dir aus. Ich kann so nicht weitermachen, mich nicht so benehmen. Ich drehe durch, wenn ich es dir nicht sage. Seit Wochen weiß ich schon, daß ich es dir sagen muß, nur deshalb habe ich mich ja mit dir in Verbindung gesetzt, aber ich bin ein Feigling, ich habe es nicht fertiggebracht. Also beleidige und kränke ich dich statt dessen. Sag, daß du mir verzeihst.»

Eine Spur von Selbstwertgefühl, das ihn darin bestärkte, daß auch er Rechte hatte, sich von Mark nicht zum Prügelknaben machen lassen sollte, hielt John zurück. Er würde nicht sagen, daß er ihm verzieh. Warum sollte er auch, nach allem, was Mark ihm an den Kopf geworfen hatte? Mark hatte ihn, ohne provoziert worden zu sein, an seiner verwundbarsten Stelle getroffen.

«Und was willst du mir sagen?» fragte er nur.

«Bitte verzeih mir, John. Später wirst du es nicht mehr können.»

«Steh auf», sagte John. «Knie nicht vor mir.»

Mark rutschte auf den Knien über den Boden, blieb auch auf dem Boden sitzen und lehnte sich mit dem Rücken an einen Sessel. Sein Gesicht lag im Schatten. Nachdem er das zweite Glas Wein genauso hastig hinuntergeschüttet hatte wie das erste, sah er John aus weit geöffneten Augen an.

«Ich habe sie umgebracht», sagte er.

«Was? Du hast was getan?»

«Ich habe sie getötet», sagte Mark. «Ich habe Cherry getötet.»

5

Fergus Cameron war froh, daß alles vorbei war. Er konnte nie bei einem Schulsportfest in Rossingham zusehen, ohne sich an die schrecklichen Wettkämpfe von 1953 zu erinnern, als er eine Woche nach der Krönung von Königin Elizabeth beim Putten von einem Außenseiter aus Churchill House geschlagen worden war. Alle hatten auf seinen Sieg gesetzt, er hatte keine Rivalen, doch dann war plötzlich dieser Neuling aus einem neuen Haus auf der Bildfläche erschienen – Churchill House war damals erst vier Jahre alt –, und als er den Schlag führte, hatte Fergus sofort gewußt, daß der andere alle Chancen hatte. Seltsam, daß so etwas noch nach mehr als dreißig Jahren an einem nagen konnte. Hobhouse hatte der Junge aus Churchill House geheißen, aber seine Söhne waren nicht in Rossingham, also würde er auch nicht hier sein.

Fergus erinnerte sich, wie er Hobhouse gratuliert und ihm mit einem von Bitterkeit und Zorn erfüllten Herzen grinsend die Hand entgegengestreckt hatte, während eine innere Stimme ihm zuflüsterte, daß Sieg oder Niederlage zählen, und zur Hölle mit «Dabei sein ist alles». Seit damals war viel Wasser unter Rostock, Alexandra, St. Stephen's und Randolph durchgeflossen.

«Der Sohn von der da drüben tut mir leid», flüsterte er Lucy zu, unauffällig auf eine unglaublich aussehende Frau zeigend, die dem Titelfoto einer Illustrierten glich, mit absichtlich und kunstvoll zerzaustem, gestreiftem Haar und einem Kleid, das einem smaragdgrünen gestrickten Schlauch mit gepanzertem Gürtel ähnelte.

«Ich glaube, auf so etwas achten die Jungen heute nicht mehr so», sagte Lucy.

«Die menschliche Natur ändert sich nie.»

«Du kennst sie außerdem, Liebling. Es ist Mrs. Mabledene, die Frau dieses Reparaturwerkstattmenschen. Sie ist Friseuse. Ich meine, sie hat einen Frisiersalon.»

Sie begann sich mit der Tante der O'Neills zu unterhalten. Die Eltern der Jungen waren nach Saud zurückgekehrt. Das Zelt war von Mrs. Lindsay mit weißen Blumen und grünem Laub – den Farben von Pitt House – in Hängekörben dekoriert worden. Angus brachte ein Tablett voller Teetassen und einen fertig gekauften Kuchen. Er hatte sich ausgezeichnet, denn er war im Weitsprung dritter geworden, während Mungo, kaum berühmt wegen seiner sportlichen Leistungen, sich im Lauf über eine Meile unter den ersten fünf plazieren konnte. Mungo, mit dem Fergus noch nicht gesprochen hatte, kam, ziemlich außer Atem, direkt von der Aschenbahn zu ihnen. Er hatte noch das grün und weiß gestreifte T-Shirt und Shorts an; Angus hatte sich schon umgezogen und trug die graue Flanellhose mit Blazer, wie sich das für einen Präfekten gehörte.

«Die Dame in dem grünen Kleid ist Mrs. Mabledene», sagte Angus und nahm sich ein Stück Biskuitkuchen. «Findet ihr nicht, daß sie sehr schön ist? Sie entspricht ganz meiner Vorstellung von einer echten englischen Schönheit.»

«Wie ungewöhnlich, so etwas zu sagen!» rief Fergus.

«Warum? Heißt das, daß du sie nicht schön findest?»

«Also schön finde ich sie bestimmt nicht, aber das habe ich nicht gemeint. Bitte versteh mich nicht falsch, Angus, doch ich denke, daß das für einen Jungen deines Alters eine sehr eigenartige und unnatürliche Bemerkung ist.»

«Unnatürlich – kaum, Liebling», warf Lucy ein. «Ich sage dir immer wieder, die Zeiten ändern sich. Deine Söhne sind nun einmal nicht deine Ebenbilder.»

Mungo hatte die ganze Zeit dagesessen wie ein Kessel unter Dampf, der bald explodieren würde, wenn man nicht bald den Deckel abnahm. Jetzt sagte er mit sehr heller, eintöniger Stimme:

«Hast du die Baugenehmigung bekommen, Dad?»

«Was?» Fergus schien verwirrt. Fast bestürzt blickte er von seinem jüngsten zu seinem älteren Sohn und dann wieder zurück zu Mungo, der ihn merkwürdig bohrend ansah.

«Ob du die Baugenehmigung bekommen hast? Für den Erweiterungsbau? Haben sie ja und amen gesagt?»

«Ja. O ja. Natürlich haben sie. Das ist schon Wochen her. Ich habe dir doch vor Beginn des letzten Trimesters erzählt, daß ich einen Brief bekommen hatte.»

«Und der war in Ordnung, ja?» fragte Mungo.

«Wie soll ich das verstehen? Wieso sollte er nicht in Ordnung sein? Natürlich war er das.»

«War nur so eine Frage.» Mungo wußte nicht, ob er es wagen sollte, und kam dann zu dem Schluß, daß er es mußte. «Und seither hast du nichts mehr gehört?»

Angus warf ihm einen Blick zu. Mit einem Gesicht, das so glatt war wie das von Charles Mabledene, sah Mungo den Vater unschuldig an.

«Komisch, daß du das sagst», antwortete Fergus. «Ich habe tatsächlich ein zweites Schreiben bekommen, das zwar nicht den Inhalt des ersten bestätigte, aber im wesentlichen auf dasselbe herauskam. Bei den Behörden weiß die rechte Hand nicht, was die linke tut. Aber ich habe es dennoch ziemlich merkwürdig gefunden. Das Wichtigste ist indessen, daß wir anbauen können. Wieso interessiert dich das? Ich kann mir nicht vorstellen, wieso dich das interessiert.»

«Mrs. Mabledene kann also keinen neuen Salon dort eröffnen», warf Angus hastig ein.

In seiner Sorge zu erfahren, wieso Angus über Dinge Bescheid wußte, die sich im Leben einer zwanzig Jahre älteren Frau abspielten, einer Frau, die er zu bewundern schien und schön genannt hatte, vergaß Fergus die verdächtigen Umstände von Mungos Frage. War es möglich, daß sein siebzehnjähriger Sohn... Hatte er etwa... Die Sorge grub tiefe Linien in Fergus' Gesicht.

«Ich habe meine Spione», sagte Angus.

Traditionsgemäß begann am Samstagabend nach dem Sportfest die lange Sommerwoche. Rossingham blieb bis zum Montag in einer Woche geschlossen. Bevor Mungo zu seinen Eltern und Angus in den Wagen stieg, holte er die Nachricht ab, die Charles Mabledene im toten Briefkasten hinter dem Kricket-Pavillon hinterlegt hatte. Der Juni-Code basierte auf den ersten Zeilen von William Crisps *Spytrap. Drache an Leviathan: Einverstanden sicheres Haus Sonntag sieben Uhr abends.*

Die ungeheure Erleichterung, die über ihn gekommen war, als sein Vater ihm von der zweiten offiziellen Zusage erzählt hatte, wurde allmählich zu ruhiger Zufriedenheit. Drache war höchstwahrscheinlich doch in Ordnung. Mit Autoprox waren sie vermutlich nur deshalb gescheitert, weil es für den Zusammenstoß auf dem Parkplatz keine Zeugen gab, und nicht etwa deshalb, weil die Moskauer Zentrale vorgewarnt worden war. Auf dem Rückweg vom Kricketfeld erinnerte sich Mungo an die Zeit, in der Charles Mabledene übergelaufen war, an diese glorreichen Wochen mit Guy Parkers Codebuch, an Sterns Zorn. Stern war vor Wut außer sich gewesen... Wie festgewurzelt blieb Mungo auf den Stufen von Pitt House stehen.

Woher wußte er, daß Stern so wütend gewesen war? Weil Charles Mabledene es ihm gesagt hatte. Niemand sonst. Drache hatte ihm gesagt, daß Stern «total ausgeflippt» war, als er erfahren hatte, daß einer seiner besten Leute, den er als Schläfer auf feindlichem Territorium eingestuft hatte, in Wahrheit ein Überläufer war. Auf mehr hatte Mungo jedoch nicht zurückgreifen können. Vielleicht hatte Drache das alles nur erfunden. Vielleicht hatte er es erfunden, weil er gar kein Überläufer war, nicht einmal ein Doppelagent, sondern auch jetzt noch ausschließlich für den östlichen Geheimdienst arbeitete. Und wer sagte denn, daß Guy Parkers Codebuch nicht purer Schwindel gewesen war? Die Codes waren zwar noch eine oder zwei Wochen verwendet worden, doch wahrscheinlich nur, um ihm von Stern ausgesuchte Informationen zuzuspielen. Es konnte sehr gut sein, daß er ganz fürchterlich reingelegt worden war...

«Du siehst aus, als wüßtest du nicht weiter, Mungo», sagte Mr. Lindsay.

Mungo blickte zu dem Fenster hinauf, hinter dem das Wohnzimmer der Lindsays lag. «Ich will eben nach Hause fahren, Sir.»

«Ein *negotiis publicis feriatus*, wie? Schöne Ferien, Mungo.»

«Die wünsche ich Ihnen auch, Sir.»

Es ging das Gerücht, daß die Lindsays ihre Ferien regelmäßig auf einer Gesundheitsfarm verbrachten. Ohne Zweifel hatten sie es dringend nötig. Mungo ging hinauf, holte einen kleinen Koffer und machte sich auf den Weg zum Parkplatz.

6

Enthüllungen, die eine Welt einstürzen lassen, können auch einen Mann verändern. John fühlte, daß er sich durch Mark Simms' Geständnis und die Gründe, die ihn zu seiner Tat getrieben hatten, radikal veränderte. Ihm wurde klar, daß er sein Leben lang – und das trotz Cherrys Tod – gehandelt hatte, als sei die Welt ein ruhiger, ganz normaler Ort, an dem die Menschen einer Routine von Arbeit und Pflicht folgten, nach festen Regeln lebten, liebten und Ehen schlossen, die von Dauer waren, ein Ort, an dem im besten Fall fröhliche Lebensbejahung und im schlimmsten stoische Resignation vorherrschten. Jetzt sah er die Dinge anders. Die Welt war für ihn zu etwas Gefährlichem geworden, genauso gefährlich war der scheinbar ganz normale Mensch, und er selbst war auch eine potentielle Gefahr. Immer wieder hatte er die Ereignisse jenes Abends in Marks Wohnung durchlebt; sich immer wieder ins Gedächtnis gerufen, was Mark gesagt hatte. Zuerst hatte er versucht zu vergessen, hatte versucht, alles zu verdrängen und sich nur harmlosen Dingen zu widmen, seinen Blumen in dieser schönsten Zeit des Gärtnerjahres. Aber die wirklichen Ereignisse, die realen Worte nagten und bohrten sich durch wie Würmer, wie Termiten.

Einer seiner ersten Impulse war auch gewesen, mit seinem Wissen zur Polizei zu gehen, aber auch er wurde allmählich schwächer. Er war inzwischen fast sicher, daß er Mark nicht anzeigen würde, denn was wäre damit gewonnen? Von allen Menschen, die Cherry nahegestanden hatten, war nur er noch übrig – es sei denn, man zählte auch Mark dazu. Er konnte sich nicht vorstellen, daß es für ihn eine Befriedigung wäre, Mark verhaftet und verurteilt zu sehen. Als Mark ihm die Tat gestanden hatte, hatte er noch ganz anders empfunden. Es hatte einen Moment gegeben, in dem er ihn am liebsten umgebracht hätte.

Vor einem Sessel auf dem Boden kauernd und John anstarrend, hatte er dieses unglaubliche Geständnis abgelegt. Auf seinem Gesicht hatte ein Schatten gelegen, aber die Augen hatten geglüht. Ein paar Tropfen Wein waren ihm aus dem Mundwinkel übers Kinn gelaufen.

«Ich habe sie getötet. Ich habe Cherry getötet.»

«Heißt das», sagte John und atmete nur ganz flach, «du hast sie physisch ermordet? Hast sie mit eigenen Händen getötet?»

«Wie kann man es denn sonst tun?» sagte Mark und schien erst dann zu begreifen, daß John dachte, er könnte es nur in einem übertragenen Sinn gemeint haben. Durch Lieblosigkeit, zum Beispiel, oder durch Vernachlässigung. «Ja, es heißt, daß ich sie ermordet – erwürgt habe.»

«Aber warum denn?» schrie John auf. Er wartete nicht auf die Antwort. «Oh, das glaub ich dir nicht. Das erfindest du nur.»

«Ich sage dir, ich habe Cherry getötet. Habe sie auf den Beckgate Steps erwürgt.»

«Hattest du den Verstand verloren? Warst du verrückt geworden?»

Mark war ganz still, ganz ruhig. Im Zimmer war es inzwischen fast ganz dunkel geworden. Mark wischte sich den Wein vom Kinn.

«Willst du mir wirklich einreden, daß du meine Schwester getötet hast?» fragte John.

«Wie oft muß ich es noch sagen?»

«Du bist es gewesen, und niemand hat es gewußt.» John hatte das Gefühl, daß ihm die Augen aus dem Kopf quollen. Er starrte Mark mit hervortretenden bloßen Augäpfeln an. Es war, als sehe er ihn zum erstenmal. Heiser flüsternd sagte er: «Begreifst du überhaupt, was du getan hast? Du hast nicht nur Cherry getötet, sondern auch meine Eltern. Und du hast uns alle entsetzlich unglücklich gemacht. Du hast gesagt, wie wunderbar unser Familienleben war und was es dir bedeutete, und trotzdem hast du alles zerstört...»

«Es hat mich auch nicht besonders glücklich gemacht, das kannst du mir glauben.»

Mark zitterte nicht mehr, und sein Gesicht – oder das, was John davon sehen konnte – schien sich entspannt zu haben. Er stand auf, trat ans Fenster, streckte sich. John fühlte, daß der Schock über das, was er zu hören bekommen hatte, ihn erst jetzt richtig erreichte wie eine Druckwelle, und in seinem Kopf begann es zu dröhnen, sein Herz hämmerte. Er sagte wieder, mit brechender Stimme:

«War es ein Anfall von Wahnsinn, eine vorübergehende Zurechnungsunfähigkeit?»

Mark setzte sich auf die Sesselkante und beugte sich vor. «Das muß es gewesen sein – während ich es tat. Aber der Grund, warum ich es tat, hatte nichts mit Wahnsinn zu tun.»

«Und warum hast du es getan?»

«Aus Eifersucht. Aus ohnmächtigem Zorn. Aus Schmerz.»

«Aber du hattest doch keinen Grund, auf Cherry eifersüchtig zu sein. Sie hat dich geliebt. Sie hat nie einen anderen Mann angesehen, und ich bin sicher, daß auch kein anderer Mann sie angesehen hat.»

Mark lachte scheppernd, wie schon so oft in letzter Zeit. «Machst du Witze?» Gekünstelt und mit übertriebener Betonung wie ein Schauspieler in einem schlechten Film sagte er: «Sie war die größte Hure der Stadt.»

Zum erstenmal seit er denken konnte, erlebte John, was es hieß, völlig außer Kontrolle zu geraten. Sein Körper agierte ganz selbständig, ganz unabhängig von seinem Willen. Vor seinen Augen waberte Röte, die man sonst nur sieht, wenn man mit geschlossenen Lidern ins Licht starrt. Er sprang auf und schlug mit beiden Fäusten auf Mark ein. Aber Mark duckte sich und bekam nur einen leichten Schlag auf den Hals. Dann wich er zur Seite aus, und als John wieder angriff, trafen seine Fäuste nur auf die Polsterung des Sessels. Mark griff nach der Tischlampe und nach dem Schalter neben der Tür, und das Zimmer wurde von grellem, blendendem Licht überflutet. Johns Kopf fiel nach vorn in den Sessel, und so verharrte er lange Zeit in stummem Jammer.

«Du und deine Eltern», sagte Mark. «Ihr müßt mit den Köpfen im Sand gelebt haben. Seit sie fünfzehn war, lange bevor sie die Schule verließ, ging sie mit jedem. Und nicht aus Unsicherheit, nicht, weil sie Selbstbestätigung brauchte oder so was Ähnliches. Nein, sie tat es, weil es ihr Spaß machte. Sie war verrückt nach Sex, er war die treibende Kraft in ihrem Leben. Ich nehme an, das war es, was sie so anziehend machte.»

«Anziehend?» sagte John. «Cherry und anziehend?» Es war ihm schrecklich, daß er es sagte, er kam sich gemein und widerlich unloyal vor, doch zugleich war nicht wichtig, was er sagte und würde es nie wieder sein. «Sie war ungefähr das reizloseste Mädchen, das ich kannte.»

Marks verhaßtes Lachen ließ ihn zusammenzucken. «Diese Augen», sagte er. «Das Haar. Sie hatte einen herrlichen Körper. Einen atemberaubend schönen Körper.»

«Heißt das, du hast sie gesehen?« fragte John mit bebender Stimme.

«Selbstverständlich habe ich sie gesehen. Glaubst du, sie ist mit all den anderen ins Bett gegangen und mit mir nicht? Sie wollte mich heiraten. Mich. Wenigstens wollte sie mich – doch sie wollte auch alle anderen. Alle, ob alt, ob jung. Wahrscheinlich konnte sie nicht anders. Das glaube ich wirklich. Ein Jammer, daß ich es nicht ertragen konnte, nicht wahr? Ein Jammer, daß ich mir nicht einreden konnte, das ist die wunderbarste Frau, die ich kenne, der beste Sex, den ich je gehabt habe und je bekommen werde, also kann ich mich doch wohl mit ihrer Promiskuität abfinden, wenn sie diskret ist, wenn sie sie nicht in die Welt hinausschreit. Ich hatte recht, es war das Beste. Dagegen war meine Ehe der reine Hohn. Aber ich hielt es nicht aus, John. Ich konnte es nicht ertragen. Nicht, nachdem sie mir versprochen hatte, sich zu ändern, und ich entdeckte, daß sie mit dem alten Maitland schlief.»

«Das glaub ich nicht!»

«Ich weiß. Genau das habe ich auch gesagt. Ein sechzigjähriger Maurer mit den Pranken eines Maurers. Und er stank nach Guinness. Hatte weiße Bartstoppeln im Gesicht.»

«Aber wann ist das alles passiert? Wann konnte sie denn...»

«Diese Besuche bei Mrs. Chambers, zum Beispiel. Sie war bestenfalls halb so oft dort. Fast immer, wenn sie angeblich bei eurer Tante war. Es war sehr praktisch für Cherry, daß eure Eltern kein Telefon hatten. Und im Fall des alten Maitland – während der Arbeit natürlich. Ich überraschte sie eines Abends, wollte sie abholen und kam eine halbe Stunde zu früh, und da saß sie auf seinen Knien.»

«Vielleicht war sie krank», sagte John. «Sie muß krank gewesen sein.»

«Nymphomanie? Mannstollheit? Geh mir doch damit. Wir unterstellen ja auch einem Mann nicht, daß er irgendeine Krankheit hat, wenn er verrückt nach Sex ist und nicht genug davon kriegen kann. Warum sollte eine Frau anders sein? Du bist doch derjenige, der sagt, Frauen sind so wie wir. Nein, mit Cherry war alles in Ordnung. Ich war im Unrecht, mit mir war etwas nicht in Ordnung, wenn du so willst. Ich habe sie getötet, weil sie zugab, daß sie mit anderen Männern ging, und sagte, sie könne nicht aufhören, es habe keinen Sinn, so zu tun, als könne sie sich ändern.»

«Du hättest dich von ihr trennen können. Hättest die Verlobung lösen und sie verlassen können.»

«Das weiß ich, aber ich habe es nicht getan. Ich will dir erzählen, wie es war. Ich habe sie an dem Abend abgeholt. So gegen fünf. Es war schon dunkel. Wir gingen am Damm entlang und stritten uns. Sie sagte mir offen, daß der alte Maitland sie jeden Tag gebumst habe – oder so oft er eben konnte. Sie sagte, sie finde es sinnlos, mich anzulügen, ebensowenig wie sie ihre Eltern angelogen hätte, wenn sie sie gefragt hätten. Oder dich. Aber keiner von euch hat je gefragt. Wir stiegen die Beckgate Steps hinauf. Ich packte Cherry und legte ihr die Hände um den Hals. Und konnte nicht wieder loslassen, John. Ich drückte und drückte, und dann knackte etwas, und sie war tot. Sie wurde schlaff und glitt auf den Boden, sie rutschte mir durch die Hände und lag auf den Steinen...»

Er unterbrach sich und schwieg. Machte den Mund zu und senkte den Kopf. John fühlte sich innerlich hohl und erschöpft, als habe er sehr lange nicht mehr gegessen oder geschlafen. In diesem Moment merkte er auch, daß die Welt eine andere geworden war.

«Warum hast du es mir gesagt?» fragte er mit einer Stimme, die ihm fremd war und ganz anders klang als die seine.

«Ich mußte es jemandem sagen. Weißt du, wie das ist, wenn man so etwas auf dem Gewissen hat und damit leben muß? Es ist wie ein Gewicht, das dich hinunterzieht...»

John stand auf. Die Stadt lag unter ihm, vom Mond erhellt, mit einem Saum aus Licht. Wie oft, dachte er, hat dieser Mond seit Cherrys Tod schon zu- und wieder abgenommen? Zweihundertmal vielleicht? Und die ganze Zeit über hat Mark sein dummes, grausames Geheimnis mit sich rumgetragen.

Noch immer im Schock, stieß er hervor:

«Ich gehe. Ich will dich nie wiedersehen.»

«Ich fahr dich nach Hause.»

«Nein, besten Dank. Du bist betrunken.»

«Ich fahre besser, wenn ich betrunken bin», sagte Mark, und John dachte: Er sieht besser aus als seit Wochen, er sieht glücklicher aus.

Er verließ schnell die Wohnung, ohne noch ein Wort zu sagen. Es mußte sehr spät sein. Aus irgendeinem Grund war seine Uhr stehengeblieben. Manchmal war es möglich, hier ein Taxi zu bekommen, das jemanden nach Fonthill gebracht hatte und in die Stadt zurückfuhr. Aber in dieser Nacht war keins zu sehen. Er machte sich auf den langen Weg hinunter, verwirrt und geschockt. Ihm war schwindlig, er faßte jedoch noch während seines Fußmarschs den Entschluß, zur Polizei zu gehen. Eine Art zornigen Entsetzens packte ihn jedesmal, wenn er sich an den erleichterten, glücklichen Ausdruck auf Marks Gesicht erinnerte.

Die Straße führte ihn zwischen die großen Häuser von Hartlands. Ein paar letzte Lichter schimmerten noch hinter den Bäumen in Gärten, die wie Waldlichtungen aussahen. John sah niemanden, begegnete niemandem. Ab und zu rissen die Scheinwerfer eines Wagens die vor ihnen liegende Straße und die Rasenstücke auf dem Gehsteig aus der Dunkelheit. In Feverton, in der Nähe der Randolph Bridge, gab es ein Polizeirevier. Sie würden ihn für verrückt halten, wenn er um diese Zeit mit einer solchen Geschichte dort erschien. Denn plötzlich ragte der CitWest-Turm mit seiner Uhr vor ihm auf, obwohl noch eine Meile weit entfernt, waren die Ziffern jetzt deutlich sichtbar. Zwölf Uhr zweiundvierzig bei elf Grad Celsius. Es war besser, wenn er erst morgen früh zur Polizei ging...

An diesem Freitag blieb John der Arbeit zum erstenmal aus einem weniger greifbaren Grund fern, als zum Beispiel Krankheit oder eine Beerdigung ihn darstellten. Für die Beerdigung seiner Mutter hatte er sich am Vormittag und für die seines Vaters am Nachmittag freigenommen. Doch schon bevor er ins Bett ging, war ihm klar, daß er am nächsten Tag schwänzen würde. Und obwohl er eigentlich arbeiten sollte, wollte er sich den Samstagvormittag auch freinehmen. Nachdem er eine Stunde lang im Dunkeln im Bett wachgelegen hatte, wurde ihm klar, daß er sich nur hingelegt hatte, weil es das war, was man nachts eben tat. Das war eine feststehende Regel, eine Gewohnheit, und danach richtete er sein Leben aus. Doch die Welt hatte sich verändert.

Also stand er auf, zog sich wieder an, saß eine Zeitlang unten und ging dann in den Garten. Er vergrub das Gesicht in den kalten Blüten einer pinkfarbenen Rose. Er setzte sich auf einen Stein, schloß die Augen und war überrascht, wie leer es in seinem Kopf und daß er unfähig war zu denken. Aber er konnte auch dort nicht schlafen, und um vier Uhr begannen die Vögel zu singen. Ich werde nie wieder Ruhe finden, was soll aus mir werden? sagte eine innere Stimme zu ihm, und als der Tag dämmerte, wanderte er ins Haus und wieder in den Garten und wartete darauf, Gavin anrufen zu können...

Das war jetzt drei Wochen her. Er war nicht zur Polizei gegangen und hatte am Montag darauf wieder angefangen zu arbeiten. Ein zweites Mal geboren zu werden, dachte er, bedeutet im allgemeinen Hoffnung auf ein besseres Leben, doch warum sollte es nicht auch bedeuten, daß man mit dem Wissen, wie hart und schrecklich das Leben war, in eine grausamere Welt hineingeworfen wurde? Er erlebte zum erstenmal auch, was für seltsame Gefühle Schmerz in einem auslösen konnte. Vielleicht drang er in den Teil des Gehirns ein, den wir Geist nennen, und zerstörte ihn. Vielleicht veränderte er einen auf diese Weise und machte aus einem einen anderen, weniger skrupelhaften, weniger schüchternen Menschen. Der alte John hätte, seiner Meinung nach, zu Gavin nicht so schroff gesagt:

«Hören Sie gefälligst auf, mit dem verdammten Vogel zu reden! Am Goldfischteich stehen die Kunden Schlange.»

Der alte John hätte Jennifers Brief nicht eine Woche lang liegenlassen noch hätte er, als er ihn beantwortete, kurz und kalt erklärt, er sei mit dem Treffen einverstanden, aber nur, wenn es in seinem Haus stattfinde. Und ganz gewiß hätte der alte John, als Mark anrief und vorschlug, noch einmal ausführlich darüber zu reden, nicht geantwortet: «Ich habe mit dir nichts zu besprechen», und den Hörer aufgelegt.

7

In einem immer wiederkehrenden Traum ging Angus Cameron durch eine Flucht großer, hoher, schäbiger Zimmer, wo die verblaßte Rosentapete unter einer bröckelnden Randleiste in Fetzen herunterhing, zerbrochene Kronleuchter an einer einzigen Kette aus Glasprismen an der Decke befestigt waren und man durch die Lücken von zersplitterten oder fehlenden Dielenbrettern in rußiges Dunkel sehen konnte, in dem Käfer umherkrochen. Manchmal sah Angus auf seinem schrecklichen Rundgang durch dieses Traumhaus vor sich eine hoch erhobene Knochenhand. Und dann begann er zu schreien. Als er noch klein war, war Lucy gekommen, hatte ihn beruhigt und getröstet. Jetzt war es anders, und er stöhnte leise in einem leeren Zimmer vor sich hin. Es war vielleicht ganz gut, daß er das sichere Haus in der Ruxeter Road 53 nur einmal betreten hatte und im Erdgeschoß geblieben war. Die Treppe hinaufzusteigen wie Mungo und von einem verfallenden Zimmer ins andere zu wandern, hätte ihm Gänsehaut verursacht, und in der Nacht hätte er wieder geträumt...

Sie öffneten nie ein Fenster. Sie wußten nicht einmal, ob sie sich öffnen ließen. Irgendwann wäre es bemerkt und ihre Anwesenheit entdeckt worden. An einem warmen Juniabend, als es um neun Uhr und später noch taghell war, war die Luft im Wohnzimmer des ersten Stockwerks so stickig und trocken, roch es so intensiv nach Staub und Moder, daß man niesen mußte. Motten hatten in die schmutzigen rosafarbenen Seidenvorhänge kleine Rinnen gefressen, an denen winzige Fransen hingen. Ein Spinnennetz mit mehreren Ebenen aus straff gespannten und lose schwingenden Fäden, Galerien und Hängematten, erstreckte sich von der Randleiste in Form von Weinlaub zur staubbedeckten Vorhangstange, und darin hing eine Hekatombe toter Fliegen. Graham O'Neill, in seinem Oktopus-T-Shirt, saß auf der zerschlissenen Chaiselongue, Mungo auf der Gartenbank aus Metallschlingen und -schnörkeln. Durch die schmutzigen Scheiben fielen die schrägen Strahlen der sinkenden Sonne und malten feuerfarbene Rechtecke auf den Fußboden.

«Er kommt zu spät», sagte Graham.

«Deine Uhr geht vor. Ich wäre überrascht, wenn er zu spät käme. Egal, was er getan haben mag, er wird pünktlich sein. Er ist ein pünktlicher Mensch.»

Mungo ging zum Fenster, schaute aber nicht auf die Straße, sondern zum Himmel und zum Turm hinauf.

«Acht Uhr sechsundfünfzig und neunzehn Grad», sagte er. Er kehrte dem Fenster den Rücken und sah zu der geschlossenen Tür hinüber. Sie war getäfelt, hatte einen Türschoner und eine Klinke aus schwerem schwarzem Messing. «Ich muß dir etwas sagen, bevor er kommt. Stern hat unseren Juni-Code.»

«Was soll das heißen – er hat ihn?»

«Es gibt zwei Möglichkeiten, nicht wahr? Die eine, daß einer seiner Agenten im Außendienst durch Zufall darübergestolpert ist. Wenn einer lange genug herumrät und sich sehr anstrengt, könnte er dahinterkommen. Er hätte festgestellt, daß wir Spionageromane benutzen. Okay, die Möglichkeit bestand immer. Aber *Spytrap?* Das ist ein sehr ausgefallenes Buch. Hat nicht die Klasse von *Agent in eigener Sache*, nicht wahr? Die andere Möglichkeit ist, daß jemand ihm den Code gegeben hat.»

Graham sagte nichts, spitzte jedoch die Lippen, als wolle er pfeifen. In seinen Katzenaugen spiegelten sich die Fensterscheiben und die rote Sonne. Mungo wartete darauf, daß Graham fragte, woher er das wisse, und sagte, als die Frage ausblieb:

«Basilisk hat in *Spytrap* den Befehl bekommen, Autoprox zu stoppen.»

Mungo unterbrach sich jäh. Er horchte. Eine Stufe knarrte, die fünfte von oben. Egal, wie man darauf trat und an welcher Stelle, sie knarrte. Nicht, wenn er die Treppe heraufkam, natürlich, denn er ließ die knarrende Stufe aus. Er glaubte etwas gehört zu haben, kein Knarren, eher ein Beben irgendwo im Haus. Leise kehrte er zu seiner Gartenbank zurück und ließ sich in der Mitte nieder. Die Tür ging auf, und Charles Mabledene kam herein, aber die Stufe hatte nicht geknarrt. Auch er hatte gelernt, darüber hinwegzusteigen.

Er sah wie ein kleiner Junge mit einem Kindergesicht aus. Mit dem weichen, hellen welligen Haar, den feuchten blauen Augen und dem ausdruckslosen, ziemlich flachen Gesicht wirkte er naiv und dumm. Mungo kannte außer ihm keinen Menschen, der bei so hoher Intelligenz so dumm aussah.

«Ich nehme an, du weißt, warum wir dich hergebeten haben», sagte Mungo und dachte: Ich rede schon wie Mr. Lindsay oder der Direktor. Aber habe ich eine andere Möglichkeit? «Du darfst dich setzen, wenn du willst.» Ein unruhiges Umherschweifen der blauen Augen erinnerte ihn an etwas. «Keine Zauberkunststücke bitte.» Und dann die scharfe Frage: «Woher weiß Stern etwas von Autoprox?»

«Das fragst du mich?»

Mungo nickte, und Graham sagte:

«Basilisk hat einen gefälschten Befehl bekommen. Basierend auf dem Juni-Code. Der echte Befehl wurde entfernt und durch einen gefälschten ersetzt, mit *Spytrap* als Schlüssel.»

Charles Mabledenes kleine Füße in makellos weißen Tennisschuhen reichten gerade bis zum Boden. Eines der Rechtecke aus rotem Licht ergoß sich über sie; sie standen genau in seiner Mitte, als wollte sie die Symmetrie nicht zerstören. Aber die Sonne ging unter, war beinahe schon untergegangen, und die Farbe zog sich immer weiter zurück, verblaßte allmählich, war verschwunden. Drache, der keinen unpassenderen Namen hätte führen können, blickte auf seine Füße hinunter, auf das schwindende Licht, das sterbende Feuer, hob dann die Augen und sah Mungo an.

«Ihr glaubt also, daß ich ein Verräter bin?»

Anstatt direkt zu antworten, sagte Mungo: «Du bist ein Überläufer. Ich weiß, das klingt hart. Und es ist hart, aber nicht zu ändern, daß der Überläufer auch in den eigenen Reihen immer ein wenig abseits steht, Außenseiter bleibt. In gewisser Weise ist es paradox, denn er fühlt sich der Seite, zu der er überläuft, stark verbunden, und dennoch ...»

«Er meint», sagte Graham schroff, und seine stachelbeergrünen Katzenaugen funkelten, «einmal Verräter, immer Verräter. Wenn du Stern verraten konntest, kannst du auch uns verraten.»

«Aber euer Argument ist doch, daß ich Stern nie verraten habe, immer noch sein Mann bin.»

Charles Mabledene ist klüger als Graham, dachte Mungo gegen seinen Willen. Die Stimme, die noch nicht im Stimmbruch war, der Chorknabensopran, sagte:

«Was verlangt ihr von mir?»

So weit hatte Mungo noch gar nicht gedacht. Er sah, daß die Dämmerung kam und mehr als nur Dämmerung. Dunkle Wolken wischten das Nachglühen des Sonnenuntergangs vom Himmel. Der Raum füllte sich mit Schatten, und es roch kalt und säuerlich nach Staub und faulendem Holz. Er wollte Charles Mabledene nicht verlieren, aber seine Haut wurde eiskalt und prickelte, wenn er daran dachte, daß jedes Geheimnis, jedes neue Unternehmen vielleicht an Stern verraten wurde.

«Du mußt beweisen, daß du zu uns gehörst», sagte er.

8

John wußte, daß sie sich nicht viel aus Häusern, Möbeln und ähnlichen Dingen machte, aber es konnte ihr doch nicht entgehen, daß es hier viel besser aussah als früher – die Polstermöbelbezüge gereinigt waren, eine neue Lampe dastand. Und der Garten. Nicht einmal sie, die so gleichgültig gewesen war, konnte diesem Garten ihre Bewunderung versagen. Die Glyzine, die sich um das vordere Erkerfenster rankte, blühte mit langen malvenfarbenen Dolden, der Rasen war frisch geschnitten, genau zweikommafünf Zentimeter hoch, die Kanten sauber getrimmt, und zwischen den letzten Blüten des sibirischen Goldlacks zeigten sich die ersten Stiefmütterchen. Aus einem Impuls heraus hatte er von Trowbridge's eine große Blumenwanne aus Kunststoff mitgenommen und mit schon blühenden Geranien und Begonien gefüllt, obwohl er kleine Betrügereien wie diese früher verabscheut hatte. Es kam ihm so vor, als tue er in letzter Zeit immer wieder Dinge, die er früher nie getan hätte, hatte manchmal das Gefühl, daß sein ganzes Wesen sich verändere.

Der alte John hätte am Fenster auf sie gewartet, auf die Straße und die Schuppentanne seines Nachbarn gestarrt oder wäre im großen Schlafzimmer, das nach vorn hinausging, nervös auf und ab marschiert, hätte die Schritte gezählt und nach jedem hundertsten den Vorhang unauffällig beiseite geschoben und nach rechts und links gespäht. Heute ging er in sein Gewächshaus, um die Geiztriebe aus den Tomatenpflanzen herauszubrechen und die Sämlinge des Spanischen Pfeffers einzupflanzen. Es war ihm auch egal, ob er schmutzig wurde, denn er hatte sich nicht herausgeputzt, hatte sich nicht umgezogen, wie er es früher getan hätte. Er behielt die Sachen an, in denen er den ganzen Tag gearbeitet hatte. Sie ist meine Frau, hatte er sich gesagt, und man zieht sich für seine Frau nicht um. Das ist ja das Gute an einer Ehe, daß man sich ganz natürlich geben und so benehmen kann, als wäre man allein. Und er bedauerte ein bißchen, daß er den Rasen geschnitten und die Blumenwanne bepflanzt hatte, aber um daran etwas zu ändern, war es jetzt zu spät.

Seit vielen Jahren hatte er alljährlich grünen Pfeffer gezogen, obwohl er ihn nicht gern aß; die Pflanzen gefielen ihm aber, und es machte ihm Spaß. Wenn der Pfeffer reif war, pflückte und verschenkte er ihn, an Colin oder Sharon oder seine Tante, obwohl sie ihn auch nicht besonders mochte. Die einzige in der Familie, die ihn gern gegessen hatte, war Cherry gewesen. Er scheute davor zurück, ihren Namen zu denken, er wollte überhaupt nie wieder an sie denken, aber sie drängte sich ihm immer wieder ungerufen auf. Tausend kleine Begebenheiten erinnerten ihn an sie. Er wollte sie vergessen, weil sie anders gewesen war, als er geglaubt hatte, und er konnte ihr nicht verzeihen, was sie gewesen war. Am seltsamsten jedoch war, daß er sich von ihr und der Erinnerung an sie, das Opfer, stärker abgestoßen fühlte als von Mark, der sie getötet hatte.

Vor zwei Tagen war er noch einmal an den Ort zurückgekehrt, an dem sie gestorben war, hatte eine Art Pilgerreise zu den Schauplätzen ihres Sterbens und ihres Todes unternommen und sich auch das Gebäude angesehen, in dem Maitlands Büro gewesen war und sie die letzten Stunden vor ihrem Tod zugebracht hatte. Ein Hinterzimmer in einem großen, weißen, allmählich verfallenden viktorianischen Haus mit einem windschiefen Anbau – das war die ganze Baufirma gewesen, umgeben von einer Wildnis aus Disteln und Dornenranken, die ein schon damals nicht mehr benutztes Gleis durchschnitt. Er hatte Cherry seinerzeit ein paarmal von der Arbeit abgeholt. Obwohl er sich gegen den Gedanken sträubte, stellte er sich vor, wie sie für ihren prüden Bruder ihr bestes Benehmen hervorgekehrt und, wenn auch ungern, Maitland davon abgehalten hatte, sie zu küssen und anzufassen, und vermutlich auch die handgreiflichen Annäherungsversuche anderer Männer abgewehrt hatte, die wegen einer Dachreparatur oder irgendwelcher Maurerarbeiten vorbeigekommen waren. Es überlief ihn kalt. Dieses breite Gesicht, die dicken Pausbacken, die Stupsnase, das grobe Gesicht der Zwergenfrau, das schnittlauchglatte, glänzende Haar waren in seinen Augen nur noch ein Spiegelbild der Bosheit und der Lüsternheit.

Das Haus stand noch, war aber völlig verändert. Er erkannte es jedoch an dem Baum, der dort wuchs, einem in England ziemlich seltenen Baum, einem Lyriodendron mit lyraförmigen gelblichgrünen Blättern. Natürlich war er viel größer und höher als vor siebzehn Jahren. Eine Firma, die mit einem geprägten Türschild aus Metall protzte, hatte das alte Haus gekauft und renovieren lassen. Die Fassade schimmerte in Elfenbein, die Dachschindeln dunkel silbern. Das Gelände war zu einer fensterlosen, barackenähnlichen Einkaufsstraße geworden. Und das ganze Gebiet von der Stadtverwaltung in eine Uferpromenade mit gepflasterten Wegen, dekorativen Geländern, Blumenbeeten und Sträuchern umgestaltet worden.

Das *Beckgate* hatte geöffnet, und an diesem Sommerabend saßen die Gäste sogar auf den Stufen. Die Geranienampel, die über dem Eingang zur Salon-Bar hing, hatte John dem Wirt selbst verkauft und war zusammengezuckt, als der Mann ihm die Adresse genannt hatte. Er stieg die Treppe hinauf und versuchte sich vorzustellen, was Mark nach der Tat empfunden hatte, als er wußte, daß Cherry tot hinter ihm lag. Aber es war unmöglich. Er konnte nur an seine Mutter denken, die zu Hause immer ängstlicher geworden war, daran, daß er zum Nachbarn gehen mußte, um zu telefonieren, weil sie kein Telefon hatten, und schließlich sah er Mark vor sich, wie er später in die Geneva Road gekommen war, so unbefangen, so *normal*, als wäre nichts geschehen...

Er war lange gelaufen, ohne auf den Weg zu achten, und fand sich plötzlich auf dem Gehsteig gegenüber vom Katzenwinkel wieder. Es war Fütterungszeit, und obwohl keine einzige Katze zu sehen war, wurden die Schüsselchen mit Milch und Teller mit Dosenfutter in das Gras gestellt, das schon so hoch war, daß es der Frau bis zur Taille reichte. Eine farblose Frau mittleren Alters mit sanftem Gesicht – aber was war sie wirklich? Eine zweite Cherry, lasziv und unersättlich, wie Cherry Loyalität, Treue und Anstand mißachtend?

Sie merkte, daß er sie beobachtete. Rasch begann sie die Milchkartons, die leeren Dosen, die leeren Teller von gestern einzusammeln. Sie hält mich für einen potentiellen Sittenstrolch, dachte John, und die Idee, so phantastisch sie war, mißfiel ihm nicht. Warum nicht auch er, genauso wie irgendein anderer Mann? Warum sollte er in einer Welt voller Schrecken eine Ausnahme sein? Männer waren gefährlich und Frauen auf ihre Weise auch. Er überquerte die Straße, und es bereitete ihm ein echtes Vernügen – eine fast sexuelle Lust –, sie davonhasten und viel schneller als normal die Straße überqueren zu sehen. Einmal warf sie einen Blick zurück und verschwand dann in einer schmalen Seitengasse.

Schnell folgte dem Lustgefühl die Scham. Das Böse ist anstekkend, dachte er, man holt es sich bei anderen. Irgendwo hatte er einmal einen Satz gehört oder gelesen: Schlechte Beispiele verderben gute Sitten. Stammte er aus der Bibel oder aus viktorianischer Zeit? Nach der Bibel klang er eigentlich nicht. Er blickte zu der rumpelnden, schwingenden Überführung auf und sah im Mittelpfeiler, anderthalb bis zwei Meter hoch, die mit Klebstreifen befestigte Plastikhülle.

Sie waren wieder da. Sie hatten überlebt, was immer sie ferngehalten hatte, Untersuchungshaft oder Gefängnis, und von neuem angefangen.

9

Nachdem er den letzten Spanischen Pfeffer eingepflanzt und eingegossen hatte, wandte John seine Aufmerksamkeit den Tomaten zu. Noch keine einzige zeigte auch nur einen Hauch von Rot. Er wollte nur vier Haupttriebe wachsen lassen, aber darum konnte er sich nächste Woche kümmern. Er mischte Pflanzendünger in eine Kanne Gießwasser und warf dabei unwillkürlich einen Blick auf die Uhr. Es war fünf nach acht. Um acht hätten sie hier sein sollen. Er goß die Tomatenpflanzen, überschwemmte die Töpfe, zwang sich, wieder an die Nachricht zu denken, die er im Katzenwinkel gefunden hatte. Er hatte sie sorgfältig in sein Notizbuch kopiert – eigenartig, daß er das Notizbuch noch immer bei sich gehabt hatte, obwohl er glauben mußte, die Mini-Mafia habe sich aufgelöst – und zu Hause sofort versucht, sie mit Hilfe der *Bruce-Partington Plans* zu dechiffrieren. Doch sie hatten wie befürchtet den Code geändert. Sie handelten logisch. Gerichtsverhandlungen, Haft, was es auch gewesen sein mochte, sie behielten ihren monatlichen Turnus bei. Es war Juni, demnach hatten sie den Code geändert.

Zwölf Minuten nach acht. Jetzt war es wohl doch besser, wenn er sich die Hände wusch – für alle Fälle. Wie konnte sie zu einer so wichtigen Verabredung zu spät kommen? Vielleicht war Moran daran schuld. Er wusch sich die Hände in der Küche unter der Wasserleitung. Ihm war leicht übel. Er hatte gerade noch Zeit, hinaufzulaufen, um sich umzuziehen. Und hinauf rannte er, zwei Stufen auf einmal nehmend, riß die ausgebeulte Hose herunter, das karierte Hemd, schlüpfte in ein weißes Hemd, graue Flanellhose, griff nach der neuen Krawatte. Sein Herz raste. Ein Wagen hielt vor dem Haus. Warte, sagte er sich, reiß die Tür nicht schon auf, ehe sie davorstehen. Mit geballten Händen beobachtete er sie durch das Schlafzimmerfenster. Die Wagentüren wurden zur gleichen Zeit geöffnet, und sie stiegen aus. Johns Herz verkrampfte sich und schien bei Jennifers Anblick ein Stückchen zu verrutschen. Sie trug ein Baumwollkleid, Sandalen und hatte sich das lange, glänzende Haar mit einem weißen Band zurückgebunden. Er wandte den Blick Peter Moran zu, drehte sich hastig um und lief hinunter.

Hinter der Tür zwang er sich, noch etwas abzuwarten, ehe er öffnete. Diese wenigen Sekunden kamen ihm vor wie ein ganzes Leben. Wenn sie nicht sofort klingeln, werfe ich mich gegen die Tür, dachte er, schlage sie mit den Fäusten ein. Aber als die Klingel anschlug, fuhr er heftig zusammen. Er wartete jedoch noch weiter. Er zählte, und als er bei dreißig angelangt war, konnte er nicht mehr. Es ging über seine Kraft. Er mußte die Tür öffnen.

«Hallo, John», sagte Jennifer.

Sie sah weder traurig noch glücklich aus. Ihr Gesicht war so ruhig wie immer. Eine gerunzelte Stirn, gekräuselte Lippen, ein halbes Lächeln hätten mit ihrer unbekümmerten Unordentlichkeit diese Ruhe gestört. Moran sagte nichts. Doch das liegt bestimmt nicht daran, daß er verlegen ist, dachte John. Und wieder spürte er diese absolute Gleichgültigkeit gegen die Meinung anderer.

«Der Garten ist schön», sagte Jennifer.

John war glücklich, weil sie nicht «dein Garten» gesagt hatte. Sie gingen ins Wohnzimmer, und er merkte, daß sie die Lampe betrachtete, die Krüge und die beiden neuen Bücher, die auf dem Couchtisch lagen. Es fiel ihm schwer, sie aus den Augen zu lassen, und er mußte sich zwingen, sie nicht anzustarren. Er hatte vergessen, sich zu überlegen, was er ihnen zu essen und zu trinken anbieten könnte. Kaffee war nicht im Haus, nicht einmal Instantpulver. Wein hatte er. Irgendwo in der Küche waren noch zwei Flaschen, letzte Überbleibsel von den Trinkgelagen mit Mark Simms.

«Wollt ihr etwas trinken?»

Sie sah überrascht aus, als er Wein anbot. Das ließ ihn hoffen, ließ ihn denken, daß ihr der neue John vielleicht besser gefallen könnte.

«Danke, Wein wäre uns schon recht.»

Moran hatte noch immer nichts gesagt. Ohne ihn offen anzusehen, hatte John jede Einzelheit seines Äußeren in sich aufgenommen – dicke Brille, dünnes helles Haar, ziemlich teigiges Gesicht. Seine Haut sah irgendwie grau aus, das Haar war fettig, die schlechtsitzenden Jeans voller Flecken. Obwohl dieser Besuch für ihn so wichtig war, sich bei diesem Treffen sein Schicksal entscheiden sollte, hatte er sich nicht einmal die Mühe gemacht, zu baden und saubere Sachen anzuziehen. Er wirkte gelangweilt, gleichgültig, entspannt, weniger beherrscht als uninteressiert. *Cool* hatte Jennifer ihn genannt. John holte den Wein, und es war ihm sehr unangenehm, daß er ihn nicht gekühlt hatte, sondern aus dem Schrank nahm, der direkt neben dem Boiler stand.

«Muscadet», sagte Jennifer, «das ist mein Lieblingswein.»

Wieso hatte er das nicht gewußt? Es schien ihm plötzlich ganz schrecklich, nicht zu wissen, welchen Wein die eigene Frau am liebsten trank. Moran einzuschenken und ihm das Glas zu reichen, war absolute körperliche Schwerarbeit für John. Moran hatte sich noch nicht hingesetzt und auch noch kein Wort gesprochen, er schlenderte lässig im Zimmer umher. Jetzt nahm er John das Glas aus der Hand, sah ihn aber dabei nicht an und bedankte sich auch nicht. Als wäre John ein Kellner.

John fand es unpassend, mit dem Trinken anzufangen, ohne das Glas erhoben und einen Toast ausgebracht zu haben, aber ihm fiel keiner ein, und er brachte es nicht fertig, einfach «prost» zu sagen. Jennifer war es, die den Bann brach, ihr Glas hob, Peter Moran fest ansah und mit besonderer Betonung sagte, fast als wäre es ein Ritual: «Auf unsere Zukunft – auf unser aller Zukunft.»

John lief es kalt das Rückgrat hinunter. Das klang so endgültig und irgendwie gegen ihn gerichtet.

«Richtig», sagte Moran, das Glas auf einen Zug ausschlürfend. Er schubste es über den Tisch zu John hinüber, und John war so überrascht, daß er ihm noch einmal einschenkte. Jennifer begann, nervös und monoton und ganz gegen ihre Gewohnheit sehr schnell zu sprechen.

«John, du weißt, warum wir gekommen sind, und wir müssen allmählich anfangen, darüber zu reden. Es ist sehr nett von dir, daß du uns – na ja, gewissermaßen bewirtest, aber wir dürfen nicht aus den Augen verlieren, warum wir hier sind. Ich will die Scheidung und will sie so schnell wie möglich. Du weißt das, ich habe es dir schon erklärt. Wir haben beide einen Fehler gemacht, und ich werde nie zu dir zurückkommen, auch wenn du dich nicht scheiden läßt, komme ich nicht zurück. Verstehst du das denn nicht?»

«Ich denke, du wirst, wenn ich mich nicht scheiden lasse, mit der Zeit einsehen, daß du mit mir besser dran bist», antwortete John so kühl, daß er selbst überrascht war.

Sie schüttelte heftig den Kopf. «Ich liebe Peter, und er liebt mich. Wir wollen heiraten. Wir wollen uns vor aller Welt zueinander bekennen, und das kann man am besten durch eine Heirat.»

«Du hast dich schon vor aller Welt zu einem Mann bekannt – du hast mich geheiratet.»

«Ich habe dir doch gesagt, das war ein Irrtum. Und was hat es denn für einen Sinn, wenn du dich sträubst? Du kannst uns nicht trennen. Wir werden trotzdem weiter zusammenleben. Und anstatt in sechs Monaten werden wir eben in fünf Jahren heiraten – nun, inzwischen sind es nur noch viereinhalb. Nur –» Jennifer sah ihn mit einem reuigen, fragenden Lächeln an, das ihm ans Herz rührte – «nur wäre es uns natürlich in sechs Monaten lieber.»

«Euch?» sagte er und merkte, daß ihm der Atem knapp wurde. «Euch? Ich habe bisher von ihm noch nicht zu hören bekommen, wie er darüber denkt.»

Sie sah ihren Liebhaber an. Das mittsommerliche Abendlicht fiel so auf seine Brillengläser, daß sie aussahen wie aus einem undurchsichtigen Metall. Er hatte sein Glas ein zweitesmal über den Tisch geschoben, aber John hatte es ignoriert. Endlich ließ Moran sich herab zu sprechen. Er hatte eine schöne Stimme, das mußte John zugeben, es war eine jener Stimmen, die man mit Oxford und diplomatischem Dienst und dem Adel assoziierte. Es war gepflegtes *King's English* und mehr als das. Die Worte, die er benutzte, schienen nur Intellektuellen geläufig, für John waren sie auf jeden Fall unverständlich. Wieder Sacher-Masoch, wie gehabt.

«Er glaubt, er hat den Stein aus Magnesia», sagte er.

«Was bedeutet das?»

«Kümmer dich nicht drum», sagte Jennifer freundlich, wie eine Lehrerin zu einer Klasse kleiner Jungen. «Kümmer dich nicht drum, das ist unwichtig. All das ist unwichtig. Wir müssen dir nur begreiflich machen, daß wir es ernst meinen, daß wir aneinander festhalten und es uns nicht anders überlegen werden, nur weil...»

In diesem Augenblick, bevor sie den Satz beenden konnte, klingelte es an der Haustür.

Aus irgendeinem Grund war John sicher, daß es nur Mark Simms sein konnte. Es würde ihm ganz ähnlich sehen, daß er einfach vorbeikam, nachdem John bei seinem letzten Anruf einfach aufgelegt hatte und später nicht mehr ans Telefon gegangen war. Wahrscheinlich war er mit seinem Geständnis noch nicht zu Ende, wollte noch mehr sagen, mit noch mehr Einzelheiten aufwarten. Es klingelte zum zweitenmal.

«Willst du nicht nachschauen, wer es ist?» sagte Jennifer.

Er ging zur Tür. Der Besucher war Colin Goodman. Sein Wagen stand vor der Gartenpforte, und auf dem Beifahrersitz saß seine Mutter. Etwas in Johns Gesicht veranlaßte ihn zu sagen:

«Keine Bange, wir kommen nicht rein, wenn du beschäftigt bist. Es ist nur so, daß ich mit Mutter einen Ausflug mache, und da wir gerade hier vorbeigekommen sind...»

John erfuhr nie, warum er eigentlich gekommen war – vielleicht, um ihn aufzufordern, sich ihnen anzuschließen? –, denn in diesem Moment ging die Wohnzimmertür auf und Moran fragte mit seiner glatten Moderatorenstimme:

«Wo ist der Lokus?»

John war beleidigt. «Oben», sagte er kalt. «Oben links.»

Um zur Treppe zu gelangen, mußte Moran fast bis an die Haustür kommen, so daß John nichts anderes übrig blieb, als ihn Colin vorzustellen. Würde Colin sich daran erinnern, wer dieser Mann – daß er Jennifers Liebhaber war? John wußte nicht, ob er ihm den Namen genannt hatte.

«Peter Moran, Colin Goodman», sagte er.

Nichts in Colins Gesicht verriet, daß der Name ihm etwas sagte. Es wirkte nur müde und resigniert, wie immer, wenn er mit seiner Mutter unterwegs war. Dann war es auch nicht ungewöhnlich, daß er bei Freunden oder Bekannten auftauchte, für jede halbe Stunde in ihrer Gesellschaft dankbar. Jetzt stieg er, wenn auch langsam, die beiden Stufen rücklings wieder hinunter.

«Du hast Besuch, da will ich nicht stören.»

Als John zum Wagen hinschaute – einem betagten Triumph Dolomite, aber viel schicker als Morans schmutziger Citroën –, blickte die alte Mrs. Goodman auf und klopfte energisch ans Fenster. Nachdem sie auf diese Weise ihren Sohn zurückbeordert hatte, winkte sie John freundlich zu. Moran war im ersten Stock verschwunden.

«Hör mal, es tut mir leid, ich ruf dich an», sagte John. Er zwang sich zu warten, bis Colin an der Gartentür war, bevor er die Haustür schloß.

Jennifer war allein im Wohnzimmer. Mann und Frau sahen sich schweigend an, und dann sagte John schlicht:

«Bitte komm zu mir zurück, Liebling. Ich liebe dich so sehr.»

«Ich kann nicht», sagte sie mit leiser, rauher Stimme.

«Niemand kann dich so lieben wie ich, weißt du das nicht?»

«Aber so liebe ich ihn», sagte sie.

Der Schlag traf ihn so hart, daß er die Augen schloß, als fürchte er, eine Faust ins Gesicht zu bekommen. Moran kam zurück. Unter Schmerzen, unter echten körperlichen Schmerzen zwang sich John, ihn anzusehen und über das Mysterium der Liebe nachzudenken. Was hatte dieser Mann an sich? Nun ja, er war vier oder fünf Jahre jünger als John und ungefähr drei Zentimeter größer – aber das war Unsinn, daran lag es nicht. Irgendwo im Wesen dieses Mannes mußte es ein geheimnisvolles Etwas geben, gegen das sich Jennifer nicht wehren konnte. Sein Mund war voll und schlaff, die Augen blickten träge, gelangweilt. Als er jetzt Jennifer ansah, glaubte John zu entdecken, daß er ihr kaum merklich zublinzelte – ganz sicher war er jedoch nicht. Und Jennifers Gesicht behielt seinen ernsten und unglücklichen Ausdruck bei. Die schreckliche Stille dauerte an. Jennifer brach sie, ängstlich, schüchtern. Ich, dachte John mit einer Art bitteren Triumphs, habe sie mit dem, was ich sagte, doch getroffen, habe sie aus der Ruhe gebracht...

«John», sagte sie, «wirst du bitte darüber nachdenken? Es dir, sagen wir, eine Woche überlegen? Ich meine, wie wir das alles regeln sollen? Wenn du dich nicht wegen Ehebruchs von mir scheiden lassen willst, wärst du bereit, nach zwei Jahren wegen unüberwindlicher Abneigung die Scheidung einzureichen? Das wäre im November in einem Jahr.»

«Ich will darüber nachdenken», sagte er. «Ich denke ohnehin fast ununterbrochen daran. Aber an meinem Entschluß wird sich nichts ändern.»

Moran schenkte sich den letzten Wein ein und trank ihn aus. «Wir verschwenden hier nur unsere Zeit», sagte er. «Ich weiß nicht, warum wir überhaupt hergekommen sind.»

Der alte John hätte das wortlos hingenommen. Der neue entgegnete:

«Um zu nassauern, wie es aussieht.»

Jennifer sah bittend von einem zum anderen. «Bitte streitet euch nicht.»

«Ich lasse mich nicht scheiden. Unter anderem deshalb, weil du mit mir besser dran sein wirst als mit ihm. Ich bin besser für dich. Er wird dich nur unglücklich machen.»

«Gehen wir, um Himmels willen», sagte Moran.

John stand in der Haustür, als sie gingen, und als sie abfuhren, raste er in den ersten Stock und sah dem Wagen nach, bis er verschwand. Danach überkam ihn ein Gefühl der Leere und das Gefühl, von allen im Stich gelassen und ganz allein auf der Welt zu sein und nichts zu tun zu haben. Es war noch hell und erst neun Uhr. Er bemühte sich, Jennifer und Moran aus seinen Gedanken zu verdrängen – eine Anstrengung, die nur zum Teil erfolgreich sein konnte –, ging ins Wohnzimmer zurück, räumte die Gläser weg und warf die leere Weinflasche in die Abfalltonne. Der Kostenvoranschlag der Baufirma für die neuen Dachrinnen war schon vor etwa einem Monat gekommen, doch erst heute setzte John sich hin und beantwortete den Brief. Dann holte er sein Notizbuch heraus und versuchte, die letzte Nachricht aus dem Katzenwinkel zu dechiffrieren. Er versuchte es mit den ersten Zeilen aller Romane aus dem Bücherschrank, die auch nur entfernt etwas mit Spionage zu tun hatten, darunter Conan Doyles *The Naval Treaty* und ein paar Pater Brown-Geschichten. Yves Yugall hatte nach *Catwalk* eine Kurzgeschichtensammlung veröffentlicht, und John hatte es geschafft, sich in der Zentralbibliothek ein Exemplar zu sichern. Die Sammlung hieß *The Armadillo Army* und enthielt acht Erzählungen. Es war eine mühsame Sache, die ersten Zeilen jeder Geschichte der Nachricht zu unterlegen, aber der Juni-Code basierte auf keiner davon.

Es war schon nach elf, als er aufhörte, sich im Sessel zurücklehnte und die Augen schloß. Auf der dunkelroten Netzhaut erschienen die Druckbuchstaben, wenn auch schwächer, sofort wieder, und als sie verschwanden, glaubte er, Jennifers Gesicht zu sehen, ihre weichen, runden Wangen und ihre unglücklichen Augen.

10

Am Samstag vormittag war es bei Trowbridge's sehr lebhaft zugegangen. Wenn die Sonne schien, strömten an den Wochenenden die Kunden in Mengen heraus, obwohl kein richtiger Gärtner im prallen Sonnenschein etwas pflanzen würde. Die Sonne, hatte er Gavin zu einem Kunden sagen gehört, sei der «schlimmste Killer von allen». Gavin wollte wissen, ob er den Beo über das Wochenende nach Hause nehmen dürfe, und John hätte nicht gewußt, warum er es ihm verbieten sollte.

«Wenn ich nicht hier bin, leidet er unter Liebesentzug.»

John wußte nicht genau, was er sich darunter vorstellen sollte. Er hatte keine große Hoffnung, daß jemand den Beo kaufen werde. Als Gavin den Käfig hinaustrug, streckte der Vogel den schwarzen glänzenden Kopf mit dem gelben Schnabel durch die Gitterstäbe.

«Ich bin ein Knacki, ich bin ein Superschlaffi», sang Gavin, aber der Beo sagte nichts und beäugte nur ängstlich die große Außenwelt.

Erst als die beiden gegangen waren, kam John auf die Idee, daß Gavin ihm vielleicht sagen konnte, was ein Stein aus Magnesia war. Zwar hatte er schon in der Zentralbibliothek im Wörterbuch nachgesehen, aber nur erfahren, daß es sich um einen ganz simplen Magneten handelte. Warum hatte Moran behauptet, er besitze einen Magneten? Sollte es eine Beleidigung sein? In dem Kontext schien es keine größere Bedeutung zu haben als «Knacki» oder «Superschlaffi». Als er nach Hause kam, klingelte das Telefon. Mark Simms, dachte er und wappnete sich für eine neuerliche scharfe Absage.

Wieder hatte er einen voreiligen Schluß gezogen und den gleichen Fehler gemacht wie Donnerstag abend.

«Hier ist Colin. Ich habe schon den ganzen Vormittag versucht, dich zu erreichen.»

«Ich hatte heute Samstagsdienst.»

«Ich hab's auch gestern versucht.»

Leute, die es einem übelnahmen, daß man nicht ununterbrochen beim Telefon saß und auf ihre Anrufe wartete, reizten John zur Weißglut. «Jetzt bin ich ja da.»

«Sag mal, ist dieser Typ, den ich am Donnerstag bei dir gesehen habe, ein Freund von dir? Ich meine, ein guter Freund?»

«Meinst du Peter Moran?» fragte John langsam.

«Ja, genau den. Den Typen, der rauskam und fragte, wo das Klo ist.»

Colin sprach, als habe John an diesem Abend das Haus voller Leute gehabt und eine Party gefeiert. Doch das hatte er womöglich wirklich geglaubt und war vielleicht sogar verärgert, daß er nicht eingeladen worden war. John sagte, seine Worte sehr sorgfältig wählend:

«Er ist nicht mein Freund. Er ist der Mann, mit dem Jennifer zusammenlebt. Sie war auch da. Es war alles ziemlich peinlich, deshalb habe ich dich auch nicht hereingebeten. Aber ich möchte darüber wirklich nicht am Telefon sprechen, Colin.»

Colins Stimme klang sehr merkwürdig, als er sagte: «Bist du sicher, daß Jennifer mit ihm zusammenlebt? Ich meine, ganz richtig?»

«Ich möchte nicht darüber sprechen, Colin. Das habe ich doch schon gesagt.»

«Hör mal, könntest du vielleicht schnell mal zu mir rüberkommen? Oder ich zu dir? Mutter würde dich gern sehen. Komm doch, und trink eine Tasse Tee mit uns.»

«Nicht, um über Jennifer zu sprechen, das will ich auf keinen Fall», sagte John mit großer Entschiedenheit. «Wirklich, Colin, das ist kein Thema. Das muß ich ganz allein mit mir abmachen.» Er wurde ein wenig nachgiebiger. Schließlich war Colin sein ältester Freund, der immer geduldig zugehört hatte, wenn er ihm sein Herz ausschüttete. So viel Geduld hatte er selbst mit Mark Simms nicht gehabt. «Ich hoffe, daß Jennifer zu mir zurückkehren wird, ich hoffe, es ist nur eine Frage der Zeit. Du verstehst doch, daß man das nicht mit einem Dritten diskutieren kann. Nicht einmal mit dir», fügte er hinzu.

«Ich will nicht über Jennifer mit dir reden», antwortete Colin. «Das würde mir nicht einmal im Traum einfallen. Ich möchte dir nur ein paar Informationen über diesen Peter Moran geben, die du, wie ich glaube, recht nützlich finden wirst. Ich möchte dir erzählen, wo ich ihn das letzte Mal gesehen habe.» Colin machte eine kurze Pause, um seinen nächsten Worten das entsprechende dramatische Gewicht zu geben. «Nämlich vor Gericht.»

11

Daß jemand am Wochenende nach Hause fuhr, kam in Rossingham kaum vor, aber die meisten Leute wurden am Sonntag abgeholt und ausgeführt. Eltern, Paten, Tanten und Onkel kamen. Es wurde jedoch auch nicht allzugern gesehen, wenn man zum Lunch oder zum Tee mit diesen vage als «Freunde» bezeichneten Besuchen ausging.

«Es ist erstaunlich», hatte man Mr. Lindsay schon sagen hören, «wirklich erstaunlich, wie viele von den Senioren im Pitt bildhübsche Tanten haben, die nicht älter als achtzehn Jahre sind.»

Dazu hätte er auch Angus Cameron rechnen können, der eines Sonntags Ende Juni von einem hübschen blonden Mädchen abgeholt wurde, das einen Mini fuhr. Mungo hingegen ging mit seinen Eltern, Ian und Gail ins *Mill Hotel* in Rossingham St. Clare zum Lunch. Die Schwester von Charles Mabledene feierte ihren fünfzehnten Geburtstag, und nachdem die ganze Familie zum Lunch und zum Tee ausgewesen war, würden Eltern und Bruder das Mädchen nach Utting zurückbringen.

«Ist es nicht seltsam», sagte Mungo zu Graham O'Neill, «daß wir von dieser Schwester in Utting bis heute nichts wußten?»

«Wir haben nicht einmal gewußt, daß er überhaupt eine Schwester hat. Punkt. Er ist ein Heimlichtuer.»

«Ich nehme an, wir werden uns beim Lunch gegenseitig auf der Pelle sitzen», prophezeite Mungo düster, und er hatte recht; die Mabledenes, Camerons und Grahams Onkel und Tante bekamen benachbarte Tische. Angus und seine Freundin waren in einer Wolke schwarzer Auspuffgase aus dem Mini losgeknattert, der dringend einen neuen Auspufftopf brauchte.

Charles Mabledene wußte genau, welche Vermutungen die Schule seiner Schwester bei Mungo und Graham wecken mußte. Sie waren beide in Utting in die Grundschule gegangen, und Sarah war nach den Aufnahmeprüfungen dortgeblieben, während er anläßlich dieser historischen und unvergessenen Gelegenheit «übergelaufen» war. Doch er würde sich nicht herablassen, das dem Direktor der Londoner Zentrale zu erklären. Charles hatte schon sehr früh den rätselhaften Entschluß gefaßt, sich nie zu entschuldigen und nie etwas zu erklären. Seit jener Unterredung im sicheren Haus in der Ruxeter Road 53 hatte er weder mit Leviathan noch mit Medusa, noch mit irgendeinem anderen Agenten persönlichen Kontakt gehabt. Damals hatte Leviathan zu ihm gesagt, «beweis uns, daß du zu uns gehörst», doch bisher hatte man ihm diesen Beweis noch nicht abverlangt. Von den normalen Pflichten abgesehen, natürlich. Und nicht einmal sie waren besonders dringlich gewesen – er hatte eine Kleinigkeit fotokopieren und einen neuen toten Briefkasten auskundschaften müssen –, wodurch ihm viel Zeit geblieben war, um mit den Banham-Schlössern zu experimentieren und, natürlich, um für die Schule zu lernen.

Der neue tote Briefkasten war unter einem losen Stein des Pferdetrogs auf dem Marktplatz von Rossingham St. Mary, der alte im Kricket-Pavillon hatte aufgehört zu existieren, als die Mauer ganz unerwartet repariert worden war. Unter dem Vorwand, er müsse eine Geburtstagskarte für seine Schwester kaufen, hatte er sich am Freitag nachmittag von Mr. Lindsay die Erlaubnis erbeten, ins Dorf zu gehen, und dort hatte er unter dem Pferdetrog den letzten Befehl im *Spytrap*-Code herausgeholt: *Hole Reynolds' Bücher zurück.*

Charles wußte, daß es sich um ein Werk über Schach und zwei Bücher über Segelsport handelte, die Angus' Freund Bruce Reynolds vor zwei Jahren einem Utting-Mann namens Simon Perch geliehen hatte, der zu Sterns Stars gehörte. Obwohl er wiederholt darum gebeten worden war, hatte er die Bücher nie zurückgegeben, und das war der einzige Weg, sie zurückzubekommen. Keine schwierige Sache, dachte Charles, der ja noch im Lauf des Tages nach Utting kommen würde, obwohl Leviathan das nicht gewußt hatte, als er den Befehl ausgab, und nur vermutete, Drache habe zu Parkers und Sterns Schule einen anderen speziellen Zugang. War das vielleicht der Test? Wäre es für Drache vielleicht sogar besser, die Bücher nicht zurückzuholen?

Nicholas Ralston oder Einhorn, der mit einem riesigen Familienclan am anderen Ende des Speisesaals saß, hätte man diese Aufgabe genausogut übertragen können. Sie lag sogar mehr auf seiner Linie. Für jemanden mit dem unzweifelhaften Scharfsinn und der Brillanz des Drachen war es ein geradezu lächerlich einfacher Auftrag. Wäre es, wenn das «der» Test sein sollte, für ihn am Ende günstiger, wenn er «versagte»? Andererseits wäre er sehr überrascht gewesen, wenn Leviathan und Medusa noch nicht wüßten, daß er eine Schwester in Utting hatte. Unterm Strich müßte bei dem Test etwas Positives herauskommen.

Charles Mabledenes größter Ehrgeiz war es, Direktor der Londoner Zentrale zu werden, wenn Mungo Cameron das Amt aufgab, was im nächsten Jahr bestimmt der Fall sein würde.

Beim Kaffeetrinken glänzte er mit seinem neuesten Zaubertrick und zog aus dem Ärmel der ziemlich seltsam aussehenden weißen Satinjacke seiner Mutter einen Nelkenstrauß heraus. Sie quietschte vor Begeisterung. Charles hatte die Nelken sehr früh am Morgen, als noch alles schlief, in Mr. Lindsays Garten gepflückt. Die versperrte Vorder- und Hintertür von Pitt House waren für ihn kein Problem. Seine Eltern und seine Schwester schienen zu glauben, daß Okkultismus im Spiel war, und vermuteten sogar, die Blumen seien nicht echt. Charles lächelte ihnen nachsichtig zu.

Es gab in seinem Wesen Aspekte, die ihn manchmal beunruhigten, doch seine Zauberei blieb davon ausgenommen. Sie hing einzig und allein von strengster Selbstdisziplin und der flinken Beweglichkeit seiner Hände ab, denen es gelang, die Augen zu täuschen. Seine Gabe zu erkennen, was andere dachten und, mehr als das, zu erfühlen, was in einer künftigen Situation geschehen würde – das war es, was ihn nachdenklich machte und beunruhigte. Der Gedankengang anderer interessierte ihn, er gehörte zu jenen seltenen Menschen, die sich, obwohl selbstsüchtig und skrupellos, mehr für andere interessieren als für sich selbst.

Jetzt, zum Beispiel, überlegte er, wohin sie am Nachmittag wohl gehen würden. Seine Schwester durfte es sich aussuchen, denn sie hatte ja Geburtstag, und es gab so viele Möglichkeiten. Mehrere große Häuser in der näheren Umgebung, darunter auch Schloß Rossingham; der Wildpark in Songflete; das Otterparadies am Orr bei Orrington; die Ausstellung *Das Leben der Tudors* in Togham Hoo; eine Bootsfahrt auf dem Fluß von Orrington zur Rostock Bridge. Ihr Gesicht verriet nichts. Sie liebte Kleider, und bei der Tudor-Ausstellung gab es viele Kleider zu sehen. Und sie fuhr gern Boot, war sogar Steuermann des Junior-Bootes von Utting.

Sie will zu den Ottern, sagte er sich und wußte nicht, warum. Es war dieses Nicht-wissen-Warum, mit dem er seine Schwierigkeiten hatte. Wenn er etwas so Unwahrscheinliches voraussah wie dies, dann wäre es ihm lieber gewesen, wenn er sich geirrt hätte. Sie bekamen Mohrenköpfe zum Nachtisch. Seine Schwester aß sie für ihr Leben gern. Charles sah den Camerons nach, die eben hinausgingen, und staunte wieder einmal über die Größe dieser Männer. Sie schienen einer anderen Rasse anzugehören. Mungo war vermutlich gut dreißig Zentimeter größer als er. Sein Vater warf einen Blick über den Tisch.

«Weißt du schon, wohin du willst, Sarah?»

«Ins Otterparadies», sagte sie. «Ich schwanke zwischen ihnen und Togham, glaube aber, die Otter sind mir noch lieber.»

Charles seufzte insgeheim.

Es gab europäische und asiatische Otter, die paarweise in voneinander abgetrennten Flußabschnitten lebten. Zur Fütterungszeit um halb vier schwammen und tauchten sie nach den Fischen, die ihnen die Wärter aus stinkenden Eimern zuwarfen. Charles fotografierte besser als seine Schwester, also machte er, um ihr einen Gefallen zu tun, ein paar Bilder von den Jungen. Sie tranken Tee in Orrington und gerieten auf der Rückfahrt in einen Stau, verursacht durch Wochenendbaustellen auf der Autobahn, und der Motor drohte zu überhitzen.

«Der Wagen geht kaputt, wenn ich damit weiterfahre», sagte Charles' Vater. «Ich bringe ihn in die Firma und nehme mir einen anderen.»

«Die Firma» nannten die Mabledenes die Reparaturwerkstatt bei der Rostock Bridge. Charles' Vater fuhr den BMW auf den Vorhof und ging ins Büro, um die Schlüssel für einen der Gebraucht-Volvos zu holen, die draußen in Reih und Glied auf Käufer warteten. Charles war schon seit Ewigkeiten nicht mehr in der Firma gewesen. Er wußte nicht, warum er ausstieg und zwischen den Autos umherzuwandern begann, durch die große Halle mit den Hebebühnen und nach hinten, wo die Fahrzeuge standen, die repariert oder gewartet werden sollten. Es war seine «Veranlagung», sagte er sich später, dieses außersinnliche Wahrnehmungsvermögen oder das zweite Gesicht – oder wie immer man es nennen wollte. Der Kotflügel eines roten Wagens, eines Datsun, war auf der Fahrerseite eingedrückt und der Scheinwerfer kaputt. Wo auf der Karosserie der rote Lack abgesplittert war, war deutlich ein grüner Farbstreifen zu sehen. Charles war jetzt froh, für seine Schwester die Otterbabys fotografiert zu haben, denn er trug den Fotoapparat noch um den Hals. Er sah sich rasch um, ob ihn jemand sah und machte schnell zwei Aufnahmen von dem roten Wagen, wobei er darauf achtete, daß das Kennzeichen gut sichtbar auf das Bild kam.

Er ging durch das Büro zurück, auf dem Gesicht jenen Ausdruck von Unschuld und Naivität, den seine Mutter so zu lieben schien.

Er war ihm inzwischen zur zweiten Natur geworden, und er brauchte ihn nicht mehr vor dem Spiegel zu üben. Durch das große Tafelglasfenster sah er seinen Vater noch im Büro kramen. Charles stieß die Tür auf, doch sie klemmte nach ungefähr fünfzehn Zentimetern. Irgend etwas mußte auf der Matte liegen. Er bückte sich, griff um die Tür herum und hob einen Umschlag auf, der, wie er fühlen konnte, einen Ring mit Wagenschlüsseln und Anhänger enthielt. Auf dem Umschlag stand die Nummer des Wagens, den er fotografiert hatte und in Druckbuchstaben der Name Whittaker...

Endlich hatte der Vater die Volvoschlüssel gefunden. Sehr zufrieden mit sich, übergab Charles ihm den Umschlag, sagte jedoch kein Wort von seiner Entdeckung. Sie stiegen alle in den Volvo um und brachen nach Utting am äußersten östlichen Stadtrand auf.

«Soll ich dir diesen Film entwickeln lassen?» fragte Charles seine Schwester und fügte hinzu: «Ich kenne jemanden aus dem Fotoclub in der Schule, der es kostenlos macht.» Was eine glatte Lüge war.

Natürlich war sie damit einverstanden. Charles beschloß, den Film in Utting zu verknipsen, vielleicht ergab sich etwas, das man später brauchen konnte. So etwas war ja nie vorherzusehen. Seine Schwester wohnte im Curie House, doch in dem allgemeinen Durcheinander von Jungen und Mädchen, die von ihren Sonntagsausflügen zurückkehrten, und der ohnehin viel ungezwungeneren Atmosphäre, als er sie von Rossingham her kannte, war es für ihn nicht schwierig, in Huxley House einzudringen und jemanden, der wie ein Präfekt aussah, nach dem Zimmer von Simon Perch zu fragen. Der Präfekt schien Perch ziemlich gut zu kennen, war vielleicht sogar mit ihm befreundet und erklärte Charles freundlich, Simon sei noch nicht da und werde erst um acht Uhr zurückerwartet. Das Schloß von Simons Tür zu knakken, war der schwierigste Teil seiner Aufgabe. Nicht, weil es so kompliziert war – das waren diese einfachen Schlösser an den Innentüren nie –, sondern weil er ständig Gefahr lief, ertappt zu werden, denn zwei bis drei Minuten dauerte die Sache immerhin.

Er fand die beiden Segelbücher auf dem Bord über dem Pult, das die Leute in Utting als Schreibtisch benutzten. Das Schachbuch war jedoch nicht da, und auch eine gründliche Suche förderte es nicht zutage. Perch hatte es wahrscheinlich nach Hause mitgenommen und dortgelassen oder überhaupt nie in der Schule gehabt. Das einzig wirklich Interessante im Zimmer war ein auf die Fensterbank montiertes Teleskop mit auf die Stadt gerichtetem Objektiv. Charles schaute durch das Okular und war erstaunt, wieviel man sah und wie klar das Bild war. Er konnte sogar vom CitWest-Turm die Zeit ablesen. Es war sechs Uhr zweiundzwanzig bei einer Temperatur von siebzehn Grad. Da er kein Blitzlicht hatte, konnte er von dem Zimmer kein besonders scharfes Foto machen, aber er tat sein Bestes. Seines Wissens würde das die erste Fotografie sein, die jemand von der Londoner Zentrale aus einem Innenraum in Utting mitbrachte. Er verließ das Gebäude ungehindert. Die Bücher hatte er in einer grün-weißen Einkaufstüte von Marks and Spencer's bei sich, die er in Perchs Papierkorb gefunden hatte.

Im Curie hatten sich seine Eltern mit Sarahs Hausvorsteherin zu einer Besprechung zurückgezogen und waren noch nicht wieder aufgetaucht. In der Halle kam Charles an Rosie Whittaker vorbei. Sie kannte Sarah, und er hatte den Eindruck, daß sie etwas sagen wollte, doch er sah sie so kalt und abweisend an, daß sie erstarrte.

12

Constance Goodman gehörte zu jenen Frauen, die zwar zu den Freunden ihrer Kinder nett sind, aber nicht zu ihren eigenen. Das hatte schon das freundliche Winken bewiesen, das sie John zukommen ließ, nachdem sie energisch ans Autofenster geklopft hatte, um Colin zurückzubeordern. Heute über siebzig, hatte sie als Grundschullehrerin drei Generationen unterrichtet. John – und Cherry – hatten zu ihren Schülern gehört; ihr eigener Sohn jedoch nie. Wenn sie ihre ehemaligen Schüler traf, nannte sie sie meist «Schatz»; ihren Sohn hingegen «Hühnchen», und das war oft alles andere als liebevoll gemeint. Und Colin sah auch ein bißchen einem Huhn ähnlich, mit dem rosigen Gesicht, der großen, schnabelähnlichen Nase, den kleinen dunklen Augen und dem krausen Haar. Als er John ins Haus ließ, war er ziemlich erregt und hatte eine gewisse Ähnlichkeit mit Harpo Marx, wenn er heimlich über einen Triumph feixte.

«Ich freu mich, dich zu sehen, Schatz», sagte Mrs. Goodman,

deren arthritische Gelenke knackten und knarrten, während sie den Tisch für den Tee deckte, von dem John, wie er wußte, keinen Bissen hinunterkriegen würde. «Jetzt verschwinde ich für zehn Minuten, damit Colin seine Neuigkeiten loswerden kann.»

Sie gab deutlich zu verstehen, daß sie genau wisse, worum es ging, sich jedoch dennoch diskret zurückzog.

John wartete, bis sie die Tür hinter sich geschlossen hatte und sagte dann: «Was, um Himmels willen, hast du mir zu sagen?»

Das war jetzt drei Wochen her, und er hatte mit seiner Information noch nichts angefangen. Er steckte im vielleicht schlimmsten Zwiespalt seines Lebens. Es war, als müsse zuerst irgend etwas geschehen, das ihn entweder zwang, sein Wissen preiszugeben, oder das ihm zeigte, daß er begraben mußte, was er von Colin erfahren hatte. Stets gegenwärtig war in ihm der Wunsch, sich nicht gemein und hinterhältig zu benehmen, doch vielleicht wäre es gar nicht gemein zu sagen, was er wußte, vielleicht wäre es ebenso seine Pflicht wie seine Rettung. Er konnte es nicht einmal als Triumph empfinden, daß ihn sein Gefühl nicht getäuscht hatte, als er, ohne natürlich das Richtige zu erraten, hinter Peter Morans leblosen Augen lauerndes Unheil zu entdecken glaubte.

Als er an jenem Samstag nachmittag mit der Honda zu Colin hinausgefahren war, hatten ganz andere Empfindungen ihn bewegt. Er war merkwürdig aufgekratzt und voller Hoffnung gewesen, obwohl er überhaupt keinen Anlaß hatte, so optimistisch zu sein. Colin und seine Mutter wohnten weit außerhalb der Stadt, eigentlich schon am Ortsrand von Orrington, und er brauchte fast eine halbe Stunde, um hinzukommen. Der Bungalow, den er nicht mehr gesehen hatte, seit Jennifer gegangen war, wirkte so kahl und öde, als sei er brandneu, hätte er nicht die unverkennbaren Baumerkmale – Architektur konnte man das nicht nennen – der sechziger Jahre gehabt. Im Garten gab es nur ganz kurz abgemähtes Gras, weder Blume noch Baum noch Strauch, und das Haus selbst war L-förmig, aus pinkfarbenem Mauerwerk und hatte ein tiefgezogenes Dach. Einmal hatte John Sträuchersetzlinge mit Wurzeln und Kästen mit Sämlingen mitgebracht, aber was aus ihnen geworden war, hatte er nie erfahren. In Colins Garten waren sie jedenfalls nie aufgetaucht.

Als er mit Colin allein war, und nachdem Mrs. Goodman – eine Frau mit stark ausgeprägtem Taktgefühl – noch zwei weitere Türen hörbar hinter sich zugemacht hatte, fragte Colin noch einmal, ob Jennifer tatsächlich mit Peter Moran zusammenlebte.

«Das habe ich dir doch erzählt.» John wurde allmählich klar, daß die Menschen einem nicht immer aufmerksam zuhörten, wenn man ihnen sein Herz ausschüttete, aber er sagte trotzdem: «Das hab ich dir bestimmt erzählt, als Jennifer mich verlassen hatte.»

«Das ist möglich. Aber als ich den Namen hörte, ist bei mir der Groschen eben noch nicht gefallen – damals.»

«Mach's doch bitte nicht so spannend und geheimnisvoll.»

«Was weißt du über diesen Typen, diesen Moran?»

«Er ist ungefähr fünfunddreißig. Stammt aus der Gegend – das glaube ich wenigstens. Er hat irgendeinen akademischen Titel in Wirtschaftswissenschaften oder Philosophie oder so. Früher war er Lehrer, glaube ich, aber das weiß ich nicht sicher. Jetzt hat er keinen Job, das steht fest. Draußen in Nunhouse hat er ein ziemlich baufälliges Cottage gemietet, für das meiner Meinung nach die Fürsorge aufkommt.» John wußte, daß das sehr geringschätzig klang, doch das war ihm egal. «Oh, und er hat eines dieser kleinen französischen Autos, die eigentlich gar keine Autos sind, wenn du verstehst, was ich meine.»

Colin begann zu lachen. «Du liebst ihn wirklich, nicht wahr?»

«Was erwartest du denn?»

«Wo hat Jennifer ihn kennengelernt?»

Die Frage gefiel John nicht besonders. «Keine Ahnung. Das ist schon lange her.» Er zögerte und sagte dann mühsam: «Sie waren verlobt, aber er hat Schluß gemacht, zwei Tage vor der Hochzeit. Das muß jetzt ungefähr vier Jahre her sein.»

«Vor vier Jahren», sagte Colin, «war ich Geschworener am Crown Court in Orrington. Erinnerst du dich?»

John erinnerte sich. Colin hatte sich schrecklich aufgeregt, weil er sich freinehmen mußte und man als Geschworener so schlecht bezahlt wurde.

«Als ich Moran am Donnerstag bei dir sah, habe ich ihn sofort erkannt, und als ich nach Hause kam, habe ich über ihn nachgelesen.»

«Was heißt, du hast über ihn nachgelesen?»

«Du kennst mich doch, ich notiere mir alles. Ich habe mir Notizen über jeden Angeklagten gemacht und ein paar eigene Kommentare dazugeschrieben. Das hat mir bei der Urteilsfindung immer sehr geholfen. Dein Peter Moran war einer dieser Angeklagten. Willst du wissen, warum er vor Gericht stand?»

«Natürlich will ich das.»

«Wegen unzüchtiger Handlungen an einem Kind unter dreizehn Jahren», sagte Colin und befeuchtete sich, offensichtlich verlegen, die Lippen. «Ich meine, wegen unzüchtiger Handlungen unter Androhung von Gewalt.»

Mrs. Goodman streckte den Kopf zur Tür herein.

«Fertig, Hühnchen?»

«Du weiß ohnehin, was ich ihm gesagt habe, also ist es wohl egal, ob du dabei bist oder nicht.»

«Erspar mir deinen Sarkasmus, Hühnchen. Ich kann nicht die ganze Nacht in der Küche sitzen.» Sie stellte ein Tablett mit Teegeschirr auf dem Tisch ab, auf dem auch eine riesige braune Teekanne stand. Zum Tee gab es einen ebenso dunkel und schwer aussehenden Fruchtkuchen.

«Bitte, Mrs. Goodman», sagte John. «Es macht mir wirklich nichts aus.» Er sah Colin an. «Ich kann's nicht glauben.»

Doch er konnte. Es erklärte so vieles. Daß Moran Jennifer so plötzlich verlassen hatte, ihre feste Überzeugung, sie sei die einzige Frau, die je für ihn gezählt hatte, die Tatsache, daß er in seinem Beruf keine Anstellung bekam, den Widerwillen, den er John immer eingeflößt hatte. «Was ist mit ihm passiert?» fragte er. «Ich meine, wie wurde er –» er fand nicht das richtige Wort – «bestraft?»

«Er war ein Ersttäter. Oder man hatte ihn zum erstenmal erwischt. Er bekam drei Jahre auf Bewährung mit der Auflage, daß er sich ein halbes Jahr in einer psychiatrischen Klinik behandeln ließ.»

Mrs. Goodman schenkte dunkelbraunen Tee in Viertellitertassen. Colin griff nach der seinen, die viel zu voll war, und der Tee schwappte in die Untertasse.

«Das warst du, Hühnchen, nicht ich.»

«Schon gut, Mutter, ich beklage mich ja nicht.»

«War er sechs Monate in einer psychiatrischen Klinik?»

«Ich glaube schon. Ich meine, dazu war er verpflichtet.»

John stellte die Frage nur ungern in Gegenwart von Mrs. Goodman. Er konnte nie mit ihr zusammensein, ohne sich daran zu erinnern, wie sie als Lehrerin gewesen war, ziemlich groß, hager, mit scharfgeschnittenen Zügen und Adlernase, lange Zahlenkolonnen auf die Tafel schreibend oder zwischen den Bankreihen auf und ab gehend, um einem über die Schulter sehen zu können. Er blickte bewußt nicht in ihre Richtung, sondern auf seinen Teller, auf dem eine dicke Scheibe Dundee-Kuchen lag, und fragte: «War es ein Mädchen oder ein Junge?»

Zum Glück brauchte Colin keine nähere Erklärung. «Oh, ein Junge.»

«Wieso hat die Presse den Fall nicht aufgegriffen?»

«In der Lokalzeitung von Orrington hat etwas darüber gestanden, Schatz. Vielleicht war er für *Free Press* nicht bedeutend genug.»

«Er hat sich schuldig bekannt», sagte Colin. «Es war kein großer Fall, die Verhandlung hat nicht länger als eine halbe Stunde gedauert.»

John wußte, an wen sie dachten. Und auch er wiederholte stillschweigend immer wieder ihren Namen. Jennifer. Jennifer... Unvermittelt sagte er zu Mrs. Goodman:

«Wissen Sie, was ein Magnesiastein ist?»

«Ein Magnet, oder?»

«Das steht auch im Wörterbuch.»

«Wart einen Moment, Schatz. Gibt es nicht angeblich einen wundertätigen Magnetstein, mit dem der Ehemann, der ihn besitzt, seine durchgebrannte Frau zurückholen kann?»

«Reizend», sagte Colin. «Soviel für deinen vielgepriesenen Takt.»

Danach hatten Mutter und Sohn auf gemäßigte Weise miteinander zu streiten begonnen. Sie verloren nie die Beherrschung, wenn Mrs. Goodman auch manchmal unangenehm lachte, und Colins Augen blitzten. Es endete damit, daß Mrs. Goodman sagte, man könne von John nicht erwarten, daß er den Rest des Abends in einem so ungemütlichen Haus verbringe, dessen Bewohner einen ununterbrochenen Kleinkrieg führten, bei dem sich kein Gast wohl fühlen könne. Wie reagierte man auf so eine Bemerkung? Selbstverständlich hatte John nicht bleiben wollen, und er blieb auch nicht, sondern verabschiedete sich unter allen möglichen Vorwänden, während Mrs. Goodman traurig den Kopf schüttelte und sagte, sie habe vorhergesehen, daß Colin seinen Freund durch seine Grobheit vertreiben werde.

John sah eine Parallele zwischen seinem jetzigen Verhalten und der Art, wie er auf Mark Simms' Geständnis reagiert hatte. Als er nach Hause fuhr, hatte er überlegt, auf welche Weise er sein Wissen nutzen konnte, genauso wie er damals geplant hatte, zur Polizei zu gehen. Den ganzen Abend hatte er sich keine Ruhe gegönnt und nachgedacht und war am nächsten Tag zu dem Schluß gekommen, er müsse mehr Einzelheiten wissen. Das Zeitungsarchiv im Lesesaal des *Orrington Onlooker* zu sichten, war viel einfacher, als er es sich vorgestellt hatte, aber der Bericht über den Prozeß war nur kurz, denn der Name des Jungen und auch andere persönliche Daten durften nicht veröffentlicht werden. Der Junge war nicht verletzt worden, und Peter Moran hatte nicht versucht, seine Tat zu leugnen. Im Grunde erfuhr John aus der Zeitung nicht mehr, als er schon von Colin wußte.

Aber was wollte Moran bei seiner Veranlagung von Jennifer? Wahrscheinlich wollte er sich selbst einreden, daß er nicht so war. Sollte sie ihn vor sich selbst retten und beschützen? Weil Jennifer sehr mütterlich und liebevoll war? Oder einfach, weil sie ihn wollte und dadurch eine perfekte Tarnung für ihn war? Nach langem Überlegen mußte John sich eingestehen, daß er von sexuellen Abartigkeiten und Psychologie wenig verstand. Und er scheute vor dem Gedanken zurück, daß Jennifer ihren Liebhaber vielleicht mehr wollte als er sie. Vielleicht war Moran während seines Klinikaufenthalts geheilt worden – falls er je dort gewesen war.

Eine Erinnerung beschäftigte John jedoch immer wieder, ebenso wie die Frage, die er sich ununterbrochen stellte. An jenem Samstag nachmittag, dem zweiten April, an dem er sich mit Jennifer in Hartlands Gardens getroffen hatte, war auch Moran «ausgegangen», und an diesem selben Nachmittag war der zwölfjährige James Harvill verschwunden. War es bei dem, was er jetzt wußte, wirklich so abwegig, diese beiden Fakten miteinander zu verknüpfen? Die Frage, die John sich ununterbrochen stellte und auf die er natürlich nie eine Antwort bekam, lautete: Weiß es Jennifer?

Die Information schien wie eine schwere Last auf ihm zu liegen, wie eine leblose Masse oder der Magnesiastein, der ein Magnet mit übernatürlichen Kräften war. Er brauchte ihn nur hochzuheben und dem Tageslicht zu zeigen, und seine Frau würde – unwiderstehlich angezogen – sofort zu ihm zurückkehren...

13

«Hast du schon einmal daran gedacht, daß alles in einer Katastrophe enden könnte?» sagte Angus.

Sie waren sich nach der Studierzeit in der Neuen Bibliothek über den Weg gelaufen.

«Warum sollte es?» Mungo war ernsthaft verblüfft. «Wir tun nichts Ungesetzliches.»

«Manchmal segelt ihr aber hart am Wind. Manche Dinge fangen harmlos an und entwickeln sich dann ganz anders. Ihr könntet aus der Schule geworfen werden oder in eine andere Misere geraten.»

«Du redest wie Dad.»

Das war am 29. Juni, an dem Tag, an dem Mungo seinen Agenten die Anweisung schickte, in Zukunft alle nach *Spytrap* verschlüsselten Nachrichten zu ignorieren und für den neuen Code *Armadillo Army III* zu benutzen. Die Anweisung war noch mit *Spytrap* zu dechiffrieren, und der neue Code bezog sich auf die dritte Erzählung im neuesten Buch von Yves Yugall, einem kleinen, spannenden Thriller mit dem Titel *Gila Haunt*. Das Foto, das Charles Mabledene von dem Zimmer in Utting gemacht hatte, lag in einem Ordner mit der Aufschrift *Top Secret*. Bruce Reynolds hatte seine beiden Bücher über den Segelsport zurückbekommen und die Aufnahme von dem beschädigten Wagen der Whittakers durch seinen Bruder dem älteren Ralston zugespielt.

Obwohl sie sich sehr bemüht hatten, war es weder Mungo noch seinen Experten gelungen, Sterns Code zu knacken, und es gab nicht einmal einen kleinen Hinweis darauf, was die einleitende Zahl und die Zahlen am Ende bedeuteten.

In der ersten Juliwoche bekam Einhorn einen Brief seines Vaters mit einem Hinweis darauf, daß sie möglicherweise sehr bald mit dem Verlust des sicheren Hauses in der Ruxeter Road rechnen mußten. Einhorns Vater schrieb seinem Sohn, daß er nach dem Umbau vielleicht eine Wohnung in den Pentecost Villen kaufen werde. Offenbar sollten die Häuser nicht mehr abgebrochen, sondern saniert werden. Mungo hatte Basilisk und Empusa in einer nach *Armadillo Army III* chiffrierten Botschaft die Anweisung gegeben, mehr darüber herauszufinden. Der Schlag kam, als Einhorn routinemäßig im toten Briefkasten unter dem Pferdetrog nachsah und eine Nachricht vorfand, er solle alle Untersuchungen hinsichtlich der Pentecost Villen einstellen. Er hatte die Arbeit an dem schwierigen Vorhaben aufgegeben, seinen Vater dazu zu bringen, sich Baudaten und -pläne geben zu lassen und Basilisk ebenfalls eigenmächtig abberufen, ehe Mungo entdeckte, daß es sich um eine gefälschte Direktive handelte, die von Stern selbst oder von Sterns Maulwurf stammte. Die Moskauer Zentrale hatte den Juli-Code geknackt.

Das bedeutete nicht unbedingt, daß Stern wußte, wo sich ihr sicheres Haus befand. Nachdem es das erste Mal mit der genauen Anschrift genannt worden war, stand in allen Anweisungen für «Pentecost Villen» immer nur PV. Nein, sehr wahrscheinlich wußte Stern nichts. Aber er hatte den Code geknackt und das schon wenige Tage, nachdem er eingeführt worden war.

Drei Tage vor dem Ende des Sommer-Trimesters änderte Mungo den Code von *Armadillo Army III* in *Armadillo Army VII*, fest überzeugt, daß einen so gewagten Schachzug niemand für möglich halten werde. Die Änderung war am Anfang nur Einhorn, Basilisk, Medusa und Charybdis bekannt. Am letzten Tag wurde auch Drache Charles Mabledene eingeweiht.

14

Jennifers Brief kam an Johns erstem Urlaubstag. Er verreiste selbstverständlich nicht. Um den Garten wollte er sich kümmern, vielleicht ein Zimmer neu tapezieren, einen Tag bei Colin und seiner Mutter verbringen, seine Tante besuchen. Wie langweilig das klingt, dachte er. Trotz der welterschütternden Dinge, die er erfahren hatte, fühlte er, daß er allmählich wieder der alte John wurde. Äußerlich hatte sich an seiner Art zu leben nichts geändert. Doch er wußte, daß er auf ein Zeichen wartete – und vielleicht war es in diesem Brief enthalten. Er öffnete ihn langsam, nicht wie früher mit fieberhafter Nervosität.

Lieber John,
als Peter und ich Dich besuchten, hast Du gesagt, Du würdest nachdenken über das, um was wir Dich gebeten haben. Das ist jetzt schon über einen Monat her, und wir haben noch nichts von Dir ge-

hört. Du hast gesagt, Du würdest über die Scheidung nachdenken und Dich, da eine Klage wegen Ehebruchs für Dich nicht in Frage kommt, eventuell einverstanden erklären, daß wir uns in zwei Jahren wegen gegenseitiger unüberwindlicher Abneigung scheiden lassen. Wir haben mit einem Anwalt gesprochen, und er hat gesagt, ich hätte ein Recht auf einen Anteil an Deinem Haus, wahrscheinlich auf ein Drittel seines Wertes. Das kommt Dir vielleicht ein bißchen empörend vor, da es ja ursprünglich Dein Haus ist und ich keinen Penny hineingesteckt habe. Aber so lautet nun einmal das Gesetz, und ich selbst habe natürlich nichts, wie Du weißt, außer dem Betrag, den ich für meine Wohnung bekommen hatte, auf der ohnehin eine hohe Hypothek lag. Peter hat nichts, absolut keine Vermögenswerte. Es wäre keine Übertreibung zu sagen, daß wir nur das Allernotwendigste zum Leben haben.

Doch eigentlich möchte ich folgendes sagen: Wenn Du Dich scheiden läßt, damit wir heiraten können, werde ich nichts von Dir verlangen. Dann mußt Du mir weder Unterhalt zahlen noch verlange ich einen Anteil vom Haus, das verspreche ich. Ich glaube, das ist ein fairer Vorschlag, oder?

Bitte denk darüber nach. Ich will Dir nicht drohen, John, aber Du wirst verstehen, daß ich, wenn ich fünf Jahre warten muß, finanzielle Unterstützung brauche und am Ende dieser fünf Jahre ein bißchen Kapital haben müßte.

Immer Deine
Jennifer

Das hat ihr Moran eingeredet, dachte John. Damit er sich keine Arbeit suchen muß oder sich guten Gewissens einreden kann, daß es eben Schicksal ist, wenn er keinen Job findet. Konnte eine Frau, die mit ihrem Mann nur zwei Jahre zusammengelebt hatte, eine kinderlose Frau, einen Anteil von seinem Haus verlangen? John wußte es nicht und wollte auch keinen Anwalt fragen. Das würde er nie tun, er hatte es nicht nötig. Es war erst neun Uhr. Sie waren vielleicht noch nicht aufgestanden, aber daran wollte er nicht denken. Schnell suchte er sich Morans Nummer aus dem Telefonbuch heraus. Wenn er nachgedacht und überlegt hätte, hätte er am Ende vielleicht wieder gezögert, aber er dachte nicht nach. Er nahm den Hörer ab und wählte.

Es meldete sich die Stimme, die so sparsam mit Worten umging, die Stimme mit der schönen Aussprache. Um ein Haar hätte John wieder aufgelegt. Er sagte zögernd:

«Hier spricht John Creevey.»

Als sei er nie in seinem Haus gewesen, habe nie seinen Wein getrunken und ihm nicht die Frau gestohlen. «Ja?»

«Ich möchte Jennifer sprechen.»

Keine Bitte zu warten, keine Aufforderung, am Apparat zu bleiben. Schweigen und dann Schritte, die sich entfernten. Es schien sehr lange zu dauern, bis Jennifer kam.

«Hallo, John.»

«Ich habe deinen Brief gelesen», sagte er. «Ist eben gekommen.»

«Sag nicht gleich nein, John. Denk darüber nach. Du mußt mir nicht sofort antworten.»

«Das ist auch nicht meine Absicht. Ich habe dir etwas zu sagen und möchte mich mit dir treffen.»

«Kannst du es mir nicht jetzt sagen?»

Was vermutete sie? Daß er umziehen wollte? Die Stellung wechselte? Vielleicht sogar eine andere Frau gefunden hatte?

«Am Telefon geht es nicht. Wann können wir uns treffen?» Rasch fügte er hinzu: «Aber nur wir beide. Ihn will ich nicht dabei haben.»

Er hörte sie seufzen, tief und bekümmert. «Ich arbeite», sagte sie. «Nur Teilzeit, aber besser als gar nichts. Büroarbeit bei einer Firma in Feverton. Wie wär's mit Donnerstag nachmittag? Am Donnerstag höre ich mittags auf und du auch, soviel ich weiß.»

«Ich habe Urlaub», sagte er.

Sie sagte ihm, wo sie arbeitete und war damit einverstanden, sich Donnerstag um eins mit ihm zu treffen. Nachdem er aufgelegt hatte, kam ihm das Ungeheuerliche der ganzen Sache voll zum Bewußtsein. Er hatte noch so viel Gedankenarbeit zu leisten, dazu reichte die Zeit nicht, vier Tage waren nicht genug. Dann überlegte er, wie bereitwillig sie auf seinen Vorschlag eingegangen war. Es hatte den Anschein gehabt, als wolle sie sich mit ihm treffen. Wurde Morans flegelhaftes Benehmen sogar ihr allmählich zuviel? Er betrachtete wieder den Brief, den sie, davon war er überzeugt, nicht allein und nicht aus eigenem Antrieb geschrieben hatte.

Nach Cherrys Tod war keine Zeitung mehr in das Haus in der Geneva Road geliefert worden. Wenn John eine Zeitung wollte, kaufte er sie sich am Stand, und zwar meistens die *Free Press*. Während er bezahlte und sich das oberste Exemplar vom Stapel nahm, fragte er sich, ob nicht vielleicht doch etwas über Morans Prozeß und Verurteilung in der *Free Press* veröffentlicht worden war. Woher sollte er das wissen? Wenn es der Fall gewesen war, wußte Jennifer möglicherweise Bescheid. Hatte es vielleicht immer gewußt...

Eine Hitzewelle war ausgebrochen. Komisch, daß man es immer vorhersagen konnte, daß man immer wußte, wann es bei einem einzigen schönen Tag bleiben würde und wann er der Beginn einer Hitzeperiode war. John ging am Flußufer entlang, über die Randolph Bridge und dann weiter nach Feverton. Jennifer hatte ihm gesagt, sie arbeite bei Albright-Craven im Feverton-Square-Komplex. Es war eine Baufirma, ungefähr fünfzigmal so groß wie seinerzeit Maitland, doch konnte man die Analogie mit Cherry nicht ignorieren. In seinem Leben gab es unzählige Parallelen und Omen.

Sie würde jetzt da sein. Montags, dienstags, mittwochs und donnerstags am Vormittag, hatte sie ihm gesagt. Er schaute zu den Fenstern hinauf und fragte sich, wo ihr Büro liegen mochte, genauso wie er früher vor Peter Morans Haus gestanden und nach ihr Ausschau gehalten hatte. Der Himmel war von einem kräftigen Dunkelblau, die Sonne auf dem Glas und dem silbernen Metall blendete so stark, daß man das Gefühl hatte, sich die Augen zu versengen. Er hatte daran gedacht, über die Rostock Bridge zum Katzenwinkel zu gehen oder, was wahrscheinlicher war, einen Bus zu nehmen, aber sooft er in den vergangenen Wochen auch dagewesen war, nie hatte er eine Nachricht im Mittelpfeiler gefunden. Seine Mini-Mafia schien sich wieder in einen Schlupfwinkel zurückgezogen zu haben.

Auf dem Nevin Square drängten sich die Menschen. Es wimmelt von Touristen wie auf einer Piazza in einer ausländischen Stadt, dachte er. Die Sonne hatte sie herausgelockt. Die Stadtverwaltung hatte Harfensträucher in leuchtenden Farbtönen pflanzen lassen, die sich mit Korallenbäumen, seidigem rotem und weißem Jasmin und *Amaranthus caudatus* – allgemein Roter Fuchsschwanz genannt – abwechselten. John setzte sich auf die niedrige Mauer, die das Denkmal von Lysander Douglas einfriedete, und betrachtete mit nachdenklicher Wehmut die üppigen Blüten und die Springbrunnen dahinter, in deren durchsichtige Fontänen die Sonne Regenbogen malte. Einmal, an einem heißen Tag, als er schon ein großes Kind und sie noch klein gewesen war, hatte

Cherry ihn angestachelt, in das Brunnenbecken unter der Fontäne zu springen, aber er war nicht so wagemutig gewesen und hatte sich nicht getraut. Jetzt schlug er die Zeitung auf, um etwas anderes vor Augen zu haben und stieß auf einen Bericht über den Prozeß einer Bande, die Schutzgelder erpreßte.

Zwei Mitglieder waren angeklagt, das Geld unter Androhung von Gewalt gefordert zu haben. Es war eine alte Geschichte, John jedoch eher aus Kriminalromanen als aus eigenem Erleben oder eigener Erfahrung bekannt. Die Bande, falls es sich um eine solche handelte, hatte verschiedenen Ladenbesitzern und Wirten zugesagt, sie gegen Bezahlung einer bestimmten Summe, die wöchentlich eingetrieben werden sollte, vor Vandalismus zu schützen. Einer der Zeugen war der Wirt des *Beckgate*, und die Zeitung brachte sogar ein Foto des Lokals mit der von John bepflanzten großen Blumenampel über der Tür zur Salonbar.

Der Wirt sagte im Zeugenstand, daß er Woche für Woche die ziemlich geringe Summe bezahlt, sich dann aber geweigert habe, sich noch weiter ausnehmen zu lassen; daraufhin habe jemand das Telefon im hinteren Flur zerstört und die Sesselbezüge im kleinen Gesellschaftsraum aufgeschlitzt. Ein halbes Dutzend weiterer Zeugen wartete noch darauf, vernommen zu werden, und man rechnete damit, daß der Prozeß mehrere Tage dauern werde. John blätterte zur ersten Seite zurück. Dort las er, daß man die Leiche des vermißten Schuljungen James Harvill in einem See irgendwo in den Midlands gefunden hatte. Es war jetzt länger als zwei Monate her, daß er verschwunden war. John fröstelte leicht – trotz der Hitze.

15

«Gott, entlasse uns mit deinem Segen», sang Mungo. «Erfüll unser Herz mit Freude und Frieden, laß uns mit deiner Lieb' auf allen Wegen frohlocken in deiner Gnad' hienieden...»

Wenn die ganze Schule in der Kapelle von Rossingham versammelt war, war sie so überfüllt, daß man die Ellenbogen einziehen mußte, um sie nicht dem Nebenmann in die Seite zu rammen. An den meisten Tagen mußten die Messen gestaffelt gelesen werden, zuerst für die dritte und vierte Klasse und dann für die fünfte und sechste. Doch am letzten Tag des Schuljahrs war es anders. Es hieß, die Kapelle solle erweitert werden, da Rossingham einen so großen Zulauf an Schülern hatte. Doch Mungo konnte sich nicht vorstellen, wie man das machen wollte, ohne zu zerstören, was sein Vater ein «unvergängliches Beispiel für den Stil der Präraffaeliten» nannte. Mungo ließ den Blick über die blauen und karminroten Fenster, die Geldwechsler und Vogelhändler, Lilien auf dem Felde, Vögel in der Luft, die Speisung der Fünftausend und dann zurück über die benachbarten Kirchenbänke schweifen.

«O erfrische uns, die wir wandern durch dieses finstre Tal.»

Es war ungewöhnlich heiß, auf den azurblauen und zinnoberroten Sonnenstrahlen tanzten winzige Staubkörnchen. Graham O'Neill stand neben ihm und machte nur den Mund auf und zu. Da er keinen richtigen Ton herausbrachte, war es ihm untersagt zu singen. Sein Zwilling hingegen, drei Plätze weiter, suchte die Erfrischung im finstren Tal mit einem schönen, klangvollen Bariton. Die vierte Klasse Unterstufe saß ganz vorn; Patrick Crashaw und Charles Mabledene flöteten noch mit hellem Knabensopran, Robert Cook schmetterte mit einem Beinahe-Tenor und Nicholas Ralston hörte sich wie immer ziemlich dünn an.

«Lasset uns beten.»

Nicht zum erstenmal dachte Mungo, die Bitte, in Frieden scheiden zu dürfen, sei doch ein bißchen merkwürdig, als ob sie alle sterben würden. Doch wahrscheinlich fand sich in der Bibel kein passender Text für das Schuljahrsende. Graham kam für einen Teil der Ferien zu ihm und begleitete die Camerons auch nach Korfu, während Keith mit Tante und Onkel nach Schweden zum Camping fuhr. Und nach den Ferien kamen sie in die Fünfte, vor sich die Prüfungen zur Mittleren Reife, keine gemeinsamen Studierzeiten mehr und größere Freiheit. Aber vorher muß ich Sterns Code knacken, dachte Mungo.

Gestern nachmittag hatte er die Erlaubnis erhalten, nach Rossingham St. Mary zu gehen, doch unter dem Pferdetrog war keine Nachricht von Charybdis gewesen. Nächstes Jahr brauchte er nicht mehr um Erlaubnis zu fragen. Dann genügte es, sich ins Buch einzutragen. Wirklich seltsam, daß Angus das Amt gerade zu der Zeit abgegeben hatte, als er in den Genuß der Freiheit kam, die für den Direktor der Londoner Zentrale fast lebenswichtig war. Als sie hinausgingen, sah Mungo seinen Bruder vor sich und wurde sich in diesem Moment sehr deutlich des Altersunterschieds bewußt, der zwischen ihm und Angus klaffte, und den er eigentlich nur selten und auch dann kaum spürte, wenn Angus ihm sanfte Vorhaltungen machte. Es war eine Kluft, die auch er eines Tages überwinden mußte, denn auf der anderen Seite warteten Freundin und Bewerbung um einen Studienplatz für Medizin.

Doch jetzt – acht Wochen lang keine Schule mehr, förmlicher Abschied von Mr. und Mrs. Lindsay, die obligatorischen Dankesworte an die «Wäschedame», ein letzter prüfender Blick in das Studierzimmer, dem man ebenfalls Lebwohl sagte, weil man im nächsten Jahr ein größeres in einem tieferen Stockwerk bezog. Er schien mehr Gepäck zu haben als alle anderen. Für die Top Secret-Akten der Londoner Zentrale und verschiedene Bücher, die mit dem zusammenhingen, was Angus noch immer hartnäckig «Spookside» nannte, brauchte er einen eigenen Koffer.

«Hast du meine *Armadillo Army* gesehen? Ich brauche das Buch für den Code.»

«Es ist schon im Aktenkoffer», sagte Graham. «Ich dachte, du hättest den Code geändert, nachdem Stern ihn herausbekommen hat.»

«Ich habe nur statt der dritten die siebte Geschichte genommen. Das war ziemlich raffiniert, glaub ich.»

Robert Cook half ihnen mit den Koffern. Zu Fergus' Zeiten wäre er dazu verpflichtet gewesen und mit der Haarbürste vertrimmt worden, wenn er sich geweigert hätte. In dem liberalen Klima von heute, in dem es für die Jüngeren entwürdigend war, für die Älteren etwas ohne Gegenleistung zu tun, mußten sie ihn bezahlen.

«Das waren noch Zeiten», sagte Mungo.

Mr. Lindsay schüttelte jedem die Hand. Er sah aus, als könne er es nicht erwarten, auf seine Gesundheitsfarm zu kommen.

«Schickt mir eine Ansichtskarte», sagte er.

Angus saß vorn, Mungo und Graham auf den Rücksitzen. Fergus erwähnte, daß James Harvills Leiche gefunden worden war und sagte dann, er hoffe nur, Mungo sei sich der Gefahren bewußt, denen Jungen seines Alters ausgesetzt seien, wenn sie sich von fremden Männern ansprechen ließen.

«Dad», sagte Mungo mit großer Geduld, «ich bin größer als du.» Und das war er tatsächlich – um ein paar Millimeter. «Sie hätten Angst vor mir.»

Die Klimaanlage im Wagen war defekt und spuckte heiße Luft aus. Sie machten die Fenster auf. Fergus sagte bekümmert, Mabledenes hätten versprochen, die Sache zu reparieren, aber nicht Wort gehalten.

«Das überrascht mich nicht», sagte Mungo und wechselte mit Graham einen bedeutsamen Blick.

Aus dem toten Briefkasten, den Stern unverschämterweise mitten im Herzen von Mungos Hoheitsgebiet eingerichtet hatte – und zwar in dem schmalen Spalt zwischen Lysander Douglas' Bronzehand und dem Buch, das er aufgeschlagen in dieser Hand hielt –, holte Mungo noch am gleichen Tag ein ungefähr sechs mal zehn Zentimeter großes Stück Pappe mit einer Nachricht in dem nicht zu entziffernden Code heraus. Wie immer kopierte er die Nachricht und schob dann die Karte wieder zwischen Hand und Buch.

Es war noch immer ungewöhnlich heiß. Tatsächlich konnte sich Mungo, als er zum CitWest-Turm hinaufsah, nicht erinnern, dort schon einmal eine so ungewöhnliche Zahlenkombination gesehen zu haben: acht Uhr einunddreißig und dann noch sechsundzwanzig Grad. Er sagte das auch zu Graham, der im *Laughing Burger* auf ihn wartete, wo sie zusammen zu Abend gegessen hatten. Sie gingen die Nevin Street hinauf und dann die Ruxeter Road entlang. Wo die Straße breiter wurde und die Läden anfingen, entdeckte Mungo, daß ihnen jemand folgte. Er ging langsamer und trödelte vor einem Schaufenster mit Angelzubehör herum.

«Schau dich nicht um», sagte er zu Graham, «aber Stern hat jemanden auf uns angesetzt. Ich glaube, ich hab ihn erkannt. Sein Name ist Philip Perch.»

«Karottenkopf mit Zahnprothese?»

«So kann man natürlich auch sagen. Ich würde es Zahnspange nennen.»

Sie trennten sich, Mungo nahm die Howland Road, Graham ging in nördlicher Richtung auf der Ruxeter Road weiter, aber auf dem linken Gehsteig. Wieso Graham auf diese Entfernung und ohne sich umzudrehen gesehen haben konnte, daß Philip Perch eine Zahnspange trug, war Mungo ein Rätsel. Er mußte erstaunlich gute Augen haben. Perch hatte sich entschlossen, ihm, Mungo, zu folgen. Vermutlich dachte er, das Ziel, das der West-Agent ansteuere, liege eher in einer Seitengasse als auf der Hauptstraße.

Mungo führte ihn durch die staubigen Straßen und hinten um den Fontaine Park herum, ein Gebiet, das er bestimmt viel besser kannte als Perch. Das Parktor war verschlossen, und auf dieser Seite umgab eine hohe Mauer die grünen Rasenflächen und schattigen Wege. Mungo ging an der Mauer entlang. Er wußte, daß Perch nicht wagen würde, ihm zu folgen, bis er das Ende erreichte, wo am Gehsteigrand Bäume gewissermaßen aus dem Pflaster wuchsen, die Häuser begannen und es um diese Abendstunde stellenweise schon tiefe Schatten gab. Die Luft war heiß und unbewegt und voller fliegender Insekten. Wo die Mauer endete, führte noch vor dem ersten Garten ein schmaler Durchgang hinunter. Mungo stieg jedoch über die niedrige Gartenhecke, dichtes Lorbeer-, Stechpalmen- und noch anderes Gebüsch, dessen Namen er nicht kannte. Dort legte er sich flach auf den Boden, auf modriges Laub, in dem es von Insekten wimmelte. Vertrocknete Stechpalmenblätter prik-kelten ihm auf der Haut.

Nach ein, zwei Minuten kam Perch angetrabt. Ohne zu zögern, bog er in den Durchgang ein, und Mungo hörte, daß er anfing zu laufen. Seine Sportschuhe machten auf dem Asphalt leise schmatzende Geräusche. Mungo verschwendete keine Zeit. Er stand auf, klopfte sich die Jeans ab und rannte das letzte Stück in die Fontaine Road hinunter. Ein an einer Parkuhr angekettetes Fahrrad verriet ihm, daß Charybdis schon da war. Er muß vorsichtiger sein, dachte Mungo und notierte sich im Geist, daß er ihm das sagen mußte. Zu dieser Jahreszeit glich der lange Garten des mittleren Hauses der Pentecost Villen einem Stück Savanne. Man wäre nicht überrascht gewesen, ein wildes Tier durch das hohe Gras und zwischen den meterhohen Disteln umherstolzieren zu sehen. Aber Mungos stattliche Höhe erreichten weder Gras noch Disteln. Wie ein Forscher aus vergangener Zeit – wie vielleicht Mungo Parks selbst – schritt er durch die Wildnis, den Kopf dicht über den stechenden Nesselköpfen, den Schwertklingen der Disteln und zu Füßen Dornengestrüpp.

Sie waren alle da, im obersten Stockwerk. Dort war es am hellsten, denn elektrischen Strom gab es im Haus schon lange nicht mehr. Es war auch am heißesten. Mit der Überlegung, daß eigentlich nichts passieren konnte, öffnete Mungo zwei der nach oben verschiebbaren Fenster, aber viel kühler wurde es deshalb nicht. Die Digitaluhr zeigte immer noch vierundzwanzig Grad. Unermüdlich blinkte sie im saphirblauen Himmel. Charles Mabledene saß am anderen Ende des Zimmers im Schneidersitz und mit dem Rücken zur Wand auf dem Boden, das hübsche Kindergesicht von der Hitze leicht gerötet, das feine helle Haar ziemlich lang, wie seine Mutter es liebte. Der picklige Patrick Crashaw, mit Decknamen Basilisk, war der erste, der Bericht erstattete. In der Moskauer Zentrale war ein Machtkampf zwischen Stern und Rosie Whittaker ausgebrochen, die beide ihren Willen durchsetzen wollten; und Rosie hatte Guy Parker, die graue Eminenz, auf ihrer Seite.

«Denkt Stern etwa daran, zurückzutreten?» fragte Mungo.

«Noch nicht. Wahrscheinlich nicht. Aber es kommt bestimmt zum Bruch.»

Nigel Hobhouse – oder Charybdis – meldete «mit Hilfe familiärer Verbindungen Infiltrierung in das Hauptquartier der Konservativen Vereinigung in Chamney». Die Schwester vom Freund seiner Schwester arbeitete dort als Zeitsekretärin des Sekretärs, Lehrer in Utting, und hatte Mr. Mungo Cameron und Mr. Graham O'Neill auf die Gästeliste der Wein- und Käseparty gesetzt. Die Einladungen würden rechtzeitig ergehen. Mungo war enttäuscht, er hatte Cocktails erwartet. Nicholas Ralston berichtete vom glücklichen Ausgang von «Autoprox». Sein Bruder hatte an die Whittakers geschrieben, sie dann aufgesucht, ihnen Draches Foto präsentiert, und sie hatten sich schließlich bereit erklärt, die ersten vierhundert Pfund der Reparaturrechnung zu begleichen. Ernst und nüchtern, wie es seine Art war, sprach Mungo dem Drachen, der bescheiden den blonden Kopf neigte, seine Anerkennung aus. Zugleich schwebten ein Dutzend Luftballons, die bisher niemand bemerkt hatte, die aber dagewesen sein mußten, von der Decke und hüpften über den Boden. Mungo war verärgert. Er versuchte, die Ballons zu übersehen und sprach über die neuen Projekte. Erstens mußten sie in Erfahrung bringen, wann die Bauarbeiten an diesem Haus beginnen sollten; zweitens waren in Rossingham die Neuzugänge zu begutachten – kam vielleicht wieder jemand aus der Grundschule in Utting wie seinerzeit Charles Mabledene? Und drittens galt es, Sterns Code zu entschlüsseln, eine Aufgabe, von der sie sich nie ganz freimachen konnten, die das unveränderliche Ziel aller Ziele war, ihr *Carthaginem esse delendam*, wie Mr. Lindsay vielleicht gesagt hätte.

Mungo sprach weiter, und dabei ruhte sein Blick länger auf

Charles Mabledenes gleichmütigem Gesicht als auf allen anderen. War er Sterns Maulwurf? Mungos Überzeugung, daß er es war, war durch die Fotos leicht erschüttert worden. Die Segelbücher bedeuteten gar nichts, waren ein reines Beschwichtigungsmittel, aber diese Fotografien, besonders die von Simon Perchs Zimmer, dem Bruder des «Karottenkopfs mit der Zahnprothese». Es war ein schlecht belichtetes, unscharfes Bild, trotzdem sah man überall Bücher herumliegen, das Fernrohr auf dem Fensterbrett, erkannte man die Poster an den Wänden... Hätte Sterns Maulwurf der Gegenseite ein solches Foto geliefert? Natürlich konnte man dagegenhalten, daß gerade Sterns Maulwurf, der ja überall in Utting Zutritt hatte, am geeignetsten wäre, ein solches Bild zu schießen...

Basilisk, Einhorn, Charybdis, die so aufmerksam an seinen Lippen hingen – jeder konnte es sein. Es konnte auch Empusa sein, der unten in Cornwall wohnte, während der Schulzeit aber nicht aus dem Rennen war. Oder – was sehr unerfreulich wäre – Keith O'Neill, genannt Scylla, der im Moment wahrscheinlich mit Ziel Göteborg über die Nordsee schipperte. Mungo wollte Charles Mabledene einem Test unterziehen, sich eine Aufgabe für ihn ausdenken, die er, wenn er Sterns Maulwurf war, auf keinen Fall ehrenvoll ausführen konnte. Im Augenblick hatte er allerdings keine Ahnung, was für eine Aufgabe das sein sollte. Er konnte Drache und Basilisk nur darauf ansetzen, die Baupläne für Ruxeter Road 53 zu beschaffen. Und während sie den toten Briefkasten unter der Überführung für harmlose Nachrichten benutzten, um zu sehen, wie schnell Stern davon erfuhr, stellte er den jeweils gültigen Code auf eine andere Geschichte aus *Armadillo Army* um.

Das Licht wurde schwächer. Wenn sie noch lange blieben, würden sie die Kerzen heraufholen müssen, die sie in einer Schublade im Keller aufbewahrten. Mungo schloß die Fenster, und sie gingen einzeln, denn Philip Perch lauerte bestimmt noch irgendwo, weil er Sterns Zorn fürchtete und hoffte, seinen Auftrag nicht ergebnislos abbrechen zu müssen. Nur Graham und Mungo gingen zusammen. Sie waren die letzten, und Graham machte Mungo darauf aufmerksam, wie zerschlissen das Seil, das die Stufenleiter zum Dach hielt, an der Stelle war, an der es über die erste Rolle führte.

«Wenn die eines Tages runterkracht, gibt das einen höllischen Lärm», sagte Graham.

«Wollen mal sehen, wann die Bauleute kommen. Wenn sie erst –

na ja, sagen wir – in sechs Monaten mit dem Umbau anfangen, erneuern wir das Seil.»

Sie stiegen die Treppe hinunter. Es war plötzlich sehr dunkel geworden. Zweiundzwanzig sehr steile Stufen führten hinunter in den obersten Zwischenstock, dann wurde die Treppe flacher. Mungo zählte die Stufen. Von den Straßenlaternen außerhalb des Fontaine Parks fiel Licht durch ein hohes Fenster ins Treppenhaus und malte orangefarbene geometrische Muster auf den staubigen, geborstenen Fußboden. Und über dem Licht, das wie heller Nebel war, sah man das dunkle, geheimnisvolle Blau des sternbesäten Himmels.

16

Im Prozeß gegen die beiden Männer, die Schutzgelder kassiert hatten, wurden am Mittwoch die Urteile gesprochen. Beide wurden für schuldig befunden und bekamen Gefängnisstrafen. Unter den Zeugen war ein Ladenbesitzer, der aussagte, er sei zusammengeschlagen worden, und ein anderer, der erklärte, er habe um sein Leben gefürchtet. John las das alles in der *Free Press*, die er sich eigens kaufte. Ihn überraschte nur, daß er im Pfeiler wieder verschlüsselte Nachrichten fand. Die Bande hatte sich durch die Verurteilung ihrer beiden Mitglieder offenbar nicht abschrecken lassen.

Wie immer schrieb John die Nachricht ab, die im Pfeiler steckte, obwohl er natürlich keine Ahnung hatte, was sie bedeutete. Ein rötliches Kätzchen, unverkennbar der Sprößling des King of Road, rieb sich an seinem Hosenbein. Er wagte nicht, sich zu bücken und es zu streicheln. Mit Bedauern dachte er daran, wie er den Schlüssel des Bruce-Partington-Codes genau in dem Augenblick entdeckt hatte, als er außer Kraft gesetzt wurde. Er mußte es mit dieser Nachricht noch einmal versuchen, aber es war schon der Neunzehnte dieses Monats...

Das Treffen mit Jennifer ragte drohend wie ein Berg vor ihm auf. Nachdem er sie von Albright-Craven abgeholt hatte, mußte er sie natürlich zum Lunch einladen. Darauf freute er sich einerseits, doch wie sollte man so etwas wie das, was er zu sagen hatte, in einem Restaurant, über einen Tisch hinweg, besprechen. Im Lesesaal der

Bibliothek hatte er gebeten, den Artikel über Peter Moran kopieren zu dürfen. Das hatten sie ihm zwar nicht erlaubt, aber gesagt, sie würden es für ihn tun, und zehn Minuten später hatte er die Kopie auch bekommen. Dieses Stück Papier, seinen Zaubermagneten, würde er ihr bestimmt zeigen müssen, um seine Geschichte zu untermauern. Es kam ihm fast grotesk vor, es ihr über die Tischdecke zu reichen. Aber vielleicht wollte sie nichts essen. John war überzeugt, daß sie, sobald er es ihr gesagt hatte – wenn er es ihr sofort nach der Begrüßung sagte –, keine Lust mehr haben würde, irgendwohin essen zu gehen. Hätte er einen Wagen gehabt, hätten sie sich hineinsetzen können. Alle Pubs im Stadtzentrum waren zur Lunchzeit überfüllt. Sie würde aber bestimmt nicht bereit sein, allein mit ihm nach Hause zu gehen. Er mußte realistisch sein, durfte nichts beschönigen, mußte Tatsachen akzeptieren, und das, davon war er grimmig überzeugt, war eine Tatsache.

Am Nachmittag, als er eben vom Rasenmähen hereinkam, klingelte das Telefon. Er hatte das Gefühl, es sei Jennifer, die das Treffen absagen wollte, doch er irrte sich. Es war Gavin. Der Beo fraß nichts, hatte seit gestern morgen nicht mehr gefressen, und sein Gefieder war stumpf und zerzaust. Sollte Gavin ihn zum Tierarzt bringen? John hatte noch nie daran gedacht, daß Tierärzte auch für Vögel zuständig waren, aber warum nicht? Er sagte Gavin, er solle noch einen Tag abwarten, und wenn es dem Beo oder Myna-Vogel dann nicht besser gehe, solle er ihn zum Tierarzt bringen, da sie ja schon mittags schlossen. Was für Zufälle es doch gibt, dachte John und griff nach dem Buch, das er mit den aufgeschlagenen Seiten nach unten auf dem Sofa liegenlassen hatte. Es war *Armadillo Army*, und der Titel der Geschichte, die er aufgeblättert hatte, hieß *Mynah Magnum*. Ihm fiel ein, daß er schon im Juni versucht hatte, den Code mit Hilfe einiger dieser Erzählungen zu entschlüsseln, aber es hatte nie geklappt. Das war, bevor er angefangen hatte, sie zu lesen. Jetzt sah er, daß das Buch schon fast eine Woche überfällig war.

Vielleicht ließen Spionagefälle sich nicht besonders gut in Kurzgeschichten pressen. Er war von den dreien, die er gelesen hatte, nicht annähernd so begeistert wie von Yves Yugalls Romanen und hatte nicht die Absicht, das Buch zu Ende zu lesen. Die Bibliothek hatte mittwochs den ganzen Tag geschlossen. Er würde *Armadillo Army* und die beiden anderen Bücher morgen früh zurückbringen, doch warum sollte er vorher nicht versuchen, die Nachrichten aus seinem Notizbuch mit den ersten Zeilen dieser Kurzgeschichten zu vergleichen?

Alles was herauskam, war jedoch ein unverständliches Kauderwelsch. Er versuchte es mit *Armadillo Army, Mynah Magnum, Gila Haunt, Rodent, Strontium Strain*. Die siebte Geschichte hieß *Brontosaur*. John schrieb die Buchstaben des Alphabets unter die Buchstaben der ersten Zeile und versuchte, die Nachricht zu lesen. Es funktionierte. Wieder einmal hatte er es geschafft, den Code zu knacken.

Ihn überkam ein unglaubliches Triumphgefühl. Nichts in seinem Leben hatte sich verändert, seine beiden Tragödien belasteten ihn noch immer, was sich am nächsten Tag ereignen würde, hing noch wie eine dunkle Wolke über ihm, doch er fühlte sich geradezu euphorisch, sprudelte vor Aufregung fast über, war ganz obenauf. Denn er hatte es nicht nur geschafft, den Juli-Code zu dechiffrieren, er hatte jetzt auch den Schlüssel für alle künftigen Codes in der Hand, da die Anweisung, nach welchem Buch im nächsten Monat chiffriert werden sollte, jeweils in der letzten Nachricht eines Monats enthalten sein mußte.

John las die Nachricht, die er entziffert hatte: *Leviathan an Drache und Basilisk: Findet Donnerstag nachmittag Whittakers Fischer. Muß entfernt und eliminiert werden.*

Es war eine mysteriöse, wenn auch nicht sinnlose Nachricht, doch mußte man wissen, um was es ging, mußte als Insider über die geheimen Informationen der Bande verfügen. Zum erstenmal glaubte er, in einer der Nachrichten ein drohendes, ja gewalttätiges Element zu entdecken. Er hatte natürlich seit langem gewußt, daß die Bande Gewalttaten nicht scheute, aber das war die erste Nachricht, die etwas Unheilvolles hatte. Der kleine Schreck fühlte sich an wie ein Wasserguß aus einem Springbrunnen auf warmer Haut. Was bedeutete dieser letzte Befehl? Was bedeutete «entfernt und eliminiert»?

3. Teil

I

Die Whittakers wohnten zwischen Utting und Chamney in einem roten Backsteinhaus, wie man es ungefähr gleich groß, ähnlich im Schnitt und ähnlich im äußeren Gesamtbild in allen wohlhabenderen Vorstädten Englands findet. Durch den weitläufigen Steingarten vor dem Haus plätscherte ein Bach über Kalksteinplatten. Das Wasser, sagte Charles Mabledene zu Patrick Crashaw, mußte bestimmt elektrisch aus dem Boden gepumpt werden, da es hier kaum eine natürliche Quelle gab. Sie beobachteten das Haus schon fast den ganzen Vormittag. Ihm gegenüber lag, gegen die Straße durch einen weitmaschigen Drahtzaun abgegrenzt, ein Kricketfeld. Hinter dem Zaun wuchs eine dichte Weißdornhecke und ragten ein paar Bäume auf. Charles und Patrick waren auf dem Spielfeld, gingen auf und ab und setzten sich manchmal auf eine Bank.

«Warum will er, daß wir das tun?» fragte Patrick.

«Die Gründe gehen uns nichts an.»

«Okay, aber willst du sie denn nicht wissen? Ich meine, es ist ja nur ein alter Zwerg. Warum sollen wir ihn in Stücke schlagen?»

«Erstens hat er nie gesagt, wir sollen ihn in Stücke schlagen. Er hat es ‹eliminieren› genannt. Wenn er ihn in Stücke geschlagen sehen wollte, würde ich glauben, daß es um etwas Ähnliches geht wie bei den Napoleonbüsten in der Geschichte von Sherlock Holmes.»

Patrick sah ihn nur verständnislos an.

«In einer Büste waren Diamanten», sagte Charles.

«Glaubst du, daß in Rosie Whittakers altem Gnom Diamanten versteckt sind?»

«Nein», antwortete Charles kalt. «Nein, Crashaw, das glaube ich nicht.»

Er wandte den Kopf und blickte wieder auf die andere Seite der Straße. Seine Aufmerksamkeit galt einer Gipsfigur mit roter Mütze und grünem Wams, die über einem der kleinen Wasserfälle auf einem vorspringenden Stein saß und eine Angelschnur ins Wasser hängen ließ.

«Wie eliminierst du einen Gartenzwerg, wenn du ihn nicht zertrümmerst?» fragte Patrick.

Charles ignorierte ihn. Er beobachtete, wie sich gegenüber ein Garagentor hob und faltete. Der Wagen, den er in der «Firma» fotografiert hatte, jetzt ausgebeult und frisch gespritzt, kam langsam herausgefahren. Aus der zweiten Box der Doppelgarage war schon vor längerer Zeit der Mercedes von Rosies Vater herausgekommen. Das war kurz vor neun gewesen. Seine Mutter hatte Charles in die Stadt mitgenommen und war, nachdem sie ihn unterwegs abgesetzt hatte, in ihren Salon weitergefahren. Rosie und ihre Mutter waren noch im Haus. Oder waren es gewesen. Jetzt stieg Rosie auf der Beifahrerseite aus dem Auto, machte das Garagentor zu und stieg wieder ein. Sie hatte richtig fetzige Klamotten an – schwarze fußlose Strumpfhosen, schwarzes T-Shirt, schwarze Jacke, das schwarze Haar, in das grüne Strähnen eingefärbt waren, stand stachelig vom Kopf ab.

Dann passierte etwas Komisches. Der Wagen hielt mitten auf der Zufahrt, Mrs. Whittaker stieg aus und rannte ins Haus zurück. Innerhalb weniger Sekunden versiegte der Bach, der bisher als kräftiger Strom über die Steine gerauscht war. Charles fing an zu lachen, er konnte nicht anders. Zweifellos aus Sparsamkeitsgründen stellten die Whittakers die Pumpe ab, wenn sie nicht zu Hause waren.

Prosaisch und sehr logisch denkend, führte Charles Leviathans Befehl buchstabengetreu aus. Wenn er am Nachmittag sagte, meinte er nach zwölf, und jetzt war es auf seiner Uhr, die zugegebenermaßen in letzter Zeit immer etwas nachging, erst zehn. Er bekam zu seinem vierzehnten Geburtstag eine neue und außerdem einen Spezialanzug für Zauberer, in den zwölf geheime Taschen eingearbeitet waren. Von hier aus konnte er den CitWest-Turm nicht sehen, jedenfalls nicht vom Boden aus. Aus dem ersten Stock des Whittaker-Hauses war es vermutlich schon möglich.

Mrs. Whittaker kam zurück und fuhr mit Rosie ab. Der Fischer mit der Angelschnur in dem austrocknenden Flußbett sah jetzt ziemlich lächerlich aus. Sollte er ihn zerschlagen? Die andere Möglichkeit, ihn zu eliminieren, war, ihn zu ertränken, ihn – nun ja, eventuell von der Alexandra Bridge in den Fluß fallen zu lassen. Als er, mit Basilisk im Schlepp, auf das Tor im Zaun des Kricketfeldes zuging, traf Charles eine Entscheidung. Er würde von dem Befehl ein wenig abweichen und eigenmächtig handeln.

2

Aus Angus' Zimmer kam das Andante von Telemanns Suite in a-Moll. Mungo im obersten Stockwerk hörte es, und Lucy, die eben aus dem Krankenhaus nach Hause gekommen war, hörte es, in der Diele stehend, ebenfalls. Im Außenschrank, in den Warenlieferungen, Wäsche und sperrige Post abgegeben wurden, wenn niemand zu Hause war, hatte sie eben ein großes, seltsam geformtes Paket mit der Aufschrift «zerbrechlich» gefunden; es war an Mungo adressiert. Lucy legte es in der Diele auf den Tisch. Es fühlte sich wie eine kleine Statue an, und Lucy hoffte, daß sie sie – wenn es tatsächlich eine war – nicht hier unten dulden mußten. Sie würde Mungo sagen, er müsse das Ding in sein Zimmer stellen.

Mungo hatten den ganzen Nachmittag an Sterns Code gearbeitet, vor allem mit Hilfe der letzten Nachrichten aus dem toten Briefkasten auf dem Nevin Square, die er ja alle kopiert hatte. Stern war sehr selbstsicher. Er mußte wissen, daß die Londoner Zentrale diesen Briefkasten kannte. Erstens war Philip Perch ihm wahrscheinlich schon lange gefolgt, ehe er ihn in der Ruxeter Road entdeckt hatte. Perch mußte daher auch beobachtet haben, daß er die Nachricht aus der Hand von Lysander Douglas genommen hatte. Er hatte seither noch eine zweite herausgeholt. Sie benutzten den toten Briefkasten noch immer. Offensichtlich war es ihnen völlig egal, wie oft Mungo ihre Nachrichten las, so sicher waren sie, daß er ihren Code nicht knacken konnte.

Auch diese beiden Nachrichten begannen wie alle anderen von Stern, die ihm in die Hände gefallen waren, mit einer Zahl und endeten mit einer Zahl oder Zahlenreihe. Es war nicht festzustellen, ob es sich am Ende um eine große Zahl oder um eine Serie einzelner Ziffern handelte. Zuerst kam jeweils eine einzelne ein- oder zweistellige Zahl, zum Beispiel 6 oder 17, dann Buchstaben in einem Block ohne Zwischenräume, dann eine Ziffernreihe: 22 NDITBHGTY-IBSWONMWPSCSWXAPNUGN 931. Die zweite Nachricht lautete: 24 WQBHTSOPMHPSTRITVCXWTYRN 1003. Die zweite Endziffer war um acht höher als die erste, aber das schien ihn nicht weiterzubringen. Er versuchte, mit den Quersummen der Zahlen etwas anzufangen: neun plus eins plus drei ist dreizehn, und probierte einen Code aus, der auf einem Alphabet beruhte, das mit dem dreizehnten Buchstaben, dem M, anfing. Dann zählte er eins und drei zusammen und begann das Alphabet mit dem D. Es funktionierte nicht. Und was sollten außerdem die Zahlen 22 und 24?

Da es sehr heiß war, arbeitete Mungo direkt unter dem weit geöffneten Fenster. Die Luft war zu schwer und zu unbewegt, um seine Papiere durcheinanderzuwirbeln. Angus' Musik wehte durch die ebenfalls offene Tür herein. Vielleicht konnte er den Bruder überreden, den Computer mit dem Code zu füttern, aber auch der Computer würde ihm wohl nicht sagen können, was die Zahlen bedeuteten. Auf der Hill Street tauchten Graham, Ian und Gail auf. Sie waren im städtischen Freibad schwimmen gewesen. Ein Stück weiter unten auf der Church Bar hielt ein grüner Lieferwagen mit der Aufschrift *Mogul Palace* auf einer Seite. Der Fahrer lud mehrere runde Aluminiumgefäße aus. Neben indonesischer Küche liebte Mungo die von Mogul am meisten, und er beugte sich ganz weit aus dem Fenster, weil er hoffte, wenigstens den Duft in die Nase zu bekommen. Doch die Gefäße waren zu fest verschlossen, man roch überhaupt nichts.

Als der Mogul-Lieferfahrer mit den Gefäßen in die Seitenstraße einbog, ging Mungo hinunter. Die Ziffern, dachte er, könnten auf Buchseiten hinweisen, aber dann müßte es ein sehr dickes Buch sein. Die Bibel? Auf der Treppe kam ihm der Duft von *Tandoori**-Huhn entgegen, und ihm fiel ein, daß es sich bei dem Buch auch um den Koran handeln konnte. Hatte der Koran eintausendunddrei Seiten?

Das Paket auf dem Tisch in der Halle war an ihn adressiert. Mungo betastete es vorsichtig und spürte schon durch das Papier, was es war. Er war entsetzt, und es verschlug ihm leicht den Appetit, obwohl er eben noch rasenden Hunger gehabt hatte. Zögernd begann er, das breite Klebeband abzulösen. Alles hatte er erwartet, nur nicht, daß Drache und Basilisk es wirklich tun würden – vielmehr daß Drache es wirklich tun würde, denn ohne Zweifel war er die treibende Kraft. Mungo war überzeugt gewesen, daß die Moskauer Zentrale, rechtzeitig vorgewarnt, den Fischer entfernen werde, bevor Charles Mabledene dort auftauchte. Es war natürlich möglich, daß Rosie ihn in Sicherheit bringen wollte, von ihren El-

* Indische Methode, Fleisch oder Gemüse auf dem Spieß in einem Ofen aus gebranntem Lehm zu kochen.

tern, denen sie natürlich nicht die Wahrheit sagen konnte, daran gehindert worden war. Aber irgendwie glaubte Mungo nicht daran.

Angus kam die Treppe herunter und rannte in die Küche. Als er an Mungo vorbeikam, drehte er sich kurz um und sah ihn stirnrunzelnd an. Der Fischer war jetzt ausgepackt, Mungo stellte ihn auf das zusammengeknüllte braune Papier und starrte ihn an. Charles Mabledene hatte Anweisung erhalten, ihn zu eliminieren, aber offensichtlich Skrupel gehabt, es zu tun. Allmählich nahm er sich zuviel heraus. Mungo seufzte. Er war so sicher gewesen, daß der Fischer nicht mehr da sein würde, daß er keinen einzigen Gedanken daran verschwendet hatte, wie die Sache aussehen würde, wenn er doch da war. Denn dies war zweifellos Diebstahl, und dazu hatte er es bisher nie kommen lassen. Jetzt war die Grenze überschritten, die er gezogen hatte. Unwillkürlich mußte er daran denken, daß Angus erst vor kurzem gesagt hatte, alles könnte in Tränen oder in einer Katastrophe enden. Doch dieser Gartenzwerg sollte nicht in diese Katastrophe führen, wenn er es verhindern konnte.

Und ob Charles Mabledene nun der Verräter war, wußte er noch immer nicht. Dieser Streich war nur ein weiterer Beweis für seine Verschlagenheit und Raffinesse.

«Mungo!»

«Ich komme!» rief er, doch sein Vater stand schon auf der obersten Stufe.

Als er seinen Jüngsten nachdenklich vor einer ziemlich großen Gipsfigur stehen sah, die er eben ausgepackt haben mußte, sagte Fergus besorgt:

«Um Himmels willen, Mungo, wie kannst du so etwas kaufen, was ist dir denn da eingefallen? Es muß ein Vermögen gekostet haben. So viel Geld hast du doch gar nicht. Wir wollen so was hier sowieso nicht haben. Du mußt es zurückbringen.»

«Ja, Dad, ich weiß», sagte Mungo. «Keine Sorge, morgen geht es zurück.»

3

Ein paar Minuten nach eins kam Jennifer die Stufen des Albright-Craven-Gebäudes herunter. Sie trug ein helles Sommerkleid aus weißer Baumwolle mit grauen Tupfen, flache weiße Sandalen und eine große Sonnenbrille mit dunklen Gläsern, die einen großen Teil ihres Gesichts verbargen, es hart machten und seines Charakters beraubten.

Sie lächelte nicht. «Es ist schrecklich heiß. Ich kann diese feuchte Hitze nicht vertragen.»

Er hatte noch nie gehört, daß sie sich über allzugroße Hitze beklagt hätte. Sie hatte sich immer nach Sonne gesehnt und sie genossen, wenn sie endlich kam. Er fand, daß sie müde und abgespannt aussah. Auf dem Weg hierher war er in Fevergate an einer Wein-Bar vorbeigekommen, hatte gesehen, daß dort Tische mit gestreiften Sonnenschirmen im Freien standen und hatte einen reservieren lassen. Man wies ihnen einen im tiefen Schatten zu, den der größte, noch erhaltene Überrest der Stadtmauer warf, eine Bastion aus römischem und mittelalterlichem Gestein, von Goldlack und wildem Wein überwuchert. Jennifer, die bisher kaum ein Wort gesprochen hatte, ließ sich in den Korbsessel sinken, legte die Arme auf den Tisch und sagte irgendwie atemlos und bittend:

«Hast du dir überlegt, worum ich dich gebeten habe? Wirst du es tun?»

Sie schien den Zweck ihres Treffens vergessen zu haben.

«Willst du etwas trinken, Jennifer? Soll ich eine Flasche Wein bestellen oder lieber etwas ohne Alkohol, etwas Kaltes?»

«Es ist mir egal. Wein, wenn du willst.» Sie blickte auf und sagte unglücklich: «Ich nehme an, du hast gedacht, ich will dir drohen, es hat ja auch so ausgesehen. Es tut mir leid. Ich wollte es nicht. Ich würde kein Geld von dir nehmen, und ich würde nicht einmal im Traum daran denken, von deinem Haus etwas haben zu wollen, ich hoffe, du weißt das?»

Er hatte das Gefühl, eine Hand zerre an seinem Herzen. Ich weiß jetzt, warum die Leute, die alten Schriftsteller und Dichter, immer vom Herzen sprechen – vom brechenden Herzen, dachte er. Denn genau dort fühlt man es, in seiner Brust, in der Mitte.

«Ich wünsche mir, mit dir darin zu leben», sagte er. «Weißt du, wie sehr ich mir das wünsche?»

Sie schüttelte den Kopf. Eine Kellnerin kam, und er bestellte den Wein und etwas Eis, falls er nicht kalt genug sein sollte, was vermutlich der Fall sein würde.

«Wenn ich nur rauchen könnte!» sagte Jennifer. «Es gibt Augenblicke, in denen es wunderbar wäre, eine Zigarette zu haben. Aber ich rauche nun mal nicht, es hat mir nie geschmeckt.»

«Mir auch nicht.»

Zwischen uns gibt es so viele Gemeinsamkeiten, dachte John, wir fühlen in so vielen Dingen das gleiche. Er war jetzt sicher, daß genau wie er auch sie nichts essen würde, obwohl eine schwarze Tafel mit der Speisekarte aushing.

«Ich will nichts essen», sagte sie. «Es ist zu heiß.»

Er trug kein Jackett, nur ein dünnes Baumwollhemd mit aufgerollten Ärmeln. In seiner Hosentasche steckte, vierfach gefaltet, die Kopie des Artikels über Peter Moran. Das glatte Papier fühlte sich unter seinen Fingerspitzen kühl an.

«Wir hätten nie heiraten dürfen», sagte Jennifer plötzlich sehr schnell. «Es war ein furchtbarer Fehler. Ich habe dich geheiratet, weil ich Peter nicht haben konnte, das mußt du doch wissen. Ich hatte dich sehr gern, aber ich war nicht in dich verliebt. Ich hätte wissen müssen, daß er eines Tages zurückkommen würde.»

«Hat er dir je gesagt, warum er damals ging?»

Die Frage schien sie zu überraschen. Bevor sie antworten konnte, kam der Wein. Obwohl er es bei Mark Simms gelernt, früher aber nie nachgeahmt hätte, trank John jetzt ein ganzes Glas auf einmal aus. Was Jennifer dann sagte, war eigentlich keine Antwort auf seine Frage. Sie sagte, den leicht funkelnden goldenen Wein in ihrem Glas betrachtend:

«Ich muß mit jemandem zusammen sein, der mich braucht. Ich habe festgestellt, daß ich nur mit jemandem leben kann, für den ich sorgen muß. Fast mein ganzes Leben lang habe ich für andere gesorgt, mein Vater war so viele Jahre krank und dann meine Mutter. Aber das weißt du ja alles. Es ist irgendwie wunderbar zu fühlen, daß jemand von dir abhängig ist, daß du sein Schicksal, sein Leben in der Hand hältst. Ich habe gedacht, daß du umsorgt werden müßtest, doch das stimmt nicht, du bist stark. Du wolltest mich umsorgen. Peter verläßt sich auf mich, er lehnt sich an mich an, ohne mich wäre er verloren.»

«Ich bin verloren ohne dich», sagte John mit bebender Stimme.

«Das ist nicht wahr. Du beißt dich durch, du überlebst immer. Er nicht. Er klammert sich an mich, als wäre ich – nun ja, so etwas wie eine lebenserhaltende Maschine. Ich muß dich wieder fragen, und ich werde dich immer wieder fragen müssen, läßt du dich von mir scheiden? Bitte, John.»

John schenkte sich ein zweites Glas Wein ein. Jetzt oder nie, dachte er. Es ist ja auch richtig, wenn ich es ihr sage. Sie muß es wissen. Ich bin ihr Mann, und ich habe das Recht, jedes Mittel einzusetzen, das sie zu mir zurückbringen kann, jeden Magneten, der sie anzieht und festhält. Warum hatte er dann das Gefühl, etwas Unrechtes zu tun, eine Gemeinheit zu begehen? Sie hatte den Kopf gesenkt und saß geduldig da. Ihre Augen wurden noch immer von der schwarzen Brille verdeckt, doch jetzt hob sie die Hand und nahm sie ab. Langsam zog John das zusammengefaltete Papier aus der Tasche, und als er aufblickte, sah er Mark Simms an einem Tisch in der Nähe des Eingangs zur Wein-Bar sitzen. Er war allein, vor ihm standen eine Karaffe mit Rotwein und ein Teller mit irgendeinem Salat, den er nicht angerührt zu haben schien. John wandte schnell den Kopf ab.

«Ich habe dir am Telefon gesagt, daß ich mit dir etwas besprechen muß», sagte er.

«Das hatte ich vergessen», sagte sie. «Worum geht es?»

Er war überzeugt, daß sie es bereits wußte, daß sie mit diesem ganzen Lebenserhaltungszeug genau das meinte. Seine «Enthüllung» war also ein Reinfall. Vielleicht war es besser so. Er begann schnell und mit möglichst unbeteiligt klingender Stimme zu sprechen, zählte die Tatsachen auf, ergänzte sie durch das, was er darüber hinaus erfahren hatte, zitierte den Zeitungsartikel. Als er ihr sagte, Peter Moran habe sich schuldig bekannt, ein Kind unsittlich belästigt zu haben, merkte er, daß alle Farbe aus ihrem Gesicht gewichen war. Sie war kreideweiß. Nur auf der Nasenwurzel hatte sie dort, wo die Sonnenbrille gedrückt hatte, ein wie eine alte Narbe aussehendes rötliches Mal.

«Ich glaube dir nicht», sagte sie, als er geendet hatte.

«Dann hast du es also nicht gewußt? Ich habe gedacht, du wüßtest es vielleicht schon.»

«Das hast du doch frei erfunden.»

Ihm war jetzt übel. Er nahm die Kopie aus der Tasche und schob sie über den Tisch zu ihr hinüber. Er hatte einen Tropfen Wein verschüttet, und das Papier bekam davon einen feuchten grauen Fleck in der Mitte. Er trank noch einen Schluck, schenkte nach, verschüttete wieder etwas. Die Stirn in die Hand gestützt, las Jennifer den Artikel. Auf ihrer Oberlippe, auf diesem krankhaften Weiß, standen Schweißperlen. Er wandte den Blick ab, sah Mark Simms an und wünschte im nächsten Moment, er hätte es nicht getan, denn Mark hob die Hand und winkte zögernd. Zu seiner größten Bestürzung begann Jennifer zu weinen. Schluchzte zuerst lautlos, mit trockenen Augen, steif und aufrecht dasitzend. Dann ließ sie den Kopf auf ihre auf dem Tisch gefalteten Arme fallen und weinte so bitterlich, daß es sie schüttelte.

Die Vorübergehenden starrten sie neugierig an. John fühlte nichts, nur eine Art Leere, als sei er innerlich tot. Ihm fiel ein Satz ein, in dem es hieß, man könne auch aus Güte grausam sein. Das war er. Ihm ging es allein um ihr Wohlergehen, das hatte er wenigstens geglaubt. Oder war es vielleicht doch nicht reine Selbstlosigkeit gewesen? Hatte er mehr an sich gedacht als an sie?

«Jennifer», sagte er. «Jennifer, es tut mir leid.»

Sie antwortete nicht. Er berührte ihre bebende Schulter und fühlte betroffen, daß sie sich unter seiner Hand kleinmachte. Er schloß kurz die Augen und fragte sich, was er jetzt tun solle, wie sein nächster Schritt aussah. Als er die Augen öffnete, beugte sich Mark Simms über ihn.

«Kann ich irgend etwas tun?»

«Nein», sagte John. «Vielen Dank, aber nein.»

«Ich dachte, ich könnte vielleicht helfen.»

«Wie solltest du helfen können? Laß uns ganz einfach in Ruhe. Du hast schon genug Schaden angerichtet.»

Jennifer hob plötzlich den Kopf. Sie sah schrecklich aus, weiß und fiebrig und aufgewühlt bis ins Innerste. Ihr Gesicht war verschwollen und wirklich tränennaß.

«Ich gehe», sagte sie. «Ich muß gehen. Ich muß zurück.»

Sie sagte nicht, sie müsse nach Hause gehen. John merkte es und jubelte innerlich, trotz seiner Angst. Mark Simms stand da, sah sie an und wartete darauf, daß John ihn vorstellte. Mit den Bewegungen einer alten Frau stand Jennifer mühsam auf. Rieb sich mit dem Handrücken die Augen. John nahm sein Taschentuch heraus, das zwar sauber, aber nicht gebügelt war, und reichte es ihr. Es war lächerlich, daß sein Herz einen Freudensprung zu machen schien, weil sie es nicht ablehnte, sondern nahm und sich das Gesicht bedeckte, Hand und Taschentuch über ihr Gesicht breitete.

«Ich nehme den Bus», sagte sie durch die Finger.

«Du kannst unmöglich allein gehen.»

John mußte die Kellnerin suchen, um zu bezahlen. Er sah sich verzweifelt um, doch sie war im Lokal verschwunden. Jennifer stützte sich mit den Armen auf den Tisch, um sich einigermaßen aufrecht halten zu können. Plötzlich sah sich John von Mark Simms – dessen Anwesenheit, ja, dessen Existenz er völlig vergessen hatte – beiseite gedrängt.

«Sie sind Jennifer, nicht wahr?» sagte Mark. «Ich bin ein alter Freund von John. Mein Name ist Mark. Lassen Sie mich helfen, erlauben Sie, daß ich Sie nach Hause bringe.»

Auf einmal war ein Taxi da, als habe Mark es aus der Luft herbeigezaubert. Johns und Jennifers Blicke trafen sich und ließen sich lange nicht los. Dann war sie fort, und das Taxi war fort, und er hatte noch nicht einmal den Wein bezahlt.

Was hatte er erwartet? Daß sie Moran sofort verlassen und sich ihm in die Arme werfen würde? Oder daß sie widerspenstig erklären würde, sie halte zu Moran, egal, was er getan hatte? Genau eines dieser beiden Extreme hatte ihm vorgeschwebt, obwohl er wußte, daß die Dinge sich nie so entwickelten wie man dachte. Zu Hause, nachdem er fast die ganze Nacht schlaflos im Garten verbracht hatte, versuchte John sich einzureden, alles sei gut, das Ergebnis ihrer Unterredung das bestmögliche überhaupt. Der Schock und seine Nachwirkungen mußten erst einmal abklingen.

Nichts, was jetzt noch passieren würde, konnte ihn überraschen. Wenn Moran wütend angestürzt käme oder Mark Simms als selbsternannter Vermittler bei ihm auftauchte, wenn Colin anriefe und sagte, er habe sich geirrt, es handle sich um einen anderen Peter Moran, wenn Jennifer anriefe und sagte, sie brauche Zeit, um eine Entscheidung zu treffen, dränge aber nicht mehr auf die Scheidung – wenn eines von diesen Dingen passierte, er wäre darauf vorbereitet. Einen halben Tag lang hatte er das Gefühl, sich nie zu weit vom Telefon entfernen zu dürfen. Aber es klingelte nicht, und niemand kam, und als der schwülheiße Tag auf den Nachmittag zuging, brachte er seine Bücher in die Bibliothek zurück und ging aus einem Impuls heraus noch die letzte halbe Meile zum Katzenwinkel.

Im Pfeiler steckte eine Nachricht. John öffnete das Plastikpäckchen, kopierte den Text und dechiffrierte ihn an Ort und Stelle. «Leviathan an Charybdis», las er. «Martin Hillman, Trevor Allan. Stellt Nachforschungen an und berichtet.» Was waren das für Leute? Ladenbesitzer, Besitzer kleiner Firmen, die von der Bande eingeschüchtert werden sollten? Und was ging es ihn an? Er hatte selbst schwerwiegende Probleme, die ihm Kopfzerbrechen bereiteten. Er befestigte die Botschaft wieder im Pfeiler.

Heute waren keine Katzen da – oder schimmerte unter dem verkümmerten Strauch, dem letzten, bevor die Überführung wieder den Boden berührte, ein gelbes Fell? John wußte eigentlich gar nicht, warum er näher ging. Vielleicht weil sich nichts rührte, weil er das Augenfunkeln vermißte.

Lang ausgestreckt lag der Straßenkater da – King of the Road war tot. Die Augen offen und glasig, in der Hitze von Fliegen umschwärmt. Doch der Katzenkörper schien unverletzt, man sah kein Blut. Um das steife Maul war weißer Schaum. Der Kater war schon alt gewesen, vielleicht alt genug, um eines natürlichen Todes zu sterben. John mochte Katzen nicht einmal, und diese war nicht einmal ein sanftes, schnurrendes Hauskätzchen gewesen, sondern eher ein bösartiges, fast wildes Tier, und doch war er geradezu lächerlich bewegt, tief betroffen durch diesen Tod in der Hitze und darüber, daß der unversorgte Leichnam irgendwelchen Aasfressern überlassen blieb. Wäre es möglich gewesen, hätte er den Kater begraben, so blieb ihm nichts anderes übrig, als in einer absolut sinnlosen Geste ein paar Handvoll Gras herauszureißen und den Leichnam damit zuzudecken. Als er fertig war, würgte es ihn, und er rang nach Atem. Was immer eine Katze an sich hatte, das Asthmaanfälle auslöste, es überdauerte den Tod.

Er machte sich auf den langen, mühsamen Heimweg, die Brust voller Schleim, mit tränenden Augen. Ich könnte wirklich weinen, dachte er, um den Kater, um Cherry, um Jennifer, die so schrecklich leidet, und um mich selbst, weil ich so einsam bin. Niemand, an dem er vorbeikam, beachtete ihn. Bei sengender Hitze sahen die Menschen sich nicht an, sie büßten ihre Lebhaftigkeit ein, ihr Verlangen zu beobachten. Das Telefon klingelte, als er das Haus betrat. Es kann nur einer von ihnen sein, dachte er, irgendeiner – Jennifer, Mark Simms, Colin, vielleicht sogar Peter Moran. Aber wieder war es nur Gavin.

«Ich dachte, es interessiert Sie vielleicht, daß Grackle wieder okay ist», sagte er.

Im ersten Moment konnte John sich nicht erinnern, wer Grackle war. Als es ihm einfiel, dachte er bekümmert: Nur weil ich allein bin, eine Art Witwer, der nie ausgeht und nie etwas Aufregendes unternimmt, glaubt Gavin, er könne mich einfach anrufen und belangloses Zeug reden. Gavin ließ sich in seinem John kaum verständlichen Slang weiter über die Krankheit des Beo aus, irgendeinen Vogelvirus und seine B-Zellen, was immer das sein mochte. Er war dreimal mit dem Vogel beim Tierarzt gewesen.

«Und jetzt soll die Firma wohl die Rechnung bezahlen», sagte John und wünschte sofort, er hätte es nicht getan, denn schließlich gehörte der Beo der Firma und war eine Menge Geld wert.

«Ich besorge einen Kredit dafür», sagte Gavin.

Das Telefon klingelte nicht mehr. Das ist nun mein Urlaub, sagte sich John, als es sieben wurde, und er noch nichts unternommen – nicht einmal seine Tante besucht hatte. Als er bei Colin anrief, kam Constance Goodman an den Apparat und schien es für selbstverständlich zu halten, daß die Einladung, irgendwo ein Glas zu trinken, auch sie einschloß. Daher fand John sich im kleinen Nebenzimmer eines nicht sehr beliebten ländlichen Pubs mit schmutzigen Tischen und einem unfreundlichen Wirt wieder, offensichtlich dazu verurteilt, sich einen ganzen Abend mit Mrs. Goodman über den Verfall der britischen Grundschulen zu unterhalten. Peter Moran oder ihr letztes Zusammentreffen wurden mit keinem Wort erwähnt, aber nach einer Weile begann Mrs. Goodman sehr dogmatisch über moderne Ehen zu reden und erklärte, wie froh sie war, daß Colin nie geheiratet hatte, da seine Frau und er sich inzwischen bestimmt wieder getrennt hätten. Mrs. Goodman kannte kaum eine Ehe, die gehalten hatte, wenn die Partner unter fünfzig waren. Sie zählte alle auf, die ihres Wissens unglücklich geendet hatten. Es waren viele. Colin gähnte.

«Ein Jammer, wenn ich dich langweile, Colin. Wenn du dich so benimmst, tut es mir leid, daß ich mich von dir breitschlagen ließ, als du so hartnäckig darauf bestanden hast, mich mitzunehmen.»

«Ich habe darauf bestanden? Das ist ja stark! Und sehr komisch. John rief an, und du bist in deiner anmaßenden Art ans Telefon gestürzt, bevor ich auch nur einen Fuß ins Zimmer gesetzt hatte.»

«Willst du damit sagen, daß ich spinne, Colin?»

Sie stritten so lange weiter, bis John aufstand und sagte, er müsse nach Hause. Er fuhr mit der Honda über das Dorf Ruxeter und die Ruxeter Road in die Stadt zurück. Ein Blick auf die Nummer 53 verriet ihm nichts, denn das Haus war dunkel und die unteren Fenster noch immer mit Brettern verschlagen. Die Uhr auf dem Cit-West-Turm zeigte neun Uhr dreiundfünfzig und einundzwanzig Grad an. Ein heller Stern, ein kleineres, heller blinkendes Licht flog hinter den grünen Ziffern vorbei und tauchte auf der anderen Seite wieder auf, ein Meteorit oder ein Satellit oder vielleicht auch nur ein sehr hoch fliegendes Flugzeug. John fuhr über die Alexandra Bridge, über den gläsern stillen Fluß, der die Lichter zurückwarf wie ein Spiegel, hinunter ins östliche Hinterland, in die Berne Avenue und Geneva Road. Das Auto, die Diane, bemerkte er erst später. Am Abend parkten so viele Wagen auf beiden Seiten der Straße. Er hob das Vorderrad der Honda über den Randstein, um sie durch die Gartentür und den Seitenweg entlang ins Gewächshaus zu schieben, als Jennifer wie ein Geist aus dem Schatten trat, unter den Zweigen seines blühenden Baumes hervorzugleiten schien, die Hand ausstreckte und auf seinen Arm legte.

«Jennifer!»

«Ich warte schon seit zwei Stunden auf dich», sagte sie, und die Augen in ihrem wilden weißen Gesicht funkelten.

5

Der Kreis der Bewunderer, die den Käfig des Beo umstanden, löste sich auf, als John hereinkam, Sharon schlenderte zu ihrer Kasse zurück, Les machte sich wieder daran, den Fußboden aufzufegen, und nur Gavin und die beiden Kunden, ein junges Paar, blieben stehen, um die unglaublichen Worte des Beo noch einmal zu hören:

«Ich bin eine tote Hose.»

John kam zu spät.

«Ich hab schon gedacht, Sie hätten vergessen, daß es heute wieder in die Tretmühle geht», sagte Sharon.

Er versuchte zu lächeln. Das junge Paar ging mit seinem Drahtkorb zu den Düngemitteln und Samenpaketen hinüber. Gavin wandte sich an John.

«Haben Sie das gehört? Haben Sie gehört, was er gesagt hat? Hab ich ihm beigebracht.»

«Meinen Glückwunsch.»

«Was'n los mit Ihnen? Sieht aus wie'n echter Fall von EIS-ANAB.»

«Ein was?» fragte John.

«Es ist sowieso alles nur absolut beschissen.»

«Ich bin eine tote Hose», sagte der Beo.

«*Gracula religiosa* ist der beste Redner der Welt», sagte Gavin. «Der ist noch besser als Ihr Graupapagei.»

Es war Montag morgen. John zog den Arbeitsmantel an und ging ins Gewächshaus zu den Chrysanthemen. Der bittere Duft, den er nicht mochte, kitzelte ihn schon, als er die Tür öffnete, in der Nase. Regen trommelte auf das Dach und lief die Glaswände herunter, so daß man von der Außenwelt nicht mehr sehen konnte als verschiedene ineinanderfließende Grün. In der vergangenen Nacht hatte ein heftiges Gewitter die Hitzewelle beendet. Blitz und Donner hatten John wach gehalten, obwohl er wahrscheinlich ohnehin nicht hätte schlafen können.

Ein Tiefdruckgebiet, eine Tiefdruckrinne, nannten es die Meteorologen. Der Wetterumschlag hatte eine ähnliche Wirkung auf ihn, stürzte ihn in ein ganz persönliches schwärzestes Tief. Denn bis gestern abend war er, obwohl unglücklich, todtraurig, fast verzweifelt, noch immer voller Zorn gewesen, hatte er kämpfen wollen, nach Rache gedürstet. In dieser Stimmung war er in den Katzenwinkel zurückgefahren und hatte diesen seltsamen Schritt getan, sich zu einer Handlung hinreißen lassen, die er sich weder zu diesem Zeitpunkt noch später erklären konnte: Er hatte im mittleren Pfeiler der Überführung eine von ihm chiffrierte Nachricht angebracht. Jemand hatte die tote Katze entfernt. Er hatte sich dem Platz fast ängstlich genähert, Fliegenschwärme und Leichengeruch erwartet, doch als er sich zwang, zu dem Grashügel hinüberzuschauen, den er aufgehäuft hatte, war nichts mehr da. Sogar das Gras war verschwunden. War denn jemals etwas dort gewesen, ein totes Tier, ein Leichnam, über den er Gras gehäuft hatte? War die Katze tot, oder hatte er es sich nur eingebildet?

In der Hitze des Tages, mit einer Sonne, die flirrende Luftspiegelungen auf die verlassenen Straßen malte, dem schmelzenden Asphalt, der toten Katze, die nicht mehr da war, hatte John ein Gefühl der Unwirklichkeit überkommen, ein Gefühl, als sei er in einen Alptraum geraten. Ohne zu denken, allein konzentriert auf seinen Haß gegen Peter Moran, dem anscheinend nichts etwas anhaben, den offenbar nichts aus Jennifers Bewußtsein verdrängen konnte, hatte er die Nachricht aus dem Plastikumschlag herausgenommen und sie durch eine andere ersetzt, die er geschrieben hatte...

Er ging durch den Mittelgang des Gewächshauses in das nächste, wo die Sämlinge der Alpinblumen und die Ableger der Begonienblätter untergebracht waren. Gavin hatte in seiner Abwesenheit sehr gute Arbeit geleistet. Die Pflänzchen waren feucht, aber nicht naß, sie waren grün und sahen gesund aus. Das Gewächshaus war sauber gefegt. Doch John konnte sich nicht darüber freuen, er hatte nur das trostlose Gefühl, daß er genausogut hier sein konnte wie woanders, daß es völlig egal war, ob er nun hier war oder zu Hause.

Eine Zeitlang hatte er geglaubt, daß er nach jener Aussprache Jennifer nie wiedersehen werde, und diese Gewißheit kehrte jetzt wieder. Doch als sie auf ihn zugekommen war, mit weißem Gesicht aus dem Schatten trat, hatte er gedacht, sie sei zu ihm zurückgekehrt, und sein Herz hatte plötzlich hoch oben in der Kehle geklopft. Sie hatte kein Wort gesprochen, war, nachdem er aufgeschlossen hatte, vor ihm ins Haus und ins Wohnzimmer gegangen, als sei es noch ihr Zuhause, als würden sie und er dort noch eine Weile beisammensitzen, vielleicht noch ein Glas zusammen trinken, dann die Lichter löschen und zu Bett gehen.

Tatsächlich jedoch drehte sie sich, als auch er ins Zimmer kam, zu ihm um und sah ihn an. Er schaltete die neue Tischlampe ein. Die Luft war warm und ziemlich stickig. Ihr Gesicht hatte einen grimmigen, fast tragischen Ausdruck. So hatte er sie noch nie gesehen, sie war eine völlig veränderte Frau.

«Ich habe mich entschlossen, zu dir zu kommen, um dir zu sagen, was du getan hast.»

Er antwortete nicht, sah sie nur an.

«Ich habe stundenlang auf dich gewartet, aber ich wäre auch die ganze Nacht geblieben.»

Zu wiederholen, daß er nur um ihretwillen gesprochen, es mit ihr nur gut gemeint hatte, wäre ihm auf einmal wie reinste Heuchelei vorgekommen. Er stand da, und seine Augen ließen sie nicht los. Das Sofa stand zwischen ihnen, und sie umklammerte die Lehne, als sei sie eine Barrikade, hinter der sie sich verschanzt hatte.

«Ich will ehrlich sein», sagte er. «Ich habe es dir erzählt, um dich gegen ihn zu beeinflussen. Ich besaß eine Information, von der ich glaubte, sie würde dich dazu bringen, dich von ihm abzuwenden. Ich dachte, ich könnte sie zu meinem Vorteil nutzen und habe sie benutzt – als Waffe.»

Sie nickte, als habe er nur bestätigt, was sie schon wußte. «Die Polizei war bei uns – nachdem der kleine Junge verschwunden war, der, den man ertrunken aufgefunden hat. Ertrunken», sagte sie mit heiserer Stimme, «nachdem er – mißbraucht worden war. Die Polizei war da, um Peter zu vernehmen. Ich wußte nicht, warum. Woher sollte ich auch? Sie haben mit ihm allein gesprochen, ich war nicht dabei. Hast du sie geschickt?»

«Natürlich nicht. Leute wie er werden routinemäßig befragt, wenn so etwas passiert.»

«Ich hasse dich, John.» Ihre Stimme klang noch immer sanft, daran konnte sie nichts ändern. «Als ob Peter einem Kind etwas antun würde... Was er auch getan haben mag, das würde er nie tun.»

«Ich weiß nicht.» Was sie gesagt hatte, schmerzte ihn immer noch. «Ich weiß nicht, was er tun würde.»

«Du hast gedacht, daß ich zu dir zurückkomme, wenn du es mir sagst. Du solltest wissen, daß du dir damit den schlechtesten Dienst erwiesen hast, den du dir vorstellen kannst. Glaubst du denn, ein Mensch, dem du so etwas sagst, könnte dich lieben? Den Überbringer schlechter Nachrichten haßt man, das weiß jeder. Vorher, John, habe ich mich über dich geärgert, du hast mich gelangweilt, ich hatte alles hier satt, aber ich habe dich nicht gehaßt. Jetzt hasse ich dich.»

Er fröstelte, zitterte am ganzen Körper. Anstatt sich zu verteidigen, sagte er: «Wie kannst du jemanden noch lieben, der so etwas getan hat? Du kannst doch keinen Mann lieben, der sich an kleinen Jungen vergreift.»

«Ich hasse dich, weil du nicht geschwiegen hast», sagte sie ruhiger – und kälter. «Niemand hat dich gezwungen, es mir zu sagen. Wenn man jemanden liebt, wie du behauptest, mich zu lieben, sollte man ihn vor Leid bewahren und sich wünschen, daß er glücklich ist.»

Das funktionierte nie, er wußte es, hätte aber nicht sagen können, warum das so war.

«Was hat dir deine – Mitteilungsfreudigkeit denn eingebracht? Hast du geglaubt, ich würde in deine Arme fliegen und erklären, alles sei ein schrecklicher Irrtum gewesen?»

Eine seltsame Intuition, eine Fähigkeit, ihre Gedanken zu lesen, die an sich schon Qual war, weil sie ihm bewies, wie gut sie einander kannten, ließ ihn mit langsam aufkeimendem Begreifen sagen:

«Aber du empfindest seither anders für ihn, nicht wahr? Es hat dich verändert. Du liebst ihn nicht mehr so sehr.»

Schmerz lief wie eine Welle über ihr Gesicht, oder nein, eigentlich sah es eher so aus, als zerre etwas unter ihrer Haut, im Innern ihrer Gesichtszüge, an ihren Muskeln. Sie lügt mich nicht an, dachte er, sie würde es nie tun, wenn es jetzt auch leicht gewesen wäre, man es fast von ihr erwartet hätte. Sie sagte zurückhaltend, im Ton eines Menschen, dem man einen Schlag versetzt hatte:

«Es ist natürlich nicht ohne Wirkung geblieben. Ich empfinde nicht mehr dasselbe für ihn. Wie könnte ich das? Das hast du mir angetan, dafür bist du verantwortlich.»

«Es tut mir nicht leid.»

«Nein, natürlich nicht. Aber ich will dir eins sagen. Ich habe dadurch nur begriffen, daß ich mich mehr denn je um ihn kümmern muß, er braucht mich, damit ich ihn beschütze – vor sich selbst genauso wie vor anderen Menschen. Solange er mich will, halte ich zu ihm, ob du dich nun scheiden läßt oder nicht. Und da ist noch etwas, John. Vielleicht hast du das nie in Betracht gezogen. Ich weiß, warum er mich vor unserer Hochzeit verlassen hat. Nicht wegen einer anderen Frau oder weil er mich nicht liebte, das weiß ich jetzt. Er ist gegangen, weil er dachte, daß er vielleicht ins Gefängnis müsse, wenn herauskam, was er getan hatte.»

«Und angenommen, er muß einmal tatsächlich ins Gefängnis? Was dann?»

Sie antwortete nicht, sondern drehte sich um und verließ das Zimmer. An der Haustür blickte sie über die Schulter zurück und sagte:

«Ich will dich nie wiedersehen, John. Ich werde nie wieder mit dir sprechen.»

Anfangs fühlte er Reue über das, was er getan und gesagt hatte, dann Zorn, dann der Wunsch nach Rache. Dazwischen wand sich Hoffnung wie ein Wurm, das einzig Lebendige in diesem Leichnam negativer Gefühle. Wenn ihre Leidenschaft für Moran, ihre schwärmerische Liebe zu ihm, abgetötet worden war durch das, was sie jetzt wußte, gab es für ihn doch noch Hoffnung, nicht wahr? Aber sie hatte gesagt, sie wolle ihn nie wiedersehen.

Am Sonntag holte er im Katzenwinkel die Nachricht aus dem Pfeiler und fügte Peter Morans Namen zu den beiden hinzu, die schon im *Brontosaur*-Code auf dem Zettel standen. Die Nachricht lautete jetzt: «Leviathan an Drache: Martin Hillman, Trevor Allan, Peter Moran: observieren und beschatten.» Was dabei herauskommen sollte, wußte John selbst kaum. Er hatte die vage Idee, daß Moran durch diese Schikane in Angst und Schrecken versetzt werden würde, und eine ganze Weile empfand er große Befriedigung über das, was er getan hatte. Es ging ihm besser, denn er hatte das Gefühl, Moran endlich angegriffen zu haben, anstatt passiv abzuwarten und sich selbst jede Rache zu versagen. Was hätte es außerdem für einen Sinn gehabt, den Codeschlüssel zu besitzen und nie Gebrauch davon zu machen.

Doch früh am Morgen, in den ersten Stunden dieses Morgens, als das Gewitter in den nahen Hügeln tobte und der Regen an sein Fenster klatschte, erwachte er mit einem bestürzenden Gedanken aus einem unruhigen Schlummer. Was hatte er getan? Was für ein lächerliches Spiel trieb er da? Hatte er wirklich eine Gangsterbande auf den Liebhaber seiner Frau angesetzt? Bestürzung wich jedoch bald der Vernunft. Die Gangster wußten schließlich nicht, wer Peter Moran war. Und im Telefonbuch standen mehrere, woher sollten sie also wissen, welcher der richtige – ob er jung, alt, groß, klein, dünn oder dick – war? Also konnten sie ihn auch nicht beobachten. Das war der Augenblick, in dem ihn diese unerklärliche tiefe Niedergeschlagenheit überfallen und völlig von ihm Besitz ergriffen hatte. Eine Depression, die ihn nicht mehr losließ, seine Sinne und seine Wahrnehmungsfähigkeit abstumpfte. Wie benommen ging er durch die Gewächshäuser und hinaus auf den überdachten Weg, der in die Gärten und die Baum- und Strauchpflanzungen führte. Der Regen fiel schnurgerade und gleichmäßig vom Himmel. John kehrte in den Laden zurück und wurde sofort von einer Frau mit Beschlag belegt, die wissen wollte, wie sie ihren Weihnachtsstern vom vergangenen Jahr wieder zum Blühen bringen konnte.

Es regnete den ganzen Montag abend und den größten Teil der Nacht. Wahrscheinlich holen sie die Nachrichten nicht jeden Tag im Katzenwinkel ab, dachte John, und ein starker Regen wie dieser würde ihre Aktivitäten vermutlich genauso einschränken wie die anderer Leute. Wenn er hinfuhr, bevor er morgens zur Arbeit ging, kam er vielleicht noch rechtzeitig, um die Nachricht wieder austauschen, Peter Morans Namen entfernen zu können. Er mußte ein bißchen verrückt gewesen sein, als er ihnen die gefälschte Nachricht untergeschoben hatte. Nun, nicht direkt verrückt, aber total aus dem Gleichgewicht, «aus den Angeln», wie seine Mutter es genannt hätte, als sei der Verstand ein Zimmer mit einer Tür, die aus den Angeln gehoben werden konnte. Und irgendwie stimmte es, irgendwie hatte er sich in der feuchten Hitze und seinem Jammer genauso gefühlt.

Die Temperatur war drastisch gesunken. Eine frische Brise kräuselte das Wasser, das den wolkenverhangenen Himmel, in dem sich das Blau sehr rar machte, reflektierte. Der Regen hatte dem Sommerstaub den Garaus gemacht, und alles sah frisch gewaschen wie nach einem Großreinemachen aus, dem auch das Laub der Bäume und Sträucher und die einjährigen Pflanzen in den Blumenbeeten nicht entgangen waren. In den Mulden der Beckgate Steps hatten sich Lachen gebildet, und auf den Steinplatten des breiten Absatzes zwischen den beiden Treppenzügen mußte man durch einen Teich waten. John verdrängte die Gedanken an Cherry, wie immer seit Mark ihm den Mord gestanden hatte und er ihren wahren Charakter kannte. Er wandte statt dessen sein Interesse dem *Beckgate Pub* zu, das um diese Zeit natürlich geschlossen hatte. Aus der Blumenampel über dem Eingang zur Salonbar tropfte langsam, aber stetig das Wasser. Die Bande, mit der er sich eingelassen hatte, hatte dort Mobiliar und Telefon zertrümmert und mit noch schlimmeren Gewalttaten gedroht. Schnell stieg John die Treppe hinauf und rannte dann die Straße entlang, vorwärtsgetrieben von dem jetzt fast zwanghaften Wunsch, so schnell wie möglich im Katzenwinkel zu sein.

Über die Stahlhochbrücke dröhnte der Morgenverkehr nach Süden. Auf einer umgedrehten Holzkiste sitzend, die am Sonntag noch nicht dagewesen war, leckte sich ein magerer junger Kater das nasse orangefarbene Fell trocken. War er der neue King? John wollte nicht wieder einen Asthmaanfall riskieren wie am Freitag und hielt sich von der Katze fern. Daher sah er das Innere des Pfeilers erst, als er unmittelbar davorstand. Zum erstenmal klebten zwei Plastikumschläge am Metall. Aber noch bevor er sie herunternahm, sah John, daß der Zettel mit Peter Morans Namen nicht mehr da war.

Eine eigenartige und unerklärliche Erregung überkam ihn. Und als er die beiden vorhandenen Zettel auseinanderfaltete, fiel ihm ein, daß er seine Nachforschungen im Zusammenhang mit diesen Nachrichten als eine Art Therapie angesehen hatte. Sein Interesse an ihnen und seine Neugier hatten ihn davor bewahrt, in absoluter Mutlosigkeit und Verzweiflung zu versinken. Er sollte jetzt entsetzt sein, daß er der Bande Morans Namen genannt hatte, daß er zu spät kam, um seine «Missetat» ungeschehen zu machen, aber er fühlte keine Reue. Er hätte, im Gegenteil, am liebsten laut gelacht, doch das war hier, auf offener Straße, nicht gut möglich. Er las die beiden Nachrichten mit Hilfe des Codeschlüssels in seinem Notizbuch. Die erste lautete: *Einhorn an Leviathan: Sterns Rücktritt am 1. August wurde bestätigt.* Die zweite war für ihn von größerer Bedeutung. Als er sie las, wurde ihm ganz kurz schwindlig. *Drache an Leviathan: Peter Moran unbekannt. Erbitte so schnell wie möglich Adresse.*

John befestigte die Nachricht, in der es um Stern ging, wieder an ihrem alten Platz, wobei er einen frischen Klebestreifen verwendete, den er mitgebracht hatte. Die andere steckte er in die Tasche. Auf dem Weg zur Bushaltestelle schien seine Erregung abzuklingen und die Depression wieder von ihm Besitz zu ergreifen. Ohne zu wissen, warum der Gedanke ihm ausgerechnet in einer Straße kam, in der ihn überhaupt nichts an sie erinnerte – weder ein Name noch ein Bild, noch ein Gegenstand –, wurde ihm plötzlich endgültig klar, daß Jennifer Peter Moran nie verlassen würde. Irgendwie hatte er das bisher noch nie akzeptiert, hatte immer gehofft, immer geglaubt, daß die Ehe selbst, diese unverrückbare feststehende Tatsache, sie zu ihm zurückbringen werde. Jetzt glaubte er nicht mehr daran. Solange Moran da war, würde sie bei ihm bleiben, und der wundertätige Magnetstein schien, anstatt sie zu ihm zurückzuziehen, das Band zwischen ihr und Moran gefestigt zu haben.

Sie hatten – oder derjenige mit dem Decknamen Drache hatte – tatsächlich um Morans Adresse gebeten. Nicht ohne Verwunderung dachte John darüber nach, vor allem jedoch darüber, daß sie seine Nachricht wirklich ernst genommen hatten. Aber warum auch nicht? Wie hätte es anders sein können? Drache glaubte ja, die Nachricht komme von Leviathan, und offensichtlich war er es gewohnt, Leviathans Befehlen zu gehorchen. Ende der Woche wird der Code wieder geändert, dachte John. Wie leicht konnte ihm da entgehen, wie der neue Code lautete. Wenn er daher eine Information weitergeben wollte, mußte er es an einem der nächsten Tage tun.

Dann verwarf er, in die Realität zurückkehrend, diese Gedanken wieder. Er war ein respektabler, gesetzestreuer Bürger mittleren Alters, langweilig respektabel vielleicht. Wenn er ein Gesetzesbrecher mit kriminellen Neigungen gewesen wäre, hätte seine Frau ihn vielleicht geliebt und wäre bei ihm geblieben. Diese Gedanken suchten ihn wieder heim, als er am Abend in sein einsames, leeres Haus zurückkehrte. Die meisten Leute in meiner Lage würden nicht zögern, dachte er. Leute, die sich durch einen reinen Zufall die Dienste eines professionellen Killers zunutze machen können. Wie nannte man das doch? Einen Mordauftrag erteilen? Gavin wüßte es, doch darüber konnte er mit Gavin natürlich nicht sprechen.

Am Mittwoch abend tat er endlich, was er sich schon seit einiger Zeit vorgenommen hatte, er rief seine Tante an, mit dem Ergebnis, daß er den nächsten Nachmittag und Abend mit ihr und seinem Onkel verbrachte. Sie wußten nichts von Jennifer, und er erzählte es ihnen auch nicht, sagte nur, sie sei im Büro. Da er mit seiner Honda den Rückweg über den Katzenwinkel nehmen konnte, nutzte er natürlich die Gelegenheit. Die Nachricht aus dem Pfeiler lautete: «Leviathan an Drache. Ab Sonntag übernehmen *Oktobermänner.*» John holte sein Notizbuch heraus und schrieb in *Brontosaur* darunter: *Fen Street 24, Nunhouse.* Er befestigte die Nachricht wieder an Ort und Stelle und sagte sich, dadurch, daß er Morans Namen nicht genannt hatte, hatte er auch nichts Entscheidendes und nichts Unrechtes getan.

Aber als am nächsten Morgen ein Wagen der Polizei vor seinem Haus anhielt und ein Mann und eine Frau – unverkennbar Kriminalbeamte – ausstiegen, glaubte er, sie seien gekommen, um ihn zu verhaften.

5

Sie kamen überein, daß Graham Charles Mabledene die Testaufgabe stellen sollte: Er bekam den Auftrag, den Schlüssel zu Sterns Code zu besorgen – oder Rosie Whittakers Code, wie sie ihn jetzt nennen mußten –, nicht mehr und nicht weniger. Wenn er, wie er behauptete, erstklassige Verbindungen in Utting hatte, mußte es möglich sein; nur Loyalität gegen die Moskauer Zentrale konnte ihn daran hindern. Besorgte er den Schlüssel zu dem Code, wäre seine Gefolgstreue zur Londoner Zentrale zweifelsfrei bewiesen. Graham würde nicht den toten Briefkasten unter der Überführung benutzen – Mungo war sogar der Meinung, er wisse nicht einmal etwas von seiner Existenz, denn für seine eigenen Unteragenten (Scilla, Wyvern und Minotaurus) hatte er einen anderen in der Nähe des Shot Tower angelegt. Er wollte sich jedoch mit Drache im sicheren Haus treffen.

Bisher hatte Mungo sich immer auf Korfu gefreut, doch in diesem Jahr wurden seine Erwartungen durch Zweifel gedämpft. Konnte er es sich leisten, die Operationsbasis vierzehn lange Tage zu verlassen? Nun, da Rosie Whittaker die Leitung der Moskauer Zentrale übernommen hatte, war die Situation ziemlich brenzlich. Mungo traute Rosie Whittaker einen erstaunlich dynamischen Charakter zu. Und er fragte sich, wer wohl zu Beginn des Herbst-Trimesters in Utting zum östlichen Geheimdienst stoßen würde? Bekam Moskau vielversprechendere Rekruten als Martin Hillman und Trevor Allan, von denen Basilisk berichtet hatte, sie fürchteten sich vor der neuen Schule und (wie Basilisk sich ausgedrückt hatte) vor dem «Spionagedienst».

Bevor Graham in die Ruxeter Road aufgebrochen war, hatte er seinen Koffer gepackt, aber vergessen, seinen Reisewecker hineinzutun, wie Mungo feststellte. Sie würden ihn brauchen können, er würde ihn daran erinnern, sobald er zurückkam. Monteverdiklänge erfüllten das Haus und mischten sich auf seltsame Weise mit dem Geruch des Bohnengemüses, das es zum Abendessen gegeben hatte. Angus war sauer – was sich bei ihm so äußerte, daß er mit grimmiger und stoischer Miene umherging –, weil sie seine Freundin Diana nicht mitnehmen konnten. Er verstand natürlich, daß das nur deshalb so war, weil er erst darum gebeten hatte, als Flug und Hotelzimmer längst gebucht waren, aber es war trotzdem schwer für ihn, weil Gail mitkam. Gail sollte sogar hier übernachten, weil sie morgen so früh aufbrechen mußten.

Da das Abendessen aus dem China-Restaurant schon anderthalb Stunden her war, ging Mungo in die Küche, um im Kühlschrank nach etwas Eßbarem zu suchen. Seine Mutter machte Kaffee und las den *Lancet*, während sie darauf wartete, daß das Wasser kochte. Sein Vater ging auf und ab.

«Wenn mir», sagte Fergus weniger ärgerlich als sorgenvoll, «als ich jung war, jemand prophezeit hätte, man würde eines Tages das Ansinnen an mich stellen, ich solle meinen Sohn und seine Freundin unter meinem Dach in einem Bett schlafen lassen, hätte ich nur höhnisch gelacht.»

«Nicht gelacht, Liebling. Man spricht von einem Hohnlächeln, nicht von einem Hohnlachen.»

«Schön, dann eben höhnisch gelächelt. Ist das wichtig? Soll das in Korfu so weitergehen? Werden sie im selben Zimmer wohnen? Ich finde es empörend. Ich finde schon die Vorstellung empörend.»

«Die Zeiten haben sich geändert, seit du jung warst. Das sage ich dir immer wieder. Aber du wirst es doch nicht verbieten, nicht wahr? Wenn du es tust, werden sie nur mitten in der Nacht herumschleichen, und du wirst glauben, es sind Einbrecher im Haus, du kennst dich doch.»

«Es macht mir schreckliche Sorgen, Lucy. Ich meine, die Vorstellung und die möglichen Folgen, das ganze Konzept.»

«Aber Liebling, es wird kein Konzept geben, das verspreche ich dir.»

Fergus machte eine ungeduldige Handbewegung. Er merkte jetzt erst, daß sein jüngster Sohn im Raum war. «Mungo! Ich wußte nicht, daß du hier bist. Hast du gehört, worüber wir gesprochen haben?»

«Ja», sagte Mungo, das letzte Stück einer Pilz-Quiche verschlingend.

«Du mußt dich bemühen, es wieder zu vergessen.» Eine neue schreckliche Erkenntnis traf Fergus wie ein Schlag. «Du hast die Reise gebucht, Lucy. Du mußt das Doppelzimmer für sie bestellt haben.»

Lucy goß den Kaffee mit kochendem Wasser auf. «Wenn Mungo es vergessen soll, solltest du lieber nichts mehr sagen, bis er draußen ist.»

Anfangs uninteressiert, fing Mungo an, das Thema überaus fesselnd zu finden. Aber die unglückliche und besorgte Miene seines Vaters gab für ihn den Ausschlag. Er griff nach seinem Kaffeetopf. «Bin schon unterwegs.»

Angus hockte vor seinem Computer, neben sich zum Trost einen Beutel mit Schokoladentrüffeln.

«Es ist Kaffee für dich da, wenn du welchen willst», sagte Mungo und fügte hinzu: «Aber mach ein bißchen Lärm, bevor zu reingehst. Fall die Treppe runter oder so.»

In seinem Zimmer studierte er die letzten chiffrierten Nachrichten von Stern. Wie immer begannen und endeten sie mit Zahlen. 9 gefolgt von einer Buchstabenreihe, 1132 am Schluß. Die beiden vorhergehenden hatten mit 22, respektive mit 24 begonnen und mit 931 und 1003 geendet; die allererste, die er in die Hand bekommen hatte – als die Moskauer Zentrale ihren Code ändern mußte, weil ihr klar geworden war, daß sich der Westen Guy Parkers Codebuch angeeignet hatte –, begann mit 4 und endete mit 817. Was war diesen Zahlen gemeinsam? Nicht viel, soweit er das übersehen konnte. Am Anfang standen ziemlich niedrige, am Ende ziemlich hohe Zahlen. Zum Beispiel hatte er bisher noch keine Endziffer unter 700 gesehen und auch keine, die höher war als 1258.

Konnten diese letzten Ziffern Hausnummern sein? Aber so hohe Hausnummern gab es nur in Nordamerika. Oder Telefonnummern? Das war schon wahrscheinlicher. Einziges Problem war, daß zwar die Vorwahlnummer der Stadt vierstellig war, die Anschlüsse jedoch sechs Ziffern hatten – oder aus einer ganz willkürlichen dreistelligen Nummer bestanden, die auf eine mehr oder weniger feste dreistellige Nummer folgte. Nun, 931 und 817 konnten die letzten Zahlen einer insgesamt zehnstelligen Nummer sein... Mungo schloß das runde Fenster unter der Dachgaube. Die Nächte waren in der vergangenen Woche kalt gewesen. Auf Korfu würden sie das nicht sein. Dort würde es auch keine Wolken geben, keine Gebirge aus Dunst, mit Dunkelheit abgesetzt und mit Gold gesprenkelt, von weißen, schäumenden Gletschern geteilt – dazwischen ein grüner Himmel, der wie Marmor aussah. Auf der anderen Seite des Flusses war rund um den Shot Tower ein Gerüst hochgezogen worden. Hatte er noch Zeit, Einhorn rasch die Nachricht zukommen zu lassen, er solle feststellen, warum und wie lange? Wahrscheinlich nicht. Er hatte noch nicht gepackt.

In seinem Oktopus-T-Shirt, die Augen auch noch um diese Zeit hinter seiner verrückten Sonnenbrille versteckt, das schwarze Haar tief in die Stirn hängend, bog Graham um die Ecke der Hill Street. Mungo hob grüßend den Arm, und Graham winkte zurück. Er ließ seine Zigarette fallen und trat sie aus.

6

John hatte noch nie Grund gehabt, sich vor der Polizei zu fürchten, immer nur das Gefühl, sie sei auf seiner Seite, und das hatte seit Cherrys Tod in einem ganz besonderen Maß gegolten. Vielleicht der einzige Trost für seine Eltern und ihn war die Unterstützung der Polizei gewesen, das Bewußtsein, daß sie und die Polizei Gegner des Mannes waren, der in ihr Glück eingebrochen war und es zerstört hatte. Mark Simms. Wenn sie es damals nur gewußt hätten!

Ein durchschnittlich aussehender Mann mittleren Alters und eine junge, hübsche Frau. Woher hatte er gewußt, daß sie von der Polizei kamen? Denn er wußte es von der Sekunde an, in der sie aus dem Wagen stiegen, der keine Signallampe hatte und auch sonst nicht als Polizeifahrzeug zu erkennen war. Vielleicht deshalb, weil der Fahrer reglos hinter dem Steuer sitzengeblieben war und John an die Polizeifahrer vor nunmehr fast achtzehn Jahren erinnerte. Doch es war nur seine Einmischung in die Aktivitäten der Bande, an die er dachte, als der Beamte die Gartentür öffnete und den kurzen Weg zum Haus heraufging. Übrigens verriet ihm auch das Benehmen des Mannes, daß es sich um Polizei handelte. Fast jeder andere hätte die Tür geöffnet und der Frau den Vortritt gelassen.

Es klingelte. Obwohl er gewußt hatte, daß es klingeln würde, zuckte er bei dem Geräusch heftig zusammen. Was für ein Idiot war ich doch, dachte er. Sie sind zu mir gekommen, weil von allen Männern der Stadt ich derjenige bin, der den tiefsten Groll gegen Moran hegt. Ich bin sein größter Feind. Sie müssen die Nachricht gefunden und irgendwie herausbekommen haben, daß ein Peter Moran bei der Bande unbekannt ist. Wenn ich jetzt lüge, wird alles nur schlimmer für mich...

Nachdem er John einen guten Abend gewünscht und sich als Detective Inspector Fordwych vorgestellt hatte, war beinahe das erste, was er sagte, John brauche sich keine Sorgen zu machen, gegen ihn liege nichts vor. Er mußte besorgt ausgesehen haben. Wahrscheinlich sagten sie das stets unmittelbar, bevor sie einen verhafteten, es hatte nichts zu bedeuten. Er bat sie ins Haus und führte sie ins Wohnzimmer. In diesem Moment erkannte er den Inspector oder hatte das vage Gefühl, ihn zu kennen; ein Gefühl, das zu Gewißheit wurde, als Fordwych sagte:

«Ich war schon einmal hier bei Ihnen, vor siebzehn oder achtzehn Jahren. Ich war damals DC. Sie werden sich kaum erinnern.»

«Doch, ich glaube schon», sagte John.

Wahrscheinlich hatte er sich so stark verändert wie dieser Mann. Beide waren sie jetzt um die Vierzig, und obwohl sie nicht dick geworden waren, waren ihre Muskeln jetzt plumper und ihre Knochen schwerer, ihre Haare angegraut, die Gesichtszüge verschwommen, die Augen matt. Im Gegensatz dazu sah das Mädchen, das sich als Detective Constable Aubrey vorgestellt hatte, herrlich jung aus, blondhaarig, mit frischem Gesicht, vor Energie sprühend. Hilflos blickte John zwischen den beiden hin und her. Er wußte nichts zu sagen und war schon überzeugt, daß Fordwych mit ihm spielen, ihn minutenlang auf die Folter spannen würde, bevor er zur Sache kam.

«Dürfen wir uns setzen?»

John nickte. Er erinnerte sich jetzt besser an Fordwych. Damals war er eifrig und lebhaft gewesen, hatte, wo es nur ging, Einzelheiten aus ihrem Familienleben erfahren wollen, hatte gefragt, über ein intuitives Wissen verfügt und war ehrgeizig gewesen. Sein Ehrgeiz hatte ihm dazu verholfen, daß er befördert wurde, aber eine sehr hohe Stellung hatte er ihm nicht eingebracht und ihn auch nicht aus der Provinz herausgeholt.

«Ich weiß nicht, ob Sie sich vorstellen können, warum wir hier sind, Mr. Creevey?»

«Muß ich das?» Es war die vorsichtige Antwort eines Schuldigen, die die Polizei oft zu hören bekommt.

«Nicht, wenn meine Überlegungen richtig waren und die Medien noch nichts darüber gebracht haben.»

John merkte, daß er kurz die Augen schloß. Peter Moran, dachte er. Ihm ist etwas passiert... Zum erstenmal meldete sich das Mädchen zu Wort. Ihre Stimme paßte zu ihrem Gesicht, war frisch, ernst, gefühlsbetont.

«Ich nehme an, es schmerzt noch immer, auch nach so langer Zeit.»

Nach so langer Zeit? Was meinte sie? Auch für jemanden ihres Alters waren zwei Tage nicht sehr lang.

«Ich will Ihnen erklären, warum wir hier sind, Mr. Creevey. In Bristol wurde ein Mann verhaftet, der beschuldigt wird, eine junge Frau ermordet zu haben. Sehr wahrscheinlich wird man ihm auch noch den Mord an einem anderen Mädchen und an Ihrer Schwester Cherry zur Last legen.»

7

Mark Simms, sie hatten Mark Simms verhaftet. John starrte sie an. Er versuchte, etwas zu sagen, doch seine Lippen zitterten so, daß er kein Wort herausbrachte.

«Das ist ein Schock für Sie», sagte die Polizeibeamtin.

Fordwych ging weniger mitfühlend mit ihm um. Er sagte in dem Ton, der früher einmal eifrig gewesen, jetzt aber nur noch unverbindlich und automatisch war:

«Der Mann hat bis vor ungefähr sechzehn Jahren hier gelebt. Er hatte kein Strafregister und in einer Fabrik in Ruxeter sogar einen festen Job. Nachdem er von hier wegging, verbrachte er mehrere Jahre freiwillig in einem Nervenkrankenhaus.»

«Wie heißt er?» fragte John heiser.

«Ich denke, ich darf es Ihnen sagen. Morgen steht es ohnehin in der Zeitung. Er mußte heute nachmittag vor Gericht erscheinen. Er heißt Maitland. Rodney George Maitland und ist der Sohn des Mannes, bei dem Ihre Schwester angestellt war.»

Sie beschuldigten den falschen Mann. Johns Kraftreserven hatten gerade so weit gereicht, daß er nach dem Namen des Mannes fragen konnte, jetzt versagte ihm die Stimme wieder und würde nur noch wie ein Krächzen klingen. Fordwych erklärte ihm, warum sie gekommen waren. Erstens sollte er als einziger noch lebender Verwandter von Cherry im voraus informiert werden. Zweitens wollten sie ihn darauf vorbereiten, daß er mit weiteren Fragen rechnen und drittens möglicherweise vor dem Crown Court als Zeuge aussagen mußte. John fühlte, daß ihn das Mädchen mitleidig musterte.

Natürlich dachte sie, daß es ihn umgeworfen habe, weil der Mordfall seiner Schwester wieder aufgerollt werden sollte. Und das stimmte auch, es stimmte wirklich. Aber vor allem war er deshalb so geschockt, weil er wußte, daß dieser Rodney Maitland – ein Mann, den er, wie er glaubte, flüchtig kennengelernt oder zumindest gesehen hatte – in Cherrys Fall unschuldig war, denn Mark Simms hatte diesen Mord begangen. Es gelang ihm, eine Frage hervorzustottern: «Wann haben Sie gesagt – wann – er muß heute vor Gericht erscheinen?»

«Vor dem Magistrates' Court – der ersten Instanz, ja. Aber wie ich schon sagte, wird er wahrscheinlich noch einen zweiten Auftritt dort haben, bei dem wegen des Mordes an Ihrer Schwester gegen ihn Anklage erhoben werden wird.»

«Und jemand wird zu mir kommen, um mit mir zu sprechen?»

«Reine Routine, Mr. Creevey. Wir haben natürlich Ihre damalige Aussage in den Akten. Und die Ihrer Eltern auch. Ich nehme an, man wird Sie lediglich bitten, ein, zwei Dinge zu bestätigen.»

Wieviel wußten sie über Cherrys wahren Charakter? Ganz bestimmt alles. Dieser gleichmütige, phantasielose Mensch mußte genauso alles über sie wissen wie das Mädchen mit dem reizenden Gesicht. Ich muß ihnen die Wahrheit sagen, dachte John. Etwas anderes bleibt mir nicht übrig. Aber jetzt noch nicht, vielleicht kann ich einen oder zwei Tage warten, überlegen, was ich weiß, und alles gegeneinander abwägen. Schließlich hat der Mann, den sie angeklagt haben, wahrscheinlich die anderen Morde begangen und sitzt nicht nur wegen eines Mordes, den er nicht begangen hat, in Untersuchungshaft.

«Tut mir leid, daß wir Sie so erschreckt haben, Mr. Creevey», sagte Fordwych, als er aufstand, um zu gehen. Die Worte klangen mitfühlend, aber sein Gesichtsausdruck war hämisch. Er hatte offensichtlich das Gefühl, daß John ein Jämmerling und alles andere als ein richtiger Mann war. Das drückte sich auch im letzten Satz aus, mit dem er sich verabschiedete. «Sie werden die Dinge anders sehen, nehme ich an, sobald Sie sich ein bißchen zusammengerissen haben. Dann werden Sie nämlich verstehen, daß hier endlich nur der Gerechtigkeit Genüge getan wird.»

Detective Aubrey lächelte ihn jedoch herzlich an und rümpfte ein bißchen die Nase, als wollte sie sagen: Achten Sie nicht auf ihn; oder sogar: Es wird alles gut, verlassen Sie sich drauf.

8

Gloria Mabledene war überglücklich, daß ihr Sohn Charles so klein war und ein Babygesicht hatte. Mit ihrer Tochter Sarah, einem großen, gutentwickelten Mädchen, ließ sie sich nur ungern sehen. Von Charles glaubten die Leute oft, er sei noch nicht elf, und die Mutter eines Elfjährigen konnte gut noch unter dreißig sein. Was für ein Jammer, daß er darauf bestand, sich das Haar kurz schneiden zu lassen. Die goldenen Locken fielen unbarmherzig dem Schnippschnapp von Donnas Schere zum Opfer und landeten auf dem Boden. Charles, zwischen einer blauhaarigen Siebzigjährigen mit Dauerwellwicklern und einer Rothaarigen mittleren Alters plaziert, die unter der Klimazon-Lampe saß, forderte kalt und mit einer Stimme, die zum Leidwesen seiner Mutter in dieser Woche anfing, zwischen hohem Knabensopran und unkontrollierten Baßtönen zu pendeln:

«Noch kürzer!»

«Liebling», jammerte Gloria, «du läßt dir doch nicht etwa einen Bürstenschnitt machen!»

Sie streckte die Hand mit den violett lackierten Fingernägeln aus, um Donnas Schere Einhalt zu gebieten. Charles griff hinter sich und zog aus ihrem weiten Ärmel unzählige Ketten aus roten, blauen und gelben Plastikperlen, die überhaupt nicht Glorias Stil waren. Sie kreischte nervös auf.

«Ich hätte dich um ein Haar ins Ohr geschnitten», sagte Donna. «Sitz jetzt still, dann bin ich in null komma nichts fertig.»

Mit seinem kurzgeschorenen Kopf hochzufrieden stand Charles aus dem Sessel auf. Er war mit der Mutter in die Stadt gekommen und würde entweder um fünf mit ihr oder um halb sieben mit dem Vater nach Hause fahren. Es war noch ziemlich früh. Er verließ den Salon und blickte zum Turm hinauf. Neun Uhr zweiundzwanzig bei einer Temperatur von achtzehn Grad.

Vom Hillbury Place zur Bushaltestelle in der Hill Street waren es nur ein paar Minuten. Nach Nunhouse fuhren stündlich drei Busse. Der nächste war um neun Uhr dreißig fällig, kam aber ein paar Minuten zu früh und zugleich mit Charles bei der Haltestelle an. Er setzte sich auf einen Vordersitz rechts. Von diesem Platz aus konnte er den toten Briefkasten unter der Überführung sehen; wenn der Bus links in die North Street und dann in die Nunhouse Road einbog, konnte man in einem bestimmten Sekundenbruchteil den mittleren Pfeiler einsehen. Es war zwar unwahrscheinlich, daß eine Nachricht da war, denn Mungo Cameron war am Freitag verreist und blieb zwei Wochen weg, aber es bestand immerhin die schwache Möglichkeit, daß Basilisk oder Einhorn etwas für ihn hinterlegt hatten.

Zwar fuhr der Bus ziemlich schnell und nahm auch die Kurve schnell, aber Charles paßte gut auf und sah, daß keine Nachricht im Pfeiler steckte. Er konnte sich noch daran erinnern, daß die Route, die der Bus befuhr, vor neun oder zehn Jahren Landstraße gewesen war, aber jetzt war alles verändert – auf der ganzen Strecke bis Nunhouse mit Wohnanlagen und Einkaufszentren zugebaut. Der Bus hielt am alten Dorfplatz, der noch da war. Charles stieg aus und machte sich auf die Suche nach der Fen Street. Er fragte eine alte Dame nach dem Weg. Sie nannte ihn «Liebes», und er fürchtete schon, daß sie ihm die Wange tätscheln würde.

Nummer 24 war ein altes Haus, eigentlich ein Cottage, und ziemlich baufällig. Der Vorgarten erinnerte an den Hintergarten des sicheren Hauses, nur waren die Disteln nicht ganz so hoch. Auf einem kahlen, spärlich mit Kies bestreuten Fleckchen stand eine staubige Citroën Diane. Charles spähte durch eine Glasscheibe in den Schuppen, der als Garage oder Holzschuppen diente, sah drinnen jedoch nichts, was darauf schließen ließ, daß in dem Haus ein Beinahe-Altersgenosse von ihm wohnte. Doch nicht alle Teenager hatten Fahrräder oder Schlitten oder Fußbälle, und manche hatten nicht einmal Gummistiefel. Bis auf ein paar Ölfässer war der Schuppen leer. Charles ging zur Haustür, sah, daß keine Klingel da war, und betätigte den Türklopfer. Er wußte, daß es mehr als unverschämt von ihm war, doch wie sollte er sonst ins Haus gelangen und sich die Information verschaffen, die er brauchte?

Eine Frau in einer blauen Lederjacke kam an die Tür. Sie sah ihn an. Sie sagte nichts.

«Haben Sie irgendeine Arbeit, die erledigt werden müßte?» fragte Charles.

Sie trat auf die Schwelle, sah den Wagen an, das Unkraut, die Gartentür, an der eine Angel fehlte. «Hunderte. Was kannst du, und –» sie zögerte – «wieviel verlangst du?»

Charles hatte keine Lust, sich zu überanstrengen. «Ich könnte den Wagen waschen», sagte er. «Zwei Pfund für die Wagenwäsche.»

«Das scheint mir ein vernünftiger Preis zu sein. Mein – eh, es ist jemand da, der dich bezahlen wird. Ich muß zur Arbeit. Bin schon spät dran.» Sie ging rücklings wieder ins Haus und rief: «Peter! Ich gehe jetzt. Da ist ein Junge, der den Wagen waschen wird. Er verlangt zwei Pfund. Okay?»

Charles hörte nicht, was geantwortet wurde, doch sie hatte ihm gesagt, was er wissen wollte, daß jemand namens Peter im Haus wohnte. Wahrscheinlich ihr Sohn, künftiger Rossingham-Schüler, Neuzugang für die vierte Klasse Unterstufe. Sie kam wieder heraus, diesmal mit einer Handtasche, und sagte, einen Eimer finde er in der Küche. Dann eilte sie die Fen Street hinunter.

Das Haus sah innen besser aus. Es war niemand da. Weder ein Teenager noch der Vater eines Teenagers. Charles fand die Küche und den Eimer, auf dem zusammengefaltet ein ausgewrungener Putzlappen lag. Er schaute aus dem Fenster in den Hintergarten, die gleiche Wildnis. Wenn er den Jungen fand und ein paar Worte mit ihm wechseln konnte, mußte er nicht den Wagen waschen, eine Arbeit, in der er völlig unerfahren war und die er nur kannte, weil er ein paarmal in der Waschanlage der Firma zugesehen hatte.

Aus einem Wohnzimmer mit Eßecke führte eine Treppe in den ersten Stock. Mit einem Eimer voll Wasser stand Charles am Fuß dieser Treppe und horchte. Oben ging jemand auf und ab. Wenigstens war er nicht allein. Früher oder später würde dieser Peter Moran erscheinen. Halbherzig machte er sich daran, den Wagen zu säubern, mit den Gedanken ganz woanders; sie beschäftigten sich mit Magie oder mit dem, was andere Leute Zauberkunststückchen nannten. Höchste Zeit, daß er aufhörte, Plastikperlenketten oder buntes Papier aus Ärmeln zu ziehen, das waren simple Taschenspielertricks. Kartenkunststücke seien eine gute Disziplin, hatte er gehört. Er klatschte einen Wasserschwall auf die Karosserie der Diane. Die Sonne war herausgekommen, und das Wasser trocknete schnell zu staubigen Streifen und Flecken. Er glaubte gehört zu haben, daß oben ein Fenster geöffnet wurde, doch als er hinaufsah, war niemand dort.

Das Wasser im Eimer war jetzt schmutzig, und er schüttete es in einen Kanal. Mit dem leeren Eimer ging er ins Haus zurück und traf mit einem Mann zusammen, der aus dem Wohnzimmer kam. Der Mann war ziemlich groß, hatte glattes blondes Haar, das ihm in die Stirn hing, ein knochiges Gesicht und trug eine Brille mit schwarzem Gestell. Seine Haut war weiß und sah ungesund aus. Sie musterten sich einen Moment gegenseitig, dann sagte der Mann:

«Bist du das, der den Wagen wäscht?»

Charles nickte mit einem leichten Lächeln.

«Willst du frisches Wasser holen?»

Wieder ein Nicken, dann wollte Charles an ihm vorbei in die Küche. Doch der Mann nahm ihm den Eimer aus der Hand. «Komm, laß mich.»

Das war eine Gelegenheit, die er nutzen sollte, fand Charles und sagte wohlüberlegt: «Ist Ihr Sohn zu Hause?»

«Mein was?» Der Mann starrte ihn über die Schulter an, und das Wasser floß aus dem inzwischen übervollen Eimer zurück ins Spülbecken.

«Sie – die Dame hat Peter gerufen. Ich habe gedacht, das müsse Ihr Sohn sein.»

«Ich bin Peter», sagte der Mann. Er trug den Eimer hinaus und ließ eine Tropfenspur hinter sich zurück. Charles folgte ihm. Er wußte jetzt, daß er sich geirrt hatte, doch er verstand nicht, wieso. Es war ein Irrtum, daß es sich bei Peter Moran wie bei Martin Hillman und Trevor Allan um einen dreizehnjährigen künftigen Rossingham-Schüler handelte. Da er wußte, daß Mungo ihn und seine Treue zum Westen testete, fragte er sich, ob das zum Testverfahren gehörte. Vielleicht bekam er noch weitere Instruktionen. Bis dahin sollte er zusehen, daß er mit der Arbeit an diesem Wagen fertig wurde, vielleicht schaute doch etwas dabei heraus. Zwei Pfund auf jeden Fall, wenn schon nichts anderes.

Der Mann namens Peter Moran hatte ihn allein gelassen, kam aber jetzt wieder und fragte Charles, ob er eine Tasse Kaffee wolle. Charles sagte in seiner sparsamen Art «okay». Peter Moran begutachtete den Wagen und sagte, in Ordnung, so sauber sei er seit Jahren nicht mehr gewesen. Das gab Charles, der hinter ihm her ins Haus ging, etwas zu denken. Es war nur allzu offensichtlich, daß der Wagen nicht besonders sauber, sondern streifig und fleckig war, die Scheiben mit Schaum verschmiert. Peter Moran begann, in ein paar sehr unordentlichen Schubladen einer Art Anrichte zu kramen. Er gab Charles drei anstatt der geforderten zwei Pfund; Pfundmünzen und eine Menge Kleingeld.

«Nimm es ruhig. Du hast gute Arbeit geleistet.»

Er lächelte. Charles, der Menschen sehr objektiv beurteilen konnte, kam zu dem Schluß, daß dieses Lächeln schmeichlerisch, sogar einladend, aber alles andere als freundlich war. Die Augen des Mannes, die leblosen Kieselsteinen glichen, waren an diesem Lächeln nicht beteiligt. Und dann hatte Charles einen seiner «Anfälle» von Intuition oder Hellsichtigkeit oder wie man es nennen wollte und wußte von einer Sekunde zur anderen, was Peter Moran für ein Mann war, ein Mann, der auf Jungen in seinem, Charles', Alter stand oder scharf war. Die Augen bewegten sich jetzt, glitten von Charles' Gesicht an seinem Körper hinunter, das Lächeln gefror zu Eis. Wich einem Ausdruck unverhohlener Gier.

Charles hatte keine Angst, denn die Haustür, die direkt in dieses Zimmer führte, stand weit offen. Was er fühlte, war eher Interesse und eine gewisse Bewunderung für seine Sensitivität, seinen Scharfblick, seine Urteilskraft. Woher wußte er, was dieser Mann war, obwohl er doch nur eine unbestimmte, völlig verschwommene Vorstellung von dem hatte, was er gern mit ihm tun würde?

Ihm war auch völlig klar, wofür er bezahlt worden war, aber er nahm das Geld trotzdem, da er im Moment ein bißchen knapp war und schon ein großes Loch in sein August-Taschengeld gerissen hatte. Er nahm auch den Kaffee. Das Geld soll mich dazu bringen, ihn gern zu haben, dachte er, nicht mehr. Noch nicht. Peter Moran zeigte auf einen Stuhl am Tisch, und als Charles die Aufforderung unbeachtet ließ, stellte er ihn selbst für ihn zurecht. Charles setzte sich und musterte Peter Moran über den Tisch hinweg. Was wollte Mungo von diesem Mann? Was erwartete er sich von dieser Begegnung? Im Aufsatz der uralten Anrichte hinter Peter Moran war ein Spiegel, in dem Charles seinen Kopf und seine Schultern sehen konnte. Wäre er sich je seiner «Hübschheit» nicht bewußt gewesen, hätte seine Mutter ihm sehr bald begreiflich gemacht, daß er wie ein Chorknabe, ein Cherub aussah. Sie hätschelte diese seine äußeren Eigenschaften geradezu. Hinter Peter Morans aufgewühlten, verzückten Zügen sah Charles sein Engelsgesicht, die klaren und unschuldigen blauen Augen, das jetzt sehr kurze goldblonde Haar und fühlte ein kaltes Prickeln das Rückgrat entlang, als habe ihm jemand einen Schlüssel unter das T-Shirt geschoben.

«Wieso hast du geglaubt, daß ein Junge hier wohnt?»

«Mr. Robinson hat es mir gesagt.» Diese Antwort hatte sich Charles schon vor langer Zeit ausgedacht, um sie parat zu haben, wenn Erwachsene ihm solche Fragen stellten.

«Ich kenne keinen Mr. Robinson.»

Charles war auch darauf vorbereitet. «Aber er kennt Sie.»

Das hatte auf Peter Moran eine durchschlagendere Wirkung, als Charles erhofft oder beabsichtigt hatte. Er hätte kaum blasser werden können, als er ohnehin schon war, und trotzdem schien sein Gesicht zu erbleichen. Seine Augen bekamen einen unsteten Blick, und er schob seinen Stuhl zurück.

«Bist du Pfadfinder oder so was Ähnliches?»

«Weil ich Ihren Wagen gewaschen habe? Nein. Ich muß jetzt gehen. Danke für den Kaffee.»

Ein Zögern, eine Pause, als sei Moran hinter den Brillengläsern, hinter der breiten blassen Stirn in eine Auseinandersetzung mit sich selbst verstrickt. Dann sagte er sehr vorsichtig:

«Ich habe möglicherweise noch einen Job für dich, in ein, zwei Tagen. Aber nicht hier. Wir könnten uns treffen und irgendwo in der Stadt eine Tasse Kaffee zusammen trinken.»

Charles lächelte. Er konnte es sich leisten. Er stand draußen auf der Schwelle, und auf dem Gehsteig waren zwei Frauen mit Einkaufstaschen aufgetaucht, die miteinander klatschten.

«Du hast mir noch nicht gesagt, wie du heißt.»

«Cameron. Ian Cameron», sagte Charles. «Church Bar. Sie finden uns im Telefonbuch.»

9

Das Hotel war kein Gebäude, sondern eine Ansammlung kleiner, runder Hütten mit Strohdächern, innen ziemlich bunt und flippig, bestehend aus Schlafzimmer, Badezimmer und Sonnenterrasse. Mungo und Graham O'Neill bewohnten eine dieser Hütten gemeinsam. Nach dem Familienabendessen in einem Fischrestaurant im Dorf kehrten sie in ihr Domizil zurück und schrieben Mr. Lindsay eine Ansichtskarte. Ein Beschwichtigungsmittel für Cerberus, wie Graham es nannte.

«Cerberus wäre ein guter Name für einen Agenten», sagte Mungo. «Warum haben wir bisher noch nie daran gedacht?»

«Du kannst Martin Hillman damit beglücken», sagte Graham und zündete sich eine Zigarette an.

«Mußt du unbedingt rauchen? Wenn Dad vorüberkommt, dreht er vor Sorge um deine Lungen durch.»

«Okay, ich werde es aufgeben, aber nicht in den Ferien, das kannst du nicht von mir verlangen. Ein Mann muß irgendein Vergnügen haben. Du bist ein so verdammter Calvinist. Ich nehme an, das ist der Schotte in dir.»

«Wenn du gestattest», sagte Mungo, «Calvin war Franzose.»

Graham schlief zuerst ein. Das tat er gewöhnlich. Mungo dachte manchmal, daß ihn der Geruch des Zigarettenrauchs wachhielt. Die Glastür zur Terrasse stand offen, und der Mond war sehr hell. Im Bett liegend, beobachtete Mungo eine Eidechse auf der gekalkten Wand, direkt neben der offenen Tür. Im Mondlicht warf sie einen verlängerten, schwarzen Schatten.

Wenn er die Augen halb schloß und ein bißchen blinzelte, schien die Eidechse riesengroß zu werden und drachenähnliche Proportionen anzunehmen. Dabei fielen ihm Charles Mabledene und der Code der Moskauer Zentrale ein. Irgendwie hatte er kein großes Zutrauen dazu, daß Drache den Schlüssel zu diesem Code fand. Es sei denn, Rosie Whittaker hätte sich entschlossen, ihn zugunsten eines neuen zu verwerfen.

Er wandte den Kopf und warf einen Blick auf Grahams Digitaluhr auf dem Nachtschränkchen zwischen ihren Betten. Mungo hatte etwas von der Natur seines Vaters geerbt und machte sich große Sorgen, wenn er glaubte, er bekomme zuwenig Schlaf. Eine Digitaluhr war für jemanden mit dieser Veranlagung nicht besonders günstig, weil man nicht sehen konnte, wie die Minuten verstrichen. Die Uhr sagte ihm, daß es im Augenblick elf Uhr dreiundvierzig war, und im selben Moment kam ihm die blitzartige Erleuchtung, was die Zahlen am Ende der chiffrierten Nachrichten der Moskauer Zentrale bedeuteten.

Weder Haus- noch Telefonnummern, sondern die Zeit. So einfach war das. Es war jeweils eine Zeit angegeben – neun Uhr einunddreißig, drei Minuten nach zehn, zwölf Uhr achtundfünfzig. Er überlegte, ob er Graham wecken sollte, um es ihm zu sagen, ließ es dann aber. Statt dessen stand er auf, legte sich draußen auf die Luftmatratze und sah der Eidechse zu, die sich in einen Drachen verwandelt hatte, der langsam und zielbewußt eine riesige, leere Ebene überquerte.

10

Die Polizei erschien nicht mehr. John zermarterte sich das ganze Wochenende das Gehirn, weil er zu einem Entschluß kommen wollte. Was sollte er tun? Er dachte daran, zu Mark Simms zu gehen und ihm von dem Gespräch mit Inspector Fordwych zu erzählen. Er griff sogar zum Telefon und wählte. Aber Mark meldete sich nicht, obwohl er es ein paarmal versuchte. Die Zeitungen, die *Free Press*, aber auch die überregionalen Blätter und sogar das Fernsehen berichteten über das Verfahren gegen Rodney Maitland. Doch noch war er nur wegen des Mordes an dem Mädchen aus Bristol angeklagt, das im Juni getötet worden war. Und John beschloß, nichts zu unternehmen, solange die Anklage nicht auf den Mord an Cherry ausgedehnt wurde.

Etwas bewirkte der Besuch der Polizei aber doch bei ihm, er ging in den Katzenwinkel und versuchte, dort alles in Ordnung zu bringen. Wir sollten aus unseren Erfahrungen lernen, dachte er, und er hatte aus der Angst gelernt, die ihn gepackt hatte, als Fordwych und das Mädchen namens Aubrey bei ihm aufgetaucht waren. Lieber jetzt handeln, um da wieder herauszukommen, als tiefer in die Sache hineinzugeraten und entsprechende Folgen zu riskieren. Einzige Schwierigkeit war, daß er den August-Code nicht kannte. Er sah sich die Abschrift an, die er sich von der letzten Nachricht gemacht hatte. «*Die Oktobermänner* übernehmen ab Montag.» Er erinnerte sich, daß er damals den Text nicht verstanden hatte. Jetzt beschäftigte er sich eingehender damit.

Es war die letzte Nachricht, die er im Juli im toten Briefkasten gefunden hatte, und der Regel nach hätte irgendwo im Text der Hinweis auf den nächsten Codeschlüssel versteckt sein müssen. So wie er den Text am letzten Donnerstag interpretiert hatte, waren die erwähnten *October Men* eine Unterabteilung der Bande, vielleicht eine Gruppe von Neulingen, die im Oktober dazustoßen würden. Aber da stand auch, daß sie am Montag übernehmen sollten, und Montag war der 1. August gewesen, der erste des Monats, der Tag also, an dem der alte Codeschlüssel ungültig wurde. Konnte *October Men – Oktobermänner* – ein Buchtitel sein?

Nach der Arbeit machte John einen Sprung in die Bibliothek in der Lucerne Road und fragte die Bibliothekarin, ob es ein Buch mit dem Titel *October Men* gebe. Es gab eins. Einen Spionageroman von Anthony Price. Sie hatten ein Exemplar, doch es war ausgeliehen, und als sie den Titel auf dem Bildschirm abrief, sagte er ihr, daß das Buch im Moment auch nicht in der Zentralbibliothek oder in der Edge Road zu haben war. Wahrscheinlich alle an Mitglieder der Bande ausgeliehen, dachte John. Am nächsten Morgen tat er etwas, was er noch nie getan, von dem er kaum gewußt hatte, daß er es konnte. Aber solange man es nicht versucht hatte, ahnte man nicht, wozu man fähig war. Das schien ihm eine profunde philosophische Erkenntnis, die insbesondere auf ihn selbst anzuwenden war. Sie heiterte ihn auch auf. Er rief in der Buchhandlung Hatchard an und fragte, ob sie *Die Oktobermänner* von Anthony Price vorrätig hatten. Ja, sagte man ihm, und nicht nur einmal. John holte sich die Taschenbuchausgabe in der Mittagspause. Zwar mußte er dafür auf seinen Lunch verzichten, doch er fand, daß es sich lohne.

Am Nachmittag regnete es stark, und es verirrten sich nur wenige Kunden zu Trowbridge's. Eine Frau, die nach vier Uhr kam, ging wieder, ohne etwas gekauft zu haben, da sie sich über Gavin geärgert hatte. John hörte sie nach Orangenblüten fragen. Oder sei Syringen die richtige Bezeichnung? Gavin antwortete überheblich, beide Namen seien unrichtig, nur Dummköpfe benutzten sie. Die Pflanze, die sie meine, heiße Philadelphus. Sie sagte, sie sei sicher, daß er sich irre, wußte dann nicht, was sie nun kaufen sollte und ging mit der Bemerkung, sie wolle es im Tesco-Garten-Center versuchen. Gavin fuhr fort, den Beo mit Piniennüssen zu füttern, die er Pignolien nannte. Im Gewächshaus für Zimmerpflanzen setzte John sich auf einen hohen Hocker, legte *Die Oktobermänner* vor sich auf den Arbeitstisch und begann, mit Hilfe der ersten Zeilen den August-Code zu entschlüsseln: *The General sat quietly in his car at the airport terminal waiting for his mother and his mistress...* (Der General saß geduldig in seinem Wagen vor dem Flughafenterminal und wartete auf seine Mutter und seine Geliebte...) Gavin streckte den Kopf zur Tür herein.

«Ist es okay, wenn ich Grackle über Nacht nach Hause mitnehme?»

Er hatte es sich angewöhnt, das an den meisten Abenden zu tun. Woher er das Geld hatte, wußte John nicht, aber er hatte sich ein Auto gekauft und behauptete, der Beo genieße die Fahrt.

«Mir soll's recht sein», sagte John.

Auf ein Blatt, das er aus seinem Notizbuch herausgerissen hatte, schrieb er, verschlüsselt nach *October Men*: «Leviathan an Drache: Nachforschungen Peter Moran einstellen. Nicht beschatten, nicht beobachten.» Er steckte den Zettel in einen der kleinen Plastikbeutel, die sie für Schneeglöckchen- und Krokuszwiebeln benutzten. Der Regen trommelte noch immer auf das Glasdach. Es war heute morgen zu naß gewesen, um mit der Honda zu fahren. Er lief zur Bushaltestelle, und als er dort ankam, hatte es aufgehört zu regnen, die Wolken hatten sich am Horizont verteilt, und die Sonne begann zu stechen. Die lange, nasse, weiße Straße flimmerte in der Sonne, so grell, daß man nicht hinsehen konnte.

Im Katzenwinkel sah er zum Versteck im mittleren Pfeiler hinauf. Es war leer. Von der Rolle Klebeband, die er seit Wochen in der Tasche hatte, riß er zwei Streifen ab und klebte seine Nachricht am Metall fest.

An diesem Abend wurde ihm zum erstenmal bewußt, daß das Jahr verging. Um acht Uhr wurde es schon dunkel. Nur noch drei Monate und es würde ein Jahr her sein, daß Jennifer ihn verlassen hatte. Sein Abendessen bestand aus Baguette, Käse und eingemachten Zwiebeln – einen «Pflügerimbiß» nannte der Wirt vom *Gander* eine solche Mahlzeit –, und dazu las er *Die Oktobermänner*. Um neun Uhr sah er sich die Nachrichten der BBC an. Die erste Meldung handelte von der Verhaftung eines Mannes, der im Verdacht stand, in Lancashire ein Kind ermordet zu haben. Das kleine Mädchen war vor zwei Wochen verschwunden und jetzt in einem Wald gefunden worden, sexuell mißbraucht und erwürgt. Ganz automatisch dachte John an Peter Moran. Diese Männer hatten wahrscheinlich gar nicht die Absicht, ihre kindlichen Opfer zu töten. Sie mordeten in Panik, aus Angst vor Entdeckung oder um das Weinen, die flehenden Hilferufe nicht mehr hören zu müssen. John schauderte. Angenommen, Peter Moran tötete eines seiner Opfer? Doch es war natürlich möglich, daß er keine Opfer mehr hatte, daß der Prozeß und die Strafe, so mild sie auch ausgefallen war, ihn so erschreckt hatten, daß er seinen Trieb beherrschte. Doch irgendwie konnte

John nicht daran glauben. Eine solche Veranlagung ließ sich nicht so leicht unterdrücken. Jennifer machte es sich einfach, wenn sie sagte, Moran würde nie einem Kind etwas antun. Woher wollte sie das wissen?

Fast schon am Ende der Nachrichten, nach dem ganzen Zeug über Nordirland, Südafrika, den gemeinsamen Markt und die Königinmutter, erwähnte der Nachrichtensprecher beinahe beiläufig, daß Rodney Maitland, der in der vergangenen Woche wegen des Mordes in Bristol verhaftet worden war, heute wegen zwei weiterer Morde unter Anklage gestellt worden war; der Staatsanwalt warf ihm vor, vor neunzehn Jahren Marion Ann Burton in Cardiff und vor fast achtzehn Jahren Cherry Winifred Creevey ermordet zu haben.

Wieder versuchte John, Mark Simms anzurufen. Das Telefon klingelte und klingelte. Es sah ganz danach aus, als sei Mark in Urlaub gefahren. Für John war es irgendwie unfaßbar und unreal, daß man ganz alltägliche, normale Dinge tun, sich sogar amüsieren, in Urlaub fahren oder ähnlich Unterhaltsames tun konnte, wenn man eine solche Tat begangen hatte wie Mark. Bestimmt würde er sich jetzt der Polizei stellen und ein Geständnis ablegen? Er würde doch nicht einen Unschuldigen – unschuldig zumindest in diesem Fall – für seine Verbrechen büßen lassen? Er versuchte noch einmal zu telefonieren, und als Mark sich wieder nicht meldete, rief er Gavin an. Der Beo kam zwar nicht direkt an den Apparat, aber man konnte ihn ganz dicht am Mundstück schwatzen hören.

«Ha, ha, ha, verdammt», krächzte er. «Ich bin ein Korinthenkakker, ich bin eine tote Hose.»

«Ich komme morgen später, Gavin», sagte John. «So gegen elf, schätze ich.»

Gavin schien nicht interessiert. «Ja, in Ordnung», sagte er. «Kein Problem. Horchen Sie mal, können Sie ihn hören?»

«Grackle ist okay!» schrie der Beo.

John suchte das Polizeirevier in Feverton auf. Fordwych hatte gesagt, dort sei er zu finden. John ging den ganzen Weg zu Fuß. Er wußte, daß er es tun mußte, wollte es aber so lange wie möglich hinauszögern. Sein Weg führte ihn an den Überresten der Stadtmauer vorbei, wo die Stadtverwaltung Rasenflächen angelegt, Harfensträucher und den in diesem Sommer so überaus beliebten Roten Fuchsschwanz hatte pflanzen lassen. Die Tische vor der

Wein-Bar waren bis auf den letzten Platz besetzt. Nie wieder, das wußte John, würde er hier vorbeigehen können, ohne an Jennifer zu denken und sich daran zu erinnern, wie sie geweint hatte.

Auf dem Polizeirevier fragte er nach Inspector Fordwych, und man sagte ihm, er müsse warten. Es war so schlimm wie in der Ambulanz eines Krankenhauses. Er wartete und wartete. Das Polizeirevier hatte Fenster, die von draußen so aussahen, als sei das Glas innen weiß gestrichen, es war undurchsichtig, aber wenn man im Gebäude war, konnte man ganz normal hinausschauen. Man sah die Leute vorbeigehen, die verstohlene Blicke auf ihr Spiegelbild warfen. Endlich hieß es, Fordwych habe jetzt Zeit für ihn, und er solle bitte mitkommen. Detective Constable Aubrey holte ihn ab. Sie führte ihn in ein kleines, unpersönliches Büro, in dem die Wände mit Landkarten und Tabellen zugepflastert waren. Fordwych stand hinter seinem Schreibtisch auf, kam nach vorn und schüttelte John ziemlich überraschend die Hand.

«Eigentlich wollte ich nicht zu Ihnen kommen», begann John, «aber ich denke, ich habe keine andere Wahl. Ich kann die Dinge nicht einfach laufenlassen.»

«Hängt es irgendwie mit dem Tod Ihrer Schwester zusammen, Mr. Creevey?»

Als er Fordwych jetzt tatsächlich gegenüberstand, hatte er das Gefühl, er sei drauf und dran, einen unverzeihlichen Verrat zu begehen. Aber er wußte nicht, was er sonst tun sollte. Er war jetzt hier, er mußte es durchstehen. Er schuldete Mark Simms keine Loyalität. Eigentlich hätte er schon vor Wochen, sobald er es erfahren hatte, zur Polizei gehen sollen. Er wußte kaum noch, warum er es nicht getan hatte. Während er schweigend dasaß und Fordwych ansah, kam ihm eine tiefere Erkenntnis. Zu wissen, was Mark und was ein ganz durchschnittlicher Mann wie er getan hatten und womit sie davongekommen waren, hatte ihn irgendwie korrumpiert, hatte ihm das Gefühl gegeben, es sei zulässig, die Gesetze zu übertreten; wenn die Herausforderung groß genug war, war es durchaus legitim, einen gedungenen Mörder auf Peter Moran anzusetzen...

Er begann zu sprechen. Ganz knapp und ohne Umschweife berichtete er von Mark Simms Geständnis. Er erzählte, wie Mark zusammengebrochen war, nachdem er wochenlang gezögert und, vor ihm auf den Knien liegend, gestanden hatte, er haben Cherry ermordet. Fordwych hörte zu. Er sagte kein Wort und sah John auch nicht in die Augen. Die Ellenbogen auf dem Tisch aufgestützt, die Fingerspitzen im rechten Winkel aneinandergelegt, hielt er das Gesicht abgewandt, als übe die Aussicht, die er aus dem Fenster hatte – der CitWest Tower mit den zuckenden Zahlen, neun zweiundvierzig, neun dreiundvierzig, neun vierundvierzig, achtzehn Grad, achtzehn Grad, achtzehn Grad – eine ungeheure Faszination auf ihn aus.

Als John, vor Anstrengung innerlich zitternd, äußerlich jedoch ganz gelassen, zu Ende gesprochen hatte, sagte Fordwych, der bisher immer nur «und weiter» eingeworfen hatte, zurückhaltend und gemessen:

«Es war richtig von Ihnen, daß Sie zu uns gekommen sind.»

John nickte, er wußte nicht, was er sonst tun sollte.

«Warum haben Sie es nicht schon früher getan?»

«Ich dachte, es sei zu spät. Ich dachte, es sei inzwischen nicht mehr wichtig, ob er bestraft wird oder nicht. Es ist ja niemand mehr da, dem es etwas bedeutet.»

«Ist Gerechtigkeit nicht wichtig?»

John hörte, wie das Mädchen hinter ihm tief Atem holte. Er fand eine einfache, ehrliche Antwort und sprach sie aus: «Weil es mir um Gerechtigkeit geht, bin ich ja jetzt hier.»

Fordwych stand auf. Er begann, auf und ab zu gehen, blieb zuerst am Fenster und dann vor John am Schreibtisch stehen.

«Was würden Sie sagen, wenn ich Ihnen entgegenhielte, daß das, was Sie mir erzählt haben, nicht wahr sein kann? Daß es vom Anfang bis zum Ende nicht mit den Tatsachen übereinstimmt?»

John fühlte, wie ihm das Blut ins Gesicht schoß. «Ich habe nicht gelogen. Was ich gesagt habe, ist Wort für Wort wahr.»

Er konnte nicht sitzen bleiben. Er sprang auf und umklammerte die Stuhllehne so fest, daß seine Fingerknöchel weiß hervortraten. Das Mädchen sah ihn mit einem seltsamen Ausdruck an. Er hielt ihn für Mitleid.

«Ich habe Ihnen nur wiederholt, was er mir gesagt hat. Er hat mir gestanden, daß er meine Schwester ermordet hat. Er hat mir sogar Einzelheiten genannt, die Zeit, den Ort, alles.»

«Setzen Sie sich, Mr. Creevey. Nun beruhigen Sie sich erst mal. Ich will Ihnen eins sagen. Wir haben alles in den Akten, und natürlich haben wir uns diese Akten sehr gut angesehen, nachdem Maitland verhaftet wurde. Wahrscheinlich hat man es Ihnen nie gesagt –

Ihnen und Ihren Eltern natürlich. Wahrscheinlich dachte man, es wäre zu schrecklich für Sie. Ihre Schwester hat sich verzweifelt gegen den Mann gewehrt, der sie erwürgt hat, und muß ihm tiefe Kratzer beigebracht haben. Unter ihren Fingernägeln haben wir ziemlich viel Blut und Hautfetzen gefunden. Glauben Sie denn, Mr. Simms sei nicht unser Hauptverdächtiger gewesen? Selbstverständlich haben wir ihn verdächtigt. Alles, was er getan hatte, wurde überprüft und doppelt überprüft, und alles, was er sagte, gesiebt und genauestens untersucht. Wir sind keine kompletten Idioten, Mr. Creevey. Manchmal wissen wir sogar, was wir tun. Im Hinblick auf das, was wir unter den Fingernägeln Ihrer Schwester gefunden hatten, war er der erste, dem wir eine Blutprobe abnahmen, die ihn jedoch endgültig entlastete. Denn sehen Sie, Mr. Simms hat die Blutgruppe B negativ. Das Blut unter den Fingernägeln Ihrer Schwester war jedoch 0 positiv, und das ist zufällig die Blutgruppe von Rodney Maitland.»

11

Alle Welt war im Urlaub. Sogar in der City war der Verkehr nicht mehr so dicht. Leviathan und Chimäre und Medusa, mit anderen Worten Mungo und Angus Cameron und Graham O'Neill waren auf Korfu. Scylla oder Keith O'Neill war in Schweden. Einhorn oder Nicholas Ralston und Basilisk oder Patrick Crashaw waren mit ihren Familien irgendwo unterwegs. Charybdis und der Rest der Familie Hobhouse waren für einen Monat in ihr Cottage in Rossingham St. Mary gezogen. Nur die Mabledenes würden aus irgendeinem Grund, der mit den Berufen von Charles' Eltern zu tun hatte, erst in der letzten Augustwoche verreisen.

Daher erwartete Charles nicht, eine Nachricht im toten Briefkasten unter der Überführung zu finden. Er hatte aber auch so genug zu tun. Es erwies sich als überraschend schwierig festzustellen, wann die Sanierungsarbeiten am sicheren Haus in der Ruxeter Road 53 beginnen würden. Auch war er mit seiner Annäherung an Martin Hillman noch nicht besonders weit gekommen, dem anscheinend unternehmungslustigeren der beiden für die Londoner Zentrale vorgesehenen Rekruten. Er hatte sich mit Hillman in einem

Café verabredet, das auf halbem Weg zwischen Shot Tower und dem Beckgate lag, aber als er hinkam, waren Rosie Whittaker und Guy Parker die einzigen Gäste. Rosie hatte ihre schwarzen Stachelhaare grün gefärbt und trug eine schwarze Brille mit Drahtgestell wie Graham O'Neill. Beide waren von Kopf bis Fuß in modisches, leicht angestaubt wirkendes Schwarz gekleidet. Sie sprachen Charles freundlich an, und Rosie fragte ihn tatsächlich, ob er Lust hätte, mit ihnen eine Cola zu trinken. Charles lehnte ab und verließ das Café sehr nachdenklich. Er würde Martin Hillman jetzt nicht einmal mehr mit einem zwei Meter langen Feuerhaken anfassen. Und Mungo wollte er dasselbe raten.

Seine neue Digitaluhr sagte ihm, daß es sechs Uhr vierundzwanzig war. Sein Vater fuhr gegen sieben nach Hause, da blieb ihm genug Zeit, gemütlich mit dem Bus in die Firma zu fahren. Charles beschloß, «Feierabend» zu machen. Der Bus war nicht derselbe, den er vor drei Tagen nach Nunhouse genommen hatte, doch er befuhr bis zur Rostock Bridge die gleiche Route. Auf seinem Stammplatz – den er immer nahm, wenn er nicht besetzt war – vorne rechts, dachte Charles über die Sache mit Peter Moran nach.

Man konnte natürlich nicht behaupten, er sei noch einmal davongekommen, denn er war nie in Gefahr gewesen. Die Haustür des Cottages hatte die ganze Zeit offengestanden, und außerdem hatte er, fast von Anfang an, gespürt, daß keine reale Bedrohung existierte. Und damit war die halbe Schlacht gewonnen. Tatsächlich war Charles sogar ziemlich stolz auf sich und klopfte sich wegen seines Scharfblicks im Geist selbst auf die Schulter. Doch zugleich mußte er daran denken, wie entsetzt und ängstlich seine Eltern gewesen wären, hätten sie davon gewußt.

Erst vor ungefähr zwei Jahren hatten sich seine Schwester Sarah und ein paar ihrer Freundinnen von einem fremden Mann ansprechen und dann ins Kino einladen lassen. Sarah war unklug genug gewesen, es den Eltern zu erzählen. Es war nichts passiert, der Mann war nur freundlich gewesen und hatte sich über ihre Gesellschaft gefreut, aber Charles hatte befürchtet, seinen Vater träfe der Schlag oder etwas Ähnliches. Und erst seine Mutter... Als Sarah zu erzählen begann, hatte die Mutter dem Vater ein neues Kleid oder Kostüm oder sonst etwas vorgeführt, das sie sich an diesem Tag gekauft hatte. Wenn man Charles gesagt hätte, es gebe etwas, das seine Mutter davon ablenken konnte, hätte er es nicht geglaubt.

Sarah hatte es jedoch geschafft. Die Mutter brach in Geschrei und Tränen aus und ließ sich von Sarah feierlich schwören, daß sie, solange sie lebe, nie wieder mit einem Mann sprechen werde. Oder fast so lange. Es hatte einen schrecklichen Wirbel gegeben. Charles sah vorher, daß man wegen seines Zusammentreffens mit Peter Moran den gleichen Wirbel veranstalten würde. Natürlich hatte er nicht die leiseste Absicht, seinen Eltern etwas zu sagen. Es war ohnehin vorbei, und er war nicht zu Schaden gekommen.

Aus alter Gewohnheit schaute er nach rechts, als der Bus bei der Überführung nach links abbog. Im Mittelpfeiler steckte eine Nachricht. Nun, das war unerwartet, aber nicht unmöglich. Bestimmt stammte sie von Charybdis, der vielleicht für einen Tag aus Rossingham in die Stadt gekommen war. Schließlich kam er selbst aus Fenbridge auch in die Stadt, und die Entfernungen waren fast die gleichen. Charles sprang bei der nächsten Bedarfs-Haltestelle aus dem Bus. Es war erst sechs Uhr vierzig, er konnte den Rest des Weges über die Rostock Bridge laufen, und der Vater würde ganz sicher auf ihn warten.

October Men war also der neue Codeschlüssel. Er hatte sich die ersten Zeilen aus dem Buch abgeschrieben und den Zettel bei sich. Er hätte nicht einmal im Traum daran gedacht, ohne diesen Zettel wegzugehen. Charybdis hatte das Päckchen diesmal sehr hoch angebracht. Daß er so weit hinaufreichen konnte, hätte Charles nicht geglaubt. Er selbst erreichte es fast nicht und mußte springen, um es herunterzuholen. Er stopfte den Plastikbeutel in die Tasche, entfaltete hastig die Nachricht und betrachtete sie erstaunt. Selbstverständlich konnte er sie nicht aus dem Stegreif lesen, das meiste blieb ihm unverständlich, aber das erste Wort bestand aus neun Buchstaben, und er kannte den *October Men*-Schlüssel schon gut genug, um ziemlich sicher zu sein, daß es Leviathan hieß. Und er war ebenfalls fast sicher, daß die ersten drei Worte *Leviathan to Dragon* hießen. Wie war das möglich, da es sich um eine neue Nachricht handelte, die in den letzten drei Tagen im Pfeiler angebracht worden sein mußte, und Mungo seit sechs Tagen auf Korfu war?

«Was hast du den lieben langen Tag so allein gemacht?» fragte der Vater freundlich, als Charles zu ihm in den Volvo stieg.

Damit sind meine Geheimdienstaktivitäten als Einzelkämpfer ziemlich genau umschrieben, dachte Charles.

«Ach, alles mögliche», sagte er und schlug sein Notizbuch beim *October Men*-Schlüssel auf.

Rasch begann er, die Nachricht zu dechiffrieren. Gewöhnlich herrschte auf diesen Fahrten freundschaftliches Schweigen zwischen seinem Vater und ihm. Wenn er mit seiner Mutter fuhr, redete sie ununterbrochen. Gerade heute abend hätte Charles das Schweigen sehr angenehm empfunden, doch sein Vater schien entschlossen zu reden. Ein seltsamer Zufall war, daß er ein Thema anschnitt, mit dem Charles sich noch vorhin selbst beschäftigt hatte: die Gefahr, die Leuten in seinem Alter, besonders wenn sie klein und zierlich waren, durch Belästigungen von – wie der Vater sie nannte – «kranken» Erwachsenen drohte. Er nannte sie auch Päderasten, sprach das Wort jedoch, wie Charles ein wenig traurig feststellte, falsch aus. Anlaß war die Verhaftung eines Mannes, der oben im Norden ein Kind überfallen und ermordet hatte. Als die Polizei mit ihm das Gerichtsgebäude verlassen hatte, war er von der Menge bedroht worden. Das Fernsehen hatte einen Bericht darüber gebracht.

«Ich hab mir gedacht, es wäre eine gute Idee, das mit dir zu bereden, wenn deine Mutter und deine Schwester nicht dabei sind.»

Charles hatte den Eindruck, daß sie «das» schon Sarahs und sein Leben lang «beredet» hatten – wenn das der richtige Ausdruck dafür war. Aber er sagte nur okay und nickte. Es wäre unhöflich gewesen, weiter in seinem Notizbuch zu lesen. Außerdem hatte er die Nachricht schon entziffert.

Nachforschungen Peter Moran einstellen. Nicht beschatten, nicht beobachten. Sein Vater versuchte ihm indessen mit verlegen klingender Stimme zu schildern, wie ein «solcher» Mann sich ihm «nähern» könnte. Charles hatte den fast unwiderstehlichen Wunsch, dem er, wie er wußte, auf keinen Fall nachgeben durfte, an seinem Vater einen seiner Zaubertricks auszuprobieren, so daß er, wenn er rauchen wollte, statt seines Zigarettenetuis mit den Selbstgedrehten etwa zehn Meter Purpurband aus der Tasche zog.

Sie fuhren am Fluß entlang. Auf der anderen Seite lag Nunhouse, und Charles glaubte Fen Street und wahrscheinlich auch das Dach von Peter Morans Cottage ausmachen zu können. Ein leichtes Frösteln überlief ihn, ein unangenehmes Gefühl: Angst. Zu Charles' Stärken gehörte seine Bereitschaft, sich selbst gegenüber zuzugeben, daß er Angst hatte, diese Tatsache aber vor allen anderen hinter einer unergründlichen Miene zu verbergen. Nachdem er sein Gehör mehr oder weniger ausgeschaltet hatte, gab er seinem Vater rein mechanische Antworten. Im Kopf hatte er nur die dechiffrierte Nachricht und wiederholte sie sich mit wachsender Beunruhigung.

Abgesehen davon, daß Mungo sie weder geschrieben noch abgeschickt haben konnte, stimmte auch die Diktion nicht. Mungo hätte die Wendung «Nachforschungen einstellen» nie gebraucht, sondern geschrieben: «Das Projekt Peter Moran ist gestorben.» Daher stammte die Nachricht nicht vom Generaldirektor der Londoner Zentrale, sondern von jemand anders, wahrscheinlich von der Moskauer Zentrale. Der *October Men*-Code war geknackt – eine sehr einfache Sache mit einem Maulwurf in der Abteilung – und diese Nachricht war von einem Agenten untergeschoben worden, der nicht wußte, daß Mungo verreist war. Wahrscheinlich von Rosie Whittaker selbst. Schließlich war sie, als Charles sie gesehen hatte, keine Viertelmeile vom toten Briefkasten entfernt gewesen. Aber die Sache war nicht so einfach. Wenn die Moskauer Zentrale Mungos Anweisungen widerrief, mußte sie gute Gründe dafür haben. Fürchtete man sich dort vielleicht vor den Ergebnissen der Nachforschungen? Nicht Mungo, sondern die andere Seite war es, die wollte, daß Peter Moran in Ruhe gelassen wurde.

«Ich denke, ich habe mich klar genug ausgedrückt», hörte Charles seinen Vater sagen, nachdem er sein Gehör wieder eingeschaltet hatte, «und du wirst dich nie und unter keinen Umständen von jemandem dazu verführen lassen, mit ihm allein zu sein, auch dann nicht, wenn er jung und nett ist. Die richtigen Leute lernst du zu Hause oder in der Schule kennen, andere sind für dich tabu. Es lohnt sich nicht, Charles. Das Risiko ist zu groß. Auf einen Nenner gebracht und um das alte Klischee zu benutzen – sprich nicht mit fremden Männern.»

12

Ohne direkt unhöflich oder beleidigend zu sein, hatte Fordwych angedeutet, daß er John verdächtigte, Unruhe stiften zu wollen. Er verdächtigte ihn, daß er, wahrscheinlich aus einer unerklärlichen

Bosheit heraus, versuchte, Mark Simms in Schwierigkeiten zu bringen. John verstand überhaupt nichts mehr. Nun ja, er verstand natürlich, daß Mark Simms Cherry nicht ermordet und aus irgendeinem Grund gelogen hatte. War es möglich, daß alles andere, was er über sie und ihren Lebenswandel gesagt hatte, auch erlogen war?

John war schließlich zur Arbeit gegangen, doch er konnte sich nicht konzentrieren. Das war nicht weiter schlimm, da das Geschäft im August viel schwächer war als in anderen Monaten. Er ging im Rosengarten umher, schnitt die welken Köpfe der Wendy Cussons und zinnoberroten Troika ab und stellte fest, daß er, völlig unerwartet, große Erleichterung empfand. Die Hände voller Rosenblätter blickte er zum verhangenen Himmel und fühlte sich irgendwie unbeschwerter, weniger angespannt und gestreßt. Die Vergangenheit war jetzt ein wenig verwischt, wenn nicht völlig ausgelöscht. Auch die unmittelbare Vergangenheit schien weniger schmerzlich und weniger unverständlich. Und er hatte nicht das unverzeihliche Verbrechen – das für ihn inzwischen unvorstellbar gewordene Verbrechen begangen, die Bande zu einer Gewalttat oder zu etwas noch Schlimmerem gegen Jennifers Liebhaber angestiftet zu haben.

Gavin ließ den Beo zur Belustigung eines älteren Paares mit Enkelkind sein ganzes Repertoire hersagen. John erinnerte sich, die Leute schon ein paarmal bei Trowbridge's gesehen zu haben. Gehorsam plapperte der Beo die neu erlernten Sätze herunter. Gavin belohnte ihn mit Stückchen von einem Marsriegel. Es war Donnerstag, sie schlossen um eins, und Gavin und der Vogel, den er Grackle nannte, verschwanden gemeinsam, was inzwischen zu einer festen Gewohnheit geworden war. Auf dem Heimweg dachte John an Jennifer und daran, daß sie gesagt hatte, sie hasse ihn und werde ihm nie verzeihen, was er ihr über Peter Moran erzählt hatte. War es falsch gewesen, mit ihr darüber zu sprechen? Vielleicht und zwar, weil sein Motiv das falsche gewesen war. Wahrscheinlich war es reine Phantasterei von ihm, daß Moran jemanden töten oder seinen früheren Neigungen wieder nachgehen könnte. Das kam nur von dem ganzen Zeug über den Killer und Kinderschänder aus Lancashire, mit dem einen das Fernsehen berieselte. Als er nach Hause kam, nahm er sich nicht einmal die Zeit, etwas zu essen, sondern schrieb sofort an Jennifer. Er begann den Brief mit *Liebste Jennifer*, denn egal, was aus ihnen wurde, egal, wie weit sie voneinander getrennt waren und was für andere Partner sie eventuell finden mochte, er würde immer so an sie schreiben.

Liebste Jennifer,
wenn Du noch immer die Scheidung willst, nachdem wir zwei Jahre getrennt sind, bin ich einverstanden. Ich werde alles tun, was Du willst. Ich ertrage es nicht, daß Du mich haßt, und ich sage Dir ganz ehrlich, daß ich Dir das nur schreibe, damit Du mich nicht mehr hassen mußt. Man könnte sagen, ich möchte Dich damit bestechen, weil ich will, daß Du mich wieder gern hast.

Ich werde auch nichts mehr gegen Peter sagen. Menschen ändern sich. Du hast mich verändert, wie Du vermutlich weißt, vielleicht ist es Dir ja auch bei ihm gelungen. Ich möchte Dir trotzdem sagen, daß ich Dich liebe. Daran hat sich nichts geändert. Wenn Du Deine Meinung wegen der Scheidung ändern solltest, komm zu mir zurück. Ich werde Dich immer zurückhaben wollen.

Das Wort «ändern» kam zu oft vor, doch egal, so empfand er eben. Tränen waren ihm in die Augen getreten und liefen ihm langsam übers Gesicht. Nichts als Selbstmitleid, dachte er und wischte sie wütend ab. Es half ihm jedoch auch nicht, an ihre Umarmungen zu denken, an die Zärtlichkeit, das gemeinsame Erfahren der Lust. Er wollte sie anflehen, ihm zu schreiben, daß auf ihrer Seite nicht alles nur ein So-tun-als-ob, eine Täuschung, gewesen war, daß sie ihn eine Zeitlang geliebt und nach ihm verlangt hatte. Doch er fürchtete, daß sie, wenn er sie fragte, diesen Teil des Briefes nie beantworten würde, also schrieb er nur noch *Immer Dein Dich liebender John* und ließ es damit bewenden.

Gegen vier Uhr wollten Colin und seine Mutter auf einer ihrer Rundfahrten vorbeikommen. Sie hatten eine Ferienwoche im Lake District verbracht, wo es die ganze Zeit geregnet hatte. John machte sich wieder einen «Pflügerimbiß» zurecht und ging dann zum Postkasten, um den Brief an Jennifer einzuwerfen. Den größten Teil des Nachmittags verbrachte er damit, sich Colins Urlaubsfotos anzusehen. Colin hatte auch eine Menge Dias eingepackt, die in ein Sichtgerät eingeschoben und nur mit einem Auge betrachtet werden mußten, während man das andere zukniff. Es waren ausschließlich Ansichten grüner Berge und grauer Himmel, weit und breit keine einzige lebende Kreatur in Sicht. Constance Goodman hatte ihn sofort gefragt:

«Gibt es Neuigkeiten?»

«Laß doch, Mutter», sagte Colin.

John brauchte eine Weile, um zu begreifen, daß sie erwartet hatten, Jennifer vorzufinden, und daß sie auf Grund der Information, die er von ihnen bekommen hatte, zu ihm zurückgekehrt war. Eine Vermutung, die ihm jetzt naiv vorkam, obwohl auch er einmal daran geglaubt hatte. Die Goodmans hatten auch gelesen, daß ein Mann des Mordes an Cherry angeklagt worden war. Würde John als Zeuge aussagen müssen? Oder Mark Simms? Constance wollte wissen, ob die Polizei sich mit ihm in Verbindung gesetzt hatte.

«Er will nicht darüber reden, Mutter. Das siehst du doch.»

«Nicht jeder ist so verklemmt wie du, Hühnchen.»

«Wenn jemand verklemmt ist, dann sind vermutlich die Eltern dafür verantwortlich. Vor allem die Mutter, oder?»

Sie zankten sich eine ganze Weile. John bewirtete sie mit Tee, führte sie durch den Garten, zeigte ihnen voller Stolz seine Fuchsien und den pinkfarbenen Lavendel. Das Gewächshaus wurde gebührend bewundert, obwohl Constance sagte, es sei eine Schande, die Honda hineinzustellen, und als sie gingen, gab John ihnen einen Korb voller Tomaten und Spanischem Pfeffer mit. Es war ein erschreckender Gedanke, daß er sein ganzes restliches Leben die Mehrzahl der Abende würde allein verbringen müssen. Das war das erste Mal, daß er sich das selbst eingestand. In Romanen hieß es immer, daß Gastgeberinnen sich um alleinstehende Männer geradezu rissen, aber irgendwie traf das auf ihn nicht zu. In diesen Gesellschaftskreisen bewegte er sich nicht. Er konnte sich nicht erinnern, von seinen Nachbarn in der Geneva Road auch nur ein einziges Mal zu einer Party eingeladen worden zu sein. Eine Schwester, die ermordet, eine Ehefrau, die durchgebrannt war, isolierten einen Mann; die Leute wußten nicht so recht, wie sie auf ihn zugehen, worüber sie sprechen durften und welche Themen sie vermeiden sollten.

Er goß im Gewächshaus, entfernte die tieferen vergilbenden Blätter an den Tomatenstauden. Die Auberginen waren gegen die grüne Blattlaus sehr anfällig, und obwohl es ihm sehr gegen den Strich ging, besprühte er sie und würgte und hustete in den ungesunden Dämpfen. Als es klingelte, hoffte er, daß es Jennifer war. Sollte das noch jahrelang so weitergehen, immer wenn das Telefon oder die Türglocke sich meldeten? Man hat über seine rein instinktive erste Reaktion eben keine Kontrolle, dachte er. Alle Entschlüsse, betonte Fröhlichkeit, alles Sich-zusammenreißen nützten nichts; das Herz machte seinen Sprung, die Hoffnung sprudelte wie ein Quell, der geliebte Name drängte sich besitzergreifend ins Bewußtsein...

Die Frau vor der Tür war nicht Jennifer, sondern Detective Constable Aubrey.

«Guten Abend, Mr. Creevey», sagte sie. «Darf ich einen Augenblick hereinkommen?»

Er nickte. Er wußte, daß er ziemlich verwirrt aussehen mußte.

«Keine Sorge», sagte sie. «Das ist kein offizieller Besuch.»

Sie folgte ihm ins Wohnzimmer. Die Goodmans hatten ihre Fotos dagelassen, und die Ansichten von Skiddaw und Ullswater waren über den ganzen Couchtisch verstreut.

«Waren Sie verreist?»

«Nein, leider nicht. Die gehören Bekannten.» Warum nicht «meinen Freunden»? Er begann, die Bilder einzusammeln und in die gelben Umschläge zu stecken.

«Darf ich mich setzen?» sagte sie.

Er wurde rot. «Entschuldigen Sie. Ja, natürlich.»

Sie trug Jeans, ein gestreiftes Hemd und eine Jacke mit Reißverschluß, maskuline Kleidung, die ein Mann tragen konnte, ohne merkwürdig auszusehen, doch sie wirkte auch darin unglaublich feminin. Er hatte dieses Gesicht irgendwo auf einem Gemälde gesehen, einer Reproduktion in einem Buch vielleicht, die zarten Züge, die durchsichtige rosige Haut, die feinen Brauen, das rotgoldene Haar. Es war ein Vergnügen, sie anzuschauen, obwohl natürlich nur ein rein akademisches Vergnügen, solange es Jennifer gab, deren Gesicht sich immer zwischen ihn und alle anderen hübschen Gesichter schob.

«Ich bin hier, um mit Ihnen über Ihre Schwester Cherry zu sprechen, Mr. Creevey», sagte sie auf ihre freundliche und sanfte Art.

Er nickte, war jedoch sofort auf der Hut.

«Ihr Besuch am Montag, ihr Gespräch mit Mr. Fordwych, scheint so viele Fragen unbeantwortet gelassen zu haben. Nun ja, eigentlich bin ich hier, um Sie zu bitten, Sie sollten versuchen, sich über das, was Mr. Simms Ihnen gesagt hat, nicht aufzuregen und nicht den Kopf zu zerbrechen. Falsche Geständnisse sind nichts Ungewöhnliches, sie kommen sogar häufig vor.»

«Aber warum?» sagte er. «Warum sollte jemand behaupten, er habe – einen Mord begangen, wenn es gar nicht stimmt? Ich habe gedacht, Sie glaubten mir nicht.»

«Oh, wir haben Ihnen geglaubt. Sagen wir einfach, wir haben uns ein bißchen gewundert, daß Sie ihm glaubten. Ich hatte den Eindruck, daß Sie in Ihrem Zustand für so etwas besonders empfänglich waren. Verzeihen Sie mir, wenn ich allzu neugierig erscheine. Aber waren Sie sehr niedergeschlagen oder nervös?»

Er sah sie an und fing an, vieles zu verstehen. «Ich denke, ich habe seit Monaten am Rand eines Nervenzusammenbruchs gestanden, nur ist es nie so weit gekommen.» Rasch fügte er hinzu: «Ich verstehe noch immer nicht, wie man sich so etwas ausdenken kann.»

«Da gibt es mehrere mögliche Gründe», sagte sie nachdenklich. «Er kann Ihnen etwas übelgenommen haben. Vielleicht hat er gedacht, Sie hätten kein echtes Interesse an ihm, hörten nicht zu, wenn er redete. Ist das möglich? Vielleicht hat er sich einsam gefühlt, wollte von Ihnen beachtet werden und merkte, daß Sie sich nicht voll auf ihn konzentrierten, weil Sie eigene Probleme hatten?»

«Das ist mehr als wahrscheinlich», sagte John. «Miss Aubrey – Detective Constable – tut mir leid, aber wie nenne ich Sie?»

«Sagen Sie einfach Susan.»

Irgendwie hatte er das Gefühl, daß er das nicht konnte. Sie hätte es nicht vorschlagen sollen. Es war zu intim. Er formulierte seine Frage neu. «Wollen Sie damit sagen, er war bereit, alles zu tun, um von mir beachtet zu werden?»

«So ungefähr, ja. Leute leiden unerträglich unter dem Gefühl, zurückgewiesen zu werden, unter Einsamkeit, dem Gefühl, von Glaswänden eingeschlossen zu sein, in einem Vakuum zu leben. Und dann mag er sich wegen Ihrer Schwester irgendwie schuldig fühlen. Ich will damit nicht sagen, es gebe eine wenn auch noch so entfernte Möglichkeit, daß er sie getötet haben könnte, doch er könnte sich auf andere Weise schuldig fühlen. Vielleicht deshalb, daß er sie an dem Abend nicht abgeholt hatte, wie verabredet, und erst fast eine Stunde später kam. Das haben Sie nicht gewußt? Es steht in allen Aussagen, die er damals gemacht hat. Er wollte mit ihr brechen. An diesem Abend wollte er es ihr sagen, aber er kam zu spät, sie war schon gegangen – mit dem Mann, der heute unter der Anklage steht, sie ermordet zu haben.»

John sah sie starr an. «Demnach fühlte er sich für ihren Tod verantwortlich?»

«In gewisser Weise. Was wissen Sie über Ihre Schwester, Mr. – eh – John?»

Es stimmte also. Mark hatte in dieser Beziehung nicht gelogen. «Alles, glaube ich.»

«Mark Simms hatte entdeckt, daß sie noch andere Liebhaber hatte. Oft hätte er sie am liebsten selbst umgebracht. Fangen Sie jetzt allmählich an zu verstehen?»

«Sind Sie Psychologin?» fragte John.

«Das war ich mal. Ich habe Psychologie studiert.»

Er bot ihr Kaffee an, und sie sagte, danke, ja, sie hätte gern eine Tasse. Während sie trank, sprach er ein bißchen über Cherry. Nicht über ihre unerklärlichen promiskuitiven Liebesaffären, auch nicht über sie und Mark, er fragte, warum sie getötet worden war. Hatte sie sich – er versuchte, es taktvoll auszudrücken – gegen Rodney Maitland so verhalten, daß sie ihren Tod heraufbeschwor? Susan Aubrey sagte, das glaube sie nicht. Cherry habe ihn schließlich gekannt und war ganz arglos mit ihm gegangen, als er ihr anbot, sie zur Bushaltestelle zu begleiten. Maitland, der in London lebte, war erst an diesem Nachmittag in seine Heimatstadt zurückgekehrt und sofort nach dem Mord wieder weggefahren. Deshalb wurde er nie überprüft, nie verdächtigt, während Hunderten einheimischer Männer die Fingerabdrücke abgenommen wurden und man ihre Blutgruppe überprüfte. Er gehörte offenbar zu jenen Männern, für die es sexuelle Lust und Befriedigung bedeutet, eine Frau zu töten, sie durch einen plötzlichen Angriff zu überraschen und zu erwürgen, bevor sie einen Laut ausstoßen kann. Cherry hatte sich gegen ihn gewehrt, hatte mehr Widerstand geleistet als die anderen, hatte ihr Schicksal nicht ergeben hingenommen...

Susan Aubreys verständnisvolle Art brachte John fast dazu, ihr von Jennifer zu erzählen, ihr zu sagen, warum er fast zusammengebrochen wäre, aber er widerstand der Versuchung. Er hatte die Vorstellung, daß ausgebildete Psychologen sich solche Herzensergüsse mit rein wissenschaftlichem Interesse und klinischer Objektivität anhörten. Erst als sie gegangen war – nachdem sie sich für den Kaffee bedankt und ihn bei dieser Gelegenheit John genannt hatte –, fiel ihm ein, daß er, wenn er ihr von seinem geistig-seelischen Zustand berichtet hätte, auch von seiner Therapie hätte erzählen müssen, der Mini-Mafia und den dechiffrierten Codes. Vielleicht hätte er das tun sollen. Eigentlich war es, und diese Idee war neu für ihn, seine Bürgerpflicht, die Polizei über die Aktivitäten der Bande und Instruktionen wie «entfernen und eliminieren» zu unterrichten. Nun, da er sich, ohne Schaden angerichtet zu haben, wieder zurückgezogen hatte, sollte er der Polizei zumindest von dem toten Briefkasten im Katzenwinkel erzählen. Das beabsichtigte er auch am nächsten Tag zu tun. Und zwar wollte er die Mittagspause dazu benutzen, beschloß er, als er am Freitag in die Arbeit aufbrach. Sich wieder freizunehmen, wäre seiner Meinung nach nicht richtig gewesen.

Doch ungefähr eine Stunde, nachdem er bei Trowbridge's eingetroffen war, ereignete sich etwas, das ihn alles andere vergessen ließ.

13

Es war der erste Tag des Schlußverkaufs. Alle Pflanzen, für die in dieser Saison niemand mehr den vollen Preis bezahlen würde – Geranien, die schon am Verblühen, Kräuter, die blühten und ins Kraut geschossen waren, buschige Begonien – wurden auf langen Holztischen ausgestellt und für dreißig Pence pro Stück losgeschlagen. Alles sollte schon fix und fertig sein, wenn das Garten-Center öffnete, aber um halb elf suchte Gavin in den Gewächshäusern noch immer Pflanzen aus und karrte sie zu den Tischen. Um diese Zeit tauchte das ältere Paar mit der Enkelin – oder was immer sie war – im Laden auf. Wie gewöhnlich gingen die drei schnurstracks zum Käfig des Beo.

«Die tun so, als wäre unser Laden ein Zoo», sagte Sharon zu John, «bringen immer das Kind mit und schauen sich den Vogel an. Sie haben bisher nicht einmal ein einziges Päckchen Samen gekauft.»

«Sie stören doch nicht», sagte John.

Les, der kurz mit dem Mann gesprochen hatte, kam auf John zu. «Die wollen den Beo kaufen», sagte er.

«Da haben Sie's», sagte John zu Sharon. «Das ist besser als ein Päckchen Samen.»

Er ging zu den Leuten hinüber und sagte dem Mann, der Beo koste fünfundachtzig Pfund.

«Dann ist er also nicht im Preis herabgesetzt?»

«Nein, das ist er nicht», antwortete John lächelnd.

«Das ist eine Menge Geld, aber wir sind der Meinung, daß er es wert ist, nicht wahr, Mutter? Wir haben es uns lange überlegt, es ist kein übereilter Entschluß, wir haben wirklich an die Verantwortung gedacht, die wir damit auf uns nehmen.» Der ernste Tonfall und ebenso ernste Blick hätte die Vermutung aufkommen lassen können, daß er sich um ein Pflegekind bemühte. «Wir haben über das Thema nachgelesen, haben uns Bücher aus der Bibliothek besorgt.»

John war versucht zu sagen, er wisse, daß er ihnen den Beo ruhig anvertrauen könne, aber natürlich sagte er es nicht. In diesem Moment dachte er zum erstenmal an Gavin. Er war froh, daß Gavin draußen beschäftigt war. Zwar wußte er zu diesem Zeitpunkt noch nicht, wie sehr Gavin den Vogel liebte, vermutete jedoch, daß er, wenn er im Laden gewesen wäre, versucht hätte, den Verkauf zu verhindern. Hätte wieder von der Newcastle-Krankheit angefangen oder behauptet, der Gracula religiosa sei für Kinder gefährlich. Tatsächlich steckte das kleine Mädchen jedoch den Finger in den Käfig und fütterte den Beo aus einem Päckchen mit verschiedenen Früchten und Nüssen, und er nahm die Leckerbissen ganz vorsichtig. Der Mann wollte bar bezahlen. Vier Zwanzig- und eine Fünfpfundnote wurden aufgerollt und sorgfältig ausgebreitet. Das Ehepaar war offensichtlich auf dem Weg hierher bei seiner Bank gewesen.

«Bekommen wir auch seinen Käfig?» fragte das kleine Mädchen.

«Ja, kostet der etwa extra?» Ein fast bestürzter Blick machte deutlich, daß der Mann mit dem Käfig nicht gerechnet hatte.

«Der Käfig ist im Preis inbegriffen», sagte John. «Er gehört dazu.»

Sie gingen und trugen den Beo zum Parkplatz. John beobachtete, wie sie den Käfig mit fast zärtlicher Vorsicht auf den Rücksitz eines betagten Morris Minor stellten. Im selben Moment tauchte Gavin wieder im Laden auf. Er begann John zu erklären, daß zwei Goldfische eine Pilzkrankheit hatten. Dann sah er, daß der Platz, an dem der Käfig gestanden hatte, leer war.

«Wer hat ihn weggestellt?»

«Das alte Ehepaar hat Ihren Dracula gekauft», sagte Sharon ein bißchen boshaft. «Eben sind sie miteinander abgezogen. Haben ihm nicht einmal die Möglichkeit gegeben, lebwohl zu sagen.»

Gavin stürmte durch die Eingangstür ins Freie. Der Morris Minor war nicht mehr da, bog jetzt wahrscheinlich schon in die Hauptstraße ein, doch Gavin hetzte über die lange gekieste Zufahrt hinter ihm her.

«Er war ganz verrückt nach dem Vogel», sagte Les.

Nach ein paar Minuten kam Gavin zurück. Trotz der körperlichen Anstrengung war sein Gesicht nicht gerötet, sondern kreideweiß. Seine Augen hatten einen wilden Blick.

«Wir müssen ihn zurückholen. Ich kaufe ihn zurück. Wollte ihn ohnehin kaufen, ich habe gespart und fast schon alles beisammen.»

«Warum haben Sie nie etwas gesagt?» fragte John, der allmählich anfing zu verstehen. «Sie hätten ihn billiger bekommen oder im Mietkauf erwerben können oder so.»

«Das ist doch jetzt nicht wichtig. Wir holen ihn zurück. Ich fahre zu den Leuten hin, und zwar sofort. Ich werde ihnen sagen, daß es sich um einen Irrtum handelt. Daß er mir gehört.»

John war entsetzt. Er fühlte sich schuldig, er hatte das Gefühl, Gavin durch seine Gedankenlosigkeit verraten zu haben. «Gavin, ich weiß nicht, wie sie heißen oder wo sie wohnen. Sie haben bar bezahlt.»

«Sie wissen nicht, wie sie heißen?»

«Es tut mir ja leid, aber ich kann einem Kunden nicht vorenthalten, was verkäuflich ist.»

Bis jetzt war der Laden leer gewesen, doch jetzt ging die Flügeltür auf, und mehrere Kunden gleichzeitig kamen herein. Eine Frau nahm einen Einkaufskorb und kam auf John zu, um ihn etwas zu fragen. Was es war, sollte er nie erfahren, denn Gavin drehte sich mit verzerrtem, heftig zuckendem Gesicht und wilden Augen um und versetzte dem Tisch, auf dem der Beokäfig gestanden hatte, einen wütenden Tritt. Es war ein langer Tisch, auf dem auch die Terrarien, Gärten in Kugelschalen und bepflanzte Blumenkästen ihren Platz hatten. Der Tritt brachte eine Pyramide aus Glasgefäßen ins Wanken, die mit lautem Krachen auf dem Fußboden zersplitterte. Im Fallen rissen die Glasgefäße die Decke aus Kunstrasen mit, der eine Kaskade von Steingut- und Kupfertöpfen, rieselnder Erde und abgeknickter Blätter folgte. Der Krach war ohrenbetäubend, und die Frau, die auf John zugegangen war, kreischte auf. Die anderen Kunden blieben stehen und starrten Gavin an.

Die allgemeine Aufmerksamkeit schien ihn noch mehr anzustacheln. Er nahm den Arm zurück und fegte mit dem Handrücken ein langes Regal mit Schalen und Vasen leer. Einige waren aus Plastik, die meisten jedoch aus Keramik. Sie zerbrachen, und die Stücke flogen nach allen Seiten. Jetzt drehte Gavin völlig durch. Er packte alles, was ihm in die Hände fiel, und schmetterte es auf den Boden, Topfpflanzen, Vasen, Krüge, Drahtkörbe, Werkzeug. Ein elegantes Barbecue-Set aus Metall, Holz und Glas verbog und zerlegte er und warf mit den Teilen blindlings um sich, er stieß eine steinerne Nymphe um und zerbrach ein Fenster. Eine Frau begann zu schreien.

«Können Sie ihn nicht aufhalten?» brüllte ein Mann. «Kann ihn nicht irgend jemand aufhalten?»

Gavin trampelte auf den Glas- und Keramikscherben herum wie ein verwundeter Elefant. Seine Arme fuhrwerkten wie Dreschflegel zwischen den Bambusspiegeln herum. Dann streckte er die Hände über den Kopf und riß zwei Ampeln mit Hängeefeu herunter. Bisher hatte er stumm gewütet, doch jetzt begann er zu schreien, und eine Flut von Obszönitäten kam über seine Lippen. Les hatte sich hinter ihn manövriert, und ein Kunde sah aus, als sei er bereit zu helfen. John, der anfangs wie gelähmt war vor Entsetzen, kam hinter dem Tresen hervor und ging langsam auf Gavin zu. Als er ihn näherkommen sah, machte Gavin einen Satz zu dem Faß, in dem aufrecht wie Regenschirme verschiedene Gartengeräte standen. Er packte eine langstielige Grabegabel mit vier eng beieinanderstehenden Zinken aus rostfreiem Stahl und stürmte, sie wie einen Wurfspieß haltend, auf John zu.

Es war lächerlich, grotesk. Es war auch erschreckend. John wich aus und ging hinter einem Ständer in Deckung, an dem Blumenzwiebeln in Netzen hingen, der aber umstürzte, als Gavin dagegenprallte. Und diesmal gelang ihm sein Vorhaben. Er stieß ein Triumphgeschrei aus wie ein primitiver Krieger, stieß zu und bohrte John die Gabel in die Schulter. Der Schmerz war entsetzlich. Gavin hätte wohl noch ein paarmal zugestochen, hätte vielleicht weitergemacht, bis John schwer verletzt oder tot war, aber als er zum zweitenmal ausholte, packten Les und der Kunde ihn von hinten und versuchten, ihm die Arme auf den Rücken zu drehen. Gavin kämpfte wie ein Tiger, fauchte, kreischte und grunzte, warf den Kopf zurück, drehte den Kopf zur Seite und wollte Les in die Hand beißen. John, der sich die Schulter festhielt, aus der das Blut durch seine Kleidung und durch den Arbeitsmantel aus starkem Segeltuch drang, hörte, daß Sharon die Polizei anrief.

Zu dritt, eine Frau hielt die Bürotür auf, brachten sie Gavin in das kleine Büro. Aus Johns Wunde strömte jetzt das Blut. Sie stießen Gavin in den Schreibtischsessel, und Les wollte ihn fesseln und überdies noch eines der Netze über ihn werfen, mit denen Kirschen vor den naschhaften Spatzen geschützt wurden. Aber das duldete John nicht.

Gavin hielt zwar noch seinen Spieß fest, ließ sich ihn aber widerstandslos von John abnehmen. Seine Hände waren so schlaff wie welkende Blätter. Er ließ den Kopf hängen und schluchzte.

4. Teil

I

Mungo sollte am Freitag oder Samstag wiederkommen, Charles wußte nicht genau, wann. Aber das war erst in einer Woche. Natürlich konnte er in der Sache Peter Moran untätig bleiben, bis Mungo wieder da war. Er konnte untätig bleiben und weitere Anweisungen abwarten, doch er wußte, daß es nicht richtig wäre. Denn erstens war das ganz offensichtlich der Test, den Mungo ihm angekündigt hatte. Mit der Aufgabe, Peter Moran zu verfolgen und zu beobachten, sollte seine Loyalität auf die Probe gestellt werden. Und sollte er, zweitens, je an der Bedeutung dieser Aufgabe gezweifelt haben, so hatte ihm die von Rosie Whittaker, Michael Stern oder von wem auch immer gefälschte Anweisung diese Bedeutung nur um so nachdrücklicher vor Augen geführt.

Am Samstag und Sonntag unternahm er nichts. Am Sonntag war es ohnehin unmöglich, da weder sein Vater noch seine Mutter in die Stadt fuhren. Er übte fast den ganzen Tag Kartentricks. Einer nannte sich «Wasserfall». Man hielt in jeder Hand ein halbes Päckchen Karten, die man einzeln abwechselnd fallen ließ, eine von links, eine von rechts, so daß sie sich wie ein Reißverschluß ineinanderschoben und am Ende ein einziges Päckchen aus zweiundfünfzig Karten auf dem Tisch lag. Er hoffte, es gut genug zu können, so daß er nach dem Tee seinen Eltern und Sarah den Trick scheinbar aus dem Stegreif vorführen konnte. Doch er war mit seiner Leistung nicht zufrieden. Ein Perfektionist ist und bleibt ein Perfektionist, das läßt sich nicht ändern.

Angeblich hatte Mungo solche Angst davor, weiter zu wachsen, daß er verzweifelt hoffte, er habe endlich aufgehört. Charles war immer noch knapp über einsfünfzig. Er wußte, er würde noch wachsen, denn seine Eltern waren von durchschnittlicher Größe, aber es wäre ihm ganz lieb gewesen, wenn das Wachstum bei ihm früher eingesetzt hätte und er schon jetzt etwas größer wäre. Er betrachtete sich im Spiegel und stellte sachlich fest, daß er, wenn es nur nach dem Aussehen ginge, ein glänzender Kinderstar wäre; die männliche Shirley Temple der achtziger Jahre. In seinem Engelsgesicht entdeckte er jenen allem Irdischen entrückten Ausdruck, als richte er den Blick auf eine ferne, beseligende Vision – jenen Ausdruck, den die alten Meister ihren Cherubgesichtern und kindlichen Heiligen gegeben hatten. Er war natürlich auch in den Augen, dem feingeschnittenen Mund und der durchscheinend zarten Haut. Sogar sein Haar war in der vergangenen Woche unerwünschterweise gewachsen, lockte und wellte sich wieder. Verdammter Mist, dachte Charles. O Scheiße!

Wußte Mungo, was für ein Mann dieser Peter Moran war? War das ein Teil des Tests, der schreckliche Teil, den man entweder überlebte und so seine Treue bewies oder bei dem Versuch umkam? Charles mußte an das denken, was er einmal über Druidennovizen gelesen hatte, die, um ihre «Weihen» empfangen zu können, eine Nacht lang in einem Trog eiskalten Wassers liegen und epische Gedichte schreiben mußten. Doch er hätte diese Prüfung der seinen bei weitem vorgezogen. Als er die Karten wieder aufnahm und das Päckchen in zwei Hälften teilte, empfand er grollende Bewunderung für Mungo, seinen Mut, seine Rücksichtslosigkeit. Früher hatte Charles manchmal gedacht, die Londoner Zentrale sei nicht hart genug. Bisher hatte Mungo und allem Anschein nach auch Angus vor ihm jede wirklich ungesetzliche Handlung wie Diebstahl, Fälschung oder Gewalttätigkeit streng verboten; und zwar so streng verboten, daß Charles gewisse Änderungen vornehmen wollte, falls er, was er fest vorhatte, Mungos Nachfolge antreten sollte. In seiner Organisation würde es nicht so zimperlich zugehen.

Angesichts dessen hätte er froh sein müssen, daß Mungo seine Skrupel abzuwerfen schien. Wäre nur nicht ausgerechnet er selbst erstes Opfer dieser Veränderung gewesen. Angst rieselte ihm das Rückgrat hinunter. Es war wieder heiß geworden, doch er hatte schon den ganzen Tag kalte Hände. Aber es war ihm gelungen, den Kartentrick zu perfektionieren, er beherrschte ihn, und er würde ihm nie wieder mißlingen. Er ging hinunter, um ihn vorzuführen – oder vielmehr, um auf den Augenblick zu warten, in dem er vor den anderen anfangen würde, mit den Karten zu spielen, ganz beiläufig, wie jemand, der lässig ein Buch aufschlägt.

«Gütiger Gott», sagte sein Vater. «Erstaunlich! Mach das noch mal.»

Charles lächelte mit geschlossenen Lippen – dieses Lächeln, das sie alle vor sehr langer Zeit, wie ihm schien, von Guy Parker gelernt hatten. Unwillkürlich dachte er wieder daran, wie anders – wie zornig und ängstlich sein Vater reagieren würde, wenn er wüßte, daß sein Sohn vorhatte, mit dem Päderasten Kontakt aufzunehmen.

Doch Charles hatte beschlossen, eine zweite Begegnung hinauszuzögern. Als er an diesem Morgen ziemlich spät mit seiner Mutter in die Stadt fuhr, hatte er jedenfalls nicht vor, sich am selben Tag in Nunhouse umzusehen. Wieder überlief ihn ein kalter Schauer, und seine Nackenhaare sträubten sich, als er sich vorstellte, wie Peter Moran versuchte, im leeren Haus der Camerons anzurufen. Heute wollte er sich jedoch die ganze Sache aus dem Kopf schlagen, es hatte keinen Sinn, sich in diesem Stadium darüber Gedanken zu machen. Er war unterwegs zur Baufirma Albright-Craven, an die der Auftrag für die Sanierung der Pentecost Villen vergeben worden war, wie er kürzlich erfahren hatte. Wie er sich dort Zugang verschaffen und seine Erkundigungen einziehen sollte, hatte er sich noch nicht überlegt. Daß er so klein war und so jung aussah, war wieder ein großer Nachteil für ihn.

Er kam an diesem Tag jedoch nicht dazu, die Firma aufzusuchen, denn zufällig sah er Peter Moran wieder. Irgend jemand hatte widerrechtlich den von seiner Mutter gemieteten Stellplatz für Dauerparker auf dem Hillbury Square besetzt, und sie mußten den Escort weit weg in einer Tiefgarage in der Alexandra Bridge Street abstellen. Dann sah Gloria im Schaufenster von Debenham's einen Trainingsanzug, den sie Charles unbedingt kaufen, den er aber nicht haben wollte und nie getragen hätte. Er wollte auch nicht in Debenham's Dachrestaurant mit ihr lunchen, weil er befürchtete, Albright-Craven könnten über Mittag schließen. Zu Fuß brauchte er ohnehin eine halbe Stunde.

Kurz nach eins erreichte er den Feverton Square, der direkt hinter der alten Stadtmauer lag. Er hatte vom CitWest-Turm zwölf Uhr siebenundfünfzig und fünfundzwanzig Grad abgelesen, und eine oder zwei Sekunden später, als er das Fevergate passierte, schlug die Uhr der Kathedrale eins. Sie ging immer ein bißchen vor. Weil der Tag heiß und sonnig war, war der Platz sehr belebt, die Leute saßen auf den Bänken oder lagen im Gras und aßen ihre Lunch-Sandwiches. Obwohl Peter Moran ihm nie ganz aus dem Kopf ging – was unter den gegebenen Umständen ganz natürlich war –, sondern gewissermaßen ständig auf der Schwelle seines Bewußtseins lauerte, war es doch sehr merkwürdig, daß er ihn nicht auf der niedrigen Säule am Fuß der Treppe des Albright-Craven-Gebäudes sitzen sah. Charles, der sonst so aufmerksam und scharf beobachtete wie kaum ein zweiter, entdeckte ihn erst, als er höchstens noch einen oder zwei Meter entfernt war. Peter Moran saß mit dem Rücken zum Gehsteig da und blickte zu der großen, verzierten silbernen und schwarzen Flügeltür hinauf. Er trug ein sehr altes, weißes T-Shirt mit kurzen Ärmeln, aus denen die blassen, behaarten Arme hervorsahen.

Den Kopf hatte er ganz leicht zurückgeneigt, so daß das ziemlich lange, fettige blonde Haar den Ausschnitt seines T-Shirts berührte.

Wie so oft, wenn man Angst hat, verschwand Charles' Angst sofort, als er ihrer Ursache Auge in Auge gegenüberstand. (Obwohl es, wie er feststellte, nichts nützte, wenn man sich das beim nächstenmal in Erinnerung rief.) Er hätte wahrscheinlich die ganze – oder fast die ganze – Treppe hinaufsteigen können, ohne daß Peter Moran ihn bemerkt hätte, aber er wagte nicht, diese Gelegenheit zu versäumen. Und hier waren ja überall Leute. Es war ganz ungefährlich für ihn.

«Hallo», sagte er.

Peter Moran drehte sich um. Charles hatte freudiges Staunen erwartet, tatsächlich schien Peter Moran aber nicht allzu begeistert zu sein, ihn zu sehen.

«Oh, hallo, hallo!» Ein Blick die Treppe hinauf, dann wandten sich die blassen Kieselaugen Charles zu, und die Miene wurde freundlicher. «Was führt dich hierher?»

«Ach, dies und das.» Charles' Mut hatte fast wieder seine normalen Proportionen angenommen, die beträchtlich waren. «Tut mir leid, daß ich nicht da war – falls Sie angerufen haben sollten.»

«Da du es erwähnst – ich habe tatsächlich angerufen. Es hat sich niemand gemeldet.»

Er war nur ein Mann, ein menschliches Wesen, zweifellos mit einem durchschnittlichen IQ. Nicht allzu intelligent. Es gehörte zu Charles' Gewohnheiten, Leute so eiskalt abzuschätzen. Er war auch nicht sehr groß und kräftig, leicht gebaut, ein bißchen ungesund aussehend, nicht größer als... Einsvierundsiebzig oder fünfundsiebzig? Der gierige Ausdruck, der plötzlich sein Gesicht zu entstellen schien, kam vielleicht nur daher, daß er hungrig war. Ihm knurrt eben der Magen, dachte Charles.

«Sie haben gesagt, wir könnten eine Tasse Kaffee zusammen trinken.»

Der Blick flog wieder die Treppe hinauf. «Nicht jetzt. Jetzt kann ich nicht.»

Er sagte es so abwesend, als sei der erste Annäherungsversuch nicht von ihm, sondern von Charles ausgegangen, als habe er es sich anders überlegt. Und Charles wollte schon gehen, entweder ins Haus oder woanders hin und später wiederkommen, wollte sich die Beobachtung dieses Mannes noch einmal durch den Kopf gehen lassen – vielleicht brauchte er ja nicht mehr zu tun, als ihn zu beobachten –, als Peter Moran im Aufstehen flüsterte oder, besser gesagt, zischte:

«Mittwoch um diese Zeit. *Fevergate Café*. Wo die Tische im Freien stehen.»

Dann stieg er langsam die Treppe hinauf.

Charles sagte weder ja noch nein. Ein paar Leute, darunter einige in seinem Alter, wimmelten plötzlich um ihn herum. Manch einer hätte das einen überaus glücklichen Zufall genannt, denn dadurch blieb Charles von der Frau unentdeckt, der Peter Moran die Treppe hinauf entgegengelaufen war, der Frau, die ihm in Nunhouse die Tür geöffnet hatte. Sie kamen zusammen die Treppe herunter, sahen sich nicht an und hielten sich auch nicht bei der Hand oder so, gehörten aber unbestreitbar zusammen. Charles ließ sich von dem Schwarm von Leuten weiterziehen, ausländische Besucher waren es, Touristen mit Kameras und Stadtplänen. Die Frau war die Erklärung für Peter Morans kühles Verhalten. Er wollte nicht, daß dritte – Schwester? Haushälterin? Wohl kaum eine Ehefrau? – spitzkriegten, was er vorhatte. Und bei dem Gedanken, was er vielleicht vorhatte, überlief es Charles wieder eiskalt.

2

Zuallererst verpaßten sie John im Krankenhaus eine Tetanusspritze. Nachdem seine Wunde gesäubert und genäht war, dachte er, daß sie ihn vielleicht nach Hause gehen lassen würden, doch sie sagten, sie wollten ihn noch ein paar Tage zur Beobachtung behalten. Er hatte viel Blut verloren.

Das Krankenhaus erhob sich auf dem höchsten Punkt eines der hohen vorstädtischen Hügel, und aus dem Zimmer, in dem er lag, konnte er das ganze Tal überblicken. Auf der anderen Seite von Hartlands Gardens sah er Fonthill Court, wo Mark Simms wohnte. Die Sonne schien in die großen Panoramafenster und verwandelte sie in goldene Spiegel. Am nächsten Tag rief John Colin an und sagte ihm, wo er war. Colin kam ihn besuchen und versprach ihm, in die Geneva Road zu fahren und im Gewächshaus zu gießen. Aber Colin blieb sein einziger Besucher. Er wünschte, er könnte sich von der absurden Hoffnung freimachen, daß Jennifer hier auftauchen werde. Sinnlos, sich immer wieder vorzuhalten, daß sie nicht wußte, wo er war, daß er nicht den geringsten Grund hatte zu vermuten, Colin könnte ihr Bescheid gesagt haben; sinnlos auch, sich zu sagen, daß sie auch nicht käme, wenn sie es wüßte. Wenn die Besuchszeit kam und die Ehefrauen, Freundinnen und Mütter wie eine hungrige Herde hereinstürzten, die man endlich an den Futtertrog ließ, ertappte er sich dabei, daß er den Atem anhielt, eine nach der anderen musterte und Jennifer suchte. Natürlich fand er sie nicht und legte sich mit einem heimlichen resignierten Seufzer in die Kissen zurück.

Zum Glück brauchte er nur zwei dieser Besuchszeiten mitzumachen. Am Sonntag ließ man ihn unter der Bedingung gehen, daß er sich noch ein paar Tage schonte und nicht arbeitete. Seit seiner Hochzeitsreise hatte das Haus zum erstenmal ein paar Nächte leergestanden. Es machte den Eindruck, als sei es jahrelang abgeschlossen gewesen – das Bett ungemacht, das Buch *Die Oktobermänner* aufgeschlagen, mit den Seiten nach unten auf dem Couchtisch, im Spülbecken eine Teetasse und ein Teller, auf dem Brot und Butter gelegen hatten, Beweise einer heimlichen Flucht, die vor langer, langer Zeit stattgefunden hatte, der reinste *Marie Céleste**-Effekt. Jennifer hatte seinen Brief nicht beantwortet. Er sah sehr klar, was er getan hatte, ihre Liebe zu Peter Moran vergiftet, ohne seiner eigenen Sache auch nur im geringsten gedient zu haben. Sie würde zu Moran halten, weil sie seinetwegen durch Feuer und Wasser gegangen war, aber die Aussicht auf eine neue Ehe und die Auflösung der alten konnten ihr keine Begeisterung mehr abgewinnen.

* M. C., 1872 800 km von Portugal entfernt aufgefundener Briggschoner, dessen Crew spurlos verschwunden war und blieb.

Colin hatte die Pflanzen im Gewächshaus überflutet, und die Tomaten standen mit vergilbenden Blättern in Wassertümpeln. John schüttete das überflüssige Wasser weg und stand in dem stickigen kleinen Schuppen, in dem unzählige Insekten summten, und dachte an Gavin und an Liebe. Aus irgendeinem Grund hatte er immer geglaubt, Gavin habe ein wildes Sexualleben, eine Reihe bildhübscher Freundinnen, eine glückliche Familie mit einer Mutter und ein paar Schwestern, die ihn anbeteten. Vielleicht hatte er das alles, aber den Beo hatte er geliebt. Wie erstaunt wären die Leute mit dem Enkelkind, wenn sie gewußt hätten, was sie mit dem Kauf des Beo ausgelöst hatten.

Am nächsten Tag wurde ihm klar, daß sie es erfahren würden. Die Polizei kam zu ihm, um ihm zu sagen, daß Gavin wegen schwerer Körperverletzung vor Gericht gestellt werden sollte. Johns Proteste waren vergeblich. Offenbar hatte er in dieser Angelegenheit keine Stimme. Als er fragte, wo Gavin jetzt war, sagten sie – einfältig, wie er fand –, man habe ihn nach Summerdale gebracht. Das war das psychiatrische Krankenhaus, das zu Lebzeiten seiner Eltern nach dem Bezirk, in dem es lag, den Namen Copplesfield getragen hatte und «Irrenanstalt» genannt worden war. Er hätte gern Fragen gestellt und es auch getan, wenn er es mit Susan Aubrey zu tun gehabt hätte, doch es waren zwei Polizeibeamte, die er noch nie gesehen hatte, mit hölzernen Gesichtern, streng sachlich, und sie redeten, als kämen Kassettentexte mit vorgefertigtem Polizeijargon aus ihrem Mund.

Kaum waren sie gegangen, klingelte das Telefon. John hatte es aufgegeben, sich von der Einbildung heilen zu wollen, das müsse Jennifer sein. Er entwickelte im Zusammenhang mit ihr sogar eine Theorie. Sie sorgt gern für Menschen, die sie gern hat, dachte er, für Menschen, die Pflege brauchen, die auf Hilfe angewiesen sind, wenn sie weiß, was mir passiert ist... Es war Mark Simms, nicht im geringsten zaghaft oder ängstlich:

«Hallo, John. Wie geht's denn so?»

Er hatte jetzt keinen Grund mehr aufzulegen – oder hatte er um so mehr Grund?

«Okay», sagte er. Er wußte, daß es sinnlos wäre, Mark von seinem Zusammenstoß mit Gavin, seiner Verletzung oder von seinem Krankenhausaufenthalt zu erzählen. Wahrscheinlich wollte Mark sich entschuldigen. Vorsichtig, um ihm den Weg zu ebnen und eine

Chance zu geben, sagte er: «Ich nehme an, du hast gelesen, daß sie jemanden verhaftet haben – für den Mord an Cherry.»

Es gab nicht einmal eine Pause. «Deshalb rufe ich dich ja an. Nun, zum Teil jedenfalls. Ich war nicht sicher, ob die Polizei dich aufgesucht hat. Mich jedenfalls haben sie sehr eingehend informiert, was mir – ehrlich gesagt – ein bißchen unerwartet kam.»

«Sie waren auch bei mir.»

«Oh, gut. Ich meine, das war natürlich richtig, aber bei denen weiß man ja nie. Nun, jetzt ist endlich alles klar, John, alle Fragen sind beantwortet, die Rätsel gelöst. Der Sohn vom alten Maitland – kaum zu glauben. Ich kannte ihn vom Sehen. Diese Tür ist also für immer geschlossen. Jetzt ist es Zeit, einen neuen Anfang zu machen, mit blütenweißer Weste. Und da ich gerade von einem neuen Anfang rede, was glaubst du, mit wem ich mich heut abend treffe? Dreimal darfst du raten.»

«Ich kenne deine Freunde nicht, Mark», sagte John.

«Die kennst du. Obwohl – Freunde sind es eigentlich noch nicht, aber wer weiß? Jennifer und Peter, was sagst du dazu? Haben mich zum Essen eingeladen. Ich soll jemanden mitbringen. Sie haben natürlich eine Frau gemeint, aber ich kenne keine Frauen. Du weißt ja, was für ein Einsiedler ich bin. Ähnlich wie du. Du bist ungefähr der einzige, den ich mitnehmen könnte, aber das wäre nicht so gut, nicht wahr?»

John sagte, nein, das wäre nicht so gut. Er legte auf, nachdem er es geschafft hatte, die Einladung zu einem Drink «irgendwann einmal» abzulehnen. Es war ein eigenartiges Gefühl, wenn jemand mit einem sprach, der sich mit seinem Verhalten über alle Gesetze normaler zwischenmenschlicher Beziehungen hinwegsetzte. Weinend hatte Mark sich zu seinen Füßen gekrümmt und einen Mord gestanden, den er nicht begangen hatte, nicht begangen haben konnte. Was auch sein Motiv gewesen war – Einsamkeit, Schuldbewußtsein, der Wunsch, Aufmerksamkeit zu erregen, Betrunkenheit –, er hatte es jetzt vergessen, davon war John überzeugt, er hatte sogar vergessen, daß es überhaupt geschehen war. Zuviel Alkohol hatte wahrscheinlich auch diese Wirkung, löschte alles aus bis auf eine vage Erinnerung, daß man sich irgendwie zum Narren gemacht hatte.

Und woher kannte er Jennifer? Woher Peter Moran? Aus dem *Fevergate Café* natürlich, als Jennifer geweint und er ein Taxi für sie gerufen hatte; offenbar hatte er sogar mehr als das getan und sie im Taxi nach Hause begleitet. Nach einer oder zwei Flaschen Wein würde er vielleicht vor Jennifer auf die Knie fallen und irgendein anderes falsches Geständnis ablegen – daß er seine Frau ermordet habe, zum Beispiel, oder (wie Colin angedeutet hatte) mit John eine homosexuelle Affäre hatte. Mark Simms war alles zuzutrauen.

3

In einem Restaurant konnte nicht viel passieren. Charles wußte jetzt, daß er die Verabredung einhalten würde; er hatte gut gearbeitet und konnte nicht einfach aufhören. Und nichts würde passieren. Wahrscheinlich mußte er sich ein paar Bemerkungen und ein paar Vorschläge anhören, die er unangenehm und sogar erschreckend finden würde, doch nichts würde sich abspielen, mit dem er nicht in der von ihm sorgfältig gepflegten kühlen, lockeren Art fertig werden konnte, die ihm zur zweiten Natur geworden war. Das Merkwürdige daran war, daß er ungeachtet all dessen immer noch Angst hatte.

Zugleich konnte er sich einem Gefühl erschrockenen Erstaunens nicht entziehen. Denn es war erstaunlich und erschreckend, daß er in dem augenblicklich vorherrschenden Klima, einem Klima universellen oder auf jeden Fall nationalen Terrors der Päderastie, der Kindesmißhandlung, des Mißbrauchs von Kindern und des Kindermordes ernsthaft daran dachte, sich mit Moran zu treffen. Die Erwachsenen würden es sich damit erklären, daß er unschuldig, unwissend sogar und naiv ahnungslos war und keine Vorstellung von dem hatte, was ihm geschehen konnte. Charles war jedoch alles andere als ahnungslos. Gleichgültig, wie weit seine Unwissenheit noch vor einer Woche gegangen war, inzwischen wußte er mehr über sexuellen Mißbrauch an Jugendlichen als seine Eltern. In der Bibliothek, und als sie mit ihrem Latein am Ende war, in den Regalen von Hatchard's hatte er alles gefunden, was er wissen wollte – und mehr. Er ging die Sache jetzt offenen Auges an.

Mit seinen Eltern und Sarah sah er sich die Fernsehnachrichten an. Es ging unter anderem um die Kontroverse über den Sexualunterricht an den Schulen. Sollte man sexuelle Aufklärung Lehrern oder 9ahoder Eltern überlassen? Jungen sprachen zu Hause offenbar selten über diese Dinge. Gegen seinen Willen belustigt, dachte Charles, am gründlichsten würden die Kinder sich selbst aufklären, denn alles Wissenswerte war in Bibliotheken oder Buchhandlungen zu finden. Dann erschien ein neues Kindergesicht auf dem Bildschirm, wieder wurde ein Junge vermißt. Zwölf Jahre alt. Jünger als Charles, aber der Beschreibung nach größer. Es geschah immer wieder, und es verschwanden ebenso viele Jungen wie Mädchen. Dieser Junge stammte aus Nottingham. Charles war sich, als er so dasaß, auf besonders intensive Weise seiner selbst bewußt, seines Geschlechts, seiner Körpergröße und, ja, seines goldblonden Haars und seines Engelsgesichts. Er fühlte, daß die Augen seiner Eltern ihn ängstlich musterten und wieder abirrten. Die Mutter des vermißten Jungen erschien auf dem Bildschirm, weinte, rang die Hände und stammelte, als sie gefragt wurde, ob sie etwas zu sagen habe, heftig schluchzend, derjenige, der Roy entführt habe, solle ihn doch bitte – bitte! – zu ihr zurückschicken...

«Es ist nicht richtig, Menschen auf diese Weise auszunutzen», sagte Charles' Vater.

«Niemand zwingt sie dazu.»

«Ich würde lieber sterben», sagte Gloria. «Wenn einem meiner Kinder so etwas passierte, wäre das mein Tod, das weiß ich.»

Seine arme Mutter. Charles dachte ganz leidenschaftslos, wie lächerlich sie in ihrer türkisfarbenen Strumpfhose und dem Minirock aussähe, wenn die Polizei käme, um ihr die Nachricht vom Tod ihres Sohnes zu überbringen. Was wohl mit Roy passiert war – wahrscheinlich eine der Scheußlichkeiten, von denen Charles in seinen Büchern gelesen hatte. Sexueller Mißbrauch von Kindern war an der Tagesordnung, die Zeitungen jedenfalls waren voll von solchen Fällen. Charles, der die *Free Press* in die Hand genommen hatte, legte sie wieder beiseite. Wahrscheinlich gab es nicht mehr als sonst, sie fielen ihm nur mehr auf, weil er in dieser Beziehung eine größere Sensibilität entwickelt zu haben schien. Ähnlich war es auch mit der Stereoanlage gewesen, die er zum dreizehnten Geburtstag bekommen hatte. Plötzlich hatte er in jeder Zeitung Artikel über die neuesten Alben entdeckt und festgestellt, daß es in jedem zweiten Laden Plattenspieler zu kaufen gab.

An diesem Morgen fuhr er mit dem Vater in die Stadt. Von Päderastie wurde nicht gesprochen. Charles brachte seinen Zigarettenetui-Trick mit dem purpurfarbenen Band an und erntete herzliches Gelächter dafür. Sie waren gegen halb elf in der Stadt, aber Charles hatte noch immer ein ganzes Stück Vormittag totzuschlagen. Leichter Nebel lag über dem Fluß, und in den Gassen auf der Ostseite hing von der Sonne vergoldeter Dunst zwischen den Häusern. Am Fuß der Beckgate Steps saß jemand auf dem Uferdamm und fischte. Charles überquerte die Rostock Bridge und ging hinauf zum toten Briefkasten unter der Überführung. Wenn die Moskauer Zentrale nicht wußte, daß Mungo verreist war, hatte sie vielleicht noch eine Nachricht im Pfeiler angebracht; eine Nachricht, die ihm durch ihre irreführenden Anweisungen von Nutzen sein könnte. Aber der Mittelpfeiler war leer.

Charles begann zu miauen wie eine Katze. Es waren nicht die Töne, die Menschen gewöhnlich von sich geben, wenn sie Katzen nachahmen wollen, sondern ein nach sorgfältigem Studium lange geübter Katzensingsang. Er hatte sofort Erfolg und wünschte, er hätte nicht so lockend und überzeugend miaut, denn er hatte nichts für die sechs oder sieben Katzen, die ihm um die Beine strichen und die Köpfe mit den langen Schnurrhaaren an seinen Jeans rieben. Auch wenn man die Zeit irgendwie herumbringen wollte, war es bis Feverton zu weit, um den Weg zu Fuß zurückzulegen, daher ging er zur Bus-Haltestelle und bemühte sich, positiv an das bevorstehende Treffen zu denken. Ich muß herausbekommen, was Mungo will, dachte er, muß feststellen, welchen Sinn und Zweck dieser Kontakt haben soll. Es kann doch nicht nur ein Test sein, oder? Und wer sagt mir, wenn es einer ist, ob ich bestanden habe oder nicht? Was ich wirklich brauche, ist ein Zeichen.

Die Albright-Craven-Sache erwies sich am Ende als eine der leichtesten Aufgaben, die Charles je zu bewältigen hatte. Sie war nur ein Beweis dafür, wie sinnlos es war, sich zu sorgen; mit Spekulationen vergeudete man nur Zeit und Energie. Er nahm sich vor, sich nicht mehr zu sorgen und in Spekulationen zu ergehen. Denn kaum hatte er durch die elegante schwarz-silberne Tür das Gebäude betreten, entdeckte er, ohne überhaupt bis zum Lift vordringen zu müssen, in der Mitte des Foyers einen pyramidenförmigen Info-Stand mit Hinweistafel, die verkündete, daß es sich hier um das «Albright-Craven Pentecost-Projekt» handle.

Auf einer der dreieckigen Flächen befand sich eine künstlerische Darstellung, wie die fünf Häuser in der Ruxeter Road aussehen würden, nachdem Albright-Craven neue Fenster eingesetzt, die Fassade frisch verputzt und andere Balkons angebracht haben würden. Eine zweite Tafel zeigte das sanierte Innere eines Hauses mit Türbögen, Halbgeschossen, Küchen und Badezimmern. Auf der dritten Tafel waren alle nötigen Informationen zu finden, die Baubeschreibung, die Kosten und – für Charles von größerem Interesse – die Daten des Baubeginns und der ungefähren Bezugsfertigkeit. «Die Bauarbeiten beginnen im Oktober», hieß es da, «und werden voraussichtlich im Frühsommer beendet sein.» Kaufinteressenten sollten sich jedoch jetzt schon melden, da die Nachfrage vermutlich überwältigend sein werde.

Der Portier, der Charles durch das Fenster seiner Loge erspäht hatte, kam jetzt auf ihn zu. «Willst du etwas Besonderes, mein Sohn?»

«Ich möchte zu Mr. Robinson», sagte Charles.

«Bei uns gibt es keinen Mr. Robinson.»

Charles ging hinaus in den Sonnenschein. Er hatte noch immer viel Zeit; Zeit genug, um für Mungo eine Nachricht über das Schicksal des sicheren Hauses im toten Briefkasten unter der Stahlhochbrücke zu hinterlegen. Andererseits war es vielleicht besser, er tat es nicht. Die Moskauer Zentrale hatte den *Oktobermänner*-Code. Angus Cameron wußte über den Pfeiler von der Überführung Bescheid, Charles hatte gehört, er habe ihn Mungo gewissermaßen weitervererbt. Angenommen – war das möglich? – nur einmal angenommen, Angus oder Chimäre, der ehemalige Chef der Londoner Zentrale, war der Maulwurf in der Abteilung?

Ein unfaßbarer Gedanke! Charles schlug langsam den Weg zum Fluß ein. Der Dunst hatte sich aufgelöst, das Wasser war klar und silbrig-blau, und aus den tiefen Schatten unter der Randolph Bridge kam eine Schwanengroßfamilie geschwommen. Hier gab es am Fluß nur Gärten und Spazierwege. Auf dem von einer ehemaligen Labour-Stadtverwaltung «Rio Plaza» getauften offenen Platz kaufte Charles sich bei einem Eisverkäufer ein Cornetto-Schokolade-Pfefferminzeis. Auf der Ufermauer saß, Kieselsteine ins Wasser werfend, Graham O'Neills Bruder Keith, Deckname Scylla. Charles und Keith kannten sich nicht sehr gut und grüßten einander nur mit flüchtig erhobenem Arm.

Ich könnte, statt die Verabredung mit Peter Moran einzuhalten, noch immer zum Hillbury Place gehen und Mami überreden, mich zum Lunch einzuladen, dachte er. Zum Chinesen vielleicht. Peinlich berührt stellte er fest, daß er in Gedanken seiner Mutter immer wieder den Namen gab, dem er schon vor zwei Jahren abgeschworen hatte. Mami! Also wirklich. Was kam als nächstes. Wie ein Kind... Er ging die steile Straße hinauf und passierte das Fevergate. Hier gab es eine Tafel, die behauptete, die Stadtmauer sei römischen Ursprungs. Charles blieb stehen und las den Text, der ihm vertraut war, seit er lesen konnte. Es war immer noch erst zwanzig vor eins, aber er wollte nicht früher als Peter Moran in das Restaurant gehen. Er wollte ihn sehen, wenn er kam.

Von hier aus konnte er das *Fevergate Café* mit der Markise und den mit rosafarbenen Tischtüchern gedeckten Tischen gut überblicken. Aber Peter Moran würde auch ihn sehen. Er ging an der Mauer entlang und drückte sich in eine Nische, die um diese Jahreszeit von einer Masse staubiger Hängepflanzen überwuchert wurde. Er hockte sich auf die Fersen, leckte das letzte Eis aus der Waffeltüte und warf die Tüte den Spatzen vor.

Er konnte den CitWest-Turm von hier aus zwar nicht sehen und trug auch nicht seine Armbanduhr, hatte aber den Eindruck, daß Peter Moran ziemlich früh kam. Offensichtlich lag ihm daran, früher als Charles dazusein. Er ging zwischen den im Freien stehenden Tischen hindurch und tauchte im Restaurant unter, in dem es ziemlich dunkel war. Charles stand auf. Voller Unbehagen stellte er sich schon vor, mit Peter Moran in einer düsteren Ecke sitzen zu müssen, als sein «Gastgeber» wieder herauskam und an einem Tisch unter der Markise Platz nahm. Charles wartete, bis von St. Stephen ein einziger eherner Glockenschlag hallte, dann schlenderte er quer über den weiten Platz, der als Fußgängerzone nicht befahren werden durfte.

Peter Moran blickte auf und lächelte. Merkwürdig, daß einige sonst eher häßliche Menschen richtig nett aussehen können, wenn sie lächeln, dachte Charles. Peter Moran trug ein Sporthemd mit offenem Kragen, das sogar sauber war, und das tröstete Charles irgendwie, obwohl ihn die Tatsache, daß zwischen Morans hellen Brusthaaren eine silberne Kette hing, unerklärlicherweise beunruhigte.

«Hallo, Ian.»

Im ersten Moment wußte Charles nicht, was er meinte, erinnerte sich dann jedoch, daß er sich in Morans Cottage in Nunhouse Ian

Cameron genannt hatte. Er ließ sich auf den Stuhl fallen, sagte nichts und setzte sein Guy Parker-Gesicht auf, dieses rätselhafte Lächeln, das Guy Parker angeblich der Mona Lisa abgeschaut hatte. Dann passierte etwas Gräßliches, zumindest kam es ihm am Anfang gräßlich vor. Seine Haut und seine Muskeln schienen sich vor Widerwillen zusammenzuziehen. Peter Moran beugte sich vor, streckte die Hand aus und berührte Charles' Gesicht, strich ihm mit einem Finger über Mundwinkel und Kinn.

«Du hast Eiscreme im Gesicht.» Der erhobene Finger zeigte braune und grüne Spuren von Schokolade und Pfefferminz.

Charles nickte stumm.

«Was möchtest du essen, Ian? Ich schätze, das Eis wird nicht lange vorhalten. Die Speisekarte steht auf der Tafel dort.»

Ein einfacher Kaffee kam also nicht mehr in Frage.

«Nur bestell dir bitte keine sogenannten Spezialitäten des Hauses, sei so nett. Ich bin ein armer Mann, Euer Majestät. Offen gesagt, lebe ich meist von der Hand in den Mund. Du hast doch nichts dagegen, wenn ich offen und ehrlich bin, oder?»

Charles schüttelte den Kopf. Er wußte, daß er jetzt endlich etwas sagen mußte.

«Wie soll ich Sie nennen?»

«Peter. Wir sind Peter und Ian. Weißt du, daß ich noch nie auf den Gedanken gekommen bin, dich Mr. Cameron zu nennen?»

Hier draußen, mit den vielen Menschen um uns herum, kann mir nichts geschehen, dachte Charles. Das Komische war, daß er sich, als er in der Mauernische wartete, allen Ernstes überlegt hatte, ob er sich in Peter Moran vielleicht irrte? Vielleicht war er gar kein Päderast, sondern nur ein einsamer Mensch oder jemand, der darunter litt, daß er keine eigenen Kinder hatte. Die Berührung vorhin hatte diesem Wunschdenken jedoch ein unrühmliches Ende bereitet. Er lächelte wieder wie Mona Lisa Guy Parker, zwang sich, die Speisekarte zu lesen und sagte dann, er wolle Spaghetti Bolognese und Pommes frites.

Das schien nicht zu teuer zu sein, denn Peter Moran nahm das gleiche. Er trank auch Wein, billigen Wein vermutlich, weil er in einem Glaskrug serviert wurde, aber es war sehr viel, vielleicht sogar ein ganzer Liter. Charles bekam eine Dose Cola. Peter Moran fing an, über Essen zu reden, italienisches Essen hauptsächlich, erzählte Charles von italienischer Pasta und Tortellini mit Kaffeegeschmack, mit Sahne und Schokoladestückchen gefüllt, und Marzipankuchen in Form von Maiskolben oder Erbsenschoten. Weil Charles vorher ein Eis gegessen hatte, glaubte Moran offenbar, daß er Süßigkeiten liebte. Das brachte aus Kindheitstagen die Erinnerung an den «bösen Mann» zurück, der Kinder mit Bonbons anlockte.

«Genug von diesem Unsinn», sagte Peter Moran plötzlich. «Jetzt erzähl mir etwas von dir. Erzähl mir etwas über Ian Cameron.»

Erfinde sowenig wie möglich, dachte Charles, ein Meister in der Kunst des Lügens. Er wohne in der Church Bar mit Eltern und Brüdern, sagte er. Obwohl es ihm sehr gegen den Strich ging und wirklich weh tat, machte er sich zwei Jahre jünger. Peter Moran schien ohne weiteres zu glauben, daß er erst zwölf war.

«Wo gehst du zur Schule?»

«In Rossingham. Nächstes Trimester komme ich nach Rossingham.»

Die Spaghetti wurden gebracht. Charles hatte keinen Hunger, wußte jedoch, daß er sich zwingen mußte zu essen. Peter Moran schenkte sich zum drittenmal Wein ein.

«Ich war in Rossingham», sagte Peter Moran.

Charles sah ihn an. Nach einem Jahr an der Schule wußte er, daß Sauberkeit und gepflegtes Aussehen dort zu den obersten Geboten gehörten. Es war nicht ungewöhnlich, daß man am Tag zweimal duschte und zweimal ein frisches Hemd anzog. Das hatte Charles schon immer getan, aber einige von den Neuen fanden es fast bizarr. Sie paßten sich jedoch an, es wurde auch ihnen zur Gewohnheit. Peter Moran sah, wenn nicht schmutzig, so doch schmuddelig aus. Immer wenn Charles ihn traf, hätte er dringend eine Haarwäsche gebraucht. Man konnte also nach Rossingham anscheinend wieder in alte Untugenden verfallen, sich zurückentwickeln. Der Akzent war der richtige, wie Charles plötzlich klarwurde, der Akzent, der ihn verwirrt hatte, weil er so vertraut klang.

Peter Moran hatte die typische Rossingham-Stimme, die auch er selbst eines Tages haben würde, wenn er sie nicht schon heute hatte...

Während er überlegte, hatte Moran das Thema gewechselt und sprach jetzt über Interessen, Hobbys. Was tat Charles gern? War er sportlich? Mochte er Mannschaftsspiele? Sammelte er etwas? Ging er gern ins Theater? Ins Kino? Widerstrebend gab Charles zu, daß er

Filme mochte. Da sein Teller leer war, holte er die Spielkarten heraus und führte Moran einen Wasserfall vor, der zwar ganz passabel, aber nicht die Glanzleistung war, mit der er Eltern und Schwester unterhalten hatte. Moran war beeindruckt und bat ihn, ihm das Kunststück noch einmal zu zeigen. Während die Karten zum zweitenmal fielen, abwechselnd von links, von rechts, von links, von rechts, überlegte Charles, wie er auf Rossingham zurückkommen könnte. Trotz des warmen Tages, fröstelte ihn.

«Wir könnten zusammen ins Kino gehen», sagte Peter Moran.

Charles lächelte schwach und verkrampft. Er steckte die Karten wieder ein.

«Hast du Freitag etwas vor?»

«Freitag abend?» fragte Charles.

«Nun, wir könnten uns ja die Vorstellung um halb sechs ansehen, wenn du nicht spät nach Hause kommen darfst.» Je nachdem wie er sein Gesicht ins Licht drehte, ließen die dicken Brillengläser seine Augen leblos erscheinen. Manchmal waren es nur dicke Gläser, die die blassen Augen unnatürlich vergrößerten, manchmal Spiegel, die Charles' verzweifeltes Engelsgesicht zurückwarfen, und manchmal undurchsichtige Scheiben aus einem stumpfen Metall, wie Zinn oder Blei. Der Schweiß auf Peter Morans fahler Haut erinnerte Charles an die Feuchtigkeit, die aus altem Käse austritt. Charles wagte einen Vorschlag. Er wollte Moran auf die Probe stellen.

«Holen Sie mich von zu Hause ab?»

Die Brillengläser verwandelten sich in Blei, als Moran heftig herumfuhr. «Ich glaube nicht, daß das eine sehr gute Idee wäre, oder?»

Jetzt ist die Katze aus dem Sack, dachte Charles. Das heiße nicht nur ein Ding beim rechten Namen nennen, hatte er seinen Vater einmal sagen hören, sondern es einem um die Ohren schlagen. – Peter Moran nannte einen Film. Es war etwas Japanisches und Obskures und wurde im *Fontaine* in der Ruxeter Road gezeigt. Sie könnten sich vor dem Kino treffen, sagte er. Er lächelte breit, und dieses Lächeln machte sein Gesicht nicht attraktiv oder nett, sondern – Charles suchte nach dem richtigen Wort, und ihm fiel nur ein einziges sehr unerfreuliches ein – wölfisch.

Er brauchte sich den Film nicht anzusehen, brauchte sich nicht einmal in der Nähe des Kinos blicken zu lassen. Hatte er nicht genug getan, viel mehr als seine Pflicht erforderte?

«Wann waren Sie in Rossingham?» fragte er abrupt.

«Ach, du meine Güte! Das wäre zu verräterisch. Als nächstes wirst du mich fragen, wie alt ich bin. Ich gebe immer dieselbe Antwort. Irgendwo zwischen dreißig und dem Tod.» Peter Moran schenkte sich den letzten Wein ein, drehte sich um und schnippte mit den Fingern nach der Kellnerin. «Jetzt muß bezahlt werden, Ian. Alles im Leben muß man bezahlen – ob es Liebe ist oder Mehlschnüre in Tomatensoße. Ich bin im Jahr des Herrn anno neunzehnhundertsechsundfünfzig nach Rossingham gekommen. Du wirst meinen Namen auf der Liste ehemaliger Schüler finden, die in der Kapelle hängt, nicht unbedingt ein Ruhmesblatt. Ich war in Pitt House, und in meinem letzten Jahr kriegten wir einen neuen Hausvorsteher, einen staubigen Eunuchen und Lateiner namens Lindsay.»

Charles starrte ihn an und glaubte allmählich zu begreifen, was Mungo bezweckte.

«Glaubst du mir nicht? In der Kapelle findest du den Beweis. Und wenn du einen noch zwingenderen brauchst, wenn du unbedingt wissen mußt, wie sich die Wunde in meiner Seite anfühlt...» Wieder dieses breite, humorlose Grinsen; natürlich ohne Schaum vor dem Mund, doch irgendwie sah es so aus, als müßte eigentlich welcher da sein. «Wenn du nach Rossingham kommst, wirf einen Blick in das Studierzimmer sieben in Pitt House, in den alten Teil, nicht in den Erweiterungsbau. Unter dem unteren Bett wirst du etwas sehen – nichts, was dir nützen kann, aber als Beweis ist es unanfechtbar.»

Das ist das Zeichen, dachte Charles. Darauf hatte er gewartet. Bedurfte es noch eines weiteren Beweises, daß Peter Moran etwas hatte oder etwas wußte, das Mungo haben oder erfahren wollte? Teilte er sich nicht genau dieses Studierzimmer sieben mit Graham O'Neill und noch zwei anderen? Charles beobachtete den Mann, Ex-Rossingham-Mann, Weintrinker und Päderast, während er mit einem Berg kleiner Münzen die Rechnung bezahlte und tief in die Tasche greifen mußte, um die letzten zehn Pence herauszuholen, und er mußte seine ganze Kraft zusammennehmen, um nicht wegzurennen.

4

Lady Arabellas Garten war noch immer weiß, noch immer frisch und auch im August voller Blüten. Auf Kuppeln und Spalieren rankten sich jetzt die cremefarbenen Blätter des russischen Weins, und noch immer blühten zwischen den Steinplatten und in den Rabatten inmitten von Margeriten und gebleichten Tabakpflanzen die weißen Veilchen, die den ganzen Sommer hielten. John saß auf einer Steinbank und betrachtete die Blumen – auf einer Steinbank, in die Jungfrauen und Löwen und Laubwerk gemeißelt waren und die im Frühling und im Herbst mit feuchtem grünen Schimmel bedeckt, jetzt aber staubtrocken war. In seiner Schulter wüteten rheumatische Schmerzen. Er war hergekommen und versuchte die zahlreichen körperlichen und seelischen blauen Flecke zu heilen. Nach den Begegnungen mit der Polizei in Feverton schien es ihm jeweils der für diesen Zweck geeignetste Ort. Auf dieser Seite lagen die Eingangstore der Hartlands Gardens den undurchsichtigen, trügerischen Fenstern des Polizeireviers direkt gegenüber.

Die beiden Leute, die mit ihm sprachen, ein Mann und eine Frau, waren nicht dieselben, mit denen er es bisher zu tun gehabt hatte. Sie wollten nicht viel von ihm: Er sollte sich nur die Aussage ansehen, die er vor nunmehr fast achtzehn Jahren gemacht hatte, sie bestätigen und hinzufügen, was er eventuell hinzuzufügen hatte. Es war sehr schmerzlich für ihn, Cherrys Namen zu lesen, und es löste jetzt auch eine eigenartige Befangenheit in ihm aus. Aber nach einer Viertelstunde hatte er alles hinter sich, und nun dehnte sich der ganze heiße, sonnige, leere Donnerstag nachmittag vor ihm. Er saß da, besah sich die Blumen im Sonnenschein und wunderte sich wieder darüber, daß nur weiße Schmetterlinge hierherzukommen schienen, als wüßten sie Bescheid.

Heute morgen hatte man ihm aus dem Zentrallager in Bristol einen Ersatz für den Beo geschickt; der Ersatz für Gavin war schon am letzten Montag gekommen, eine lebhafte, rotwangige junge Frau, die einem Gärtner-Team in einer für das Publikum geöffneten Gartenschau angehört hatte. Eigentlich seien Bäume ihr Spezialgebiet, hatte sie John erklärt, was ihn sehr amüsiert hatte. Der Nachfolger des Beo war ein stiller schneeweißer Kakadu. John lehnte den Kopf an die steinernen Lenden eines Löwen und dachte daran, wie er seine Schwester für immer verloren hatte. Nie wieder würde er vor anderen mit Achtung und Trauer über sie sprechen können. Das Wissen um ihren Lebenswandel würde der Trauer im Weg stehen und dazu Mark Simms' lächerliches falsches Geständnis, das er so leichtgläubig geschluckt hatte. Diese Dinge würden von nun an von den Erinnerungen an Cherrys Leben und Tod nicht mehr zu trennen sein.

Er verstand jetzt, daß diese Erinnerungen, ungetrübt wie sie damals waren, ihm nach der Trennung von Jennifer einen Halt gegeben hatten. Sie waren ihm verlorengegangen, genauso wie die Code-Macher, sein anderer Trost. Was blieb ihm denn noch? Bibliotheksbücher, Thriller und viktorianische Romane. Colin und seine Mutter. Trowbridge's. Er war es leid, diese fragwürdigen Pluspunkte aufzulisten, stand auf und ging. Schwer hing sein Arm in der Schlinge, und die Schulter tat ihm weh. Die Aussicht auf den Abend, der vor ihm lag, erschreckte ihn, denn er wußte absolut nicht, was damit anfangen, wußte nicht, wohin er gehen, wen er besuchen oder anrufen könnte, und es gab auch kein Buch, das er lesen wollte. Ihm wurde klar, daß er, so unglücklich er auch gewesen war, so noch nie empfunden hatte. Nie hatte ihn der Gedanke an die Zukunft in Panik versetzt, er hatte immer nur Trauer und auch Hoffnung gefühlt.

Der weiße Garten hatte ihm gegeben, was er erwartet hatte, seine Wunden brannten nicht mehr so heftig. Aber das Nichts, die Negation, die Leere können schlimmer sein als Wunden, und all die schimmernde, duftende Blässe, die flatternden weißen Flügel hatten ihm auf seltsame Weise eine Vision der Leere vorgegaukelt. Mit diesen Gedanken und gegen eine wachsende Furcht ankämpfend, ging er über die Terrasse, von der er im Frühling, als die Bäume mit dem jetzt dichten, aber schon alternden Laub noch kahl gewesen waren, hinuntergeschaut und an einem der Tische Jennifer sitzen gesehen hatte. Damals hatte er sich eingebildet, er sei unglücklich, doch er war voller Hoffnung gewesen – was hatte nicht alles geschehen müssen, ehe diese Hoffnung gestorben war! –, und in der Rückschau kam ihm sein damaliger Zustand beneidenswert vor. Er schaute auch jetzt hinunter – das war unvermeidbar –, doch er riß die Augen gewaltsam los und sah Susan Aubrey auf sich zukommen.

Seit sie aus Mitleid und Barmherzigkeit bei ihm gewesen war, hatte er sich die Fotografien in einem Bildband – einem Bibliotheksbuch – über die New Yorker Sammlung Frick angesehen und das Gesicht gefunden, an das ihn das ihre erinnerte. Es war das eines blassen, blonden jungen Mädchens mit durchscheinender Haut und rotgoldenem Haar auf einem Bild des französischen Malers Jean-Baptiste Greuze, das *Die Wollewicklerin* hieß. Als er sich daran erinnerte, schoß ihm das Blut ins Gesicht, weil er diese heimliche Suche nach «ihrem» Gesicht wie eine verbotene Intimität empfand.

Sie begrüßte ihn nicht, sagte statt dessen mit einer Stimme, die tief bestürzt klang: «Was ist mit Ihrem Arm passiert?»

Es war völlig widersinnig, daß er jetzt an Peter Moran denken mußte. Er vermutete, ohne es zu wissen, daß Peter Moran zu den Menschen gehörte, die so etwas komisch und witzig erzählen konnten. Ein Verrückter, der in einen sprechenden Vogel verliebt war, hat mich mit einer Grabegabel aufgespießt, würde er sagen. So etwas Ähnliches jedenfalls. John konnte das nicht, würde es nie können. Vielleicht war es das, was Jennifer an demjenigen von ihnen mochte, den sie wirklich mochte. Das ganze Zeug mit den Leuten, die von ihr abhängig waren und sie brauchten, war doch wohl reiner Unfug. Er erzählte Susan Aubrey die Geschichte seiner verletzten Schulter kurz und trocken, und dann stiegen sie die Stufen zu den Tischen des Cafés hinunter. Sie war es und nicht er, die ausgerechnet denselben Tisch wählte, an dem er mit Jennifer gesessen hatte, als sie ihm sagte, sie wolle die Scheidung.

Er holte den Tee auf einem Tablett, dazu zwei streichholzschachtelgroße Obstkuchen in Cellophan, und dann erzählte er ihr auch das. Er dachte: Ach, zum Teufel, warum eigentlich nicht? Und erzählte es ihr. Es hatte irgend etwas mit der inneren Leere und der Unfähigkeit, etwas zu fühlen zu tun. Er hätte ihr auch gesagt, daß Peter Moran vorbestraft war, weil er sich an einem Kind vergriffen hatte, nur seine Scheu, so etwas in Gegenwart einer Frau auszusprechen, auch wenn sie Polizistin war, hielt ihn davon ab.

«Sie haben eine schwere Zeit hinter sich», sagte sie. «Ein ganzes Meer von Sorgen und Problemen. Jetzt muß sich das Blatt bald wieder wenden.»

«Hoffentlich haben Sie recht. Mein Vater sagte immer: ‹Kopf hoch, es könnte schlimmer sein›, also habe ich den Kopf hochgehalten, und alles wurde schlimmer.»

Sie lachte, und er hatte das Gefühl, daß er vielleicht doch witzig sein konnte – sogar jetzt. Er war auch froh, daß er nicht hinzugefügt hatte, nach Cherrys Tod habe sein Vater das oder etwas Ähnliches nie wieder gesagt. Und dann, als Susan Aubrey ihren Kuchen aufgegessen hatte, sich die Krümel von ihrem dunkelblauen Rock klopfte, mit dem Fingernagel ein Zuckerkörnchen von ihrem Kinn wegschnippte, dachte er: Warum frage ich sie nicht, ob sie heut abend vielleicht Lust hätte, mit mir essen zu gehen? In dieses indische Restaurant, in dem ich mit Mark war, ins *Hill Station*.

Da gibt es zwei Gründe, dachte er. Sie waren aufgestanden und verließen den Kreis der Tische, um auseinanderzugehen, sie in ihre ursprüngliche Richtung quer durch den Park nach Norden, er auf der Suche nach dem Feverton-Eingang. Zwei Gründe – erstens würde ich ständig an Jennifer denken, wäre vielleicht sogar idiotisch genug, sie Jennifer zu nennen. Zweitens habe ich Angst. Ich habe Angst, sie könnte mir einen Korb geben.

Vielleicht ist das der eigentliche Grund, warum ich nicht gefragt habe, nicht fragen kann, dachte er, als sie sich trennten und sie sich noch einmal umdrehte und winkte. Ich habe weder die Nerven noch den Mut, ein Nein zu ertragen.

5

An der höchsten Stelle des Hügels war auf der Aussichtsplattform ein Fernrohr montiert, damit man eine bessere Sicht auf das Felsenpanorama, die Zypressen, Olivenhaine, zerbrochenen Säulen und sprudelnden Wasser hatte. Man mußte ein paar Drachmen in den Schlitz stecken, um mehr zu sehen als einen runden, verschwommenen Fleck, aber das Fernrohr funktionierte nicht mehr, und sogar der Münzeinwurf war mit Staub verklebt. Mungo beugte sich über die niedrige Mauer und schnupperte nicht nur, sondern inhalierte so tief wie möglich, den Duft der Bergkräuter – Thymian, Oregano und Lorbeer. Es war nicht schwierig, sich vorzustellen, daß die Götter, die er sich als überlebensgroße, beseelte Statuen in faltigen Wolkengewändern dachte, hier auf die Erde herabgestiegen waren.

Ein Stück weiter unten jagten Ian und Gail Schmetterlinge, nicht um sie zu fangen, sondern um sich die Spannweite ihrer Flügel und die Farben genauer ansehen zu können, die es zu Hause nicht gab. Die Hitze war sehr groß, doch irgendwie leicht und trocken.

«Kommt einem eigenartig vor zu denken, daß alles hier mal uns gehört hat», sagte Graham.

«Was meinst du mit ‹uns›?»

«Nun ja, nach den Napoleonischen Kriegen war das Land britisches Protektorat. Bis vor ungefähr fünfzig Jahren saß hier noch ein britischer Gouverneur.»

Graham war hervorragend in Geschichte und wollte auch Geschichte studieren. Während Angus sich von ihm erzählen ließ, wie es die Briten geschafft hatten, einen Fuß ins Ionische Meer zu setzen, beschäftigte sich Mungo mit dem Fernrohr. Es war idiotisch, wenn das Ding hier herumstand, ohne zu funktionieren, in seiner Unbrauchbarkeit eine Beleidigung der Natur. Und dann brannte, als er den geschwärzten Messingring auf dem Zylinder berührte, eine Erinnerung wie eine Zündschnur in ihm ab, und die Lösung, nach der er monatelang gesucht hatte, explodierte förmlich in seinem Kopf.

«Ang», sagte er, «Graham...»

«Was gibt es?» Angus, der schon den Hügel hinunterging, blieb unter den Lorbeerbäumen stehen und drehte sich um.

«Ich habe den Code der Moskauer Zentrale geknackt», sagte Mungo. «Es ist wie der Blitz über mich gekommen, wie eine Erleuchtung. Lieber Gott, es war ein Erlebnis, wie die Mystiker es haben. Alles war mir plötzlich völlig klar.»

«Sankt Bohne», sagte Angus.

«Spotte du nur, aber so war es.» Mungo holte sein Codebuch heraus und blätterte die Seiten mit Sterns Nachrichten auf. «Hört zu. Wir wußten, daß die Zahlen am Ende jeweils Zeitangaben waren. Das ist mir vorige Woche aufgegangen, das weiß Graham, ich hab's ihm gleich erzählt, nicht wahr? Ich erkannte, daß die Zahlen zum Beispiel nicht neunhundertzweiundvierzig, sondern neun Uhr zweiundvierzig, nicht tausendunddrei, sondern zehn Uhr drei bedeuteten, und ich wußte, daß es die Zeitangaben auf einer Digitaluhr sind, denn die von Graham steht in unserem Zimmer, aber jetzt sehe ich, daß es sich um eine ganz bestimmte Digitaluhr handelt – und zwar um die auf dem CitWest-Turm.»

«Wie konntest du das auf einem Hügel auf Korfu sehen?» fragte Graham grinsend.

«Nicht etwa, weil ich hellseherisch veranlagt bin. Das Teleskop hat mir dazu verholfen.»

Graham zog die Brauen hoch. Er trug das T-Shirt mit der aufgedruckten Qualle, das er sich in Kerkira gekauft hatte.

«Als Charles Mabledene in Utting war, hat er ein Foto von Perchs Zimmer gemacht. Daran erinnerst du dich doch, oder? Es liegt im Zentralarchiv der Abteilung. Auf dem Foto ist zwar nicht viel zu sehen, aber das Fernrohr auf dem Fenstersims erkennt man sehr deutlich. Das war der entscheidende Hinweis, nur ist uns das nie klargeworden. Utting liegt zu weit draußen, mit freiem Auge kann man den CitWest-Turm nicht sehen, aber mit dem Fernrohr kann man es. Man kann den Turm auch nicht von Rosie Whittakers Haus sehen – jedenfalls nicht vom Erdgeschoß, aber vom obersten Stockwerk aus sieht man ihn. Der Rest der Agenten der Moskauer Zentrale müßte ihn mit freiem Auge und wenn nicht, dann mit Fernrohr oder Fernglas sehen können.»

Angus schüttelte verärgert den Kopf. «Na und? Wann wächst du endlich da raus, Bohne? Ich meine, wird der Scherz nicht allmählich ziemlich fadenscheinig?» Er, der nie die Beherrschung verlor, brüllte plötzlich. «Du mußt leben, weißt du das? Du mußt ein normales menschliches Wesen werden! Wann wirst du dich endlich dem Leben stellen, anstatt dich hinter einem Spiel zu verkriechen?» Und er rannte den Abhang hinunter, zu den Eltern, die den Picknickkorb auspackten.

«Denk dir nichts dabei», sagte Graham tröstend. «Er ist nur sauer, weil Diana nicht kommt.»

Das interessierte Mungo nicht. «Es geht folgendermaßen: Sie fangen mit dem Datum an, an dem derjenige, für den die Nachricht bestimmt ist, etwas tun soll. Das ist die erste Zahl. Dann schreiben sie die Nachricht in dem Code, der gestern oder wann auch immer bestimmt wurde, und ans Ende stellen sie die Uhrzeit in Ziffern. Es ist die Zeit, um die der Empfänger der Nachricht an dem vereinbarten Datum auf die Digitaluhr auf dem CitWest-Turm sehen und sich die in dem Moment herrschende Temperatur notieren muß. Beispiel: Die Nachricht beginnt mit neun, endet mit neun Uhr zweiunddreißig. Das bedeutet, daß der Empfänger am neunten des Monats um neun Uhr zweiunddreißig auf die CitWest-Uhr schauen muß, und wenn die Temperatur zwölf Grad beträgt, fängt er sein Code-Alphabet mit dem zwölften Buchstaben des richtigen Alphabets an.» Mungo schrieb jetzt, hakte Zahlen und Buchstaben in seinem Buch ab, das auf der alten Steinmauer lag. Graham kam zu ihm und sah ihm über die Schulter. «Es funktioniert. Es funktioniert großartig. Siehst du, hier ist die letzte Nachricht, die wir uns aus Lysander Douglas' Bronzehand geholt haben. Wenn du von der vorhergehenden Nachricht ausgehst, beginnt sie mit der Zahl zwei sieben, dann folgen eins null eins und fünf. Das bedeutet, daß – sagen wir mal – Perch am siebenundzwanzigsten um zehn Uhr fünfzehn auf die CitWest Uhr sehen und sich die Temperatur notieren mußte. Dann konnte er den Code von dem Buchstaben im Alphabet berechnen, der der Temperatur entsprach.»

«Aber wir können es nicht. Wir wissen nicht, wie hoch die Temperatur an diesem Tag war.»

«Stimmt, aber wir können schätzen. Irgendwo zwischen zwölf und zwanzig Grad, meinst du nicht auch? Am siebenundzwanzigsten Juli um zehn Uhr fünfzehn vormittags? Das heißt, daß das Code-Alphabet irgendwo zwischen L und T beginnen muß.»

«Mit Fahrenheit könnte man das nicht machen», sagte Graham. «Man kann es nur mit Celsius und in einem Klima, in dem die Temperatur kaum einmal höher klettert als sechsundzwanzig Grad.»

«Wenn sie das tut, fangen sie wahrscheinlich wieder von vorn an, dann sind siebenundzwanzig Grad eins, achtundzwanzig zwei und so weiter. Wir versuchen's später und fangen bei fünfzehn an. Das ist Dad, der da nach uns schreit. Er hat Angst, daß wir uns verirren oder von Straßenräubern entführt werden könnten.»

Graham nickte grinsend. Er streckte mit einer komischen erwachsenen und altmodischen Geste die Hand aus. «Herzlichen Glückwunsch.»

Sie schüttelten sich die Hand. Mungo wurde plötzlich verlegen, flankte über die Mauer und rannte hinunter zum Picknickplatz.

6

«Jemand hat nach einer Schuppentanne gefragt», sagte das Mädchen namens Flora, die neue stellvertretende Geschäftsführerin. Flora in einem Garten-Center inmitten von Blumen, es war absurd. «*Araucaria araucana*, die Chile-Tanne.» Mit ihren lateinischen Namen ist sie genauso schlimm wie Gavin, dachte John.

«Ich nehme an, wir können der Kundin eine besorgen.»

«Ich habe ihr gesagt, daß sie nicht mehr modern sind. Man sieht sie nicht mehr.»

«Eine steht in der Straße, in der John wohnt», sagte Sharon, wölbte vor ihrem Taschenspiegel die Lippen wie eine Seeanemone und zog mit einem roten Stift die Konturen nach. «Geneva Road, nicht wahr, John? Oder Lucerne?»

«Geneva», sagte er. Er hatte keine Ahnung, woher sie das mit der Schuppentanne wußte, und es interessierte ihn auch nicht. Wie alle anderen Leute konnte sie dort vorbeigehen, sooft sie wollte. Er riß sich zusammen. Alles war neuerdings nur noch Anstrengung für ihn, jede Äußerung, jedes: «Was wünschen Sie?» zu Kunden. «Es ist ein sehr schöner Baum, er stammt noch aus einer Zeit, in der er in Mode war.»

«Eines schönen Tages komme ich ihn mir ansehen. Ich habe eine Schwäche für die alte *Araucaria.*» Von dem Stapel Blumentöpfe, die Flora hielt, kippte der oberste und fiel krachend zu Boden. Das war, seit sie vor fast einer Woche hier angefangen hatte, das vierte Stück, das sie in Scherben verwandelte. John hielt sie für das unfallträchtigste, flatterhafteste Wesen, das ihm je über den Weg gelaufen war. «Oh, tut mir leid. Aber es ist ja nur ein Topf.»

John sagte nichts, verzog sich jedoch ins Chrysanthemenhaus, in die feuchte Wärme, zu dem bitteren Duft. Es war Freitag, ein Freitag, der dem Ende zuging, und hinter ihm lauerte schon wieder ein Wochenende. Man konnte in dieser Welt sehr leicht zu einem Punkt vorstoßen, an dem man plötzlich ganz allein war, keine Bekannten, geschweige denn Freunde hatte. Man konnte einen Punkt erreichen, von dem an die Tage einander glichen, daß man sie nicht mehr unterscheiden konnte, Tage wie ein Schwebezustand, weder glücklich noch traurig. Und es konnte eine Zeit kommen – die seiner Meinung nach für ihn schon da war –, in der alle Erinnerungen viel zu schmerzlich waren, um noch einmal gelebt zu werden, und obwohl sie das einzige waren, das man hatte, konnte man nur eins tun: man mußte sich bemühen, sie zu verdrängen und in sich abzutöten.

Die Leute hätten das wohl Selbstmitleid genannt, aber das setzte voraus, daß man sich selbst bemitleidete, und er hatte mit keinem Menschen Mitleid, am wenigsten mit sich selbst. Es war eher so, als habe er sich aus allem zurückgezogen. Nur für Jennifer war noch ein geringes Interesse bei ihm vorhanden; er hatte Angst um sie, denn was würde in der von ihr freiwillig übernommenen Rolle als

Hüterin und Beschützerin von Peter Moran aus ihr werden? Er ging den Mittelgang entlang und prüfte mit dem Zeigefinger die Feuchtigkeit der Erde in den Töpfen. Jemand hatte die Pflanzen etwas übergossen. Flora wahrscheinlich. John wollte nicht nach Hause, seinetwegen hätte der Nachmittag sich noch lange hinziehen können, halb sechs nie zu kommen brauchen, die Kunden sollten gemächlich hereintröpfeln, einen Korb oder Einkaufswagen nehmen, ihre kleinen Töpfe mit Alpinpflanzen oder Kakteen oder Kräutern aussuchen und dann für immer draußen in der heißen Sonne verweilen, in der es bis in alle Ewigkeit fünf Uhr blieb.

Les hatte, wie immer um diese Zeit, die Zeitung und vier Marathon-Riegel geholt. Trowbridge's verkaufte nur Gesundheitsimbisse, tropische Mischfrüchte und Nüsse, Sonnenblumenkerne und Getreideflocken. Heute nachmittag war nicht viel los gewesen, und der Laden jetzt leer. Sharon, die die Zeitung las, sagte zu Flora:

«Sie haben den vermißten Jungen gefunden. Den aus Nottingham.»

«Heißt das, daß er noch lebt?»

«Machst du Witze? Sie sind immer tot.»

Ein halbes Dutzend Leute drängte durch die Flügeltür herein. John ging auf einen Mann zu, der ihm im Kommandoton erklärte, er interessiere sich für Rosen, ausschließlich für Rosen. Als er auf dem Weg in den Rosengarten an Flora vorüberkam, sah er, daß sie, ihm den Rücken kehrend, mit dem Gesicht zu den Regalen, leise vor sich hinweinte, und er wußte mit einer Art hoffnungslosen Staunens, daß die Tränen einem ihr völlig fremden Kind an einem ihr vermutlich völlig fremden Ort galten.

7

Ein Kunde kam, um sich einen der großen Volvos anzusehen und Probe zu fahren. Das war der Grund, warum Charles' Vater, der sonst freitags nie im Geschäft war, eine Ausnahme machte und doch in die Stadt fuhr. Er nahm Charles um drei Uhr mit, begann jedoch zur größten Bestürzung seines Sohnes ein gewisses Interesse daran zu zeigen, warum er überhaupt mitfahren wollte. Charles sagte wahrheitsgemäß, er gehe ins Kino, nicht wahrheitsgemäß hingegen, daß er sich *Aliens – die Rückkehr* im Odeon ansehen wolle.

«Und wie willst du nach Hause kommen?»

«Mit dem letzten Bus, nehme ich an.» Nach Hause zu kommen, hatte etwas Unwirkliches an sich. Irgendwie hatte er das Gefühl, am Ende einer Reise angelangt zu sein, und ihm war, als sehe er zwar schon die Limousine, die ihn erwartete, sei aber durch einen tiefen Graben von ihr getrennt, der wahrscheinlich zu breit war, um übersprungen zu werden. «Der letzte Bus nach Fenbridge fährt um neun vom Bahnhof ab.»

«Ich hoffe, du hast nicht daran gedacht, per Anhalter zu fahren?»

Wiederum wahrheitsgemäß sagte Charles, nein, das habe er nicht. Sein Vater fing wieder mit einem seiner Vorträge über das Thema «Sprich nicht mit Fremden» an. Dann sagte er, Charles müsse am Bahnhof ein Taxi nehmen, nicht den Bus, und gab ihm das Fahrgeld. Das ist so, als wollte man absichtlich eine Nacht in einem Leprakrankenhaus verbringen, nachdem einem gesagt wurde, man solle sich vorsehen und nicht erkälten, dachte Charles. Er lungerte noch eine Zeitlang in der Garage herum. Im Laden, wo das Benzin bezahlt wurde, verkauften sie Schokoladeriegel, billigen Schnickschnack und so komische Sachen wie Schnittblumen und Plastikspielzeug. Charles nahm sich zwei Yorkies und griff dann noch zu einem der Taschenmesser, die auf einem farbigen Karton steckten, der zwischen den Kugelschreibern und Schlüsselringen hing. Er löste es von der Karte und ließ alle Klingen herausspringen. Sie waren bestenfalls je fünf Zentimeter lang und kaum geeignet, jemanden ernstlich zu verletzen, es sei denn durch die Hand eines erfahrenen Chirurgen, der die genaue Lage des Zungenbeins oder anderer ähnlich empfindlicher Organe kannte. Charles grinste reuevoll in sich hinein und steckte das Messer in die Tasche.

Kurz vor halb fünf ging er zum Bus, weil er früh da sein wollte. Er war noch nie im *Fontaine* gewesen, das, soweit er sich erinnerte, immer ausländische oder umstrittene oder weniger populäre Filme gezeigt hatte. Peter Moran war noch nicht zu sehen. Charles ging ein bißchen umher und schaute sich um, obwohl die Gegend ihm ja vertraut war, da sich hier das sichere Haus befand.

Daß Peter Moran mit dem Wagen kommen könnte, war ihm nicht eingefallen, obwohl Charles wußte, daß er einen hatte, da er ihn schließlich bei ihrer ersten Begegnung selbst gewaschen hatte.

Er erkannte ihn sofort, er stand bei einer Parkuhr in der Collingbourne Road. Peter Moran hatte, während er selbst anders herum durch die Lomas und die Fontaine Road gegangen war, den Wagen hier abgestellt und wartete jetzt vor dem Kino. Charles sagte sich, daß er es nach Möglichkeit vermeiden mußte, in diesen Wagen einzusteigen. Auf seiner Uhr, die er heute trug, war es fünf vor fünf. Die Hitze war den ganzen Tag fast unerträglich gewesen, dreißig Grad hatte er vom oberen Deck seines Busses am CitWest-Turm abgelesen. Wie hoch konnte das elektronische Meßgerät wohl mithalten? Bis vierzig Grad? Fünfundvierzig? Vielleicht stellten sie verschiedene für die verschiedenen Klimazonen her. Die Hitze schien im Lauf des Nachmittags irgendwie schwerer geworden zu sein, und der Himmel war bewölkt, ohne daß die Sonnenglut geringer geworden wäre. Es roch sehr stark nach Benzin- und Dieselabgasen, nach Gas und Kanalisation – Gerüche, die, wie er bemerkt hatte, vor einem Gewitter immer am intensivsten waren. Ihm war aber auch noch etwas anderes aufgefallen. Die Wellblechplatten waren von den schäbigen Haustüren der Pentecost Villen entfernt worden. Jemand war in den Häusern gewesen, der Architekt oder die Leute von der Baufirma oder sonst jemand.

Peter Moran stand vor dem *Fontaine* und schien in das Plakat mit den Samuraikriegern vertieft. Er trug das weiße T-Shirt. Von hinten sah er sehr mager und knochig aus, die Ellenbogen knorrig, die Beine wie Stöcke. Als Charles näher kam, drehte er sich um.

«Hallo, Ian.»

«Hallo», sagte Charles.

«Ich muß dich warnen, ich mache nie Bemerkungen über das Wetter, so extrem es auch sein mag.»

Charles lächelte stumm. Er hoffte, das Kino würde voll besetzt sein. Der Kinosaal, mit Teppichen ausgelegt und mit Klimaanlage versehen, war jedoch nicht größer als ein großes Zimmer, in dem man Platzangst bekommen konnte, und – leer. In diesem Moment fürchtete Charles sich zum erstenmal wirklich. Er hatte das Gefühl, daß er nicht hinaus könnte, wenn er wollte, daß die Türen hinter ihnen abgeschlossen worden waren, was natürlich Unsinn war. Die Karten waren nicht numeriert, und Peter Moran wählte die mittleren Plätze in der vierten Reihe von vorn. Das war auf jeden Fall besser als seitlich neben einer Wand sitzen zu müssen. Vor der Leinwand hing ein schwarzer Vorhang mit einem goldfarbenen Muster.

Als sie eintraten, war es still, doch kaum hatten sie sich gesetzt, erklang populäre klassische Musik, und Charles kam zu dem für ihn nicht sonderlich angenehmen Schluß, daß man das Musikband nur ihretwegen ablaufen ließ.

Das *Fontaine* war kein Kino, in dem Eis und alkoholfreie Getränke verkauft wurden, und Peter Moran hatte einen Beutel mit eingepackten Pralinen mitgebracht, die er Charles anbot, während er über Rossingham sprach. Er erzählte von seinen Anfängen in Rossingham, von den Leuten, die er dort gekannt hatte, von Pitt House und von dem Mann, der vor Mr. Lindsay dort Hausvorsteher gewesen war. Charles wußte, daß es nur darum ging, nur darum gehen mußte. Das mußte der Sinn und Zweck der Übung sein. Früher oder später würde Peter Moran ihm etwas Entscheidendes sagen, und er fühlte, daß er es sofort erkennen würde, wenn er es hörte. Was ihm jedoch außerdem auffiel, war der Geruch, der von Peter Moran ausging. Er roch sehr sauber, nach Seife und möglicherweise auch nach einem Kölnischwasser. Und er hatte sich das Haar gewaschen, das sich weich und blond und mit gespaltenen Spitzen – bei einer Mutter, wie Charles sie hatte, lernte man, auf so etwas zu achten – locker bauschte und ebenfalls mit einem Duftwasser behandelt worden war.

Kurz bevor das Licht schwächer wurde, kamen noch drei Leute herein. Als aufrechte Engländer suchten sie sich Plätze, so weit wie möglich voneinander und auch von Charles und Peter Moran entfernt. Der Vorhang öffnete sich, und die Werbung und Vorschauen begannen, gefolgt von einem Zeichentrickfilm. Charles fühlte sich wohler, seit noch ein paar Leute hier waren. Es wurde wieder hell, und Peter Moran entschuldigte sich, um zur Toilette zu gehen. Charles hoffte, daß er und Peter Moran den anderen Leuten irgendwie auffielen, damit es Zeugen gab, falls etwas passierte und er vermißt wurde. Er starrte den beiden Leuten, die hinter ihm saßen, ins Gesicht, damit sie ihn ganz genau sahen. Peter Moran kam zurück, und endlich begann der japanische Hauptfilm, fast eine Stunde nachdem sie hereingekommen waren.

Im Raum schien es jetzt dunkler zu sein als während des Zeichentrickfilms. Der Film war nicht synchronisiert, aber die Untertitel waren auch sehr spärlich, da die Charaktere, von denen es Dutzende gab, stumm agierten. Alles war wunderschön anzusehen, das mußte Charles zugeben, und es wurden einige kunstvoll stilisierte

Tänze aufgeführt, doch er verstand trotzdem nichts. Peter Moran schien fasziniert. Aber so vertieft auch wieder nicht, daß es ihn davon abgehalten hätte, Charles leicht den Arm um die Schultern zu legen. Zuerst ruhte dieser Arm nur auf der Rückenlehne des Stuhls. Als Charles fühlte, daß ihn die Hand berührte, zuckte er heftig zusammen, obwohl er darauf vorbereitet gewesen war. Aber er beherrschte sich und zwang sich zu entspannen. Und dann konnte er fast die Dankbarkeit in der Hand spüren, im Druck der Finger die Erleichterung, weil er sie nicht wütend abgeschüttelt hatte.

Es war ziemlich kalt in dem kleinen Zuschauerraum. Die Klimaanlage täuschte die Temperatur eines Herbsttages vor. Charles war froh über die Kälte und darüber, daß er nicht warm genug angezogen war, denn das lenkte ihn von seinem Ekel und dem allmählich wachsenden Angstgefühl ab. Jetzt fange ich bald an zu zittern, dachte er. Der Film war ziemlich laut, mit Trommelschlägen, seltsamer Musik und Waffengeklirr, doch Charles hörte außerdem hin und wieder ein schweres Donnern. Wäre es ein Film über den zweiten Weltkrieg oder Vietnam oder etwas Ähnliches gewesen, hätte er es für Geschützfeuer gehalten. Dann krachte es, als habe eine Bombe eingeschlagen, und jetzt wußte er, daß er keinen Filmdonner, sondern richtigen Donner von draußen hörte.

Der Film schien endlos zu dauern. Während einer helleren Sequenz, als die Leinwand in japanischen Sonnenschein getaucht war, warf Charles einen Blick auf seine Uhr, und sah, daß es schon nach acht war. Es würde fast dunkel sein, wenn sie hier herauskamen. Der Gedanke jagte ihm einen furchtbaren Schreck ein. Aber plötzlich, kaum fünf Minuten später war alles zu Ende, ohne daß sich dieses Ende in der Geschichte vorher irgendwie angekündigt hätte. Es wurde hell. Peter Moran hatte schnell den Arm weggezogen.

«Merkwürdiges Zeug. Oder war für dich alles kristallklar?»

«Ich habe überhaupt nichts verstanden.»

«Tut mir leid. Mein Fehler. *Mea culpa*, wie Hausvorsteher Lindsay sagen würde. Hättest du lieber *Pongo und Perdita* gesehen?»

Sie traten ins Freie, und ein greller Blitz, gefolgt von einem Donnerschlag, der sich anhörte, als habe jemand Holzplanken auf einen Zementboden geworfen, schnitt Charles' Antwort ab. Getreu seiner Behauptung, er spreche nie über das Wetter, sagte Peter Moran:

«Ich nehme an, du hast Hunger. Im Wagen habe ich etwas zu essen. Ich meine, ich habe es mitgebracht. Wie ich dir vielleicht schon gesagt habe, bin ich ein mittelloser Bettler, je nach Lust und Laune unterstützt von meiner Frau, die ab und zu ein paar Brosamen in meine Richtung wirft.»

Charles hatte seit dem Lunch außer den beiden Yorkies, hinuntergespült mit einer Tasse Tee, die ihm jemand in der Garage gegeben hatte, und den beiden Pralinen von Peter Moran nichts mehr gegessen. Trotzdem war er überhaupt nicht hungrig, ihm war leicht übel, etwas schnürte ihm die Kehle zu. Als sie die Straße überquerten und an den Pentecost Villen vorbeikamen, fielen die ersten Regentropfen und zerplatzten auf dem Pflaster zu großen, runden schwarzen Flecken. Wenn er erst einmal im Wagen saß, würden ihm die Dinge völlig aus der Hand gleiten. Peter Moran konnte überall hinfahren, aufs Land vielleicht, weit weg in einen Wald oder zu einem verlassenen Platz in der Heide. Und bis dahin würde es stockdunkel sein.

Schon kam der Wagen in Sicht, und Charles hatte eine Vorahnung. Peter Moran würde vorschlagen, schnell hinzulaufen und sich hineinzusetzen, bevor es stärker zu regnen begann. Er dachte an das sichere Haus, leer, mit einem Vorrat an Kerzen, Peter Moran völlig unbekannt, ihm aber um so vertrauter. Ein wirklich «sicheres» Haus mit Räumen, in denen man sich, wenn nötig, einschließen konnte.

«Früher habe ich hier gewohnt», sagte er. «Meine Familie hat hier gewohnt. Wir sind ausgezogen, weil die Häuser in Wohnungen aufgeteilt werden sollen. Das mittlere hat uns gehört.»

Unter einem Scheibenwischer von Peter Morans Wagen steckte ein Strafzettel. Fluchend riß er ihn heraus. Er hatte für die Zeit von fünf bis halb sieben nicht genug Geld in die Parkuhr gesteckt; nach halb sieben war das Parken gebührenfrei. Peter Moran machte die Wagentür auf und betastete den Sitz.

«Wer wohnt jetzt hier?» fragte er.

«Niemand. Ich habe einen Schlüssel.»

«Ach, wirklich?» Peter Moran sah ihn an. Es war ein seltsamer Blick, Charles hätte nicht sagen können, was er ausdrückte, aber es gefiel ihm nicht. Ihm gefiel nicht, wie sich Morans Gesichtsmuskeln spannten und er sich mit der merkwürdig blassen Zunge über die blassen Lippen fuhr.

«Soll das heißen, daß wir reingehen und dort essen könnten? Im Trockenen?» Er lächelte. «Besser als in einem Auto?»

«Wir können nur durch die Hintertür rein», sagte Charles.

Peter Moran holte vom Rücksitz des Wagens eine halbvolle Tragetüte, aus der der Hals einer Weinflasche herausragte.

«Fraß», sagte er. «Du mußt aufpassen, ob sie's in Rossingham noch immer ‹Fraß› nennen. Ich habe den Eindruck, daß es dir gefällt, wenn ich von Rossingham erzähle, habe ich recht?»

«Es gefällt mir sehr.»

Als sie um die Ecke der Fontaine Road bogen, fing es richtig an zu regnen. Der Donner verzog sich besänftigt in die Ferne, dafür öffnete aber der Himmel seine Schleusen.

«Könnten wir nicht rennen?»

«Aber klar», sagte Charles.

Er öffnete die Gartenpforte zu dem verwilderten Garten. Die Rückfront des Hauses ragte wie eine Klippe vor ihnen auf. Ein Blitz zeigte ihnen eine Mauer mit leeren oder zerbrochenen Fensterscheiben, eine abblätternde Fassade mit welkenden Ranken. Charles ging vor. Er mußte als erster an der Tür sein, damit Peter Moran nicht merkte, daß er gar keinen Schlüssel hatte. Ein paar energische und irreführende Bewegungen mit den Fingern, dann stieß er die Tür auf.

Hier unten war es stockdunkel, aber in der Tischschublade lagen Kerzen und Streichhölzer. Charles zündete die Kerzen an und steckte die Streichhölzer in die Tasche. Er fühlte das Messer, ein kleines, nutzloses Taschenmesser.

«Du kommst oft her, wie ich sehe», sagte Peter Moran.

«Gehen wir hinauf. Oben ist es netter.»

Charles ging voran. Weiter oben wurde es heller. Er hatte zwei Kerzen, Peter Moran eine. Der Regen prasselte gegen die Scheiben, das eintönige Trommeln pulste durch das Haus. Charles war klatschnaß. Das Hemd klebte ihm am Körper, und Wasser tropfte ihm aus den Haaren. Auf der Schwelle des großen Zimmers, in dem noch Möbel waren, sah er sich zuallererst nach dem Schlüssel um. Aber er steckte weder innen noch außen, er war nicht mehr da.

«Hübsch hast du es hier», sagte Peter Moran und sah sich, seine Kerze in die Höhe haltend, um. «Und am allerbesten gefällt mir diese Couch.»

Die hohen Fenster schimmerten, und wenn man hinaussah, war es, als blicke man in ein Aquarium, nur fließendes Wasser, Wasserströme und dahinter, weit weg, dunkles Blau und ein goldfischfarbener Lichtpunkt. Stickige, staubige Wärme gab Charles das Gefühl, daß er dampfte. Das Essen und die Getränke wurden auf der eisernen Gartenbank deponiert: zwei verpackte Pasteten, Biskuits, eine Dose Cola. Peter Moran betastete prüfend die Flasche und verkündete, der Wein sei zu warm.

«Aber einen Kühlschrank hast du wohl nicht?»

Charles schüttelte den Kopf. Das Zimmer war nicht mehr das alte. Ein paar Sachen fehlten, die zwei Sessel, zum Beispiel. Die langen, zerrissenen rosafarbenen Vorhänge und die meisten Spinnweben waren auch nicht mehr da. Und die Schlüssel waren verschwunden. Wenn sie nicht innen an den Türen steckten, und die Londoner Zentrale hatte sie nie von innen stecken lassen. Hier oben gab es keinen einzigen Schlüssel mehr.

«Du bist durch und durch naß», sagte Peter Moran.

«Das sind Sie auch.»

«Ich könnte dich mit meiner Jacke abtrocknen. Ich habe eine Jacke hier drin.»

Ganz unten in der Tragtüte, ein wolliges Ding. Charles machte die Augen zu, und das Herz wurde ihm schwer, nein, mehr als das, ihm war, als ob alle Organe seines Körpers ein Stück tiefer rutschten, weil er so idiotisch gewesen war, ins Haus und hier heraufzugehen. Die Katarakte, die über die Scheiben fluteten, schienen sie wirksamer einzuschließen als Ziegel und Fenster. Hinter dem Wasserfall sah er in der Ferne etwas Grünes blinken. Die wolligen Falten von Peter Morans Strickjacke, die nach Schaf zu riechen begann, als sie das Wasser aufsaugte, hüllten seinen Kopf ein. Hände begannen sanft zu reiben. Die beiden Kerzen auf den Armlehnen der eisernen Gartenbank brannten mit hohen, ruhigen Flammen. Sie warfen lange schwarze Schatten, Peter Moran sah aus wie ein Frankensteinmonster, dünn und in die Länge gezogen, mit den Tatzen eine wasserköpfige Kreatur bearbeitend – als wolle er sie erwürgen oder benutze den Wackelkopf als Punchingball.

Charles machte sich ganz ohne Panik frei. Er fuhr sich mit den Fingern durch das feuchte Haar und strich es glatt. Peter Moran stand sehr dicht bei ihm und sah ihn an, ohne ihn zu berühren.

«Komm, setz dich», sagte er. «Wir können essen.»

Er ließ sich auf dem fadenscheinigen Bezug der Chaiselongue nieder und klopfte leicht auf den Platz neben sich.

Charles tastete sich schleppend vorwärts, als wäre er blind.

«Komm her.»

Keine Macht der Erde, keine Willensanstrengung, keine noch so dringende Notwendigkeit hätten Charles dazu gebracht, noch näher zu kommen. Der Regen war noch stärker geworden und peitschte jetzt so wütend gegen Mauern und Fenster, daß Charles das Gefühl hatte, das Unwetter tobe in seinem Kopf, sein Blut dröhnte. Peter Moran rückte ganz dicht zu ihm und sagte schüchtern und nervös mit monotoner Stimme:

«Als ich ungefähr so alt war wie du und nach Rossingham kam, war ich sehr einsam, ich fühlte mich einsam und verlassen. Ich war zu Hause sehr glücklich und wollte nicht ins Internat. Ich konnte mich in Rossingham nicht eingewöhnen, niemand schien mich zu mögen, und ich mochte niemanden.»

Charles überlegte, wie er sich aufs Dach retten konnte. Es war möglich, man konnte hinauf, Mungo und wahrscheinlich auch Graham waren schon oben gewesen. Man ging durch die Falltür auf den Speicher, zog die Leiter hinter sich hoch, und vom Speicher durch eine Dachluke auf die Dachplatten...

«Es gab einen Gärtner in Rossingham, einen Platzwart nennt ihr ihn, wie ich glaube. Er war ein ganz gewöhnlicher Arbeiter, noch jung, ungefähr zwanzig. Er war gut zu mir, er behandelte mich liebevoll – verstehst du, was ich meine?» Peter Morans Stimme klang jetzt kurzatmig und erregt. «Ich spreche von körperlicher Liebe. Ich habe ihn glücklich gemacht, und nach einiger Zeit war auch ich glücklich. Ich war nicht mehr einsam.»

«Ich bin nicht einsam», sagte Charles, seine Stimme klang schrill, eine Kleinkinderstimme, völlig verängstigt.

Er war wie hypnotisiert, konnte den Blick nicht von Peter Morans blassen, starren Augen wenden. Eine Lähmung hielt ihn gefangen, und er lauschte auf die Geräusche, die vom Gewitter oder von seinem Blut stammen konnten, das ihm in den Ohren hämmerte. Doch irgendwo tief drinnen in ihm gab es immer noch einen kalten intellektuellen Kern, einen Verstand, der sagte, ist es das? Ist es das, was ich aufdecken soll? Peter Moran streckte die Hand aus und legte sie Charles auf den Oberschenkel. Sie brannte wie ein heißes Eisen durch seine Jeans, und er sprang auf, packte eine Kerze und rannte zur Tür. Die Flamme wurde immer höher, und die Schatten umflatterten ihn wie eine Schar monströser Vögel.

«Komm zurück, Ian!» rief Peter Moran.

Charles schlug die Tür hinter sich zu und lief die letzte Treppe hinauf. Heißes Wachs lief an der Kerze hinunter, und die Flamme flackerte. Mit der anderen Kerze in der Hand, kam Peter Moran aus dem Zimmer. Am Ende der steilen Treppe machte Charles einen Satz auf die offene Tür zu, die schlüssellose Tür, und seine Kerze erlosch. Er drehte sich um, furchtbar in die Enge getrieben, die Zimmer, die Türen, sie nützten ihm nichts. Peter Moran stand auf der vorletzten Stufe, von der Flamme angeleuchtet, seine eigenen Züge, seine Brille malten Schatten auf sein Gesicht und den riesigen Schatten seiner ganzen Gestalt auf die Wand hinter ihm.

«Du kleiner Teufel! Was, zum Kuckuck, willst du eigentlich?»

Charles' Hand zerquetschte die Streichholzschachtel in seiner Hand. Mit dem Daumen ließ er eine der kleinen, stumpfen Klingen des Taschenmessers aufschnappen. Im Licht von Peter Morans Kerze sah er das um den Pflock gewundene Seil, das die schwere Doppelleiter unter der Decke festhielt. Es war noch das alte, fast durchgewetzte, niemand hatte es erneuert. Charles zog das Messer aus der Tasche. Er ließ die Kerze fallen, und der Kerzenhalter zerbrach. Peter Moran sah das Messer an, und Charles fühlte förmlich, daß er dachte, er werde es nach ihm werfen. Er kam eine Stufe höher.

«Gib mir das», sagte er.

Charles schüttelte den Kopf. Er konnte nicht sprechen, er hatte keine Stimme, aber seine Angst wich allmählich. Seine Angst wurde aus ihm herausgesaugt und durch eine federnde, harte Energie ersetzt, die wie ein Schmerz war. Er streckte die Hand aus, in der er ganz ruhig das Messer hielt, den Daumen fest auf den Griff gepreßt. Er hielt es, als wolle er es Peter Moran in den Oberarm stoßen. Noch eine Stufe höher kam Peter Moran, stürzte sich mit einem Satz auf das Messer, und im selben Moment hob Charles die Hand und hieb mit der Klinge so fest er konnte auf das zerschlissene Seil.

Hinterher dachte er, das habe er nicht gewollt, er habe nur die Leiter herunterholen wollen. Er habe sogar noch da nur über das Dach entkommen wollen. Es sei die schnellste Methode gewesen, das Seil zu lösen. Aber das war alles nicht wahr, er hatte es gewollt, er wußte, was er tat, er wußte in seinem Adrenalinrausch ganz genau, was geschehen würde.

Und es geschah entsetzlich schnell. Kein knarrendes oder ächzendes Zögern, keine Pause, kein Beben, bevor die klobige Konstruktion aus Holz und Metall herunterkrachte. Sie beschrieb einen Bogen, verfehlte Charles nur um Zentimeter und prallte wie gezielt gegen Peter Morans Kinn. Er hatte versucht darunter wegzutauchen, doch es nützte ihm nichts, die Leiter traf ihn trotzdem und zerschmetterte ihm den Kiefer. Man hörte das furchtbare Geräusch brechender Knochen, doch damit nicht genug, stieß sie ihn rücklings die Treppe hinunter. Die Kerze ging im selben Moment aus, in dem Peter Moran aufschrie vor Schmerz. Die Leiter schwang weiter, über die obersten Stufen hinaus, dann wieder zurück, auf Charles zu, der zur Seite sprang, und kam dann endlich ratternd zum Stillstand.

Charles war allein im Dunkeln. Er war auf Hände und Knie gefallen, und auch er schrie, stieß, ohne es zu wollen, kurze, schrille Schreie aus wie ein sehr kleines Kind.

5. Teil

I

Stille. Es hatte aufgehört zu regnen. Charles unterdrückte gewaltsam das kindliche Wimmern, das aus seinem Mund kam. Er rappelte sich auf, stand reglos da, zwang sich dazu, tief durchzuatmen und fühlte, wie das Zittern in seinen Beinen allmählich nachließ. Nach einer Weile bückte er sich, tastete im Dunkeln herum und hob die Kerze auf, die Peter Moran fallen gelassen hatte, und auch den Kerzenhalter, der nicht zerbrochen war. Er zündete die Kerze an und schlich zur obersten Stufe.

Das Gewitter, von dem er geglaubt hatte, es sei schon weitergezogen, bäumte sich noch ein letztesmal wütend auf, ein riesiger Blitz erleuchtete das ganze oberste Stockwerk, das Treppenhaus, die winkeligen Flächen der Decke, die offenen Türen, die hohlen, leeren Zimmer und die Leiter, diese Vernichtungsmaschinerie. Sekundenbruchteile später folgte ein gewaltiger Donnerschlag, der sich wie die herunterkrachende Leiter anhörte. In der Lichterflut sah Charles Peter Moran zerschmettert und verkrümmt am Fuß der engen, steilen Treppe liegen. Er preßte sich die Hand auf den Mund, um nicht wieder laut zu schreien. Die Dunkelheit kehrte zurück, schwarze Wände, von denen der hüpfende Kerzenschein zurückprallte. Ganz langsam stieg Charles die Treppe hinunter. Mit abgewandtem Gesicht schob er sich an dem Mann vorbei, der halb auf den Stufen, halb auf dem Treppenabsatz lag und ging in das Zimmer mit den Möbeln. Auf der Chaiselongue lag Peter Morans Wolljacke, das Ding, mit dem er Charles die Haare trockengerieben hatte. Über den Fußboden verstreut, wo Peter Moran sie vielleicht hingeworfen hatte, als er hinter Charles herlief, lagen ein Paket mit Sandwiches, zerknüllte Papierservietten, das Seidenpapier, in dem die Weinflasche eingepackt gewesen war. Die sauber gewaschenen Fenster gaben den Blick frei auf klare, leuchtende Dunkelheit, mit wie Juwelen funkelnden farbigen Lichtern durchsetzt, auf die blinkende grüne Uhr: neun Uhr sechzehn und vierzehn Grad. Die Temperatur war um sechzehn Grad gefallen, seit sie ins Kino gegangen waren. So viel war geschehen, seit sie ins Kino gegangen waren.

Charles zitterte immer noch. Es ließ sich nicht unterdrücken, dieses Zittern. Auch tiefes Atmen half nichts. Er zitterte so heftig, daß er buchstäblich befürchtete, die Kerze fallen zu lassen, und er stellte sie samt Kerzenhalter auf den Rand der eisernen Gartenbank. Er wußte, daß er jetzt Peter Moran ansehen mußte, daß er sich zwingen mußte, zu ihm zu gehen, sich über ihn zu beugen und ihn genau anzusehen. Charles zündete ein Streichholz an, das ihm leuchten sollte, die Kerze ließ er zurück, sie erhellte das Zimmer, und die eiserne Bank warf einen Schatten aus Rippen und Bögen, der aussah wie ein seltsames, nicht menschliches Skelett. Die Tür fiel hinter Charles ins Schloß. Sein Streichholz brannte aus, er zündete ein nächstes an. Er öffnete die Augen, die er, ohne es zu wollen, zugemacht hatte, und sah Peter Moran an. Ganz langsam ging er in die Hocke.

Er brauchte noch ein Streichholz. Im ersten sehr hellen Aufflammen sah er das furchtbare purpurne Mal seitlich am Kinn, wo die Leiter das Gesicht getroffen hatte. Die Wange war zerschnitten, wahrscheinlich von einem vorstehenden Metallteil zerrissen, und hatte geblutet, blutete aber jetzt nicht mehr. Ich kann ihn nicht anfassen, dachte Charles. Ihm war jedoch klar, daß er ihn doch anfassen, daß er wissen mußte. Das Streichholz brannte herunter und versengte ihm die Fingerspitzen. Jetzt war er im Dunkeln allein mit Peter Moran, allein, still und stumm. Aber merkwürdig, er zitterte nicht mehr.

Peter Moran mußte mit dem Kopf auf der am Fuß der Treppe in einem scharfen Winkel weit vorspringenden Scheuerleiste aufgeschlagen sein. Er war rücklings die Treppe hinuntergestürzt und mit dem Kopf aufgeprallt. Noch immer im Dunkeln – irgendwie war es im Dunkeln leichter – streckte Charles die Hand nach Peter Morans Gesicht aus, befühlte die Haut, befühlte die Stirn. Sie war nicht kalt, aber kühl. Sie war auch nicht so warm wie seine eigene Stirn. Er hatte den Atem angehalten, atmete jetzt aus und legte sich die Hand auf die Brust. Sein Herz schlug schnell und regelmäßig, ein kräftiges, junges, gesundes Herz, das stark mit Sauerstoff angereichertes Blut in den Körper pumpte, damit er mit der Angst fertig wurde. Charles legte die Hand auf die gleiche Stelle auf Peter Morans Brust. Er durchlebte einen

Augenblick panischer Angst, daß Peter Moran sich plötzlich aufrichten und ihn mit den Armen umschlingen könnte. Doch nichts dergleichen geschah, es geschah überhaupt nichts, unter seiner Hand blieb es ganz still.

Charles atmete rasselnd und keuchend ein. Er riß die Hand weg, als habe ihn etwas gebissen. Und hatte doch längst gewußt, daß Peter Moran tot war, hatte es von dem Moment an gewußt, in dem die Leiter getroffen hatte.

Wieder fiel ein Streichholz auf den Boden. Er zündete das letzte an, das er in diesem Haus anzünden sollte. Er berührte Peter Moran noch einmal, befühlte noch einmal seine Haut, die ganz bestimmt kälter geworden war, stieß dabei irgendwie leicht gegen den Kopf, der haltlos auf die andere Seite fiel. Der Mund klaffte auf und war innen ganz blutig. Charles schrie vor Schreck auf, es war zuviel für ihn, war ein Abgrund des Entsetzens. Er warf die Streichholzschachtel weg, wandte sich zur Treppe und rannte, sich am Geländer festhaltend, im Dunkeln die Stufen hinunter, vorbei an dem regenüberströmten grauen Fenster. Am Fuß der Treppe war graues Licht, so dunkel wie Licht überhaupt sein kann, das durch offene Türen fiel. Charles stolperte in die Küche, die sie manchmal für ihre Treffen benutzt hatten, und weiter zur Hintertür, durch die er und Peter Moran hereingekommen waren. Er stieß sie auf und stand im Freien. Die Luft war kalt und frisch, als sei sie ganz neu oder reiner Sauerstoff. Und zu seinen Füßen sah er Wasser, mehr als Pfützen und weniger als eine Flut. Ein großer, stiller Wassertümpel bedeckte die Überreste des Gartenpfades. Charles umging ihn, indem er unter tropfenden Bäumen durch das hohe, nasse Gras zu der Pforte in der Mauer stapfte.

Er blickte erst zurück, als er draußen in der Fontaine Road war. Dann wünschte er, er hätte es nicht getan, nicht zu dem Fenster hinaufgeschaut, das zwischen dem ersten Stock und den Mansarden hoch in der Mauer des Treppenhauses saß. Denn dort brannte ein Licht, ein blaß orangefarbenes Licht, das hinter dem Glas hüpfte und sich bewegte. Er ist nicht tot, dachte Charles. Woher sollte ich auch wissen, ob jemand tot ist oder nicht? Er ist nicht tot, er ist aufgestanden, hat die Kerze angezündet und kommt jetzt, die Kerze in die Höhe haltend, die Treppe herunter...

Charles fing an zu rennen. Er rannte an der geparkten Diane vorüber, durch Pfützen, große Lachen, kleine Teiche, quer über die Straße, die Ruxeter Road hinunter und ließ das Haus und Peter Moran und das sich bewegende Licht weit hinter sich zurück.

2

Er trug den Arm nicht mehr in der Schlinge und nur noch einen kleinen Verband über der Wunde, aber vielleicht war es falsch gewesen, schon wieder Motorrad zu fahren. Die Schulter tat ihm weh.

Es war auch ein Fehler, Leute zu besuchen, ohne sich anzumelden. John hatte Colin aber nicht angerufen, weil er Angst gehabt hatte, unerwünscht zu sein, zurückgewiesen zu werden, das war ihm völlig klar. Aber so etwas zu tun, war sehr unklug. Und doch hatte er geglaubt, das Schlimmste, was ihm passieren könnte, wäre, daß Colin und seine Mutter nicht zu Hause waren und er die Fahrt vergeblich gemacht hatte. Auf dem ganzen Weg hinaus hatte er nur daran gedacht, daß er mit diesen beiden reden konnte, vor allem mit Constance. Er wollte ihr erzählen, daß er neuerdings nicht einmal fähig war, an Cherry zu denken, und wollte Constance gewissermaßen als Psychotherapeutin benutzen.

Colin öffnete ihm. Als er John erblickte, machte er ein langes Gesicht. Er sah genauso aus wie Harpo Marx, wenn er bei etwas Unrechtem ertappt wurde, und diese frappierende Ähnlichkeit war umwerfend komisch. Constance sei nicht zu Hause, sagte er, ausgegangen wie an jedem Freitag, in irgendeinen Whist-Club für Leute über sechzig, bei dem sie Mitglied war. Das hatte John nicht gewußt, von diesem Freitags-Club hatte er nichts gewußt oder hatte es vergessen. Selbstverständlich mußte Colin ihn hereinbitten, hätte es aber um ein Haar nicht getan. John ging ins Wohnzimmer, und da saß auf dem Sofa eine jüngere, recht hübsche Frau, das Kinn voller Lippenstift, aber keine Spur von Rot auf den Lippen.

Peinliche Verlegenheit bei der Vorstellung. Den Drink, den Colin ihm anbot, lehnte John ab, und er blieb auch nur zehn Minuten. War es das, was Colin jeden Freitag tat, wenn seine Mutter aus war? Daran hätte John nicht einmal im Traum gedacht. Es hatte ihn ziemlich geschockt, und – ja, das mußte er zugeben – es machte ihn neidisch.

Als er auf der Rückfahrt die Stadt erreichte, hörte er hinter sich Feuerwehrsirenen. Er war noch in Ruxeter, am Anfang der Ruxeter Road, und hielt mit seiner Honda am Straßenrand an, um die heranrasenden Löschfahrzeuge passieren zu lassen. Vor sich sah er eine dichte Wolke braunen Rauchs mit einem roten Widerschein in der Mitte. Bevor er von zu Hause weggefahren war, mußten mehr als zwei Zentimeter Regen gefallen sein, und stellenweise waren die Kanäle noch jetzt überflutet. Die Räder der Honda standen im Rinnstein tief im Wasser, und John schob die Maschine in die Mitte der Fahrbahn zurück. Ein paar hundert Meter weiter hatte man Schilder aufgestellt, die den Verkehr nach rechts, fast bis zum Bahnhof, umleiteten. Der langsame, dichte Autostrom wurde erst wieder zurückgeleitet, als er den Nevin Square erreichte. Dort regelte ein Polizeibeamter den Verkehr und ließ noch mehr Feuerwehr- und einen Krankenwagen passieren. Hat es vielleicht irgendwo eingeschlagen? fragte sich John. Er brauchte noch eine weitere halbe Stunde bis nach Hause. Kaum hatte er die Honda abgestellt, begann das Telefon zu klingeln. Er, der geglaubt hatte, er werde in Zukunft bei jedem Klingeln erwarten, es sei Jennifer, dachte jetzt nicht einmal daran, daß sie es sein könnte. Es war, zumindest für seine Begriffe, schon ziemlich spät, um noch jemanden anzurufen. Doch vielleicht war es Colin, der dachte, er sei ihm eine Erklärung schuldig.

John seufzte. Er nahm den Hörer ab, sagte hallo. Jennifers ängstlich und ziemlich scharf klingende Stimme schien in ihn einzudringen, ihn bis ins Mark zu treffen, seine Wunde zu finden und daran zu zerren.

«John, ist Peter bei dir?»

«Peter? Bei mir?» Er merkte, daß er stotterte. Es war ein solcher Schock, kam so unerwartet. «Was sollte Peter ausgerechnet bei mir?» Und fügte hinzu: «Hier wäre doch wohl der letzte Ort...»

«Ich weiß nicht. Es hätte ja sein können, ich habe ihm vorgeschlagen, selbst mit dir zu sprechen. Über die Scheidung, das Haus, über alles eben. Ich rufe alle Leute an, die wir kennen, erkundige mich überall, wo er sein könnte.»

Mit «allen, die wir kennen» in einen Topf geworfen zu werden, tat sehr weh. «Er ist nicht hier.»

«Er wollte ins Kino», sagte sie, «mit einem Freund, einem ehemaligen Klassenkameraden. Aber sie wollten in die erste Vorstellung. Er hat gesagt, spätestens um neun ist er wieder da.»

Er hat sie wieder verlassen, dachte John. Er hat dich wieder verlassen, wollte er sagen, aber er sagte es nicht. «Übertreibst du nicht ein bißchen?» fragte er. «Es ist erst halb elf.» Seine Stimme wurde weicher, er konnte nicht anders. «Sorg dich nicht.» Und er fügte hinzu: «Ich bin hier, wenn du mich brauchst. Ruf mich wieder an, wenn du mich brauchst.»

Als er aufgelegt hatte, dachte er: Warum habe ich nicht gesagt, daß ich zu ihr komme? Warum habe ich ihr nicht gesagt, daß ich zu ihr kommen und mich um alles kümmern will? Er nahm den Hörer wieder auf, um sie anzurufen, aber die Nummer war besetzt. Er hat sie verlassen, er hat sie verlassen, wiederholte er immer wieder, verkündete es zuerst lautlos und dann laut dem leeren Haus. Hoffnung erwachte zu neuem Leben. Wenn er sie zum zweitenmal verlassen hat, wird sie zu mir zurückkommen...

3

Aus diesem Stadtteil fuhr kein Bus direkt zum Haupt-Busbahnhof in South Harland. Charles wußte, daß kein Taxifahrer, den er auf der Straße anhielt, ihn so spät abends fünfzehn Meilen weit aufs Land fahren würde. Er mußte zum Bahnhof, und er mußte zu Fuß gehen. Er stellte fest, daß es nicht einfach war, zu Fuß zu gehen, wenn man sich im Schockzustand befand. Seine Beine zitterten und wie die eines doppelseitig Gelähmten gehorchten sie den Befehlen seines Gehirns nicht mehr. Sie wollten sich einfach nicht schnell bewegen. Was ich wahrscheinlich brauchte, wäre ein Cognac, dachte er. Natürlich hatte er noch nie Cognac getrunken, und wenn das stimmte, was die Leute sagten, dann war es ungefähr das Letzte, was man auf leeren Magen trinken sollte. Charles' Magen war sehr leer, da er nach dem Lunch nur mit den beiden Yorkies und ein paar von Peter Morans Pralinen gefüttert worden war.

Was für ein Licht es auch gewesen sein mochte, es war auf keinen Fall Peter Moran, der ihn verfolgte. Das wußte er jetzt. Sehr wahrscheinlich war es die Kerze, die er im Zimmer mit den Möbeln brennend zurückgelassen hatte. Irgendsowas jedenfalls. Vielleicht war das Licht nach draußen gedrungen, weil durch den Luftzug die Zimmertür aufgegangen war. In der Ruxeter Road wimmelte es von Menschen, und der Verkehr war sehr dicht. Pubs, Kinos und Restaurants sorgten dafür, daß in diesem Viertel immer etwas los war, und das vor allem am Freitagabend. Charles überquerte die Straße und trottete nordwärts, und nach einer Weile, als er sich wieder gefaßt hatte, wurden seine Schritte auch regelmäßiger und schneller. Der Abend, der hinter ihm lag, war seinem Gedächtnis völlig entfallen gewesen; vielleicht hatte er ihn auch aus seinem Bewußtsein verdrängt, doch jetzt kam nach und nach alles wieder zurück. Er hatte Peter Moran wohl ermordet. Auf jeden Fall getötet, in Notwehr getötet. Wie merkwürdig. Wie seltsam, daß er so etwas getan haben sollte. Er fühlte sich nicht anders als vorher und wahrscheinlich sah er auch nicht anders aus. Das war vielleicht ein Ding, wenn man erst vierzehn war und schon jemanden getötet hatte. Das gab es wahrscheinlich nicht oft.

Zuerst achtete er kaum auf die Sirenen. Man wußte ja auch nie, ob es Polizei-, Krankenwagen- oder Feuerwehrsirenen waren. Charles dachte einen Sekundenbruchteil daran, daß es Polizei sein könnte, die seine Verfolgung aufgenommen hatte, verwarf diese Möglichkeit jedoch sofort wieder. Es war unmöglich. Dann sah er einen Feuerwehrwagen, der aus dem Depot in Feverton kam und mit heulender Sirene westwärts jagte; die Autos fuhren an den Straßenrand und hielten an, damit das Löschfahrzeug freie Fahrt hatte. Er hatte jetzt nicht mehr weit zu gehen, war schon in die lange King's Avenue eingebogen, die später zur Station Road wurde.

Die King's Avenue führte bergauf und dann wieder hinunter zum Bahnhof und zum Verschiebebahnhof. Der Hügel war, abgesehen von Fonthill Heights, der höchste Punkt der Stadt. Noch ein Löschzug kam über die Hügelkuppe, und Charles drehte sich um und sah ihm nach, als er auf der anderen Seite hinunterraste.

Er sah jetzt auch das Feuer, ungefähr eine Meile entfernt, in südlicher Richtung. Ehe er am nächsten Vormittag die Lokalnachrichten im Fernsehen sah, hatte er nicht einen Augenblick daran gedacht, daß es in den Pentecost Villen, im sicheren Haus, gebrannt haben könnte. Auf die Idee, daß die Kerze, die so gefährlich nahe am Rand der Gartenbank gestanden hatte, hinuntergefallen und das herumliegende Papier in Brand gesetzt haben könnte, kam er überhaupt nicht. Ihn interessierte nur das Feuer an sich. Er wünschte, er wäre ihm näher, damit er sehen könnte, was geschehen war.

Als er auf den Bahnhofsvorplatz kam, war kein einziges Taxi da. Das bedeutete, daß kurz vorher ein Zug angekommen sein mußte, und die Taxifahrer sich auf die Reisenden gestürzt hatten. Er würde vielleicht zwanzig Minuten warten müssen. Der Süßwarenstand war geschlossen und auch alle Restaurants, außer den Pubs, in die er nicht hinein durfte und die auch bald schließen würden. Charles ging langsam auf den Bahnhofseingang zu und entdeckte an der Ausfahrt des Parkplatzes den Wagen seines Vaters. Am Steuer saß sein Vater und las die Abendzeitung. Oder tat zumindest so, als ob er sie lese. Der hellsichtige, einfühlsame Charles spürte sogar aus dieser Entfernung seine Angst, seine vorgetäuschte Lässigkeit. Er würde Charles vermutlich weismachen wollen, er habe jemanden zum Zug bringen müssen oder vergessen, im Büro etwas zu erledigen, und auf dem Rückweg sei ihm eingefallen, er könne ja...

Charles schlenderte zum Wagen. Sein Vater ließ die Zeitung sinken, und sein Gesicht wurde vor Erleichterung rot, die Züge weich.

«Oh, hier bist du ja», sagte er. «Ich mußte für einen Kunden ein Paket nach London aufgeben, und da hab ich mir gedacht, ich könnte gleich auf dich warten.»

So etwas konnte dem einsneunzig großen Mungo nie passieren. Aber, dachte Charles, nichts von alledem hätte Mungo passieren können, und stieg in den Wagen. Eine Woge des Entsetzens schlug plötzlich über ihm zusammen. Das sollte ihm in den nächsten acht oder neun Stunden noch ein paarmal geschehen. Und auch im Lauf der Jahre auch noch hin und wieder. Das Entsetzen ebbte ab, und er dachte: Ich habe einen Mann getötet. Sie fuhren nach Südwesten und kreuzten die Ruxeter Road etwa eine halbe Meile nördlich des Brandes. Die Sirenen schwiegen jetzt, aber überall roch es nach Rauch. Ich habe einen Mann getötet, dachte Charles und betastete das Messer in seiner Tasche. Unter der Klinge hatte sich ein Stückchen Faser des gekappten Seils festgeklemmt.

4

Es war ein ungeheuerliches Erlebnis für die beiden, als sie zu einem vor der Reise nach Korfu verabredeten Treffen mit Basilisk und Scylla gingen und das sichere Haus in Schutt und Asche fanden.

«Wie Karthago, würde der alte Lindsay sagen», stellte Graham fest. «Nur haben die Römer es eingeebnet.»

Es war Sonntag nachmittag. Sie hatten keine Zeitung gelesen, weder Radio gehört noch ferngesehen. Der ganze Haushalt in der Church Bar war eben erst aufgestanden. Mungo und Graham standen auf der anderen Seite der Ruxeter Road inmitten einer kleinen Menge von Gaffern, die alle den rußgeschwärzten Platz anstarrten, die wenigen noch vorhandenen Streben und Hölzer; man hatte um die ganze Ruine einen provisorischen Drahtzaun gezogen. Mungo hatte die wilde Idee, daß die Moskauer Zentrale es getan hatte. Er hatte immer gewußt, daß Rosie Whittaker das sichere Haus bald entdeckt haben würde. Man sagte ihr nach, sie sei skrupellos und kühn. Vielleicht hatte sie es sogar selbst getan oder einer ihrer Agenten... Nein, das war unmöglich, er durfte seine Phantasie nicht so drauflos galoppieren lassen; viel wahrscheinlicher waren es Bauarbeiter mit einer Lötlampe gewesen.

Graham zündete sich eine Zigarette an. Er trug seine Sonnenbrille, obwohl es ein wolkenverhangener und für Mitte August dunkler und grauer Tag war. Fehlt nur noch ein Schlapphut, dann wäre der Spion aus einem Film der dreißiger Jahre fertig, dachte Mungo.

«Da kann man nicht viel dagegen tun», sagte er.

«Wir müssen uns ein neues sicheres Haus suchen», sagte Graham. «Mein Bruder kennt ein Haus in Hartlands, das zum Abbruch bestimmt ist.»

Grahams Bruder Keith oder Scylla hätte hier sein müssen. Natürlich war er nicht erschienen, weil er aus Presse oder Fernsehen von dem Brand wußte. Ein Mann hinter Mungo und Graham sagte:

«Es war jemand drin. Sie haben eine Leiche gefunden, sie aber noch nicht identifizieren können.»

«O doch, sie haben.» Das kam von jemandem, der vielleicht eine neuere Zeitung gelesen oder die neuesten Fernsehnachrichten gesehen hatte. «Es war ein Mann. Man hat auf der Straße seinen Wagen gefunden.»

Mungo und Graham wandten sich zum Gehen. Sie überlegten, ob sie ins Kino gehen sollten, ins *Fontaine*, wo als Nachfolger des japanischen Films ein für sie einigermaßen passender *The Mask of Dimitrios* gespielt wurde, aber Graham sagte, er wolle lieber zu seiner Tante gehen, um mit Keith zu sprechen. Mungo wollte nach Hause, machte jedoch einen Umweg über den Nevin Square, aber der tote Briefkasten in Lysander Douglas' Bronzehand war leer. Mungo hatte ungeduldig und aufgeregt darauf gewartet, eine neue Nachricht der Moskauer Zentrale dechiffrieren zu können, die wahrscheinlich mit der Zahl siebzehn für das Datum begonnen und mit etwa zehn Uhr fünfzehn geendet hätte. Die leere Hand war ein bißchen enttäuschend.

5

Die Pentecost Villen seien vom Blitz getroffen worden. Das war eine Theorie, die an die Presse weitergegeben wurde. Eine andere war, daß es sich um Brandstiftung handelte und Peter Moran, der Brandstifter, rücklings die Stufen hinuntergestürzt und zu benommen gewesen war, um sich aufzurappeln und rechtzeitig in Sicherheit zu bringen. Er wurde an Hand seines Autos, das dort parkte, den Überresten seiner Brille, seiner Armbanduhr und der Brücke in seinem Mund identifiziert. Viel mehr war nicht von ihm übriggeblieben. Charles las es in der *Free Press*. Peter Moran war tot, also konnten sie mehr oder weniger von ihm behaupten, was sie wollten. Sie zitierten die Polizei, die bekanntgegeben hatte, daß Peter Moran vor vier Jahren wegen unsittlicher Handlungen an einem Kind unter dreizehn Jahren verurteilt worden war. Ein Kinobesucher teilte der *Free Press* mit, er habe Peter Moran an dem Abend, an dem es gebrannt hatte, mit einem ungefähr zehnjährigen Jungen im Kino gesehen. Eine Leichenschau wurde abgehalten und vertagt. Charles begriff, daß für ihn alles vorüber war und er die Empörung darüber, daß man ihn als «zehnjährigen Jungen» eingestuft hatte, ohne Protest hinunterschlucken mußte. Aber er hinterlegte im toten Briefkasten unter der Überführung eine Nachricht in *October Men*, in der er Leviathan um eine Zusammenkunft ersuchte.

Mungo hatte auch in der Zeitung davon gelesen. Für ihn war nur von Interesse, daß er, als er voriges Jahr sein Zimmer in Rossingham bezogen und den Fußboden unter seinem Bett untersucht hatte, in der Unterseite des Bettes einen ins Holz eingekerbten Namen entdeckte. Peter Moran. Daneben ein Datum: 1965 und einen Gedankenstrich. Es mußte nicht unbedingt derselbe Mann sein. Die Nachricht von Drache holte er am nächsten Tag ab. Schwierig war nur, daß sie kein sicheres Haus mehr hatten. Wahrscheinlich mußte Drache in die Church Bar kommen. Eine Aussprache war ohnehin fällig, denn Graham war der Meinung, daß Charles Mabledene den Test nicht bestanden hatte. Was kann man mit einem Verräter tun? dachte Mungo. Ausschließen kann man ihn. Das ist alles.

Er setzte sich auf eine der Kisten, die jemand für die Katzen aufgestellt hatte, und schrieb seine Antwort: «Leviathan an Drache...» Es war Rush-hour, und der Verkehr donnerte über die Stahlhochbrücke. Mungo steckte die Nachricht in Draches Reißverschlußbeutel aus Plastik und befestigte ihn im Mittelpfeiler, wobei er bedachte, daß er ihn nicht zu hoch anbringen durfte, damit Charles Mabledene ihn auch erreichen konnte. Drache als Verräter war vermutlich durchaus fähig, das sichere Haus in Brand zu setzen. Hatte er es vielleicht wirklich getan? Die neue Königskatze, ein gelb gestromter Kater mit bulligen Schultern, rieb sich hoffnungsvoll an seinen Beinen, und Mungo bückte sich, um ihn zu streicheln. Ein starker Moschusgeruch ging von dem Tier aus, ein parfümähnlicher Geruch, der nicht unangenehm war, bis man wußte, woher er kam.

In Gedanken noch immer bei Charles Mabledene ging Mungo die Bread Lane und die Beckgate Steps zum Fluß hinunter. Was konnte Drache nur für ein Anliegen haben? Unter der Rostock Bridge tauchte ein Schleppkahn auf. Am Bug stand ein Hund und bellte die Fischer an. Weiß und weich schien die Sonne mitten im Nebel. Einen Augenblick konnte Mungo Shot Tower nicht sehen, dann zog der Nebel wie ein Schal im Wind wehend weiter. Im Fundament des Turms hatte Medusa einen toten Briefkasten, aber er war leer. Die Kathedrale tauchte schwebend aus dem Dunst auf, und dann übergoß die Sonne sie mit blassem Gold, so daß die hundert Heiligen an der Ostseite aus ihren Nischen herauszutreten schienen, um das Licht zu spüren. Die Glocke im Turm begann mit tiefer Stimme hallend die Stunden zu zählen; zehn Uhr war es, als Mungo über die Alexandra Bridge nach Westen ging. Fast hatte er sie schon überquert, als sich der Nebel um den CitWest-Tower auflöste und zerflatterte oder, wie es den Anschein hatte, der Turm, wie die Heiligen, aus dem Weiß in die Sonne zu treten schien, so daß das blinkende Grün wieder sichtbar wurde: zehn Uhr eins und siebzehn Grad.

Mungo hatte direkt nach Hause gewollt, doch wenn er über den Nevin Square ging, war es für ihn kein großer Umweg. Er glaubte im Eingang von Marks and Spencer's schräg gegenüber die Brüder Stern zu sehen, aber als er noch einmal hinschaute, waren sie nicht mehr da. Auf der Mauer, die den Sockel von Lysander Douglas' Denkmal umgab, saßen Leute, die sich umdrehten und Mungo anstarrten, als er auf den Sockel stieg und ein zusammengefaltetes Papier aus der Bronzehand zog. Gewöhnlich schrieb er die Nachricht an Ort und Stelle ab, nicht aber angesichts so vieler neugieriger Gaffer. Er nahm sie zu einer der Bänke auf den asphaltierten Spazierwegen zwischen den Blumenbeeten mit. Mungo verstand praktisch nichts von Gartenbau, fragte sich aber, warum die Stadtverwaltung diese karminroten Blumen mit Haarbüscheln pflanzen ließ, die wie blutige Därme, wie Reste aus einem Schlachthaus aussahen.

Noch bevor er mit dem Dechiffrieren anfing, wußte er, als er den Zettel ansah, daß etwas nicht stimmte. Der Nachricht war keine Zahl vorangestellt, und auch am Schluß fehlten die Ziffern. Die Moskauer Zentrale hatte den Code geändert. In der Woche, seit er den Code geknackt hatte, hatten sie ihn geändert. Das konnte nur eins bedeuten: sie wußten, daß der alte Code geknackt worden war. Er glaubte fernes, triumphierendes Lachen zu hören, aber das bildete er sich nur ein, es war niemand da, der ihn auslachen konnte. Langsam überquerte er den Platz und schob der Statue den Zettel wieder in die Hand. Aber er hatte doch niemandem gesagt, daß es ihm gelungen war, den Code zu knacken, oder wenigstens niemandem, der möglicherweise... Und ganz bestimmt hatte er nichts zu Charles Mabledene gesagt, hatte gar keine Möglichkeit dazu gehabt. Hatte er sich dann in Charles Mabledene geirrt?

Das war möglich. Aber es stimmte nicht, daß er es niemandem gesagt hatte.

6

So mußte es gewesen sein, als Cherry starb und die Polizei zu ihm kam, um es ihm zu sagen. Die Polizei war lange bei Jennifer geblieben und hatte unzählige Fragen nach Peter Moran gestellt. Ein Mann und eine Frau, und nach Jennifers Beschreibung konnte die Frau nur Susan Aubrey gewesen sein, das wußte John. Er hatte Jennifer nicht gesehen, aber ein paarmal mit ihr telefoniert. Sie sagte ihm tonlos, daß sie leiden, daß sie Kummer und Schmerz empfinden wollte, weil sie einmal geglaubt hatte, Peter Moran sei die große Liebe ihres Lebens, doch alles, was sie fühlte, waren Resignation und Mitleid. Sie sprach es zwar nicht aus, gab John aber zu verstehen, daß er an ihrer Gleichgültigkeit schuld war. Dadurch, daß er ihr die Wahrheit über Peter Moran gesagt hatte, hatte er ihr Gefühl abgetötet. Aber John dachte, wenn ich es ihr nicht gesagt hätte, wüßte sie es jetzt trotzdem. Sie hätte es aus der Presse erfahren – oder von der Polizei. Sie hätte deshalb weder die Presse noch die Polizei gehaßt – warum also wollte sie mich hassen?

Er rief sie jeden Tag an. Sie wollte ihn nicht sehen, sagte jedoch nicht mehr, sie wolle ihn nie wieder sehen. Sie hatte vergessen, daß sie einmal erklärt hatte, sie wolle auch nie wieder mit ihm sprechen. In der Mitte der Woche nach Peter Morans Tod rief er sie an, und ein Mann meldete sich. Wahrscheinlich die Polizei, dachte John, ein Polizeibeamter, der wieder seine endlosen

Fragen stellte. Etwas an der Stimme kam ihm bekannt vor, weshalb er vermutete, daß es Fordwych sein mußte, der Detective Inspector. Doch er konnte die Stimme nicht identifizieren, so vertraut sie auch klang.

Den Donnerstag nachmittag verbrachte er in Hartlands Gardens. Es war der Tag, an dem die Leichenschau stattfand. John dachte, daß er Jennifer heute vielleicht nicht anrufen, sondern zu ihr gehen, ohne sich vorher zu Hause aufzuhalten, direkt nach Nunhouse fahren werde. Die alte Hoffnung war wieder erstarkt. Er hatte die Honda auf dem Parkplatz hinter dem Haupteingang abgestellt, schob das Motorrad auf die Straße, die nach Fonthill Heights hinaufführte, und wartete, bis er sich in den fließenden Verkehr einfädeln konnte. Es ging langsam vorwärts, die Wagen mußten häufig anhalten, und John sah jedem Fahrer ins Gesicht, weil er hoffte, jemand würde ihm mit einem Nikken und einem Handzeichen zu verstehen geben, daß er ihn durchließ. Der dritte Fahrer, den er ansah, war Mark Simms am Steuer seines roten Escort. Neben ihm auf dem Beifahrersitz saß Jennifer.

Mark Simms hob die Hand. Es konnte das höfliche Einwinken des Autofahrers sein oder auch mehr, ein Zeichen, daß er John trotz Brille und Helm erkannt hatte. Vielleicht aber auch nicht. Die Scheinwerfer blinkten kurz auf, möglicherweise nur, weil John sich nicht von der Stelle rührte, in sich aufnahm, was er sah, und auch sofort verstand, was es zu bedeuten hatte. Jennifer sah Mark Simms an, sprach mit ihm und wandte nicht den Kopf. Soweit John sehen konnte, berührten sie sich nicht, saßen einfach nebeneinander. Er schob sich rasch vor den Escort, bog nach rechts ab und geriet in den Verkehrsstrom, der hügelabwärts fuhr. Es kam ihm so vor, als sei in das Heck des Wagens vor ihm das Bild einkopiert, das sich unauslöschlich in seine Augen eingebrannt zu haben schien, diese kleine Szene: Jennifer in Mark Simms' Wagen sitzend.

Er verstand. Die Stimme am Telefon war die von Mark Simms gewesen. Jennifer hatte sein, Johns, Angebot, ihr zu helfen, abgelehnt und Mark Simms den Vorzug gegeben. Jedermanns Gesellschaft, jedermanns Mitgefühl waren seiner Gesellschaft und seinem Mitgefühl vorzuziehen, das war der endgültige Beweis, das war das Ende. Wäre es nicht Mark Simms gewesen, dann jemand anders, es würde immer jemand anders sein. In diesem Moment erst begriff er, wie stark seine Hoffnung gewesen war, wie sehr er wider alle Vernunft immer weitergehofft hatte, obwohl sie sich scheiden lassen wollte und obwohl sie ihn beschimpfte, weil er ihr die Wahrheit über Peter Moran gesagt hatte. Und seit Peter Morans Tod war diese Hoffnung immer weiter gewachsen, hatte er geglaubt, sie könne gar nicht anders, als zu ihm zurückkehren.

Von der Heimfahrt bekam er kaum etwas mit. Ein Pferd kennt jedoch seinen Weg, und die Honda kannte ihn auch. Gewöhnlich achtete er peinlich genau darauf, daß er den Motor abstellte, bevor er die Maschine ins Gewächshaus fuhr. Er fürchtete, die Pflanzen durch das Kohlenmonoxid zu schädigen. Es war nicht der beste Stellplatz für ein Motorrad, und manchmal dachte er, es brauche seinen eigenen Schuppen; den Bausatz konnte er zu Discountpreisen bei Trowbridge's bekommen. Er saß im Sattel, drehte sinnlos an den Griffen und jagte den Motor ein bißchen hoch. Tür und Fenster des Gewächshauses standen offen, denn es war ein sehr warmer Tag gewesen, und es war auch jetzt noch warm. Ohne den Motor abzustellen, ging John ins Gewächshaus und machte die Fenster zu. Er nahm Brille und Helm ab, zog die Handschuhe aus und legte sie vor den Töpfen mit dem Spanischen Pfeffer ins Regal. In seinem Kopf herrschte absolute Leere, und ihm war nur eines bewußt: seine völlige und absolute Isolation in einer Stadt gleichgültiger Abertausender, in dieser Welt liebloser Millionen. Hinter dem Gingkobaum, hinter der Gartenmauer mit der üppig blühenden dunkelblauen Klematis, färbte der Sonnenuntergang den Himmel orangefarben. Die Honda schnurrte gleichmäßig, wie ein Tier, ein nützliches Lasttier, freundlich, aber lächerlich wie ein alter, fetter Esel. Anstatt den Schlüssel herumzudrehen und den Motor abzustellen, bevor er die Maschine ins Gewächshaus schob, stieg er wieder auf und ließ sie hineinrollen.

Er schloß fest die Tür hinter sich. Das Gewächshaus war jetzt fast luftdicht abgeschlossen. Schon zogen dichte Abgasschwaden durch den Raum. Vorsichtig lehnte er die Maschine an das Regal, ließ den Motor laufen, drehte in einem bestimmten Rhythmus an den Griffen, den Blick unverwandt auf das immer schwächer werdende Orange des Himmels gerichtet. Wie hypnotisiert starrte er den Himmel an, seine Hände bewegten automatisch die Griffe, und er atmete tief die erstickenden chemischen Dämpfe ein. Ihm wurde schwindlig.

Und dann hörte er die Schritte.

Er nahm die Hände nicht von den Griffen, und er fragte sich nicht einmal, wer das sein könnte, er wußte nur, wer es ganz bestimmt nicht war. Langsam wandte er den Kopf und sah auf dem Seitenweg Flora, das Baummädchen, auf sich zukommen.

Plötzlich geriet er in Panik, ein Ausdruck des Entsetzens schien sein Gesicht zu verzerren, und er merkte, daß er die Augen weit und starr aufriß. Als sie die Tür des Gewächshauses aufstieß, löste er automatisch die Hände vom Lenker, und der Motor wurde abgewürgt.

«Was tun Sie hier, um Himmels willen! Das ist ja die reinste Gaskammer. Sie hätten sich umbringen können.»

Er murmelte etwas wie, er habe nur die Maschine wegstellen wollen.

«Sind Sie sicher?» Sie sah ihn durchdringend an. «Sie haben nicht versucht sich... Das haben Sie doch nicht getan, nicht wahr, John?»

Allein die Tatsache, daß er wußte, was sie meinte, bewies, wie recht sie hatte. «O nein», sagte er. «Nein, natürlich nicht.» Und er hatte es doch auch nicht gewollt? Er hatte sich nicht wirklich umbringen wollen. Wenn die Dämpfe zu stark geworden wären, wäre er hinausgegangen, oder? Möglicherweise hatte er nur seinen Spanischen Pfeffer getötet. «Ich habe den Pflanzen nichts Gutes getan, nicht wahr?»

Er war jetzt im Freien, atmete reine Abendluft. Hatte sie ihm das Leben gerettet, diese kraushaarige Baumexpertin mit dem fröhlichen Gesicht, oder war sie nur Gesellschaft für einen Abend?

«Sind Sie hier, um sich die Schuppentanne anzusehen?»

«Ich suche eine Wohnung, eigentlich ein möbliertes Zimmer.» Es klang erschrocken, irgendwie benommen. «Dann ist mir die Geneva Road eingefallen und natürlich auch die *Araucaria*, und ich bin kurz entschlossen hergekommen. Den Baum habe ich nicht gesehen.» Ihr Blick streifte sein Gesicht und wanderte dann hinauf zum Fenster von Cherrys Zimmer. «Wohnen Sie hier ganz allein?»

Er nickte und dachte noch immer: Wollte ich es wirklich tun? Könnte ich jetzt schon tot sein? Werde ich eines Tages froh sein, daß sie im letzten Moment hier aufgetaucht ist, oder werde ich mich fragen... «Ich habe zwei Gästezimmer», sagte er. «Kommen Sie mit, ich zeige Ihnen die Schuppentanne.»

7

Nachdem er eine Nacht darüber geschlafen hatte, wußte Mungo, was er tun mußte. Zuerst ging er jedoch zur Überführung, um die Nachricht von Drache abzuholen, in der er sich mit einem Treffen heute im Laufe des Tages einverstanden erklärte. Irgendwie und ohne daß er es dramatisierte, war es Mungo klar, daß er nie wieder hierherkommen, sich nie wieder durch das Dickicht metallener Säulen hindurchschlängeln und nie wieder eine Nachricht im Mittelpfeiler befestigen würde. Angus würde sagen, es sei genau das geschehen, was er prophezeit hatte. Mungo war so ziemlich egal, was Angus sagte.

Im September kam ein neuer Yves Yugall heraus. Noch lag das Buch nicht vor, aber im Schaufenster von Hatchard's hing ein Plakat: *Lion Loot* – die Beute des Löwen – «sein glänzender neuer Bestseller». Mungo fand den Titel bescheuert. Oder kam das vielleicht nur daher, daß er Spionage- und Agententhriller im Augenblick satt hatte? Er überquerte den Nevin Square, ohne sich darum zu kümmern, ob Lysander Douglas etwas in der Hand hatte, bog in die Hill Street und dann in die Church Bar ein. Graham hatte gesagt, er gehe mit Ian und Gail in das neue Schwimmbad in Ruxeter – sie waren alle ganz verrückt aufs Schwimmen –, sei aber zum Lunch wieder zurück. Der Wagen seines Vaters stand halb in der Garage, halb draußen, er hatte demnach seine Vormittagshausbesuche beendet und am Freitagnachmittag keine Sprechstunde.

Mungo betrat das Haus durch den Seiteneingang und ging in die Küche hinunter. Fergus saß am Tisch, las *The Times* und trank eine Tasse seines berühmten Kakaos. Er wollte Mungo auch eine machen, doch wie immer und wie alle sagte Mungo, nein, danke.

«Ich habe nicht gewußt, daß Graham raucht», sagte Fergus, die Stirn in besorgte Falten gelegt.

«Ach, wirklich nicht?»

«Er muß es sehr heimlich getan haben, ich würde es sogar hinterhältig nennen. Ich hatte keine Ahnung und bin sehr bestürzt darüber.»

Mungo hatte das schreckliche Verlangen, laut herauszulachen, obwohl es nicht komisch war, überhaupt nicht komisch. Die Ironie...

«Ich wage zu behaupten, daß er dachte, ich sei nicht zu Hause. Er war hier unten und hat eine Zigarette geraucht. Die meisten Raucher fangen schon als Teenager an. Sucht und Abhängigkeit beginnen meist im Jugendalter. Hast du das gewußt, Mungo?»

«Ja, das habe ich.»

«Hast du schon mal Grahams Zigaretten geraucht?»

«Nein», sagte Mungo, und weil die simple Verneinung nicht genügte: «Ich rauche keine Zigaretten. Kann den Geruch nicht leiden.» Fergus musterte ihn forschend. «Entschuldige mich, Dad, ich habe etwas zu erledigen.»

Daß die Musik, die aus Angus' Zimmer kam, von Albinoni war, wußte er nur, weil Angus es ihm schon oft gesagt hatte. Ein hochgeachteter venezianischer Komponist von mehr als vierzig Opern, die Bach bewundert hatte, hatte Angus gesagt. Während er die Treppen hinaufstieg, dachte Mungo an Angus' alte Freundschaft mit Guy Parker, eine Freundschaft, von der er nur gehört hatte, an die er sich nur unklar erinnerte. Hatte Angus Guy Parker verraten, war er ihm gegenüber wortbrüchig geworden? Oder war es nicht darum gegangen? Oder umgekehrt gelaufen? Er würde es nie erfahren. Die Tür stand wie üblich weit offen. Das Allegro ging zu Ende, und Angus legte, in einer Hand ein Buch, die B-Seite der Platte auf, um das Adagio zu hören.

«Die Plünderung Roms durch die Goten ist vergleichbar mit dem Tod einer Maus, die an Krebs stirbt», las Angus vor. «Du weißt nicht zufällig, wer das gesagt hat, nicht wahr?»

«Ich? Nein. Warum sollte ich?»

«Was hättest du gern zum Lunch? Ich habe Mum versprochen, Essen aus dem Restaurant zu holen. Sie hat angerufen. Ein Notfall. Wie wär's mit was Griechischem?»

Mungo, der nur sehr selten fluchte, stieß heftig hervor: «Auf keinen Fall was Griechisches, verdammt! Alles andere als das!»

Und dann hatte er, und zwar sehr deutlich, was Ian «seine Visionen» nannte. Er stand auf dem Hügel, auf dem Aussichtspunkt, drauf und dran zu erläutern, wie er den Code geknackt hatte, aber Angus war nicht geblieben, er hatte sich abgewandt und gesagt, das Leben sei zum Leben und nicht zum Spielen da, hatte es zornig hervorgestoßen und war, ehe Mungo antworten konnte, schon zwischen Olivenbäumen und Zypressen durch die duftenden Kräuter den Hügel hinuntergerannt. Mungo sah seinen Bruder an, das verblüffte, freundliche Gesicht, und die Vision löste sich auf wie der Nebel um den Shot Tower. «Entschuldige», sagte er. «Du kennst mich doch, ich esse am liebsten indonesisch.»

Dann stieg er weiter hinauf in sein eigenes Zimmer und stellte sich an das kleine runde Fenster unter dem Dach. Ich werde irgend etwas sammeln müssen, dachte er. Vielleicht sollte ich wieder anfangen zu fechten. Oder andere Bücher lesen. Graham, Ian und Gail kamen von der Hill Street her die Straße herauf. Die beiden anderen hatten ihre Badesachen in einer Tragtüte von Sainsbury, aber Graham trug seine Badehose zusammengerollt unter dem Arm. Kurz bevor sie zwischen Gehsteig und Seitentür aus Mungos Blickfeld verschwanden, trat Graham seine halbgerauchte Zigarette aus. Wahrscheinlich hatte der Vater das gemeint, als er von Hinterhältigkeit gesprochen hatte.

Mungo verließ sein Zimmer und ging langsam die oberste Treppe hinunter. Ian und Gail würden nicht heraufkommen, sie würden in die Küche hinuntergehen und sich Kaffee machen, den sie ununterbrochen tranken. Im Flur vor Grahams Tür blieb Mungo stehen und sah, daß Angus inzwischen weggegangen war. Denn nur, wenn er nicht da war, machte er seine Tür zu.

Das Haar noch feucht und so eng am Kopf anliegend, als sei es schwarze Farbe, kam Graham, immer zwei Stufen auf einmal nehmend, die Treppe herauf. Er hatte das alte T-Shirt mit dem Oktopus-Motiv an.

«Können wir reden?» sagte Mungo.

Licht und Fröhlichkeit erstarben in Grahams Gesicht. Er stieß die Tür seines Zimmers auf und ließ sie leise hinter sich ins Schloß fallen. Sie standen sich gegenüber.

«Du bist der Maulwurf, nicht wahr?» sagte Mungo. «Ich weiß, daß du es bist, also versuch nicht erst zu leugnen.»

«Das wollte ich ja gar nicht.»

«Ich hätte damals wissen müssen, daß ich mich in der Nummer der Geschichte aus Armadillo Army geirrt hatte, aber ich habe es nicht gemerkt. Es war ein echter Irrtum. Ich hatte dir ‹acht› gesagt, obwohl ich ‹sieben› meinte. Deshalb konnte die Moskauer Zentrale den Code nicht knacken.» Er kam sich wie ein Idiot vor, als er von der Moskauer Zentrale sprach, als gebe es sie wirklich, als sei alles nicht nur ein Phantasiegebilde. «Was mich wundert – warum hast du ihnen nie gesagt, wo das sichere Haus war? Oder vielleicht hast du es sogar getan, und es hat sie nicht interessiert. Ich hab das nie geschnallt. Ich hab dir vertraut.»

Graham zündete sich eine Zigarette an. «Es ist nur ein Spiel, nicht wahr?»

«Was macht das für einen Unterschied?»

Er erwartete keine Antwort, und er bekam auch keine. «Warum?» fragte er. «Warum? Wenn es nur ein Spiel war –» er drückte sich sehr vorsichtig aus –, «und schließlich sind wir noch jung, gehen noch in die Schule – ich meine, man kann dir doch nichts angeboten haben. Kein Geld – kein Bestechungsgeld. Wenn nicht...» Mungo hatte eine Idee. «Hat dich jemand erpreßt?»

Graham schüttelte den Kopf. Er war groß, mußte aber dennoch zu Mungo aufsehen. «Womit sollte mich jemand erpressen, Bohne?»

«Nenn mich nicht so. Nur meine Brüder dürfen mich so nennen.»

Die Verachtung trieb Graham das Blut ins Gesicht. «Es war ein höllischer Spaß. O Gott, ich hab's ganz einfach aus Spaß getan.»

«Du hast mich aus Spaß verraten?»

Schweigen. Irgendwo weit unten im Haus fiel eine Tür zu. Mungo glaubte jetzt zu wissen, was es mit diesem Spruch von Angus über den Tod einer Maus und der Plünderung auf sich hatte. Er ging zur Tür und machte sie auf, weil er auf einer der unteren Treppen Stimmen gehört hatte. Hinter ihm sagte Graham:

«Ich sollte es dir wohl lieber sagen. Die ganze Zeit schon habe ich auf die Gelegenheit gewartet, es dir zu sagen. Ich verlasse Rossingham und fange nächstes Trimester in Utting an.»

Über der obersten Stufe tauchte Angus' Kopf auf. «Charles Mabledene ist hier, Bohne. Er sagt, du hast ihn für ein Uhr zu dir bestellt.»

Früher hätte Mungo ein bißchen pompös gesagt: Führ ihn herauf. «Okay», sagte er. Er hatte die Verabredung mit Drache völlig vergessen. «Er kann raufkommen, wenn er will.»

Wer hatte diese Verabredung getroffen? Charles Mabledene oder er? Mungo wußte es nicht mehr, und noch weniger wußte er, warum sie sich verabredet hatten. Er trat zur Seite und hielt die Tür offen, um Graham durchzulassen. Er wandte den Kopf ab, wagte nicht, Graham anzusehen, weil er sich vor den unbekannten Gefühlen fürchtete, mit denen er noch nicht umgehen konnte, fürchtete, sie könnten ihn verleiten, etwas zu tun, dessen er sich später schämen würde. Das Zimmer stank nach Zigarettenrauch. Charles Mabledene kam schnüffelnd herein, drehte den Kopf hin und her und schnüffelte wie ein kleines, empfindliches Tier.

«Hallo.»

Mungo nickte schweigend.

«Ich muß dir ein paar Fragen stellen.» Charles' Stimme war noch immer ein Sopran, aber ein Sopran im Stimmbruch. Er sah unglaublich ordentlich und sauber aus, als sei er im Frisiersalon seiner Mutter gebadet und aufpoliert worden. «Ein paar Fragen», wiederholte er und zögerte, ehe er fortfuhr. Mungo ließ ihn nicht weitersprechen.

«Ich ziehe mich zurück», sagte er. «Ich gebe meinen Posten als Chef der Londoner Zentrale auf.»

Charles fuhr sich mit der Zungenspitze über die Lippen. «Ah», sagte er und dann: «Ich nehme an, Medusa soll dein Nachfolger werden.»

«Nein!» sagte Mungo heftig.

Sie sahen einander an. Fergus rief von unten, in fünf Minuten stehe der Lunch auf dem Tisch.

«Ich habe gedacht, du würdest vielleicht gern –» sagte Mungo.

«Ja», sagte Charles, «das würde ich allerdings.»

«Dann ist es abgemacht.»

«Ihr wollt jetzt essen, also gehe ich. Ich finde schon allein hinaus.»

Er redete plötzlich wie ein Vierzigjähriger. Aber so war er seit jeher ein bißchen gewesen. Nachdem er gegangen war, blieb Mungo mitten im Zimmer stehen. Er hatte das merkwürdige Gefühl, als könnte er für immer so stehenbleiben – stundenlang jedenfalls – leer, leicht frierend, ziemlich niedergeschlagen, denn es schien für ihn nichts mehr zu tun zu geben; nie wieder. Aber gleich darauf bewegte er sich, kniff die Augen zusammen, schüttelte sich, riß sich zusammen und ging hinunter, um seinen indonesischen Lunch zu verschlingen.

8

Um ein Haar wäre es schiefgegangen. Gerade noch rechtzeitig war es Charles eingefallen, daß er Mungo nicht fragen konnte, warum er auf diese Weise getestet worden war, warum sie ihn als Köder oder Opfer zu Peter Moran geschickt hatten. Er war schließlich ein Mörder, ein Gesetzesbrecher, der vor Gericht gestellt gehörte. Darüber konnte er nie mit jemandem sprechen, nicht einmal andeutungsweise.

Es machte ihm nichts aus. Er konnte damit leben. Wahrscheinlich würde er im Traum Peter Moran immer wieder rücklings die Treppe hinunterstürzen sehen, das entsetzliche Knirschen hören, den blutig klaffenden Mund sehen – und mit einem Schrei aus dem Schlaf erwachen. Seine Eltern kamen regelmäßig voller Sorge zu ihm hereingestürzt. Sie sagten, das sei der Anfang der Pubertät. Er konnte auf jeden Fall damit leben. Jetzt konnte er mit allem leben, denn er hatte bekommen, was er wollte; denn er war jetzt «Charles Mabledene, alias Drache, Generaldirektor der Londoner Zentrale».

Es würde sich einiges verändern. Für Skrupel im Stil von Mungo – unerklärlicherweise im Fall Peter Moran außer acht gelassen – würde es im neuen Regime keinen Platz geben. Wenn man überlegte, was man mit Skrupeln erreichen konnte – die Lösung der Affäre mit Ralstons Wagen, das Zurückholen von Eigentum, das «Umleiten» von Einladungen –, wie groß mußten da erst die Möglichkeiten sein, wenn man die Skrupel über Bord warf? Dieser Unsinn mit den Codes mußte aufhören. Er war ihm immer ein bißchen an den Haaren herbeigezogen vorgekommen. Wozu gab es Telefon? Der Bann, mit dem Mungo belegt hatte, was er ziemlich naiv «Unehrlichkeit» nannte, sollte auch außer Kraft gesetzt werden. Charles schwebte eine Art Mafia vor, geführt von der Crème einer heranwachsenden Generation, den besten Gehirnen des Landes, einer jugendlichen Public School-Elite, angeführt von einem, der schon einen Mann getötet hatte...

Ein schöner Tag: drei Minuten nach eins und vierundzwanzig Grad. Charles überquerte Hillbury Place zum Salon seiner Mutter, die jetzt bald Lunchpause machen würde. Die ihren Sohn zum Lunch einladen würde, korrigierte er sich selbst. Er stieß die Tür auf. Seine Mutter unterhielt sich mit einer Kundin, drehte sich aber um, als er hereinkam. Lächelnd zog er aus einer Trockenhaube ein paar bunte Eier und ein flauschiges blaues Kaninchen. Er hätte gern einen Taubenschwarm hervorgezaubert, aber das hatte er noch nicht gelernt.

Ruth Rendell

[illegible]

Ruth Rendell

Dämon hinter Spitzenstores
(2677)

Durch das Tor zum Himmlischen Frieden
(2684)

Der Pakt
(2709)

Flucht ist kein Entkommen
(2712)

Die Masken der Mütter
(2723)

Alles Liebe vom Tod
(2731)

Die Grausamkeit der Raben
(2741)

Der Tod fällt aus dem Rahmen
(2754)

Die Verblendeten
(2763)

thriller rororo

C 2310/2

Ruth Rendell

Die neue Freundin
Kriminalstories (2778)

In blinder Panik
(2798)

Mord ist ein schweres Erbe
(2789)

Das geheime Haus des Todes
(2814)

Der Liebe böser Engel
(2830)

Mord am Polterabend
(2848)

Phantom in Rot
(2875)

Schuld verjährt nicht
(2878)

Die Tote im falschen Grab
(2874)

thriller rororo

C 2310/2 a

Killer-Ladies

Paula Gosling
Töten ist ein einsames Geschäft (2533)
Blut auf den Steinen (2826)
Tod auf dem Campus (2858)

Christine Grän
Ein Brand ist schnell gelegt. . . (2901)
Weiße sterben selten in Samyana (2777)
Nur eine läßliche Sünde (2865)

Patricia Highsmith
Venedig kann sehr kalt sein (2202)

Jane Johnston
Gesucht wird Ricky Foster (2785)

Faye Kellermann
Geh nicht zur Mikwe! (2812)

Anne D. LeClaire
Die Ehre der Väter (2902)
Herr, leite mich in Deiner Gerechtigkeit (2783)

Barbara Neuhaus
Ich bitte nicht um Verzeihung (2747)
Tatmotiv Angst (2824)

Helga Riedel
Einer muß tot (2656)
Wiedergänger (2682)
Ausgesetzt (2715)

Patricia Roberts
Gebrochene Flügel (2702)

thriller rororo

C 2165/6